世纪江村

小康之路三部曲

章剑华 著

江苏人民出版社

图书在版编目（CIP）数据

世纪江村：小康之路三部曲/章剑华著. 一南京：
江苏人民出版社，2020.10
ISBN 978－7－214－25468－9

Ⅰ.①世…　Ⅱ.①章…　Ⅲ.①纪实文学一中国一当代
Ⅳ.①I25

中国版本图书馆 CIP 数据核字（2020）第 167216 号

书　　　　名	世纪江村：小康之路三部曲
著　　　　者	章剑华
责 任 编 辑	卞清波　强　薇
特 约 编 辑	张　欣
封 面 设 计	张景春
版 式 设 计	刘　静
责 任 监 制	王列丹
出 版 发 行	江苏人民出版社
出版社地址	南京市湖南路 1 号 A 楼，邮编：210009
出版社网址	http：//www. jspph. com
照　　　　排	江苏凤凰制版有限公司
印　　　　刷	苏州市越洋印刷有限公司
开　　　　本	652 毫米×960 毫米　1/16
印　　　　张	32　插页 12
字　　　　数	390 千字
版　　　　次	2020 年 10 月第 1 版　2020 年 11 月第 2 次印刷
标 准 书 号	ISBN 978－7－214－25468－9
定　　　　价	68.00 元（精装）

（江苏人民出版社图书凡印装错误可向承印厂调换）

目　录

中部　上下求索

下部　百年梦圆

序章：

江南与江村

时空又轮回，岁月多沧桑。今年是 21 世纪 20 年代的第一年。2020 年，对于中国来说，将以里程碑的意义载入史册。

如期全面建成小康社会，无论在中华民族发展史上，还是在世界发展史、社会主义发展史上，都具有极为重要的意义。

小康，既深深体现了今天中国人的理想，也深深反映了我国先人们不懈追求进步的光荣传统。回顾几千年的历史，丰衣足食一直是中国老百姓最朴实的追求和愿望。早在古代，人们呼唤着"民亦劳止，汔可小康。惠此中国，以绥四方"的理想社会状态。鸦片战争以来，中国人民从救亡图存到推翻三座大山，从改变一穷二白的面貌到建设社会主义现代化、不断推进改革开放，一直在为过上幸福美好生活而不懈努力和长期奋斗。

全面建成小康社会之日，就是见证中国奇迹之时。中国人民在全面解决温饱问题的基础上，真正过上了殷实宽裕的小康生活。这是中国历史上亘古未有之大变局、大跨越，也是中国对人类社会的巨大贡献。

　　在中国小康社会建设的伟大进程中，有一块热土成为先行区、试验区和样板区。那就是——江南。

　　在中国的版图上，有一条横贯东西的漫长河流，它的名字叫长江。千百年来，我们的祖先在广袤而连绵的长江两岸，享灌溉之利，得舟楫之便，奔走劳作，繁衍生息。而江南，更因长江而成为美丽富庶的鱼米之乡，闻达于海内外。

　　江南，顾名思义，意为长江之南。而在人文地理概念里，特指长江中下游以南地区。从古至今，江南一直是具有伸缩性、变动性的地域概念。古时一般指吴国、越国等诸侯国所在的长江中下游。如今则包括上海和浙江北部、江苏南部、安徽东南部、江西东北部等长江中下游以南部分地区。

　　江南，既是地理的概念，更是历史文化的概念。在华夏民族的生息区域，江南是一片神奇的板块和文化的沃土。长江是江南文化的自然之源，中原是江南文化的人文之源。中原文化是中华文化的母体与主干，在一定程度上代表着中华传统文化。而江南文化是本土文化与中原文化结合的产物。它晚于中原文化，而又成为中华文化的重要组成部分。

吴国的"吴"字，从"鱼"字演变而来。江南文化就是水文化。水最温柔，也最有力量。正所谓"温柔似水""水滴石穿"，在水的孕育下，江南人的性格，江南文化的性格，就是刚柔相济、能文能武、吴韵汉风。

在中国历史上，有过四次重大的南北文化交融：第一次是周朝的"泰伯奔吴"，第二次是晋代的"永嘉之乱"，第三次是唐代的"安史之乱"，第四次是两宋之交的"靖康之变"。历史上每逢大动乱，部分北方人便往南方跑，带去北方的文化。南北文化的交融，凸显江南文化独具特色。江南地处我国东部沿海，本身具有海洋文化的特点，即多样性、开放性和包容性。

中国历史文化中有一个传统，就是重农抑商。而江南的文化中却有"义利相容、经商求富"的精神。历史上江南工商业一直比较发达。古代范蠡称为"商圣"，他在协助越王勾践复国之后，带着西施泛舟太湖，在江南一带经商成为巨富，并留下工商文化传统。这种文化传统，使江南成为近现代中国工商业的发源地。

当代人盛赞江南。历史学家说她"悠久"，地理学家说她"温润"，语言学家界定她的关键词是"吴语"，气象学家总结她的气候特征叫"梅雨"，而美学家们对她的评价是"诗性"。在经济学家看来，她是"富庶"与"繁华"的代名词，而在文学家、艺术家们的眼里，她就是诗词歌赋，就是画山绣水，就是说不完也道不尽的风花雪月。在历代统治者眼里，她是朝廷取之不尽的财富来源，是"苏湖熟，天下足"的大粮仓，而在平民百姓的心目中，她则是人世间独一无二、无可比拟的宜居"天堂"。

"上有天堂，下有苏杭"，也许是人们给予以苏州、杭州为代表的江南的最高褒奖。一首关于江南的歌这样唱道：

如果你来江南，请你带上一把伞，那吴侬软语会化成雨，淋湿你的心，不肯说再见。有一首绿雨中的诗，低吟那小桥流水、碧螺春讯、二泉映月、台城柳烟。啊，江南，永远的江南。让你的一片云，飘过天目湖、洞庭山、果林茶园。如果你来江南，请你千万别乘船，那清渠如网会织成湖，缠住你的心，让你永流连。有一支划过千年的桨，带你去周庄古镇、华西新村……

而我却要带你去江南的另一个村庄——开弦弓村。

开弦弓村地处长江三角洲的太湖东南岸。作为自然村落，它傍依一条东西向、弯弓形的小清河西侧，如从高空俯瞰，南侧像一面张开的弓，北侧像搭在小清河上的一支箭，故名开弦弓村。

开弦弓村，古代属于太湖流域良渚文化的地域。据出土文物考证，距今有5000年历史。早在春秋时期，开弦弓村地处吴越交界的"吴头越尾"，且为吴越两国交战之地，故旧称"吴越战村"。

作为太湖之滨的古村落，开弦弓村深深地刻上了江南的历史、经济、文化的烙印，堪称江南经济文化的缩影。该村阡陌纵横，土地肥沃，雨水充沛。村民世代湖中张网捕鱼，地上栽桑养蚕，田里植稻种菜。这里，春天菜花澄黄，秋来稻谷飘香，无愧为桑蚕之村、鱼米之乡。

"处处倚蚕箔，家家下鱼筌。"唐代诗人陆龟蒙的这一诗句，正是描述了开弦弓村一带先民经济、劳作和生活的景象。

曾几何时，开弦弓村又名江村，且名扬天下。

她，靠湖而不靠江，缘何以江村名之？

江村的故事，小康的故事，就从这里开始——

上 部

汔可小康

第 *1* 章
悲从何来

△如果说现代中国的小康社会是一部雄伟的史诗，那么这个村庄的小康之路只是一个微型的篇章。而这一精彩的篇章，竟开始于一个令人心碎的悲剧。

民国十二年三四月间，虽早已开春，但江南一带常见的倒春寒让人感到些许寒意。细濛濛的雨丝正纷纷淋淋地向大地飘洒着。风不大，吹在身上却还是阴冷阴冷的。有言道，冬天到了，春天还会远吗？可眼下，春天到了，还冷得像冬天似的。而且，持续了一周的阴雨天还没有放晴的意思。

这鬼天气！陈杏荪忿忿不平地一早冒雨赶到学校。说是学校，不过就是在村民的屋里开了三个班。三个班有六个年级，故而也算是个小学校了。别看这么个不起眼的学校，名头倒是响当当的。开办时叫震泽县立第八初级小学，两年后改名为吴江县开弦弓村中心国民学校。

该校是陈杏荪在1913年创办的，到现在已整整10年。他自任校长，其实就是教师兼打杂工。学校所有的事务几乎都落在他一个人身上。所以，他必须天天一早就到学校来。

刚刚打开学校的门，他就听到外面急促的叫声：

"出事啦！出事啦！陈校长，你快去看看呀！"

陈杏荪听到这叫声，连忙回过身来，只见村民沈根宝木头似的站在门口，半晌说不出话来。

"什么事？出什么事啦，你说呀！"陈杏荪催他快说。

许久，沈根宝才结结巴巴道："弦儿，弦儿，就是同生他女儿，她，她，她跳河了！"

"啊！"陈杏荪急问，"在哪边？救起来了吗？"

"没，没呢，见不着人了。就在小石桥那边。"沈根宝哀求道，"陈校长，你快去想想办法吧！"

没等沈根宝说完，陈杏荪就疾速向村头的小石桥那边跑去。

陈杏荪到时，河岸和桥上许多人都在声嘶力竭地呼唤着弦儿的名字。林同生的妻子周阿芝拼命地跳着脚哭喊着："弦儿，弦儿，你不能这样啊！你回来呀！你回来呀！妈妈给你叩头了！"说完，双腿跪在地上，浑身抽搐。

林同生急得团团转，不知所措，嘴里嘟嘟囔囔不停道："怎么办呢？怎么办呢？"大儿子林大开趴在桥的护栏上，叫着要跳下去救姐姐，被几个村民死死拖住。

"都愣在这里干嘛，赶紧沿河去找人啊！"陈杏荪吼道，"顺着水，往东面找！"

村民们这才反应过来，跟着陈杏荪往下游找去。

半个小时后，终于在不远处的一排渔网旁发现了弦儿。几个村民跳入寒冷的水中，把弦儿拖上了岸。她早已气绝身亡。

哭喊声、悲泣声回荡在小清河的两岸……

事后，陈杏荪询问村民，才弄清了这一悲剧的原委。与其他农户一样，林同生家在家里土法养蚕，用人体胸脯孵化幼蚕。这天夜里，弦儿把蚕卵贴身放在胸口睡觉，因白天既要上学又要为家里干活，过于劳累，睡得很沉，不小心把蚕种压坏了。这可是家里生活来源的命根子啊！弦儿发现后被吓蒙了，先是不敢吭声，后来不得不战战栗栗地告诉了父母。父亲听说后，气不打一处来，严厉训斥了弦儿，母亲则唉声叹气，急得差点掉下眼泪来。弦儿没去上学，心里内疚极了，十分自责，一气之下哭着冲出家门。起初父母没在意，后来觉得不对，急忙追出去，老远便看到弦儿从桥上跳入河中。等他俩奔到桥上，已不见了弦儿的踪影。

弦儿的死，使林同生一家懊悔莫及，悲痛欲绝。而穷得叮当响的林家竟拿不出一分钱来为可怜而心爱的女儿办理丧事。陈杏荪实在可怜他们，便拿出几块钱，请了几个村民帮助料理弦儿的后事。

安葬弦儿那天，几乎全村的男女老少都加入了送葬队伍，足足拉开了几里路，个个抹着眼泪，许多人号啕大哭。他们为弦儿的悲剧哭泣，也为自己的苦命哭泣。而最为悲痛的，除了弦儿的家人，就是陈杏荪了。

陈杏荪与林同生是拖鼻涕穿开裆裤一起长大的朋友。林同生原来家境不错，后因发生变故，家道中落，他书也没有读，长大后便成为老实巴交的农民。与同村姑娘周阿芝结婚后，开始生育了几个孩子都不幸夭折了。直到生第四个时，林同生让陈杏荪帮小孩取个吉利的名字。陈杏荪想了想说，就叫大开吧，咱开弦弓村的开，也预示着你家新的开始。

这话还真灵，从那时开始，林同生夫妇不到五年连生了三个孩子，个个成活，且健康得很。陈杏荪分别给这三个小孩取了名，大儿子为大开，二女儿为大弦，小儿子为大弓，合起来即为开弦弓。

陈杏荪对林同生开玩笑说，以后不许再生了啊，再生我就不给孩子取名了。林同生夫妇果真就没有再生孩子。这三个孩子，让他家的经济负担更重了，靠着租来的 10 亩多水田和桑田，种粮养蚕，经济窘迫，生活十分困难。

别人家都是想方设法让男孩上学，而林同生在陈杏荪的好说歹说下，只肯让弦儿去上学，两个男孩要留在家里干活。而这弦儿，虽然性格有点内向，但特别聪明好学，表现也积极，陈杏荪很看好她，没想到她因这点小事走上了绝路。

陈杏荪为失去这样一个好学生而痛心疾首，并由此反思起自己多年来的想法与做法。

陈杏荪，1880 年生于开弦弓村，家中殷实，从小读书，成绩优秀，才华横溢。20 岁那年获江浙乡试第一名，31 岁那年，正准备赴京会试，恰遇上辛亥革命爆发，只好作罢。后放弃做官的念头，在家庭的支持帮助下，回到家乡创办学校，走教育富民之路，以此改变家乡贫穷落后的面貌。在办学的同时，陈杏荪热心村里工作，扶贫济困，调解民事纠纷，谁家有困难、有矛盾，都会来找陈杏荪帮助解决。他事无巨细、不分贫富，都倾力相帮，公正处理，在村里有着崇高的威信。

陈杏荪

然而，十年办学路，一把辛酸泪。陈杏荪办学非常艰辛，因为村里的大多数农户都很贫困，不肯送子女入学，即使在他反复劝导下勉强让孩子来上学，也交不起学费，故而办学经费往往捉襟见肘。学校没钱聘请足够的教师，陈杏荪只好既教语文又教算术，疲于奔命，苦撑门面，而许多学生因要帮大人干活，不是经常缺课，就是中途辍学，教学效果不甚理想，更没有达到他凭教育提高村民素质和改变家乡面貌的初衷。为此，他十分苦恼和迷茫，尤其是为弦儿送葬那天，听着村民的悲泣，看着村里的凄凉景象，他的心里更为苦楚和愧痛，暗自发狠地想，怎样才能帮助村民摆脱贫穷，改变开弦弓村的境况呢？

在历史上，开弦弓村并不那么落后与贫穷，虽无辉煌却也算兴旺，因为这里有着独特的历史与区位优势。

开弦弓村坐落在太湖东南岸，位于长江下游，地属苏州吴江。俗话说，上有天堂，下有苏杭。吴江在苏杭之间，是太湖东平原的一部分，处在太湖流域腹地，西滨太湖，东临上海青浦，几乎就在苏杭两地的中间地段，得人间天堂之"中"之利，具有得天独厚的自然地理优势。这一带布满了天然的河流和人工运河，水网纵横交错，世界上大概再也找不到有如此多可通航运的水路的地区。长江、淮河及其支流形成了一条贯穿这个区域的通道，蔚为壮观。这里不但河流众多，而且还分布着许多大大小小的湖泊，最大的湖泊当然就是太湖了。太湖之滨平畴沃野，气候温和，雨量充沛，除了宜种稻、麦、油菜之外，也十分有利于蚕桑的自然生长。

当地人民在农耕的同时，从事植桑养蚕、缫丝织绸，且有悠久的历史。蚕桑丝织，成了当地百姓丰衣足食、遂生乐业的传家宝。世世代代植根于此的人们，既享用着这一方水土的滋养，又把这太湖之滨、运河两岸的吴越之地耕种和梳理得锦绣一般美丽与富足。据史书记载，唐代时，"吴绫"已是朝廷贡品；明代时，这里更是"桑麻遍野""湖丝遍天下"。至清代同治年间，这里丝市极为兴旺，周围摇经基地如众星拱月，摇户人众十万。蚕区人民惰于稼，而勤于蚕，以至于无不桑之地，无不蚕之家，蚕丝业呈现出一派繁荣景象。

而最能代表这一带历史经济特点的当属吴江的盛泽和震泽两大名镇，这里可谓吴文化的重要发源地和古代丝绸产业的重要发祥地。而开弦弓村就傍依在震泽镇以北不远处，是该镇重要的蚕桑盛地，一度成为最为富裕的乡村。

不知从何起，这里的蚕桑丝织业逐渐衰落。至19世纪末20世纪初，蚕桑丝织技术明显落后，市场萎缩，效益下滑。这里的农民不得不退桑种稻，半桑半耕，维系着越来越差的农桑经济和基本生活，许多农户则陷入了穷困的境地。正所谓：

> 辛勤得茧不盈筐，
>
> 灯下缲丝恨更长。
>
> 著处不知来处苦，
>
> 但贪衣上绣鸳鸯。

村民的困境，尤其是学生弦儿的不幸死亡，让陈杏荪伤心不已，倍感迷茫。

第 **2** 章

时局维艰

△一个小人物，一个乡村的小学校长，怀揣着一桩心事去了镇上。此事说大不大，说小也不小，却直接关系到村里人的生计。

人在迷茫的时候，往往容易产生负面情绪，甚至丧失信心。而陈杏荪不是这样的，他在反复思考后调整心态，并发狠要在迷茫中寻找新路。

他决定去镇上一次。开弦弓村离震泽镇仅10多里的路程，但因忙于学校的事务，他一年之中只去一两次，而且都是当天去当天回。而这次他准备住上几天，在那里多看看，与熟人聊一聊，心想这样也许会打开自己的思路。

去震泽镇只有水路。陈杏荪是一早坐村里的便船去的。

震泽是太湖的古称，因镇近太湖而以震泽名之。北宋绍兴年间设镇，是历代震泽巡检司署驻地。该

20世纪30年代的震泽镇

镇古代的手工业，主要是缫丝、织绸，始于明洪熙、宣德年间。此外镇上还有铁匠铺、椿木作、篾匠作、榨油坊等。清代中叶兴起纺经，"辑里干经"远销海外，由此带来商业的发展与繁荣。市场以丝行、米行为主，辅之以鱼行、羊行、猪行、皮毛行、地货行等农副产品集散的牙行。清乾隆年间，丝市日兴，该镇遂有丝行埠之称。最早的出口丝商是始于清道光年间的徐世兴丝行。19 世纪中叶到 20 世纪初，震泽丝织业进入全盛期，全镇有各类丝经行 47 家，乡丝行 20 家左右。而至 20 世纪 20 年代末，由于机制丝的兴起，干经在国际贸易中日渐滞销，震泽只剩下 7 家经行，3 家乡丝行，市场疲软，生意惨淡。

到了镇上，陈杏荪找到沈氏米行的老板沈冰成，并在他那里住了下来。沈冰成是开弦弓南村人，小时候与陈杏荪同上私塾，两人感情甚笃，几十年来多有来往。当天晚上，沈冰成热情接待了陈杏荪，第二天他因事外出，陈杏荪就独自在镇上转了转。

这是个大镇，但已看不到往日的繁华与生机，满目冷落萧疏的景象。陈杏荪去拜访了几位亲朋好友，谈论时局与生意，大都有些悲观，对前景不甚看好。本来是想来开开眼界、换换脑筋的，而听到的、看到的却是消极的东西居多，这让陈杏荪颇为失望。还是回去坚持着吧，他心里这样想着。这是他多年形成的思维方式，每遇困难与曲折，他总是这样想。他从没想过后退，总是想着前行，实在不行就坚持着。

晚上回到米行，沈冰成已经在等他了。两人边吃晚饭边聊天。陈杏荪谈了一天的见闻，感触良多。沈冰成建议他改天去拜访一下徐记丝行老板徐清河。

原本陈杏荪不想去拜访徐清河的。他与徐清河是同村同学还同龄，从小在一起玩耍、上私塾，长大后又一起参加乡试，皆中举人。两人曾说好一起回村办学，但徐清河中途变更，听从父命，继承家业，在徐记丝行从学徒做起，不出几年就接替了去世的父亲当了老板，竟也干得风生水起，生意日隆，一时超越了祖辈徐世兴的鼎盛时期，在震泽镇声名鹊起，无人不知。开始时，陈杏荪对徐清河弃学从商不以为然，还很有些不满。后来看他发达了，出于自己的清高，有意无意地疏远了他。偶尔也会碰面，但一谈起来，徐清河总是三句不离本行，满嘴的生意经，一身的铜臭味，令陈杏荪颇为反感。道不同不相为谋，时间一长，两人几乎断了来往。

基于沈冰成的建议，也由于自己的想法有所松动，陈杏荪便于翌日上午去徐记丝行与徐清河一晤。

徐记丝行位于宝塔街西段，坐北朝南，三面临水，南边是荻塘市河，西边靠着斜桥河，北枕藕河，是最为繁华和开阔的地段。其建筑为典型的江南水乡大宅门，占地很大，门面阔六间，内部六进穿堂，共有大小房屋百余间，集河埠、行栈、商铺、厅堂、内宅、花园、下房于一体，皆为砖木结构，青砖白缝，木质柱梁及楼梯护栏一律漆成红色，古朴而又气派。大门上匾额"徐记丝行"四个大字，虽非当时名人所写，但集米芾字体而成，文雅而厚重。

震泽镇上的丝行分三类：乡丝行，专门收购土丝，略加整理后转售于丝经行；绸丝行，主要收购土丝分档转售苏州、盛泽织绸；吐丝行则收购下脚丝售于丝线业。丝行具有明显的季节性特点，小满过后新丝上市，购销两旺，过了中秋则趋寥落，部分丝行收摊，就像这蚕进入了冬眠期一般。

与其他丝行不同的是，在季节萧瑟、市场萧条的景况下，徐记丝行不但照常开业，而且进出人员不少，颇有些人气，并非像冬季的街市那样冷落。

站在大门口，陈杏荪略为迟疑了一下，便硬着头皮往里走去。这里他曾来过几次，还算熟悉。第一进是一座带有一点西式风格的二层楼房，上下两层，两层的正面都是竖排的玻璃门窗，显得十分敞亮。门窗前是带屋檐的内廊，一层内廊与楼梯相连。陈杏荪正欲上楼，有人上前拦住，问找何人。陈杏荪说要找徐老板，此人上下打量他一番，看他气质不俗，便说，请问尊姓大名。陈杏荪自报了家门。此人客气道，请稍等，待我上楼向徐老板通报一声。

顷刻间，只听得二楼传来爽朗的声音："杏荪兄啊，有失远迎，快上来吧！"

陈杏荪顺着楼梯上去，徐清河已在楼梯口迎候："是什么风把你吹来的？也不预先告知一声，弄得我也没到门前去恭迎大驾，实在失礼了！"

陈杏荪也客套道："你是大老板、大忙人，怎敢惊动于你，只怕扰了你的大事。"

"哪里哪里，这话说到哪里去了，我有什么大事啊。"徐清河拉着陈杏荪的手往他的办公室走去，"再说了，再大的事也不妨碍接待你啊，我很想像往常一样，我们好好聊聊哩。"

在办公室，徐清河沏了茶递给陈杏荪，热情道："今天到的吧？就在我这里住上几天。"

陈杏荪坐下说："不啦，我今天就要回村里去，已经来镇上两天了。"

"来镇上两天了？"徐清河又问，"住在哪里的呀？怎么不到我这里来？"

陈杏苏答道："住冰成那里的，我怕打扰了你。"

"你看你，还是与冰成走得近。"徐清河给自己杯子里也倒了茶，坐下说，"你怕打扰我就不怕打扰他，分明是托词嘛。"

"绝不是的。"陈杏苏解释道，"冰成那边毕竟是个小小的米行，事情没那么多，我就在他那边落个脚，免得打扰了你。"

"你左一个打扰右一个打扰，分明是把我当成外人了。"徐清河说，"其实啊，我现在的事情并不多，这街市冷得像寒冬一样，生意不好做，钱更不好赚，根本忙不起来，闲得慌呢。"

陈杏苏问："也许这是季节性的缘故吧？"

徐清河放下茶杯道："季节性的原因当然有，但主要是大环境、大行情不好。我们现在简直是王小二过年，一年不如一年呐！"

陈杏苏笑道："怎能把大老板比作王小二？我看你这里人进人出的，还好嘛。"

"那是瘦死的骆驼比马大，我也是在苦撑着。"徐清河呷了一口茶说，"当然喽，比起那些关门歇业的丝行要好些，这全靠祖上打下的基业厚实，不然也就撑不下去了。"

"这不可能。"陈杏苏觉得徐清河今天讲话不像以往那般，明显诚恳和实在许多，便安慰道，"清河老弟这么能干，总能破解困局扭转乾坤的。"

"扭转乾坤咱不敢，破解困局倒是一直在想着法子。"徐清河突然想到了什么，忙说，"哦，对了，你来得正好，今天我约了一个人过来，你肯定也想见的。"

"谁啊？"

"你猜猜看。"

"这哪能猜得着啊，你说吧。"

"郑辟疆。"

陈杏荪喜出望外："啊，辟疆老兄真的要来啊，凑得那么巧吗？"

"无巧不成书嘛。"徐清河说，"半个月前我给他写了封信，邀请他过来一聚，前天才收到他的回信，说是今天下午到。"

"那太好了。"陈杏荪欣然道，"多年不见了，没想到今天能碰上见面的机会。"

徐清河说："今天你就留下来，晚上我们兄弟几个在一起好好聚叙。"

陈杏荪爽快道："听你的，我留下来作陪。"

"不是听我的。要不是辟疆兄要来，恐怕我要留你也留不住的。"徐清河笑道。

陈杏荪也玩笑道："这要看你老弟的诚意了。"

"我从来不乏对你的诚意，而是你老兄对我抱有成见，总是躲着不见。"徐清河摆摆手说，"不说这个了，今天你能来我这里，我就很高兴了。怎么样，今天把冰成老弟一起请来聚聚好吗？"

"那好啊！"陈杏荪高兴道，"我这就去请他。"

徐清河说："别急嘛，在这里吃过饭去请他也不迟。"

"恭敬不如从命。"陈杏荪说，"这样也好，我俩也可以先在一起聊聊。"

陈杏荪一改以往的态度，徐清河也诚恳有加。两人谈得很热络，差点忘了午饭的时间。

第 3 章

君子之约

△四个老乡——两个校长、两个老板，想到了一块，一起来做一件事情。这件事，也许对于乡亲、对于国家有点意义。

上午是寒冷的阴天，午饭后便下起了雨。这不大不小的雨，淅淅沥沥，使街道显得更加冷冷清清。穿街而过的那条市河，似兜着一层白白的、薄薄的丝绸，朦朦胧胧的，看不到远处。

直到傍晚时分，一条客船才从藕河的丝雨中驶近过来，慢慢地靠上码头。徐清河、陈杏荪和沈冰成都来码头迎候郑辟疆。

郑辟疆，字紫卿，1880 年生于吴江县盛泽镇，1900 年考入杭州蚕学馆，毕业后留馆工作，次年东渡日本，考察了爱知县、长野县等主要蚕区，访问了日本蚕桑专家。访日期间，他与我国知识界进步人士黄炎培、史量才、费璞安等交往甚密，受到"实业校园""职业教育"等思想影响。1905 年至 1917 年，他先后在山东青州蚕丝学堂、山东省立农业专门学校任

郑辟疆

教，到山东不久，他曾拟就《提倡蚕桑十二条陈》送呈山东巡抚。由于当局昏庸，条陈如石沉大海，杳无音讯，但他献身振兴蚕丝业的决心已定，遂以全部精力投身于蚕丝教育事业。他在教育过程中，不断吸收蚕丝科学技术的新成就，结合我国实际情况，编纂了《桑树栽培》《蚕体生理》《养蚕法》和《土壤肥料论》等教科书，成为我国蚕丝教育最早的有系统的教科书。1918 年，他应史量才之邀，接任校址在吴县浒墅关的江苏省立女子蚕业学校校长。

郑辟疆身着蓝长袍黑马褂，手提小皮箱走出客舱，上岸后见着徐清河便愧疚道："让您久等了。"

"让您辛苦了。"徐清河一把拉住郑辟疆的手，"辟疆兄，你看看，他们也来迎候你了。"

站在不远处的陈杏荪、沈冰成迎上前来，热情地表示欢迎。

"真没想到，你们两位也在，难得啊！"郑辟疆喜不自胜地与他俩握手。

陈杏荪欣悦道："我也是今天才得到你要来的消息，真是太凑巧了！"

沈冰成站在一旁说："虽然离得并不算太远，但我们兄弟四个要碰在一起还真是难得。"

郑辟疆回顾道："上次我来震泽，咱们四个人在一起小聚，少说也有三四年了吧。"

"起码有五年了。"徐清河说着便引大家往回走。

他们边走边说，很快便到了徐记丝行。帮郑辟疆安顿好住宿后，徐清河就把他们三位一起引到自己的会客厅。

这客厅宽敞明亮，中西合璧。客厅南面是阳台，站在上面可看到宽阔的市河。厅内有一组西式的条桌和靠椅，在另一区域摆着一组皮制沙发。沙发背后的墙上挂着一幅石涛的《山水清音图》，两侧是董其昌手书的对联：竹送清溪月，松摇古谷风。整个客厅布置得美观大方、文气高雅，给人一种清新舒适的感觉。

郑辟疆在客厅转了一周，说："看这格调，清河老弟已成儒商了啊！"

"郑兄又笑话我了，我完全是附庸风雅。"徐清河请大家在沙发上落座，解释道，"现在生意清淡，闲着无事，就玩玩古代字画，不过，入不了这门，还是门外汉，学着欣赏哩。"

"你这不像是门外汉了。"沈冰成指着挂在墙上的书画说，"看着这石涛和董其昌的东西，你的眼力和品位就不差嘛！"

"这两件东西都是用高价弄来的。"徐清河轩轩甚得道，"花钱买品位，还是钱的力量大啊！"

陈杏荪接着徐清河的话说："你的话既对又不对，有钱不一定有品位。不过看得出来，老弟的品位确有提高。"

"你是表扬我还是批评我呢？"徐清河笑道，"不过，比起你们几位来，我徐清河的文化品位还的确有待提高啊，这不，我不也在往你们靠嘛。"

郑辟疆有些诧异道："你请我过来，不会就是这个原因吧？"

"这怎么说呢？"徐清河话归正题，"既是也不是。实话实说吧，这次请你来，就是为了向你讨教些问题。"

"讨教问题？"郑辟疆坦然道，"我也实话实说，我这次答应你过来，也正是有事与你商量。"

徐清河高兴道："那我俩是心有灵犀、不谋而合。不过，我们兄弟四人难得相聚，今天只叙友情，不谈别的，明天咱俩再谈正事。"

"这可不行。"陈杏苏忙说，"怎么把我与冰成避开了呢？难道我们就不能与你们一起谈谈正事吗？"

"就是嘛，我也可以顺便向你们请教请教。"沈冰成附和道。

徐清河解释道："绝无此意，在商言商，我是想向辟疆兄讨教蚕桑业发展的有关问题，怕你们不感兴趣。"

陈杏苏坦诚道："不瞒你说，无事不登三宝殿，我这次到你这里来，本来也是想商量些事情，正遇到辟疆兄到来，那就更给我碰着机会了。"

"那好，那好！既然大家想到了一块，凑到了一起，那我们今天就好好聊聊，谈个痛快。"徐清河看了看桌子上的西洋钟说，"时间不早了，我们还是先吃晚饭，明天再聊正事。"

郑辟疆说："因为临近年终，蚕校里的事情较多，我明天就得赶回去，还是吃过晚饭就谈吧。"

大家一致同意。

多年难得一聚，大家把酒言欢，很是惬意。虽然各自很尽兴，但想着有事要谈，都没有喝过量。

晚饭后，他们随即回到客厅，一边喝茶一边聊。因喝了点酒，多少有些激动。一激动，话头就敞开了。

徐清河先叹苦经："别看我现在面子上还可以，实际上难处不少，这土丝的生意是越来越难做。不像冰成老弟的米行，老百姓开门七件事，柴米油盐酱醋茶，吃是第一位的，米行的生意总是好做的，而这蚕丝就不是这样了，总是在波动，如今更是一路下滑。"

"与你相比，我只能算作小本生意。"沈冰成说，"其实，现在城乡经济不景气，米行的生意也大不如昨。"

陈杏荪说："你们两位老板都在叫苦不迭，但你们还不知道这几年村里百姓的生活，那才叫苦呢！"

"是因为村民生产的土丝价格上不去吧？"郑辟疆问。

"不是上不去，而是给丝行压得很低很低。"陈杏荪看了看徐清河。

徐清河则委屈道："不是我们丝行把土丝价格压得低，而是质量上不去，卖不出价格。"

陈杏荪疑惑道："蚕丝还是这蚕丝，质量还是这质量，怎么卖不出价格了呢？"

"这你就有所不知了。"徐清河道，"现在洋丝对土丝的冲击很大，无论是质量还是价格，我们这里产的土丝都不能与洋丝相比。"

"那也不能怪蚕户啊。"陈杏荪颇为不平地说，"村民们祖祖辈辈种桑养蚕，干得那么辛苦，成本不断上升，蚕丝价格却在不断下跌，他们的日子是一天不如一天，生活越来越困难，村里绝大多数成了贫困户。不光是贫困，还酿成了悲剧。"

"悲剧？"徐清河、沈冰成不约而同地问，"什么悲剧啊？"

陈杏荪叹气道："前些日子，林同生的女儿弦儿跳河自杀了。"陈杏荪把弦儿自杀的前因后果讲了一遍。大家痛惜不已，极为悲伤。

陈杏荪接着说："我又少了一个学生。孩子们能正常上学的本来就很少，我这学校也难以为继。我这次来镇上，也正是想为村民们寻寻出路。打开天窗说亮话，我觉得丝行应当让利于民，让老百姓能够生活得下去。"

徐清河说："村民们受苦，我们的日子也不好过，丝行的利润空间越来越小，有的已在亏本经营，有的只好关门歇业，徐记丝行也在苦撑危局。所以，我这次把辟疆兄请来，就是想讨教一下，看看有何良方。"

"良方谈不上，想法倒是有些。"一直在静静听着谈话的郑辟疆似乎是有备而来，"你们提出的问题，正是我很长一段时期以来在反复思考的问题，这次过来也是了解些情况，与你们商量些事。"

徐清河急切地说："辟疆兄早年留学日本专攻蚕桑业，又创办蚕桑学校多年，见多识广，定有高见，我们洗耳恭听。"

"不是什么高见，只是与你们交流一下新近的一些想法。"郑辟疆条分缕析地讲了起来，"我们都知道，中国是世界蚕桑业的发源地，而江浙一带则是中国蚕桑业的发源地，养蚕取丝已有五千多年的悠久历史。数千年来，农桑并重，蚕桑生产成为老百姓的重要收入来源。同时，种桑养蚕、取丝织绸的方法传到日本、朝鲜和东南亚以及更为广泛的地区和国家，我国生产的丝绸也源源不断地出口到国外，架起了东西方商贸往来和文化交流的丝绸之路。可以这样说，我们这里正是古代丝绸之路的源头和发祥地。可是，明治维新后，日本政府大力推广丝绸产业，引进法国先进的缫丝技术，生丝生产的产量和质量大大提高，上世纪末、本世纪初，日本生丝出口超过了我国，一跃成为世界上最大的生丝出口国，开始逐步垄断全球生丝市场。这对我国的生丝产业造成了巨大的冲击。"

"竟是这样啊！"陈杏苏吃惊道，"我们处在偏僻的农村，十分闭塞，对外面的世界一无所知，哪里晓得这种状况！"

"我们只顾做生意，虽然对此略有所知，但也没有想到情况会发展到这样严峻的地步。"徐清河很是无奈。

郑辟疆继续道："清政府腐败无能，闭关锁国，造成了这种被动落后的局面。辛亥革命后，我们才对外面世界有所了解，但为时已晚。为了改变中国，孙中山提出，振兴实业，发展交通；振兴教育，发展科技；对外开放，引进外资。为此，一批有识之士纷纷出国学习，寻求建国之路。我则到日本留学，学习他们的技术和经验。在日本，的确是大开眼界，他们生丝生产的设备和技术要比我们先进得多。"

沈冰成感慨道："那真是砖头上砌墙头，后来居上。"

"是啊，他们后来居上后却居高临下了。"郑辟疆愤然道，"我们在那里留学，有些日本人居然看不起中国的蚕丝业，说三道四，甚至常带讥讽的口气，让我们心里很不是滋味。当时我就暗下决心，回国以后也要推广先进的技术，决不能让我国的蚕桑业就这样落后下去。"

"你的想法太对了！"徐清河赞同道，"现在土丝与洋丝难以匹敌，主要是技术上落后了。"

"技术上落后的原因又主要是缺乏这方面的人才。"郑辟疆说，"所以，我回国后就受聘于蚕桑技术学校。但没有想到的是，学校培养出来的学生，居然找不到相应的工作，大多改行去做别的了。"

"怎么会呢？"陈杏苏惋惜道，"这不是太浪费人才了吗？"

"是啊。"郑辟疆说，"因为我国目前没有蚕桑方面的技术机构，而主要原因是我国的蚕桑生产都是家庭作坊的手工劳动，他们在观念上和经济能力上都无法采用先进的技术。当然了，他们也接触不到新的技术。"

陈杏苏说："我们这些穷乡僻壤，哪里知道什么新技术呢？如果有了新技术，村民们不会这么苦、这么穷，也不会出现弦儿这样的悲剧了。"

"是啊！因此，我这两年一直在想，光是埋头办学不行，还得把培养出来的学生用起来，把蚕桑养殖的新技术推广开来。"郑辟疆道出了本意。

"我举双手赞成！"徐清河说，"现在看来，不采用新技术，我国的蚕桑业必将不断萎缩，最终死路一条。当务之急是推广和应用好新技术。"

"这正是我们要商量的事情。"郑辟疆说，"我想把我们学校的教职员工和学生发动起来，到各地去宣传和推广蚕桑养殖新技术。"

"先到我们这里来吧。"徐清河恳请道，"我们责无旁贷，有钱出钱，有力出力。"

郑辟疆说："所需经费并不多，我们学校自己承担便是，请你们提供必要的条件和方便就可以了。"

"没问题，我来负责！"徐清河爽快表态。最后，他们四人商定，说干就干，在春节之前，郑辟疆带领一些教师和学生来吴江一带宣传推广蚕桑新技术。

陈杏荪和沈冰成提议，第一站先到开弦弓村。

那天深夜，一个"君子之约"就这样定下来了。

第 **4** 章

波澜乍起

△要去做一件事情，哪怕是一件小事、一件好事，总会有不同意见。许多事情总是在争议中开始并最终做成的。

翌日下午，郑辟疆离开震泽镇，急匆匆赶回学校——江苏省立女子蚕业学校。

该校前身是著名爱国新闻事业家史量才先生所办的私立上海女子蚕业学堂，创始于 1904 年。1911 年改为公立，迁址于吴县浒墅关。

浒墅关位于姑苏城外，阳山之麓、运河之滨，为千年古镇，历史可以追溯到秦代，有"先有浒墅关，后有苏州城"之说，明清时期

江苏省立女子蚕业学校

仍是驰名全国的繁华市镇，被誉为"商旅之渊薮，泽梁之雄钜"。相传清乾隆皇帝下江南时，误将"浒"字念成"许"，故而一直叫作"许墅关"。

省女子蚕校迁至浒墅关后，得天时地利，本应有所发展，但由于当时职业教育与普通教育的体制壁垒，办学情形颇为艰难。1918年元月，缘于黄炎培的推荐，史量才邀请郑辟疆担任蚕业学校第三任校长。

郑辟疆就任之时，正是第三届学生行将毕业之际，而前两届毕业生尚未踏入蚕丝行业。学校工作荏苒十年，收效甚微，欲使毕业生获得相当之职业，殊非易事。面对这种状况，郑辟疆根据自己在国内外蚕丝教育和生产实践工作中所积累的经验，明确提出了蚕丝业教育不能仅仅局限于学校教育，而应与蚕丝业现实紧密联系，并提出蚕业学校发展的新方针：一是启发学生的事业思想；二是树立技术革新的风尚；三是以自力更生和节约的办法，尽量充实实验设备及实习基地，提高教学质量；四是坚决向蚕业改进途径进军。新方针的提出，一扫因前景不明而造成的沉闷局面，为蚕业学校的全新发展奠定了坚实的基础。

五年前，省女子蚕校改为省公立学校，由省教育厅直管，进入学校发展的新阶段。郑辟疆积极推进学校的改制改革，在编写符合实际的教科书、提高教学质量的同时，在学校组织师生研制新设备，开发新技术，培育出了高品质、低病毒的蚕种——"铁种"。郑辟疆深知，只有把这些新技术、新品种推广到蚕区蚕户，才能达到效果、产生效益。这次他在震泽与同乡好友倾心交流，取得共识，让他萌生了一个新的计划。回校后的当天晚上，郑辟疆奋笔疾书，草拟了《蚕桑新技术新品种推广计划书》。

敢想敢干、雷厉风行是郑辟疆一贯的行事风格。第二天上午他便召开校务会议，讨论新拟订的计划书。

郑辟疆开宗明义道："前天，我应好友之邀，去了趟震泽。在那里，我听他们讲到如今蚕丝业的艰难和蚕农的艰辛。这几年，蚕丝业每况愈下，大量丝行难以经营纷纷倒闭，留下几家大的丝行也难以为继，而蚕农的损失更大，成本增加，价格下降，还很难卖出去，收入来源受到严重影响，生活越发陷入困境，甚至发生因养蚕失利而自杀的悲剧。究其原因，主要是我国蚕桑养殖和缫丝技术十分落后，生产出来的土丝，在价格和质量上已经失去优势，无法与进口的洋丝相竞争，因而销售与利润一路下滑，已处于非常严峻的危险境地。这更激发我们推广蚕桑新技术新品种的紧迫感。回校之后，我就连夜起草了一份计划书，今天开会就是来讨论这事。"

郑辟疆示意校务秘书费达生将油印的计划书发给大家。他接着说："因时间仓促，事先没有征求各位同仁的意见，你们可以先大体看一下这份计划书。"

与会人员认真地翻阅着计划书，其内容分为六条：推广之目的、推广之项目、推广之方式、推广之经费、推广之区域、推广之阶段等。

看大家翻阅得差不多了，郑辟疆便解释道："我们的目的是要在桑农蚕户中推广普及蚕桑养殖的新技术和新品种，帮助他们改进养殖的方式方法，提高蚕桑蚕丝的产量与质量，提高在市场上的竞争能力。我们的第一步，就是要把我校培育出来的'铁种1号'推广到蚕区去，并普及新的科学的养蚕方法。我们要组织教师和学生主动走出校门，带着新品种和新方法去宣传、去示范，甚至手把手地教，让蚕户们能够接受和掌握。"

也许是大家对此毫无思想准备，郑辟疆讲完后，会上沉默了好长一阵子。过了一会儿，还是常务副校长宋高翔先讲了，他说："这个计划既突然也不突然，早该这么做了，我表示赞同。"

"我也同意这个计划。"副校长孙左达同时提出，"实施这个计划可能需要一定的经费做保证。"

"这当然是要的。"郑辟疆说，"由于学校经费紧张，只能想方设法从行政经费中挤出部分，在震泽地区选择几个村子先行试点，这样既是为了获得实际情况和实践经验，亦可节约经费。这次推广活动准备立即启动，这样可以赶在明年春季前，使蚕农用上我们的新品种和新技术。"

说完，郑辟疆看副校长崔泽元迟迟不表态，便问："泽元，你的意见呢？"

"我不同意。"崔泽元明确地说，"我认为这个计划很是突然，这倒并不是突然提出来，而是这个计划本身有待商榷，作为学校要不要、能不能去做这个事，应当好好地进行论证。"

崔泽元的发言倒让大家很是突然，觉得他有些唐突。他是省教育厅下派到学校来挂职的，三年任期已过两年。以前他一向顺从，甚至有点唯唯诺诺，但今天怎么能如此顶撞校长呢？

郑辟疆也有些意外，便说："那你不妨谈谈你的看法。"

"事情来得如此突然，我一时谈不出多少具体的意见。"崔泽元顿了顿说，"依我之见，这个推广计划显然没有必要，因为这不是学校的职责范围，学校的职责就是教育，就是让学生学习知识、掌握技术，而推广技术是政府的事、社会的事，这实在与我们学校无关，我们没有这样的义务。"

"哦，原来你是这样的看法。"郑辟疆坦率道，"我也不同意你的看法。不过，你的看法关乎办学的宗旨与方针，这正是我长期以来一直在思考的问题，也是下一步学校革新不得不涉及的问题，今天不妨与大家深入地讨论一下。"

虽然没有任何准备，但郑辟疆胸有成竹，当即进行了详尽阐述："我们都知道，省女子蚕校是史量才先生一手创办的。史先生为什么要创办这所学校？因为他深感中国教育文化事业的薄弱是近代中国落后的根本原因，认为一国之兴，文化实其基础，于是，他积极致力于教育事业，而在新式学堂任教的经历，也让他对教育兴国有了新的认识，特别是在务本女学与新时代女青年的接触中，他强烈地感到女子应该有受教育的权利，应该充分发挥她们的聪明才智，而原先的普通教育对女性的帮助太微弱了，不具备一技之长的女性，即使接受了新式的教育，也摆脱不了被埋没于家务的命运。因而他才决定利用自己在蚕学馆学到的专业知识，并用自己教书积攒起来的有限资金，在苏南这片蚕桑之乡开办一所女子蚕业学校。史先生的办学之举为业界与世人所称颂、所仰慕，然而，多年来省女子蚕校的办学之路尤为艰难，困于联业教育与普通教育的人为割裂，导致学校未能充分发挥对个人和社会应有的作用与贡献。为此，史先生竭力主张教育的革新。我记得，我赴校伊始，史先生与我谈话，讲得最多的一句话，就是希望省女子蚕校的毕业生将来能为蚕丝界服务。"

"我们就是要正确理解和贯彻好史先生的这句话。"崔泽元按捺不住道，"我理解，就是要让学生在校学好知识与技术，毕业后能找到合适的工作，这样才能为蚕丝业服务啊！而现在主要的问题是毕业生找不到从事蚕丝业的合适工作，这才是我们要关注的实际问题。"

"你只是讲了问题的一个方面。"郑辟疆耐着性子深入分析道，"省女子蚕校的毕业生找不到相应的工作，这的确是我们所面临的实际问题，而且是严重的问题。要解决这个问题，就必须找到这个问题的症结所在，对症下药。那么，症结在哪里呢？主要在于我国蚕丝业的保守与落后。因为保守，墨守成规，不采用新品种，不学习新技术，还是靠天吃饭，还是传统方法，所以落后了；因为落后，蚕丝的产量上不去，质量上不去，缺乏市场竞争力，在洋丝的挑战与挤压下，蚕丝业失去原有的优势，日益衰落下来，导致现在的不景气。这样的情形下，我校毕业的学生势必找不到工作，派不上用场。要改变这种状况，就必须用教育的革新推动蚕丝业的革新，从根本上解决问题。"

"这是一个积极主动的方法。"宋高翔说，"我们不能守株待兔，而是要主动承担起振兴我国蚕丝业的社会责任。再说了，学校的课堂教学、书本知识固然重要，但开门办学，让学生在宣传推广活动中参与社会实践和技术锻炼，不仅能够更好地理解和巩固在学校学到的知识，也能提高她们的实际工作能力，丰富她们的社会经验，这对她们毕业后的就业与创业也是十分有利的。"

孙左达又补充道："学生毕业后的就业，说到底还是依赖于蚕丝业的发展与兴盛。如果能够通过推广新品种新技术促进蚕丝业走出困境，实现振兴，无疑对于我校毕业生的就业是长远根本之策。"

"谈何容易！"崔泽元情绪激动起来，"要让蚕丝业走出困境而振兴，绝非一日之功、一蹴而就，而我校因职责、能力所限，哪有力量去承担如此宏大的社会职能？简直是不自量力！"

大家不明白今天崔泽元的情绪为何如此激动，都不想与之发生争论，而他却越说越激烈："更何况，我校目前经费吃紧，维持正常的教学已经捉襟见肘，哪来资金去搞什么推广活动？"

这话点到了学校的要害处。是啊，如今学校经费严重不足，而推广活动多少需要一些经费，如果再压缩行政、教学经费，就有可能影响正常的工作。这的确是一个难题。大家只得面面相觑。

沉默良久，孙左达提议说："我们能不能搞点有偿服务，通过转让我们的新品种、新技术，向蚕农收取一定的费用。"

郑辟疆斩钉截铁道："这不行。现在蚕农十分困难，根本拿不出钱来。我们不能以此增加他们的负担，搞竭泽而渔，而只能是放水养鱼，利用我们有限的人力、物力和财力进行推广工作，为此，我们一方面要尽量节约，另一方面要发动师生义务进行推广工作。"

"那还要看教师和学生愿意不愿意。"崔泽元不服道。

作为会议工作人员的费达生本来是没有资格在会上发言的，她却立即表态说："师生的工作我们来做，我想大家是会愿意的，而且，可以把推广活动纳为教学计划的一部分。"

崔泽元反唇相讥道："我们学校现在是公立学校，教学计划是要经过省教育厅批准的，不是说改就改，更不能一人说了算！"

"这算什么话！"郑辟疆被激怒了，"是谁一个人说了算了？这不是在开会讨论嘛。这样吧，会后你们征求一下师生的意见，教育厅那边，我去汇报。"

会议就这样不欢而散。

　　校务会议结束后，费达生心里忐忑不安。一来为自己在会上冒昧发言，担心校领导尤其是崔泽元对她有看法。自己作为校务秘书，任务仅仅是做好记录，是不应该插话或者发言的。二来是校务会上的争论，在她心里掀起了层层波澜。她从内心拥护和赞同郑校长提出的计划，这完全契合自己的想法和主张，但又担心这个计划能否顺利实施。她知道，崔泽元是省教育厅派来的，虽然年龄不大，但城府很深，他的反对无疑会对实施这个计划产生一定的阻力。

　　虽有担心，但主意已定。她要以实际行动支持郑校长的这一计划。因为这也是为了实现她自己早已确立的人生理想。

　　费达生，1903 年 10 月 1 日出生于江苏吴江。父亲费璞安曾留学日本，长期从事教育工作，担任江苏教育厅视学；母亲杨纫兰毕业于上海务本女校，早年从事幼儿教育工作。费达生自幼受到良好的家庭教育，14 岁入江苏省立女子蚕业学校学习。

　　入学的第二年，也就是 1918 年春天，学校来了一位新校长，年近四十，身材高大，相貌堂堂，身着灰长衫、黑马褂，文质彬彬，气度不凡。她后来得知，他叫郑辟疆，很有学问与才干，学校使用的主要专业教材都出自他的手笔。她对他心生敬仰。

　　四年的蚕校学习生活很快就要结束了。费达生毕业考试在全班名列前五。虽然成绩优秀，但与其他同学一样，毕业后的工作成为一大问题。在振华女校教书的姨夫劝她到振华女校教体操并兼学英语，将来便可找个更为理想的职业，而费达生不想学非所用，一心投身蚕桑事业。

　　究竟选择哪条人生道路呢？她为此十分痛苦。就在这时，郑辟疆找她谈话说，省里给了省蚕校两个到日本留学的名额，路费和补习功课的费用要自家出，考取后可以享受公费，问她是否愿意去考。费达生喜出望外，当即表示愿意一试。在自己的努力和家人的支持下，她与郑辟疆的胞妹郑蓉镜一同以优异成绩获得留学日本的资格，同赴东瀛。

经过在日本两年的刻苦学习，费达生顺利地完成学业，拿到了毕业证书。她的老师福本福山知道她是苏州人，就介绍她到日本人在苏州开的瑞丰丝厂工作。而此时，她已接到郑辟疆校长的书信，邀她回国后到省女子蚕校当教师。她毫不犹豫地谢绝了日本老师的好意，毅然回到母校工作，担任教师并兼任校务秘书。

她一心扑在教学工作上，恨不得马上把从日本学到的知识运用到我国的蚕桑事业中，实现自己报效祖国、服务桑梓、投身事业、强国富民的理想。当在校务会上听到郑辟疆校长的推广计划后，她打心眼里拥护，于是情不自禁地站出来表示支持。

但是，具体怎么支持呢？于是，她把自己最要好的几个青年教师郑蓉镜、胡咏絮、原茵和彭钦年找到宿舍来一起商量。费达生对郑校长在校务会上提出的推广计划书的内容作了介绍，大家倍感振奋。郑蓉镜说："这个计划，我哥酝酿已久，这次去震泽的所见所闻，对他触动很大，促使他下定决心进行教育改革，实施蚕桑新技术和新品种的推广计划。"

费达生对她们说："可现在有人反对这个计划，主要理由是学校经费紧张，再就是怕教师和学生不一定愿意参加这样的校外活动。"

胡咏絮心直口快："谁说不愿意，我带头参加。"

"这可是义务活动哦。"费达生补充道。

　　胡咏絮干脆道："这没问题，我们可以自背行李、自带干粮，这样也就不需要学校花多少经费了。"

　　费达生肯定道："这样好，少花学校的钱，这也许会减少实施这项计划的阻力。"

　　"不仅要减少阻力，还要增加动力。"胡咏絮以大姐的口吻说，"郑校长的倡议，是他一直以来的教育思想的体现，现在付诸实施，必将开启一种新的教学模式，也将为学生毕业后从事桑蚕业探索一条新路。"

　　彭钦年雀跃道："还是胡姐有水平，对校长的思想领会深刻。我双手赞成，积极参加！"

　　原茵却犹豫道："我想是想参加，但假期里我要回老家一趟呀。"

　　胡咏絮直爽道："那不行，我们一起参加，一个也不能少。"

　　"我是有原因的嘛。"原茵解释说，"爸妈说好要给我过19岁生日的。"

　　郑蓉镜笑道："原茵啊原茵，你总是会有这原因那原因的。这算什么理由嘛。你留下来，寒假就住在我家，到时我们一起给你过生日。"

　　费达生、胡咏絮、彭钦年都劝原茵留下来，而她显得十分矛盾，迟迟不语。

　　"好吧，反正春节还有一段时间，再让她考虑一下吧。"费达生回到原来的话题上，"光有我们几个人赞同和参与推广计划还不够，应该动员更多的教师与学生自觉参与进来，保证和促进学校早日实施这个计划。"

　　郑蓉镜提议说："这样，我们几个人做个分工，我，咏絮、钦年分头做做其他老师和学生的工作，动员她们表态参与。达生，你文笔好，就代表我们几个人写一份倡议书，或者叫决心书，提交到学校去，以表达我们积极参与推广活动的强烈愿望。你们看怎么样啊？"

"听大姐的。"费达生欣然答应道，"我今天就写出来。"

原茵嘟囔道："我呢？怎么就我没有任务啊？"

"你留下来就行啦！"郑蓉镜拉着原茵的手说，"你要为外地教师做个样子。"

这时，费达生突然想起了什么，对原茵说："我给你个任务怎么样？"

原茵点头道："你吩咐就是了。"

费达生轻声道："我告诉你们，在校务会上，大家都同意郑校长起草的推广活动计划书，就是崔副校长表示反对，而且很激烈，所以这个计划书就没有能完全定得下来。此事你们千万别传出去哦。"说着她向原茵挤了挤眼说，"交给你一个任务，做做崔校长的工作，让他别那么反对。"

原茵的脸唰地红了，嗔道："你说什么呢？我怎能做得了他的工作啊。"

大家会心地笑了，然后便离开了宿舍。

费达生让原茵做崔泽元的工作是有原因的。此时崔泽元正在热烈地追求着原茵。原茵有些心动，但碍于两人年龄相差近20岁，加之郑辟疆校长竭力倡导女子独立，投身事业，不要为家庭所累，做新时代的新女性，因而，原茵一直不肯与崔泽元确定恋爱关系，而是作为一般朋友交往。说是一般朋友，但一旦有了这层意思，两人的关系便微妙起来，就不再是校领导与教师的关系。表面上看，崔泽元总是趾高气扬，而原茵非常内敛，显得有些文弱；但私底下，她却骄恣而任性，崔泽元把她的话当作圣旨似的。

原茵嘴上没有答应去劝说崔泽元，但从费达生的宿舍一出来，就径直去找了崔泽元。她对他含嗔道："你别与郑校长作对了，大家都愿意参加推广活动，我也是。"崔泽元想做解释，她却转身就走。崔泽元很是无奈，本想到教育厅告郑辟疆一状，现在只好作罢。

郑辟疆从教育厅赶回学校，立即召开校务会议，传达厅长的指示，厅里对省女子蚕校的推广活动计划充分肯定，并予以经费上的资助。两大难题，迎刃而解，大家兴高采烈，信心满满。崔泽元也没有再发表什么不同意见。校务会议决定趁热打铁召开全校教师和部分学生代表会议，进行部署和动员。

会议一结束，费达生就来到郑校长办公室，毕恭毕敬地提交了倡议书。郑辟疆看完倡议书，首肯道："这倡议书不光写得好，而且很及时。这样吧，你明天就在大会上宣读一下这份倡议书。"

"这，"费达生犹豫道，"这合适吗？这是我们五个人共同的意愿。如果要读，还是让胡咏絮读吧，她是我们的大姐。"

"还是你读吧。"郑辟疆指了指办公桌前的座椅说，"你坐下，我正好与你谈一谈。"

费达生怯怯地坐下，第一次与校长这样近距离面对面地谈话，觉得很不自在。

郑辟疆和蔼地问："你从日本回来有五个多月了吧？"

"近半年了。"费达生拘谨地回答。

郑辟疆笑道:"你看看,我这时间概念。事情一多,时间过得也快。你回来那么长时间了,我也没有好好找你谈谈,但你的工作我还是看在眼里的。你有能力,又肯干,表现不错。"

费达生羞惭道:"多谢校长您的肯定和栽培,学生我做得还很不够。"

"你现在可不是学生了哦。"郑辟疆亲切地说,"你是我们学校培养出来的教师,当然了,你在东京高等蚕丝学校深造期间学到了许多新的东西。你在那里学的是制丝专业,可我们学校还没有制丝科。现在学校正筹备成立推广部,我想让胡咏絮与你到推广部去,你先配合她开展工作。你看如何?"

"那当然好啦!"费达生的内心像刚烧开的水一样,顿时沸腾起来,但她努力按捺住自己激动的心情说,"不知我能否胜任?"

郑辟疆鼓励道:"这是一项全新的工作,也是具有挑战性的事业,既适合你的性格,也切合你的人生追求。"

费达生没有想到校长如此了解和信任自己,激动之下更增添了一分自信:"请校长放心,只要是我认准了的事,我就会努力去干,干出个样子来!"

"好!有男子汉的气概!"郑辟疆激励道,"巾帼不让须眉。我就看重有志向的女性,这也正是女子学校的宗旨之一。女子不仅要拥有知识,而且要拥有事业;不仅要拥有事业,而且要拥有社会地位与社会责任。达生,我希望你用实际行动冲破女子无才便是德的陈规陋习和传统观念,自立自强,积极投身到蚕桑事业中去,创造业绩,为省女子蚕校的师生做出榜样。"

　　面对如此高的要求，费达生一时无言以对，竟下意识地站立了起来，眼神格外的光亮和喜悦。

　　郑辟疆也站了起来，嘱咐道："明天大会上，就要宣布正式成立学校推广部，会后马上开始运转起来，你要做好准备。"

　　费达生使劲点头。

第 **5** 章
鉴古论今

△这是一所学校。虽然是女子学校，却有着男子的豪迈与气概；虽然是蚕桑学校，却有着桑梓之情与鸿鹄之志。

具有西式风格的大礼堂，是省女子蚕校最壮观的一座建筑。礼堂正中悬挂着孙中山的画像。画像上方张贴着"诚、谨、勤、朴"四字校训。

师生大会在这里举行。会议开始前，礼堂里响起了歌词隽永、曲风遒劲的校歌：

宁沪苏常，淮海徐扬，膏腴壤地，利辟蚕桑。

女红无害，农事无伤，实业教育此提倡。

阳山之阳，我校恢张，济济兮乐育一堂。

英才蔚起，成绩昭彰，振振兮名播四方。

经纶天下，衣被苍生，古文明功业创西陵。

意法日本，继起竞争，挽回利权谁之任？

勤则能进，诚则能成，勉矣哉，校训服膺。

愈研而精，愈振而兴，盛矣哉，日上蒸蒸。

　　歌声毕，常务副校长宋高翔主持会议，郑辟疆校长首先讲话。他说："临近寒假，本来是要做学期结束的有关工作，而今年的寒假，我们将有一项特别的安排。学校决定，利用这个寒假，组织部分师生参加社会实践，开展蚕桑新品种和新技术的宣传推广活动。关于这个活动的具体内容与安排待会儿宋校长将作部署。这里我先讲一下为什么要组织这次活动。"

　　郑辟疆习惯性地端起茶杯喝了一口，扫视一圈会场，然后从容不迫地开讲起来：

　　"大家知道，中国是文明古国，有着五千年的文明史。我中华民族，皆为炎黄子孙。相传始祖黄帝娶西陵之女嫘祖为妻。嫘祖又称雷祖、累祖，她最早教民育蚕治丝，以解决人们的穿衣问题，故而与黄帝齐名，成为教民养蚕缫丝的人文始祖。这当然是传说而已。人类在未能科学地认识自己的历史以前，往往凭想象编织一些故事，把一些伟大的发明创造归功于某位圣人，养蚕织丝也是这样，而实际上蚕丝业并不是哪个人的发明创造，而是中华民族的先民在千百年的生产劳动实践中，在不断摸索和总结中获得经验，进而创造出来的。不过，嫘祖教民的传说故事表明中国蚕丝业在远古时代就已经诞生了。

　　"考古发现证明，在新石器时代晚期，中国大地上南北各地的原始居民已经开始了种桑养蚕织丝。可见，中国是世界蚕丝业的发源地。我们的祖先在从野外采食桑葚、蚕蛹中，发现蚕茧可以抽丝，丝可以织衣的实用价值。化蚕桑为绵帛，织茧丝以供衣服，被誉为世界原始农业时期最伟大的创造。到了殷商时代，栽桑、养蚕、治丝、织绢几成专业，成了社会生活中的大事。在周代，每年举行皇后桑蚕大礼，以示重视蚕丝业，并专门设置蚕桑管理机构。汉代蚕桑业已经遍及全国。

"在相当长的历史时期，蚕丝业为我国所独有，直到丝绸之路的开辟，才将我国的丝绸传至中亚、西亚和欧洲。丝绸之路正是以丝绸为开路先锋的交通贸易大通道。从西汉张骞出使西域，到郑和七次下西洋，中国丝绸几乎传遍世界各地。因此，蚕丝业为我国文明的起源，对世界文明也有着巨大贡献。在我国蚕丝业的演进、发展进程中，长江流域包括苏州地区，历来是蚕丝业的中心与重镇。春秋战国时期，苏州已引进鲁桑培育湖桑。商周开始，凭借苏州宜桑宜蚕的自然条件和利于缫丝的水质优势，历代颁布条例倡导发展农桑，到盛唐时期，苏州地区已旷土尽辟，正所谓沧海变桑田，至明代形成了出乎胥门，以临震泽的茫茫桑海。各家各户均以农桑谋生，家家养蚕、户户织绸，以机为田，以梭为耒，将所产鲜茧手工抽丝、织绸，遂成富庶之业，出现了日出万匹、衣被天下之繁华景象，进而打造出辑里丝、香山丝和苏缎、宋锦、吴绫等闻名于世的品牌，年产达30余万匹，城镇丝行林立，四方商贾云集，盛况空前。由此，明清时期苏州享有丝绸之府之美誉，创造了蚕桑发展史上的辉煌！"

礼堂内响起一片掌声。然而，郑辟疆话锋一转："可是，如此辉煌已成过去。清政府闭关锁国、故步自封、腐败无能，导致社会落后、经济衰败、列强入侵、丧权辱国、民不聊生的惨痛局面。在此境况中，首当其冲的是蚕丝业，从兴旺走向落后，从落后走向衰败，一落千丈，出现严重危机。而近代以来，特别是欧美工业革命之后，大机器工业的发展使丝织品可以大批量地生产，对生丝等原料的需求大大增加。日本抓住机遇发展蚕丝业。本来，日本蚕丝业为秦汉时代由中国传入，长期依赖中国的技术。日本明治维新后，在蚕丝业中引进应用先进科学技术，并适应国际市场的需要，在蚕丝生产的标准化和机械化上下功夫，使得机械缫丝业大大发展，生产出匀度高、拉力强、适宜于机器织绸的所谓机丝，迅速打开和占领了国际蚕丝市场，中国原来在国际市场上的龙头老大地位被日本夺走。1900 年，日本生丝年出口额达 8 万公担，而我国出口额 5 万公担；到 1909 年，日本已经取代中国成为世界上最大的生丝出口国。1913 年，日本出口的蚕丝数量，相当于同一时期中国蚕丝出口数量的两倍。1915 年，在世界蚕丝总产量中，日本占 50.7%，而中国仅占三分之一左右。其中输往美国的生丝，日丝占 90%，而华丝只占 10% 不到。无疑，日本在世界生丝市场上已成为中国的劲敌。

"面对如此严峻的挑战和严重的状况，我国该怎么办？当然不能坐以待毙。中国的有识之士开始寻找新的救国救民之路。早在 19 世纪 90 年代，孙中山先生就曾提出禁鸦片、种蚕桑、办教育的主张，认为农桑之大政，为民生命脉之所关，并计划到法国拜访蚕学名家、考究蚕桑新法，医治蚕桑之病。中华民国成立后，孙中山先生又在《实业计划》中大力倡导栽桑养蚕，指出蚕丝为中国发明，数千年前已为制衣原料，为中国重要工业之一，直至近日，中国仍为以蚕丝供给世界之重要国家。现应设科学局所，指导农民，以无病蚕子供给之，此等局所当受中央机关监督，同时司收买蚕茧之事，使农民可得善价。

"在孙中山先生的竭力倡导下，许多有识之士奋起行动，赴国外学习新技术，在国内兴办蚕丝教育，助推蚕丝业的振兴与发展。然而，由于国人愚守旧法已久，小富即安，鲜知改良，仍以传统方式从事蚕桑生产，新品种新技术未加应用，蚕丝业的落后状况没有从根本上得到改观，发展颓势难以扭转。这几年情况更甚，蚕丝生产的数量、质量上不去，相对成本上升，价格下降，产业萧条，市场疲软，丝行纷纷倒闭歇业，蚕农收入锐减，生活极其困难。蚕丝业的不景气直接影响蚕校毕业生的就业。我校近年来从事蚕丝业的毕业生越来越少，要么改行，要么失业。这种局面何等严重！怎能不令人忧心忡忡？"

郑辟疆的讲话振聋发聩，令在场师生唏嘘不已。他继续道："改变这一状况，我等责任重大。自古以农业立国的中国，自然应将农业教育放在十分重要的位置，其中蚕丝作为最主要的农副产品，更是发展实业教育的重要方面。可是，中国素有蚕丝业，却从无系统的蚕丝教育。近十年来，我国蚕桑学兴起，蚕桑学校也陆续创办，蚕丝业教育受到一定的重视，成为一门新兴的学科。但总体而言，蚕丝业教育步履艰难，收效甚微。究其原因，有客观之多重因素，更有其主观内在问题。而我们要做的、能做的，还是从自身教育抓起。实业立国首先要教育立国。要发展和振兴我国的蚕丝业，必须从教育制度和教育方法上进行改革，蚕丝职业教育不能仅仅局限于学校教育，而应强化实践教育，使理论教学与生产实际相结合，使学校教育与社会生产相结合。

"因此，女蚕校必须大力推进教育改革，实行新的办学方针，一是启发学生的实业思想；二是树立技术革新的风尚；三是以自力更生和节约的办法，尽量充实实验设备及实习基地，提高教学质量；四是实行开门办学，坚决向蚕丝业改进途径进军。为此，今后学校应做到教学、实践、行政的联合，以学校为主体，全面负责设计和组织整个教学活动，致力于为学生提供一个更为完善和有效的学习环境与实践条件，使学校教学真正做到学以致用、学用结合，努力培养学生全面综合的科技能力，鼓励与开发学生的创新能力和团队精神，以及提高学生解决实际问题的能力，增强自信，积累生产和企业工作经验，打牢就业与创业的基础，并成为推动蚕丝业发展与振兴的中坚骨干力量。"

说到这里，师生们的情绪又被调动起来，掌声再起。郑辟疆摆了摆手说："现在还不是鼓掌的时候。目前我校的状况还很艰难，教育改革还未真正开始。千里之行，始于足下。我们必须有扎扎实实的措施和踏踏实实的行动。我曾去了一趟震泽镇，与几位好友会晤商谈，大家一致认为，蚕丝业的当务之急是力行革新，革新的要务是推广新品种和新技术，而女蚕校应当站到革新的前列，起到引领和发动机的作用。回校之后，我立即起草了《蚕桑新技术新品种推广计划书》，提交校务会议讨论，又获得了省教育厅的肯定和支持。我们今天的会议，就是动员部署并启动这一推广活动，作为我校教育革新的起点。"

郑辟疆最后激动地说："我们是炎黄子孙，要把祖先开创的事业发扬光大。现在世界上列强称霸，祖国山河破碎、百业凋零，蚕丝业也大大落后了。我们要不惜献出个人的一切，掌握现代科学知识，把祖国蚕丝业振兴发展起来！"

郑辟疆讲话结束后，宋高翔宣读了《蚕桑新技术新品种推广计划书》，对活动作了具体的安排部署，要求符合条件的师生积极报名参加推广活动。

最后，费达生作为师生代表发言，她表示，全校教师和学生愿意放弃假期的休息时间，义务参加学校组织的推广活动，面向社会，走出校门，踏上蚕丝宝地，做到吃苦耐劳、勤俭节约、因地制宜、因陋就简，热情宣传新思想，大力推广新品种，积极普及新技术，用实际行动秉承"诚、谨、勤、朴"的校训，为挽回中国蚕丝业的创收，为重振中国蚕丝业的威名，为实现中国蚕丝业的复兴做出最大的努力，贡献自己的青春与力量！

师生大会之后，郑辟疆趁热打铁，随即正式组建学校推广部，起草了《女蚕校推广部简录》。

经校务会议研究确定，推广部专司蚕丝改进工作，亦为实习推广之设施。为配合推广部事业的开展，学校特别组成由校内蚕学专家参加的推广事务会议，每月开会一次，以协助解决推广部在进行推广工作中所面临的各种问题。

郑辟疆选定了几位青年女教师到推广部任职，并明确由胡咏絮任主任，费达生任副主任。他又亲自召集推广部筹备会议，向推广部提出了12项具体任务：关于蚕业上重要问题之巡回演讲，关于蚕业上新器械、新技术、新产品之巡回展览，关于蚕业上利弊之调查，关于蚕种事业之调查，关于蚕业改良之鼓励，关于养蚕等实地巡回指导，关于蚕业事项询问之答复，关于蚕业事项之委托，关于蚕种、桑苗、蚕具之介绍，关于养蚕改良之巡回传习，关于制丝改良之传习，关于农村蚕业教育之发展等。他告诫推广部成员，唯有虚心、踏实，才能稳步前进；唯有改良、创新，才能有所业绩。要充分做好准备，从细从实，不畏艰难，一步一个脚印，努力推广，不断推进，从而使蚕桑新品种新技术得到广泛的传播和实际的应用。

胡咏絮、费达生对郑校长的工作思路与要求心领神会，迅即投入工作。推广部很快开始了运转。第一件事就是组织参加义务推广活动的报名工作。这项工作进行得非常顺利，师生主动踊跃报名，两天之内报名者就近百名。她们从中挑选了符合条件的 30 名师生，分成了 5 个活动小组，做好推广活动的各项准备工作。

就在省女子蚕校紧锣密鼓进行推广活动各项准备的时候，开弦弓村却在经历又一次困苦的煎熬。

陈杏荪那天是带着希望从震泽镇回到村里的，但不曾想到的是，希望瞬间变成了失望，村里的春蚕在两三天的时间里大批死亡，全村一片恐慌。而不知是谁散布说，这与弦儿的死有关，说她是"扫帚星"的命，给全村带来了厄运。闻此言，林同生夫妇未曾痊愈的疮口上又撒了一把盐，更是悲痛与冤屈，周阿芝气得差点寻了短见，多亏邻居们劝阻才留下一命。

陈杏荪几次到林同生家去安慰，帮助他们重建生活的勇气与信心。他又挨家挨户了解情况，做安抚工作，并请来蚕医，查明蚕病原因，采取相应措施，尽量减少损失。但由于这次蚕病十分严重，加之面广量大，无法挽回，全村春蚕几乎绝收，损失惨重。许多村民的生活陷入困境，粮食青黄不接，经济难以为继。

无奈之下，陈杏荪又去了一趟震泽镇，向徐清河、沈冰成求助。这两位老板看在陈杏荪和乡亲的面上，慷慨解囊，用资助和借款两种方式帮助部分特别困难的村民渡过难关。

这场突如其来的蚕病，让陈杏荪推广蚕桑新技术新品种的愿望愈发强烈。他是多么盼望郑辟疆他们早点来到开弦弓村啊！

时间这东西就是这样，你越焦急、越盼望，它过得越缓慢。这些日子，对于陈杏荪来说，真是度日如年。

陈杏荪急切地盼望着，盼望着……

第 6 章

新硎初试

△一个偏僻的村庄，守望着千年梦想；一条清澈
的河流，流淌着江南文脉；一条小小的木船，承
载着百姓福祉。

一条清澈而蜿蜒的河流自西向东默默地流淌着。

它的一条支流则笔直地向北流向烟波浩渺的太湖。从远处登高望
去，这紧紧相依的两条河流，好像一支长长的箭搭在拉满弓的弦上。
一座座农房临河而建，形成一个规模不小的自然村落。

开弦弓村位于太湖南岸，深藏于水乡泽国，周围河港纵横，湖荡
密布。村民世世代代在这里生产和生活，在湖中张网捕鱼，在地上种
桑养蚕。"处处倚蚕箔，家家下鱼筌。"唐代诗人陆龟蒙的诗句所描
述的就是先民们劳作和生活的景象。

那条弓弦般的河流叫小清河，是该村与外界交往的主要水路通
道。从小清河摇船到最近的震泽镇大约需要两个多小时。

这天午饭后，陈杏荪就招呼村民们来到小河旁，一直守望着震泽
镇的方向。

"你们看，那边有一条船过来了！"一直站在小石桥上盯着远处
的林大开突然喊了一声。

开弦弓村小清河

于是，守候在河岸上的男女老少都踮起脚尖向远处张望。

陈杏荪仔细地看了看，肯定道："对！应该就是那条船。"

陈杏荪讲的就是郑辟疆一行乘坐的那条船。他昨天得知，女蚕校推广活动小组到达震泽镇，徐清河、沈冰成热情地接待了他们，并安排船只让他们到吴江县的一些乡村进行蚕桑新技术和新品种的宣传推广活动。按照原先约定的计划，首站到开弦弓村。

船越来越近，很快穿过小石桥的桥洞，只见郑辟疆站在船头，身旁坐着两位女青年，用木制缫丝车作缫丝表演。岸边老少颇感新奇，争相观看。

船刚靠岸，陈杏荪就登船欢迎。郑辟疆向他介绍了同行的胡咏絮、费达生等几位教师，然后询问道："村里来了这么多人，我们就在这里活动吗？"

"不不不！村里人好热闹，听说你们要来，就都过来等着。"陈杏荪说，"今天时间不早了，天色很快就会暗下来。你们先到学校里安顿下来，做做准备，明天正式开始你们的活动如何？"

郑辟疆点头道："客随主便，听你安排。给你添麻烦了。"

"这话说到哪里去了！"陈杏荪热情道，"你是大校长，我是小校长，我能把你请到这里来，是你给我天大的面子，更何况你们是给大伙儿传经送宝来的，我只怕招待不周啊！"

"你别客气了。"郑辟疆对陈杏荪说，"我们自带了铺盖，还有这桑具、丝车、模型、展板等，烦劳你派人帮忙搬运到学校那边去。"

陈杏荪随即招呼岸上的大开、大弓等几位年轻村民上船搬运东西，自己则领着郑辟疆一行来到学校。

说是学校，其实就是村里的破旧房屋。虽已年久失修，但规模不算小，共有三间三进。大门口是一块场地，当作操场用。进了大门是天井，地上铺满了青石板。第一进是大厅，还保持着原有的陈设。第二进已改成了三间教室，每个教室里摆放着十多张课桌。第三进是教师的宿舍。现在是寒假期间，没有人在，显得非常冷清。郑辟疆一行这次就住在教师宿舍里。

晚饭过后，郑辟疆看天色还没有完全暗下来，就提出到村头转转。陈杏荪随即领着他们边走边看。

村庄依河而建，以清河为界分为北村和南村，统称开弦弓村。北村与南村加起来共有几百户人家，大多数为茅草屋，也有一些低矮的瓦房。村的四周为大片的湖圩地，有农田，更多的是桑田。偶然见到几个村民还在摸黑修剪桑树。到了村里，郑辟疆他们走访了几个蚕户，因是初春，看不到养蚕的实际情况，只看了看蚕户的蚕室、工具等，简单询问了他们所采用的蚕种、养蚕方法以及收入等。短暂的访问，让郑辟疆他们对这里的状况有了一个基本的了解。

第二天一早，郑辟疆就领着胡咏絮、费达生等在学校前的场地上搭建展板、摆放模型，陈杏荪也领着林同生等过来帮忙。

上午，冬日的阳光照耀大地。本来寒冷的季节却因阳光的照射变得温暖了许多。村民陆续聚集到这里，第一次看到带有图片和文字的展板。他们大都认不得字，却看得懂图片上的内容，因为许多是他们熟悉的种桑养蚕的场景，所以大家饶有兴趣，不住地指指点点。

陈杏荪忙前忙后，不停地张罗着各种事情。看看太阳已经升到了一定的高度，他便招呼村民们在展板前围聚起来，有序地站好。

宣讲就这么开始了。郑辟疆站在展板的前面，自我介绍道："各位乡亲，我是省女子蚕校的校长郑辟疆，今天带着我校的几位教师，来到贵村，主要是来介绍蚕桑养殖的新品种和新方法。"

站在人群中的陈杏荪带着乡亲们热情鼓掌。

郑辟疆微笑并谦和道："开弦弓村虽处偏僻之处，但种桑养蚕远近闻名。我们是第一次来你们村，昨天陈校长带着我们在村里转了转，我们都有来到世外桃源之感。这里景色优美，民风淳朴，又有大片的良田与桑地，家家户户种田养蚕，世代传承，富有经验，是大力发展蚕桑业的好地方。但恕我直言，我们这一带，包括你们村，长期以来比较闭塞，种桑养蚕一直采用传统的方法，所以蚕丝的产量和质量还停留在过去的水平上。而现在国外已经有了先进的养蚕缫丝新方法，他们生产的蚕丝成本低、产量高、质量好，我们称之为洋丝。相比于洋丝，我们这里还是用的土蚕种和土方法，生产的土丝就失去了市场竞争力，不好卖，即使卖出去也卖不出好价格。原来，我们这里是闻名于世的丝绸之乡，而现在却一天天衰落下去，大伙儿的收入也越来越低，生计难以维持，生活上也是王小二过年，一年不如一年。这种状况亟待改变。"

　　郑辟疆的一番话引得乡亲们频频点头称是。他接着道："要改变这种状况，唯有推广和应用新品种新技术。昨天看了几家蚕室，了解了你们现在的蚕桑养殖方法，确实太落后了，必须尽快用新品种和新技术来更替。我看到，你们这里土壤、气候条件很适合桑树的生长，桑叶的叶质很好，这是养蚕的有利条件，但大家知道，桑叶固然重要，而蚕种更为要紧，什么种出什么蚕，什么蚕出什么丝。蚕种直接决定着蚕丝的产量与质量。所以改良蚕丝必须从改良蚕种开始。这次我们带来了新蚕种的样品，就是展板上所展示的。它是我们省女子蚕校经过长期的研制，采用科学的办法培育出来的新蚕种。这个蚕种适合春、秋两季培育生产，它产出的蚕个子大、体质强，具有很强的抵御病虫害的能力，而且吐丝多，丝质好，有利于稳产高产，优质增收，故而我们称之为'铁种'。"

　　听到"铁种"两字，乡亲们都会心地笑了起来。有一位老人疑惑地问："还真有这样的蚕种啊？"

　　"那当然是真的。"郑辟疆郑重地告诉大家，"我们不仅培育出了这个品种，而且经过了多次的试育试养，取得了稳定的效果和实际的经验。否则，我们是不可能拿出来推广的。"

　　"那'铁种'是不是很贵啊？"那位老人又问。

　　郑辟疆笑道："我们这次推广的新蚕种，无偿提供给你们使用，不收大伙的钱，而且还义务教大家培育的方法。"

　　"还有这等好事啊？"老人将信将疑。

　　"他们就是来为咱们村里做好事的。"陈杏荪高声喊道，并领着大家热烈鼓掌。

　　郑辟疆对大家说："良好的品种离不开正确的培育方法。所以，这次我特地带了我校的教师来为大伙讲解和演示。"

掌声中，费达生和胡咏絮站到展板前。费达生对大伙说："刚才郑校长向你们推荐了新的蚕种。的确，好的蚕种必须有好方法来培育与饲养。俗话说，养好小蚕一半收。道理都知道，但具体做起来就不那么容易了。你们都有养蚕的经验，但光有经验还不行，凭经验办事往往是土方法，而科学方法要求量化和规范化。这里我来讲，胡老师演示，向大家简要介绍科学的养蚕方法。"

在费达生说话的同时，胡咏絮把消毒剂、温度计、标本、图片一一摆放在一张条桌上。整理好后，她示意费达生开讲。

费达生指着条桌上的蚕种说："我们培育的'铁种'，看上去与普通蚕种几乎没有什么区别，蚕子很像细粒芝麻，宽约 1 毫米，厚约 0.5 毫米。一只雌蛾可产 1700—2000 粒蚕子，重约 1 克。蚕子长时间处于 20 度的温度下，就会进入冬眠状态。要注意的是，蚕子多次处于冬眠状态，就可能苏醒不过来。为什么会出现孵化不出来或者出来很少，可能就是这个原因。如果要进行孵化，就必须把蚕子放在 20 度到 25 度的环境之中，10 到 12 天便孵化出来了。这里关键是要用标准的温度计，严格掌握标准的温度，不能光凭感觉。"

胡咏絮出示温度计，并讲了使用和认读的方法。

费达生接着说："具体地讲，在孵化过程中，首先要清洁消毒蚕室，然后将蚕子平铺于蚕匾中，卵面要向上。第 1 天到第 4 天，室温控制在 24 度，干湿差 2 到 2.5 度；第 5 天到第 10 天，室内温度应上升到 27 度，干湿差 1.5 到 2 度。当蚕胚子形成并发育到后期，发现有少数蚕卵呈现青色小点时，立即把蚕子用黑布遮暗，约经 40 小时，即第 3 天黎明前 4—5 个小时，除去黑布，把蚕子用白纸包好，卵面向上，点灯感光，让蚁蚕咬破卵壳孵化出来。小蚕孵化出来30到40分钟，就可以开始喂食了。

"桑叶一定要新鲜的，而且必须洗净晾干后喂蚕，不然小蚕或大蚕吃了都会拉肚子的，一拉肚子，蚕就长不好，或者死去，或不会上山结茧了。这就直接影响产量和质量。幼蚕是黑色的，不断吃桑叶后身体慢慢变成白色，一段时间后开始脱皮。一次脱皮约一天的时间，共要脱皮4次，之后开始吐丝结茧，经过两天两夜就能结成一只茧。这个过程，你们肯定是知道的，我要强调的是，关键要准确把握时间、温度和湿度，同时严格控制环境卫生。这就要求使用仪器，并进行规范化的操作，改变凭经验的习惯做法。"

乡亲们一边听一边看示范，虽然似懂非懂，但特别认真。等费达生讲完后，周阿芝上去拉住费达生的手说："姑娘，你讲得真好，但我们还是有点云里雾里的，要我们这样做还是做不起来的。"

郑辟疆立即上前说："等明年开春，我们带着新培育出来的优良蚕种，再过来做具体的指导。"

"那就太好啦！"周阿芝高兴地说，"那我们等着你们再来哦！"

活动结束后，郑辟疆一行就要离开去别的乡村了。陈杏荪与乡亲们一路送到河边。

陈杏荪千感谢万感恩，千叮咛万嘱咐："明年开春你们一定要来啊！"说着向郑辟疆深深地鞠了一躬，且一躬到地，让郑辟疆他们尤为感动。

之后几天，郑辟疆一行又到其他几个乡村做宣传推广活动，同样盛况空前，受到热烈欢迎和好评。巡回宣传活动结束后，他们又回到震泽。

回到震泽那天，陈杏荪又专程赶了过来，与徐清河、沈冰成一起宴请郑辟疆一行。席间，郑辟疆高兴地说："真没想到，这里的乡亲们对新技术和新品种是如此的渴望。新硎初试，颇有成效。"

"穷则思变嘛。"陈杏荪说，"他们迫切希望改变现在的生产和生活状况，走出困境。"

郑辟疆感慨道："是啊，民亦劳止，汔可小康。千百年来，中国的老百姓就想过上温饱安康的生活，但这样的基本愿望都很难实现。而今天，我们江南这块历来的富庶之地，老百姓的生活竟过得如此艰辛，看了实在让人难过。一路上，我一直在想，我们应当实实在在做点事，尽力改变这种状况。"

大家深有同感。最后，他们一起议定，由省女子蚕校与徐清河、沈冰成各出一部分经费，来年开春后，省女子蚕校推广部到开弦弓村进行驻村试验，先行在全村全面推行蚕桑新技术和新品种。

第 *7* 章

疑虑重重

△万事开头难。知难而进，方能开局。然而，困难总比想象的多。但是，办法总比困难多。办法是想出来的，也是干出来的。

初春的小清河，浅绿色的流水悠然东去，如绢般的河面闪着明亮的波光。波光里，倒映着河岸上成片桑树长出的茂密的嫩叶。这新绿，使河水变得更加清澈和美妙。

一条小船顺着小清河的流水向前而行。费达生、原茵、彭钦年三人坐在船上，心情如同河水一样清澈而美妙。因胡咏絮留校主持推广部的工作，就由她们身负着郑辟疆校长的重托，来到开弦弓村开始新的工作。

"洋先生来啦！洋先生来啦！"当她们乘坐的小船到达村里的小石桥旁，岸上就有人呼喊起来。

原来，这一带都把教师称为先生，加之她们那白衣黑裙的打扮，在乡亲们的眼里就成了洋先生。许多村民都跑到河边来围观。

陈杏荪更是早早就在这里等候。他热情地把费达生她们接到自己家里住下。原茵和彭钦年虽然初次来开弦弓村，但看到陈杏荪如此热心，安排得又那么周到，颇有宾至如归的感觉，心里说不出的高兴。

安顿好以后，费达生就与陈杏荪商量工作的安排。陈杏荪是个热心人，他客气地说："我把你们安排在我家住，房子小，条件差一点，但便于你们工作，有事可以直接找我。"

费达生说："生活上我们没什么要求，何况您安排得如此周到。我担心的倒是工作如何展开。"

"你担心什么呢？"陈杏荪问。

作为带队教师，费达生觉得自己肩上的担子沉甸甸的，因为以前她还从来没有独立负责过一项具体工作。临行前，她向郑校长请示工作，郑校长告诫她，一定要多与陈杏荪沟通，听取他的意见。所以，她坦率地对陈杏荪说："陈校长，我们只来了三个人，而村里有上百家农户，又比较分散，我担心在全村开展蚕种改良的工作量会很大。我们并不怕吃苦，就怕事情做不过来，顾此失彼。"

"我会全力配合你们的。"陈杏荪说，"不过，工作量确实很大，我想能不能把大伙组织起来，一起培训，分头去做。"

费达生说："这也是个办法，但培训之后，要各家各户自己去做，不一定能做正确，做到位。这是个问题。"

"这有可能，蚕户们不一定能很快掌握新的技术与新方法。"陈杏荪说，"你见识广，能否借鉴一下其他地方的做法？"

这是费达生接到任务后一直在思考的问题。她想了想说："对！我在日本学习时，曾考察过许多蚕区，他们也是一家一户种桑养蚕，但每个村子都建有共育室，统一进行育种，等小蚕生长到一定的大小，再分放到各家各户去饲养。"

陈杏荪马上肯定道："这个办法好，我们村也可以办个共育室，就是不知道具备不具备条件？"

"其实，只要有一块地方，几间屋子就行了。"费达生说，"主要是看大家愿意不愿意。"

陈杏荪极有把握道："几间房子还是能调剂出来的。蚕户们的意愿嘛，应该不成什么问题，我们一起来做动员工作，先让大伙知道是怎么回事。"

费达生是个工作上的急性子，便说："那我们下午就开会。"

"好的，我这就去通知各家蚕户。"陈杏荪也是说干就干的人，他立马出门去了。

费达生则与原茵、彭钦年一起商量办共育室的事。与费达生相比，她俩从未出过校门，更无经验与主张，都说听达生姐的。费达生与她们讨论了建共育室的具体事宜，并做了初步的分工。

还是在学校的场地前，蚕户们集中在这里开会。陈杏荪向大家介绍了三位教师，并风趣地说："从今天开始，她们就是咱村的贵客，以后大伙儿就别叫她们什么洋先生了，称先生就好。"

蚕宝共育室

　　费达生立即说道："我们三位既不是贵客，也不是先生，从今往后也是咱村里的人了，大家直呼其名就好了。"

　　费达生的几句话一下子拉近了与村民的距离。她接着对大伙说："各位乡亲，我们受郑辟疆校长的委派，到开弦弓村进行蚕种改良的推广工作。关于蚕种改良的好处，春节前也是在这里，郑校长和我向大家做了介绍。这次我们把我校培育的'铁种1号'带来了，免费提供给每个蚕户。"

　　村民们情不自禁地鼓起掌来，笑逐颜开地等待分发新的蚕种，但费达生告诉大家："这是优质高产的新蚕种，在培育和饲养上要求很高，有一套严格的规范和方法，恐怕蚕户不容易一下子掌握，因此，我们与陈校长商量，蚕种先不发放到各家各户，而是在村里建立一个共育室，实行幼蚕共育，待三龄以后再让各户领回去饲养。"

　　"是这样的啊。"现场的人没有想到是这样的，便叽叽喳喳地议论起来。

　　"大家先别说话，听费先生把话讲完。"陈杏荪这么一说，现场又立即安静了下来。

　　费达生继续道："幼蚕生长发育特别快。这个阶段是蚕增强体质的重要阶段，幼蚕养好了，就为蚕茧丰收打下了好的基础。而幼蚕对各种病原的抵抗力很弱，容易感染各种疾病，问题大多出现在这个阶段。如果掌握正确的消毒方法，及时做好育蚕室的清洁卫生，就不易感染病菌，优质高产才有保证。这也是我们常说的养好小蚕一半收。

　　"我说得再具体一点，建共育室，实行幼蚕共育，至少有这样几个优点：一是有利于实行科学养蚕，使技术标准化，达到增强幼蚕体质的要求；二是便于采用蚕座、蚕体消毒的防治措施，使幼蚕发育健壮；三是容易做到蚕室保温、保湿；再就是节省人工、桑叶、燃料、药品及房屋、用具等。总之，好处多多，当然，最大的好处是能保证幼蚕发育良好，眠起整齐，为分户饲养打好基础。"

费达生讲得头头是道，大伙频频点头，似乎理解和接受了幼蚕共育的这种做法。

费达生最后要求道："实行幼蚕共育，各蚕户需要配合做好三件事：第一，凡参加幼蚕共育的，一律用统一提供的改良蚕种，不得再养土蚕种，以免蚕病传染；第二，各户来一位姑娘参加共育室工作，每天送一次桑叶。待幼蚕三龄以后各家领回去饲养，并接受我们的指导。第三，自愿参加幼蚕共育的，三天之内到这里报名，欢迎大家积极参加。"

费达生讲完，许多村民都围着三位教师问这问那，他们多少还是有些疑虑。

会议结束后，费达生与陈杏荪筹划共育室的事。原茵与彭钦年负责接受报名。

然而，事情并不像她们想象的那么顺利，三天下来，竟没有一户前来报名。这是什么原因呢？

与太湖周围的许多村庄一样，养蚕是开弦弓村的一项传统副业项目。几百年来，这里一直沿袭下来的是土蚕种、土方法，并随之形成了许多老观念。比如，培育幼蚕是一件很神秘的事情，每家每户育种时有许多忌讳，是决不能犯忌的。再比如每年清明前要举行迎神赛会，乞求神灵保佑蚕花丰收；到了养蚕季节，每家门口插上桃枝，互不串门，不准生人进家。

而现在幼蚕共育，与原来的做法完全不一样了，要打破一贯的规矩，这对保守的村民来说，总还有些顾虑，不敢贸然而行。他们在私底下议论：

"这新品种不知会育出什么样的幼蚕来？"

"说是无偿使用，又不肯交给我们来育，会不会还有什么秘密啊。"

"耳听为虚，眼见为实。没有见到真的东西，心里踏实不了。"

"看这三位姑娘是挺热心的，但不像是干这活的，交给她们来弄还有点不放心。"

"到了三龄蚕再拿回来养，就怕难以适应。"

"还有，这次乡里没出面，乡长也不来，不知政府知道不知道、支持不支持？"

……

听到了村民们的这些议论，陈杏荪心里很不是滋味。

对于村民们的想法，陈杏荪既能理解，又觉得他们的思想太过保守，更不能这样误会费达生她们的一片好心。但他知道，埋怨是没有用的，现在关键是要想想办法，帮助费达生她们做好推广工作，使新品种和新技术在本村尽快应用起来，见到成效。他思来想去，觉得还得去找乡长商量，请他出面做做工作，也许有利于村民消除疑虑，树立信心。

民国时期，根据地方自治的原则，国民政府颁发了《县组织法》。按此法律，农村地区凡有 100 户划为一个乡，不到 100 户的村子则与其他村子联合成立一个乡。当时，开弦弓村有百余户人家，便被列为震泽区的一个乡。

乡长程安景是本地人，五十开外，人很精明，有些文化，家里不是特别富裕，也算殷实。按照当时的法律，乡长的职责是进行人口普查及人口登记、做好土地调查、处理公益工作、发展教育及公共卫生、组织自卫、解决水利灌溉、促进农业和蚕桑生产、仲裁居民争议、照看公共财物、管理公款等。而程安景对自己的职责并不看重，只是做一些面上的工作，如对上对外的接待等，对村里的具体事务管得不多。这次费达生她们到村里来，他听陈杏荪说了，本来他是要接待的，但正好外出办事，就委托陈杏荪办了。回来后，听到了村民的一些议论，他就不想再插手这件事。

陈杏荪带着费达生来到了设在南村的乡公所。正好程安景在。

"程乡长，我带人拜访你来了。"陈杏荪接着介绍道，"她是省女子蚕校的教师。"

程安景站起来客气道："来来来，坐坐坐，早就听陈校长说你们要来，我前两天正好到县里办点事，没有接待你们，实在是抱歉了！"

"程乡长客气了，我们是来向您报到的。"费达生自我介绍道，"我叫费达生，是受省女子蚕校郑校长的委派来开弦弓村做蚕桑新品种和新技术推广工作的。"

"知道，知道。"程安景客套道，"这是件好事，难得你们一片好心。"

"她们确实是一片好心，来为我们村上办好事。"陈杏荪说，"可村民们不太理解，有的还不领情。"

"哦？怎么会呢？"程安景当作不知情。

陈杏荪汇报道："费先生她们来的当天就向村民们做了宣讲，无偿提供省女子蚕校培育的新品种，并帮助共育幼蚕，让各蚕户自愿报名参加。当时大家还是很踊跃的，可三天下来，到今天竟没有一户来报名参加。"

"是这样啊。"程安景打起官腔道，"不过，也不用太急，村民们可能还没弄懂是怎么回事，不敢贸然去做。"

费达生急了："我们都讲得清清楚楚了呀！"

程安景笑道："费先生，村民们没有什么文化，又很保守，习惯了传统的那一套，新的东西对他们来说既陌生又害怕，就怕弄不好影响了收成，生活不下去啊。"

"这点我也是理解的。"陈杏荪说，"但他们如果再不改进蚕桑养殖的方法，那就更危险了。这种危险已经存在，而且很严重了，各家各户的收入都在下降，有的已经非常困难，生活难以为继。正是看到这些，我才竭力邀请他们过来帮忙的。"

"是呀，是呀，这些我都知道。"程安景显得有些无奈，"可村民们不愿意、不积极，这事也不太好办。"

"所以我们来找乡长你。"费达生请求说，"能否由乡政府出面来组织一下？"

程安景想了想，为难地说："县上没有要求，也不知道他们对于这件事的态度，所以乡里不好自作主张做这件事。再说了，村里事，还是要村民自愿，我们也不好强求。"

看到程安景一个劲地推脱，陈杏荪不乐意了，便问："那乡里出面做做工作，帮着号召一下总可以吧？"

"这倒是可以的，"程安景圆滑道，"不过，其实也不用乡里来出面，有你陈校长来张罗此事，还用我来操心吗？"

听他这口气，明显是不想过问此事，陈杏荪退一步说："你程乡长家里是种桑养蚕的大户，能否请你家带头报名参加幼蚕共育，给大伙起个示范作用呢？只要你家带个头，村民的疑虑自然也就消除了。"

听陈杏荪这么一说，程安景的脸色立即变了："陈校长，这里是乡公所，今天你是来谈公事的。虽然我俩是多年的朋友，但你不能对我乡政府更不能对我家里的事指手画脚。"

陈杏荪没有想到程安景会翻脸，费达生更是懵了。场面顿时有些尴尬。

少顷，陈杏荪站起来说："那就不麻烦乡长你了。冒犯之处，请多包涵。"说着，他与费达生离开了乡公所。

费达生从没遇到过这样的事，心里特别紧张。陈杏荪安慰她道："没关系的，今天看到程乡长这样的态度，反倒更加激起我做好这件事的决心。就在刚才的一刹那，我突然想到了一个主意。"

费达生急切地问："什么主意？"

"我只是有了个初步的想法。走，我们回去详细商量一下。"陈杏荪说着大步流星地往前走去。

开弦弓小学的大厅里空空荡荡的。负责在这里报名登记的原茵和彭钦年左顾右盼，却盼不到有人来登记，心里很是失落。

"你们在这里等急了吧？是不是有点泄气了啊？"陈杏荪进门看到两位姑娘一脸焦急的神情，笑着安慰道，"咱村向来闭塞，也难怪村民们不开化，他们对于新的东西一时吃不准，怕有风险，还得看一看，等一等。"

原茵急了："还要等？我们都在这里等三天了。他们还会过来报名吗？"

　　"还是要想想办法。"陈杏荪招呼道，"来，我们一起来商量商量。"

　　大家围坐在一起。费达生还在为乡长的态度生气："这乡长非但不表态、不支持，还给人拉下脸来，哪能这样啊！"

　　"也不能说不表态。"陈杏荪心平气和地说，"他不是说让我们来搞吗？不反对也就是支持。老实说，在找他之前我就没抱多大希望，对他我太了解了。刚才在他那里我也很生气，但还是忍住了。我想，靠他是靠不住的，还得我们自己来想方法。"

　　原茵嘟着嘴轻轻道："我俩在这里议论了半天，也没想出什么好的法子来。"

　　"校长，您是不是有办法了呀？"费达生的气似乎消了些，还是把希望寄托在陈校长身上，"我们出来之前，郑校长嘱咐我到村里后要多听您的，您人缘好，威信高，办法也多。"

　　"你们校长真是抬举我了。"陈杏荪摇头道，"我能有什么办法呀。不过，没有办法也得想出办法来，不然，把你们从老远请过来，我怎能对得住郑校长和你们呢？"

　　费达生连忙说："陈校长，您千万不要说对不住我们。您也是好心，为村民办实事。"

　　"是啊，是啊。"陈杏荪客观说道，"说到底还是要为老百姓着想，为他们办事。现在他们太难太穷了，有的甚至已债台高筑。他们对使用新品种新技术不积极，主要原因还是怕担风险，而怕担风险是因为担不起风险。万一有点闪失，他们连生活也过不下去了。所以，我们还得从他们的角度想想办法。"

　　"这也是。"费达生说，"可我们已经给他们免费了呀，都是无偿服务。"

陈杏苏说："这点我和村民们都是非常感激的。不过最终要看结果，看产量，看收入。村民都比较讲实际，害怕担风险。所以我有个想法，我们能不能一步一步来，先把部分蚕户组织起来，试着做，成功了再扩大推广。这样风险小，我们也可从中积累办法和经验。"

彭钦年赞同道："这个办法好，工作量小，把握大。"

原茵却说："这个办法好是好，但还是要有蚕户参加啊，可现在一户报名的也没有。"

陈杏苏说："我们可以再发动。这次我们把工作做得再细一些，上门去做工作。"

"这样做也行。"费达生还是有点吃不准，"上门做工作他们就会答应吗？"

陈杏苏说："也没有绝对把握，但可以一家一户摸摸底，掌握情况，再有重点地做工作。我熟悉这里的情况，相信一些蚕户也会给我面子的。"

费达生释然道："有陈校长这句话，我们就有信心了。"

"那我们抓紧行动。"陈杏苏说，"吃过晚饭，我就带着你们先跑上几户。"

夕阳西下，村庄很快就暗下来、静下来了。村民们以往吃过晚饭，就上了床，熄了灯，早早地睡觉了。但这几天有点不一样。自从费达生她们来村里做推广工作后，村里看似平静实则不平静，许多家庭晚饭后关上门、点着灯，一家人凑在一起议论着新品种新技术的事，还有些人会去邻居家串门，一起议论着。一般来说，年轻人倾向用新品种新技术试一试，而老年人往往有些担心，不同意。有些家庭争论得还很激烈。当然，最终还是当家的说了算。

开弦弓村以小清河为界分为南村和北村。南村蚕桑大户多，相对富裕一些，家里的灯光也亮些。而北村基本上是贫困户，一到晚上漆黑一片，似乎消失了一般。

那天晚上，陈杏荪领着费达生她们先在南村跑了六户人家。每家都很客气，但都不肯明确地表态，有的说今年的蚕种已备，明年再说；有的说他们养的蚕多，拿出去育种不太方便；有的直接说幼蚕共育不保险，一旦遇上问题他们损失不起。唯有蚕桑大户刘福田家还在犹豫，父母不太愿意，而两个女儿春梅、雪梅坚持参加共育室。这让费达生她们多少看到了一点希望。

陈杏荪、费达生他们回到家已近晚上 10 点。这在农村是很晚的时间了，然而大家却睡意全无。陈杏荪解释道："我们今天跑的几家都是蚕桑大户，以前他们在养蚕上有一套办法，一下子要他们改变会更难些。我们不妨明天继续到其他人家做工作，或许会有人同意参加的。"

费达生说："今天我们跑一下，虽然没有一家肯答应，但也让我们了解到了蚕户的一些情况。尤其是许多年轻人的心里是赞同共育室的。"

原茵有点消极："年轻人在家又不作主，还不是家长说了算。"

这时，陈杏荪的儿子陈汝棠听到他们的谈话，也来到客厅。他大学毕业后在吴江县银行工作，前几天从县城回来休假。得知费达生她们来村推广蚕桑新品种新技术，他很感兴趣，尤其是听说她们要进行幼蚕共育，特别赞同。他对父亲说，这事做成了，我可以说服老板给你们贷款支持。可是此事遇到了阻力，他心里很是郁闷。原本以为父亲今晚带着费达生她们上门做工作会有些成效，不料又一次碰了软钉子。

陈汝棠看着他们束手无策的样子，便说："我倒有个主意。"

"什么好主意啊？快给我们说说呀。"费达生她们对这位文质彬彬、思维活跃的大学生很有好感，急切地希望他能帮助打开新思路。

陈汝棠说："大家都不愿意参加，我们家来挑个头呗！"

"原来是这么个馊主意。"陈杏荪颇不以为然，瞟了儿子一眼说："我家从来不曾养过蚕，怎么挑头啊！"

"没养过可以养嘛。"陈汝棠振振有词道，"正因为没有养过，所以没负担、没风险，可以从头开始，直接用上新品种和新技术，这样起点高、起步快！"

陈汝棠的一番话把几位姑娘说乐了，频频点头。陈杏荪却说："你说得倒轻巧，我要教书，你又不在家，你妈一个人怎么养蚕啊？"

"你们不是要建共育室吗？"陈汝棠说，"幼蚕育好拿回来养就方便多了，再说，有几位老师在，妈妈给你们做饭，你们帮助我妈养蚕，互帮互助。"

费达生她们异口同声道："好好好，我们非常愿意！"

陈汝棠调皮地对父亲说："怎么样，你不要老是去做别人工作，你得先把自己的工作做好了。"

"就你脑子活。"陈杏荪心里虽有所动，但嘴上还是说，"哪有像你这样的，动嘴不动手，使唤别人去做。"

"不不不。"陈汝棠当真道，"我虽然不能在家帮忙养蚕，但养蚕的钱我来出，还有，几位老师的工资也由我来出。"

"你说什么呢？"费达生笑道，"我们都是有工资拿的，还要你出什么工资呀。只要陈校长答应这件事，我们怎么干都愿意。"

费达生这么一说，陈杏荪只好表态："这样也好。我带个头，对村民也是个示范，这样便于做他们的工作。"

费达生她们都拍手叫好。陈杏荪兴致也来了："干脆，我家再腾出两间房子，做共育室，幼蚕分掉后就做我家的蚕室。你们看怎么样啊？"

"那当然好喽。"彭钦年高兴地说，"这样更方便了。"

原茵并不乐观："万事俱备，只欠东风。现在还是要有蚕户报名，这样我们的工作才能真正开展起来。"

刚刚活跃起来的气氛顿时又冷了下去。

还是陈汝棠点子多，他说："依我看，你们今天先跑的几家，是跑错了门。要知道，越是大户，越是以前蚕养得好的人家，就越不会轻易采用新品种和新方法，因为相对来说他们要承担更大的风险，而且，凭他们的家底还没有到要铤而走险的地步。"

这话让费达生她们听得有点不舒服，心里在想，采用新品种新技术怎么叫铤而走险呢？

陈汝棠立即意识到自己把话说重了，赶紧改口道："铤而走险谈不上，但实事求是讲，风险还是有的。所以，我提两点建议：第一，还是要先动员小户、贫困户参加，相对来说，他们的风险小，成与不成对于他们来说损失不会太大，而且他改变现状的愿望会更热切一些。第二，即使是小户，风险虽小但毕竟还是有的，所以要把他们组织起来，并为他们承担风险，不让他们有后顾之忧。"

陈汝棠的这番话对大家很有启发，更让陈杏荪对儿子刮目相看。他心想，这小子的大学没白让他上，知识多了，见识广了，想法和思路还真的不一般。于是，他坦言说道："那好吧，我们明天就去跑北村。兴许那边小户、困难户的工作会好做些。但愿能把他们先组织起来，实际上，他们也确是当务之急。我心里最想帮助的也正是他们。"

陈汝棠说："只要有几十个小户参加，集中起来规模也就不小了。"

"这就有个管理问题。"费达生说，"还是汝棠说得对，要有个组织。我在日本时，曾到村里做过考察，发现他们那里成立了许多这样的组织，如合作社、改进社，既推广新技术，又起到管理和服务的作用。"

"这个好！"陈杏荪爽利道，"我们就在开弦弓村成立一个蚕业改进社！"

夜深了。桌子上的油灯点了又熄、熄了又点。他们毫无倦意，一直在商量着，议论着……

第 **8** 章

同心手印

△一张纸，几行字，一个个手印。没有仪式，没
有誓言，没有担保，就这么干吧。干了再说，干
了才知道该不该干，才知道干成干不成。

清明节还未到，就一直阴雨连绵，天气湿冷得比冬天还要难受。
今天雨停了，但外面还是阴冷阴冷的。林同生穿着过冬的那件破棉
袄，坐在小清河边的一块石头上，手拿着长长的旱烟管，也不吸，只
是目不转睛地看着河面。

自从女儿跳河自尽后，只要天不下雨，他就会来到这里，痴痴
地、呆呆地坐在这里，一坐就是半天。这个季节，河里来往的船不
多，水面上，偶尔会起几道波纹，或是小小的旋涡，这总让他一阵惊
悚，然后他会定睛往那里看，有时候站起来看，一直看到波纹或漩涡
消失。今天的河面平静得像镜子一样，居然很长时间没起一点波纹和
漩涡。这让他的心情既有些平静，也有点失望。他怕看到波纹或漩
涡，又盼着它们的出现。这波纹和漩涡竟成了他仅有的一点希望，但
这希望总是泡影。其实他心里也知道，女儿是永远回不来了！想到
这，他的身子就会冷得瑟瑟发抖，尽管他还穿着那件过冬时的旧
棉袄。

"同生，同生啊，你怎么又在这里啊！"林同生的妻子周阿芝急匆匆地赶过来，站在林同生的身旁，埋怨道："天这么冷，你不能一直坐在这里啊！"

林同生没有听到似的，坐在那里一动不动。

他现在每次听到妻子的声音，心里便生内疚。他对不起女儿，也对不起妻子。女儿跳河的那天夜里，妻子的头发一下子全白了。女儿是她的心头肉啊！可妻子一次也没有责怪过他。他知道妻子的苦楚，妻子也懂得他的难处。他俩结婚时，两家门当户对，虽然家道中落但还算是大户人家，可是没过几年，他的父亲在震泽镇上与几个朋友聚会，当场被警察抓走了，说是参加了什么秘密组织，不久就被枪毙了。从此家道彻底败落下来，生活的重担全都压在他的身上。夫妻俩苦苦支撑，把三个小孩拉扯大了，但这几年境况越来越差，前年开始便背上了债务，他为此感到从未有过的压力。哪晓得屋漏偏逢连夜雨，女儿又因他的责骂以这样的方式走了。他怎样面对妻子儿子？怎样面对以后的生活呢？他甚至想过自己也一去了之，但他不能，这个家不能没有他啊。

"同生，你快站起来呀！"周阿芝使劲地拉起他，"陈校长在家里等你呢。"

"陈校长？"林同生这才回过神来。

"是啊。"周阿芝拉着林同生往回走，"还带着几个姑娘。就是来咱村里的那几位洋姑娘。"

林同生纳闷道："他们来干啥呢？"

"我也不知道。"周阿芝催促道，"人家等了好长一会儿了，你快点走嘛。"

　　林同生不再作声，跟着妻子加快了脚步。

　　林同生家的屋子不算小，但已是年久失修，破旧而又阴暗。陈杏苏、费达生他们分坐在两张长凳上，大开和大弓默默地站在旁边，陈杏苏不时地向他俩问些什么，他俩或摇头或低头不语。

　　费达生坐在那里觉得冷，就站了起来，问大弓："能不能让我看看你家的蚕室？"

　　大弓迟疑了一下，默不作声地独自往后屋走，费达生便跟了进去。隔着一个窄窄的天井，是两间低矮的房子，里面是蚕架、蚕匾，还有一些其他的工具，摆放得整整齐齐，室内也很干净。费达生问大弓："你会养蚕吗？"大弓摇摇头。她又问他："你家每年养几张蚕？"他又摇了摇头。看大弓不想说话，费达生就不再问了，又回到客厅。这时，林同生和周阿芝正好跨进家门。

　　陈杏苏站起来对林同生说："同生，我们来看看你，另外还有一件事要与你商量一下。"

　　周阿芝从隔壁房间搬出一张凳子，让同生坐，又招呼校长他们坐着说，自己和两个儿子站到了一旁。

　　林同生与陈杏苏从小要好，这次女儿的后事都是他一手操办，还贴了不少钱，所以林同生对陈杏苏心存感激，可他嘴上一句客气的话也说不出来。

　　陈杏苏向他介绍了费达生她们，问："那天你去听她们在场子上的介绍了吗？"

　　林同生摇了摇头说："我没去，两个儿子去听了。"

　　陈杏苏回过头去问："你们回来与爸妈说了吗？"

　　大开、大弓还是站在那里不作声。

陈杏荪恼了："你俩成哑巴啦？问你们话呢，怎么不说啊？"

大弓这才怯怯地说："我们没说。我家这样子，还怎么养蚕啊。"

"怎么不能养啊？"陈杏荪没好气地说，"不养蚕干吗呢？等着喝西北风啊？"

周阿芝连忙解释道："陈校长，你别生气，自打弦儿走了后，同生他整天不说话，弄得这两个孩子也不敢说什么了。"

"哎，不能这样嘛。"陈杏荪缓和口气道，"人走了就没法回了，可你们还得活啊，还得生活啊，地还得种，蚕还得养呀。人只要活着就得想办法去生活。生活有困难，就得想办法去克服困难。"

林同生叹气道："我是真的没什么办法了。女儿走了不说了，这蚕，不养不行，养也不行。养蚕的收入越来越低，前两年养蚕的本还没收回，欠了一屁股的债。这再怎么个养法呀？再说了，唉，我也不想说了。"

"你有话就说嘛！"陈杏荪看着林同生变得如此软弱窝囊，既同情又不满。

林同生吞吞吐吐道："我怕我家养蚕再有个三长两短，村里人又要说我家是祸根，我是跳进黄河也说不清了。"

"这完全是迷信！"陈杏荪气恼道，"越是这样，越是要养给大伙看看，让这些瞎说八道、没有根据的东西不攻自破！"

"这也是我们这次来村里工作的初衷。"费达生说，"我们不光是来推广蚕桑养殖的新品种和新技术，同时也是为了宣传科学，倡导新思想、新观念，以此来改变农村贫穷落后的状况。林大伯，你就不妨用我们的新办法试一试吧。"

林同生还是消极道："老办法都养不下去，哪有什么力量搞新品种和新技术，我家实在是无能为力了，就老老实实种种地，糊个口吧。你们还是去找那些养蚕大户吧，我家真的是负担不起了。"

"我们不会增加你们的负担。"费达生说，"我们无偿给你提供优良的蚕种，还义务指导育种养蚕。"

"哪有这种好事啊？"一直低着头说话的林同生抬头看了看陈杏荪。

陈杏荪高声道："就有这种事！不然，我怎么会带着她们找上门来呢？"

"就为我家？"林同生问。

"当然不是你一家。"陈杏荪说，"是这样的，省女子蚕校来村子里做好事，无偿推广新品种和新技术。我们打算先成立一个改进社，组织村民参加，把集中育出来的幼蚕无偿分发给参加改进社的蚕户，然后各家各户分开饲养。"

"哦，是这样啊。"林同生似信非信。

陈杏荪说："我来挑个头，我家也参加。"

周阿芝惊诧道："你家也养蚕？"

"是啊。"陈杏荪说，"还是我儿子提出来的呢，他们年轻人有眼光，说新品种和新技术的效益会好。我就答应了。"

"陈校长，你别说了。"林同生一改萎靡不振的样子，嗓音也响了许多，"只要你出来挑头，我肯定参加。"

"你拿什么参加呀？"周阿芝在一旁说，"现在家里一分钱也拿不出来，就剩下这四个活人。"

陈杏荪说："不是说了吗，这次是她们无偿提供蚕种和服务，不要你们出钱。其他的开销，我先帮你家垫付，亏了算我的，有了利润归你家。"

"这太连累你了，做事不能这样的。"周阿芝心里实在过意不去。

"我相信是不会亏本的。"陈杏荪肯定道。

费达生也说："你们要相信我们，更要相信新品种和新技术。我们不打包票，但我们有足够的把握。"

"不管成不成，我家都豁出去了。"林同生咬紧牙关道，"反正原来就没有什么把握，还不如豁出去试一试。"

"那就这么定?"陈杏荪追问道。

"听你的。"林同生诚恳道，"陈校长，你怎么说我就怎么办吧，我真不知道怎样感谢你们。"

"那就一言为定。"陈杏荪说，"现在还谈不上感谢，要说感谢，我得感谢你，你是咱开弦弓村第一个答应参加改进社的，这既是对她们工作的支持，也是给我陈杏荪一个面子。"

林同生苦笑道："这话说到哪里去啦，我无德无能，真不知道能为你们做些什么。"

"什么都不要你做。"陈杏荪指了指大开、大弓说，"我就只要他们两位，让他们跟着我干。"

周阿芝说："他俩会做什么呀，以前养蚕的细活都是弦儿做的。他们就只会干点重活、粗活。"

"不会就学嘛。我们正缺干重活、粗活的人。"陈杏荪问大开、大弓，"你们愿意吧?"

两个人使劲地点头。

陈杏荪站起来说："那我们走了，还要到北村头跑人家去。"

"北村这里我熟，我陪你们去吧。"林同生起身带着陈杏荪他们一家一户地跑着做工作。

出乎意料的是，不到半天的时间，北村就有十七八户同意加入改进社。他们大都是养蚕小户和比较穷困的农户，这正应了穷则思变这句古语。再就是普通老百姓都有从众心理，有人起了头，大家就会紧跟上，更何况是陈杏荪在带头搞。他是他们心目中最公道、最信得过的人。

陈杏荪心头的一块石头落地了。费达生她们更是兴奋极了。她们没想到难起来这么难，容易起来又这么容易。村民们的想法与做法真是难以琢磨。而现在她们用不着去琢磨他们的心思了，只想着怎么早点确定下来。

陈杏荪也是这么想的。说干就干，趁热打铁。陈杏荪与费达生她们一合计，今晚就让大家到林同生家集中开会，签字画押，把改进社成立起来。

一个偏僻的乡村，一个宁静的夜晚。

在林同生那座破旧的房舍里，陆续来了近 20 位村民。屋子太小，他们都只能站着挤在一起。周阿芝多点了一盏豆油灯，但两盏灯的光线还是那么的微弱，照不见大家的面容，只是在饭桌那一块有些亮度，依稀可见桌上有一张写着几行字的纸。

看到村民们来得差不多了，陈杏荪站在桌旁对大家说："要说的下午都与你们说了。你们也都听过那天费老师她们的介绍了。季节不等人，现在离春蚕下种的时间也没几天了，今天我们就把改进社成立起来，也就是写个纸，签个名。下面请费老师把纸上的内容念给大家听一下。"

费达生拿起桌子上的那张纸，就着微弱的闪忽的灯光念了起来：

合 约

　　为了推广使用蚕桑养殖新品种和新技术，提高蚕丝业的产量和质量，我们同意成立开弦弓村蚕丝业发展改进社。本蚕户自愿参加改进社，应用省女子蚕校免费提供的新型优良蚕种——"铁种1号"，并参加幼蚕共育、分户饲养，接受改进社的技术指导与服务，不再用土种与土法养育土蚕。幼蚕共育的人力和所需桑叶，按各家自报蚕种张数进行分摊，其他成本由改进社承担。各户产茧收入全部归各家所得，改进社不予提取。

　　特订此约。签字生效。

　　读毕，费达生补充道："还有一些具体的问题和事项，以后与大家商量着办。"

　　"大家看看，这样行不行？"陈杏荪询问道，"有什么话可以说出来。"

　　"我们还有什么话好说呀。"林同生眼泪差点都要掉出来了，他声音颤抖道，"常说，天上掉下馅饼来，我看，这样的好事天上也掉不下来，你们说是不是啊？"

　　"是啊，是啊……"在场的人有的从嘴里说出来，有的从心里说出来。

　　"既然大家都同意了，那么就请大家在纸上签字。"陈杏荪又立即改口道，"这样吧，大家自报家门，我把你们的名字写上，待会再各自按上手印就可以了。"

　　陈杏荪刚拿起笔。各自就报了起来：

　　林同生，沈阿大，沈根宝，王荣春，周发生，刘顺军，姚家才，杨细狗，张建林……

很快，名就报完了。陈杏荪数了数名字，正好 20 个。他突然反应过来说："还漏了一个，我自己还没有写上呢。"

在场的人都笑了起来。笑声中，林同生说："少了你，我们就不干了。我说啊，你不但要把你的名字写上，还要写上你当社长，不然我们还是不放心。"

"对对对！"大家都附和着。

"好好好，恭敬不如从命。"陈杏荪在自己名字后面又加了这样一句："大家一致推选陈杏荪为改进社社长。"写完，他又说："其实啊，你们不推选我，我也会自告奋勇来当这个社长，本来就是我发起的嘛。"说得大家又笑了起来。

接着，陈杏荪指着摊在桌面上的纸说："我把印泥也带来了，大家按我报的名字，一个一个上来把手印按上吧。"

于是，这些老实巴交的村民在摇曳的油灯下，默默地、重重地把自己的手印按在一张发黄的纸上。

他们按下的，不光是一个个鲜红的手印，也是积聚已久的愿望。他们期待以此给自己的生活带来一线希望、一份福祉，进而改变贫困的状态，甚至改变命运，过上温饱安逸的小康生活。虽然他们当时不曾用这样的言语和文字来表达，但内心确实涌动着这样的激情与梦想。

陈杏荪拿起按满手印的合约，对大家说："我们今天在这里按下的是同心手印，从此以后，我们就要同心干。改进社也叫同心社！"

又开春了。清明过后的太阳热量大增，天气一下子就暖和起来。小清河的水又活跃和清澈起来。岸边的花草和成排的桑树倒映在水里，在波纹里晃动成绿的碎片。两岸的石板路上，喊着号子的纤夫们，只穿了一件蓝布单衫，敞开胸襟，弯着身子把装满东西的货船使劲地往前拉，额头上沁满了汗珠。

林同生站在河岸边，看着这景象，觉得全身热烘烘的。自从那天在那张纸上签了字，他就不再独自坐在河边那块冰冷的石块上了。他时常在河边站一站，然后沿着河岸向东走去。河岸的一侧，是密密层层的桑树，沿着那小清河一眼望去，不见尽头。

今天，他在河岸上站了一会儿，又来到自家那片桑地。这是祖上传下来的仅有的一份家业了。这片桑地的面积不大，但总比周围的桑林更有生机与活力。现在，那拳头模样的枝丫顶上都已簇生着小手指那么大小的绿叶，嫩嫩的、细细的，在阳光照射下，似乎每秒钟都在长大。

"天刚一热，这就这么急着长了。"看着那些桑树枝丫上茁壮的小小的绿叶儿，林同生心里这么想，有几分惊异，几分快意。失去女儿的悲伤在他的心里慢慢褪去。此时，他竟然想起 20 多年前的往事——

开弦弓村里的桑地

　　与阿芝结婚的第三天，他就领着她来到这片桑地里采桑叶。那时，他家在衰落后又发达起来，父亲精明能干，既识几个字，又有使不完的劲，农忙在家种地，农闲到震泽镇做点生意。至于做什么生意，他还小，不太明了，但知道家里这两年养蚕年年都好，父亲又挣了不少外快，几年间就买了十多亩稻田和十多亩桑地，还盖了一座两间两进的瓦房，村上人都很羡慕他家。阿芝家也是。她父亲主要是做生丝生意，靠生意赚的钱，买了几十亩的桑地，雇工干活，是村里数一数二的大户人家。当时阿芝嫁给他，在村民们眼里还有点下嫁的感觉，可阿芝父亲特别开明，一手成全了这桩婚事。

　　可是，她们婚后没几年，大约是三年后吧，父亲就出事了，至于出了什么事，他至今也不清楚，隐约听人说是谋反什么的，反正罪名很重，死后都不知葬在哪里，尸体也没有找到，所以，桑地边上那座父亲的坟是个衣冠冢。因为父亲与阿芝的父亲是好朋友，那天父亲被抓走的时候他俩还在一起的，她父亲虽然没被抓，也受了牵连，生意做不成了，由此家境也衰落下来。好在父亲留下了这片桑地，他与阿芝就靠这片桑地维持生计，总算过得下去，没有让这个家彻底衰败。

　　哪晓得这几年世道变了，早先听说上海有洋灯、洋火、洋纱、洋油什么的，现在这镇上乡下也都有了，还有什么洋丝。本来这些洋玩意儿与咱乡下人搭不上边的，可怎么就有关系了。自从洋丝出现后，土丝越来越不好卖，价格直往下跌。他家靠的就是蚕茧和蚕丝，价格一跌，家庭收入锐减，生活上便是王小二过年，一年不如一年。家里人多嘴大，常常把杂粮当饭吃，还欠了二百多块钱的债，这日子真是没法过了。

　　好在现在又有了一点希望，加入了改进社，用上了新蚕种，也许这"铁种"能与洋种比一比。而且，天也帮忙，暖和得早，让这桑树早早地长出新叶来，这是个好兆头，也许今年是个好年份。

想到这里，林同生心头一热，浑身也热了起来。这是他冬春以来从未有过的一种感觉。他解开了衣襟上的纽扣，撸撸袖子，准备动手理一理桑树上交叉的枝枝丫丫。

就在这时，河岸那边的路上跳跃着来了一个八九岁的男孩子，远远地喊道："林爷爷！陈校长叫你过去呢！"

"哦，我这就去！"林同生应声而答。

这男孩是邻居沈根宝的小儿子早生，因为顽皮机灵，村里人都叫他猴精，在村小学上二年级。猴精告诉林同生，陈校长让他立即去乡公所。林同生问是什么事，猴精不知是说不清楚还是不肯说，只是一个劲地直摇头。

第 9 章
铁种蚁蚕

△铁种，有种！牛刀小试，初露锋芒。当然，这仅仅是开始。好的开始就是成功的一半。其实，远没有一半，以后的路长着呢。

不知道程安景有没有到县上去汇报，反正后来他就没有声音了，再也不来过问此事。他是个外强中干、私心极重之人。虽为乡长，又是养蚕大户，但在村民中没有什么威信，没有人待见和惧怕他，也很少有人求他办事。求也没用，他即使答应了，不是久拖不办，就是石沉大海。所以，开弦弓村虽然成立了乡政府，但大家对乡政府、乡长不抱什么希望。

大家有事还是找陈杏荪。他虽是村校的校长，但有公心，不管是校内事还是校外事，不管哪家有了什么事，只要找到他，他总会热心去办，想方设法办成办好，而且不图一点好处。

陈杏荪对程安景太了解了，料定他不会有什么下文，所以，这些天来他一门心思地忙于改进社的事。他没有把乡长出面干涉改进社的事告诉费达生她们，怕影响了她们的情绪和积极性。

而费达生她们也确实是情绪高昂，立即动手建共育室。她们把陈杏荪家腾出的两间房间打扫得干干净净，用石灰水把墙面全部粉刷了一遍，又用芦帘把所有窗子蒙上，再在芦帘外面裱糊了一层白纸，在房门上挂了一块白布门帘。

陈杏苏到蚕室里一看，惊讶道："喔哟，我从来没有看到过这样好的蚕室咧，苍蝇蚊子也飞进不了。"

费达生笑道："看来陈校长真的没养过蚕哩，蚕室不但不能让苍蝇蚊子飞进来，就连肉眼看不见的细菌也不能有啊！"

陈杏苏高兴道："我是与你们开个玩笑，身在蚕乡怎么会不知道蚕室呢，只不过真没有见过弄得这么考究的蚕室。"

原茵当真道："我们是按标准蚕室的要求来搞的，不这样不行的。"

"这样好，这样好。以后村里都要按这个标准来搞。"陈杏苏问费达生，"要不要让参加改进社的蚕户过来看一看？"

"那当然好啦。"费达生说，"各户来一个人就可以了，既让他们看一看，也可在现场给他们讲一讲。"

当天下午，陈杏苏就招呼十多个人过来。他们看了这两间蚕室，都啧啧称赞。

费达生对大家说："趁着蚕室还没有消毒，你们就在这里先看看，我与你们讲讲蚕室的要求。这幼蚕室要完全密封，不透风，不透光，关键是要干净。不光是要打扫干净，还要进行消毒。消毒的要求是很高的。下面，我们来给大家示范一下。"

费达生让大家退到蚕室的门外。原茵和彭钦年把从学校带来的消毒液用水进行调和，然后倒进喷雾器里。原茵在一旁解释说："这是福尔马林消毒液，与水 1：10 进行调和，也就是一份消毒液加十份的

蚕室蚕具消毒

水，不能过淡，也不能过浓。像这么大的蚕室，一次消毒用一喷雾器就可以了。"

费达生接着说："蚕室要消毒三遍。今天我进去做第一遍。"说着便戴上大口罩，背起喷雾器进了蚕室。

很快，大家闻到了刺鼻的药味，她们都没想到城里的洋姑娘也肯做这种事。不一会儿，费达生出来了，只见她被药水刺激得流出了眼泪，满头满脸的汗水。这让在场的村里姑娘们十分敬佩。

在当地，养蚕的细活都是女人们的事，姑娘们是必须学会养蚕的。女儿出嫁时，父亲都要给女儿带几张蚕种纸。到了婆家，会养蚕，把蚕养得好，就会受到称赞；如果养不好，把蚕养死了，那就会被当作丧门星，轻则抬不起头，重则被逐出家门。而过去人家育蚕，都是土蚕种土办法，虽然小心翼翼，也难免发生蚕病，甚至死亡。这对蚕户尤其是女人造成很大的压力和伤害。有的人家因蚕丝歉收还不起债，吵闹的、上吊的、跳河的情况时有发生，弄得家破人亡。

现在有了新方法，她们都想看一看、学一学。费达生对大家说："搭建蚕室、做好消毒很重要，但这只是准备工作，接下来要把蚕纸铺好，安装好温度计和火炉。"

"还要放火炉啊？"有姑娘不解地问。

"那当然啰。"费达生说，"蚕纸上的蚕子要在一定温度上才能孵出幼蚕。这你们都是知道的。你们管这叫催青。我了解到,你们催青的办法是把蚕种焐在被窝里,或者直接焐在女人的胸口。这怎么行呢?不说睡不好觉,弄不好就会把蚕种压坏了,即使压不坏,也不能确保所需的温度,成功率太低了,没有把握。"

"是啊,是啊,把我们害苦了。"姑娘们都应和着。

费达生继续道:"建共育室的好处就是统一育种。在这里用火炉保持温度,又用温度计进行定时测试,随时调整和掌握温度的高低,确保蚕种在最合适的温度下孵出幼蚕来。"

费达生给大家讲了足足一个小时。等大家离开后,她们又动手做其他事情。就这样,她们三位整整忙碌了三天,才把蚕种全部放进了共育室,开始孵化幼蚕。

由于蚕室的条件好,又是通过火炉加温进行催青,一周后,蚁蚕就孵化出来了。蚕在蚕卵中孵化出来时,身体颜色是褐色或黑色的,极细小,且多细毛,样子有点像蚂蚁,故称蚁蚕。这批蚁蚕出得既快又整齐,都像蚂蚁一样不停地蠕动着。

看着这么多可爱的小生命,费达生她们有说不出的高兴。虽然她们对蚕种孵化很有把握,但只有当这些蚁蚕钻出卵壳时,她们的心中才能踏实下来。当然,这只是成功的第一步,幼蚕的喂养更是要十分细心。这些小生命特别娇嫩,热不得,冷不得。蚁蚕出壳后约2—3小时就有了食欲,这时就要开始喂养了。

一天24小时,每隔两小时喂一次,不能间断,而这时对桑叶的要求特别高,既要是鲜嫩的桑叶,又要洗净沥干,切碎分好,工作量很大。费达生与原茵、彭钦年分好工,每人带两个村里的姑娘为一组,轮流值班。

　　白天还好，晚上就特别的辛苦，轮到值班的基本上睡不了觉，给火炉里添木炭，查看温度、湿度，切桑叶，准时喂蚕……忙得没有一点闲时，还要加倍小心谨慎，不能有半点疏漏，动静也不能大，稍有响声，幼蚕受了惊吓就会影响进食。

　　经常有村民来蚕室探望，他们既新奇又关切。当他们看到健康成长的幼蚕时，就像看到自己的孩子似的，甚是高兴。

　　这段时间，费达生利用幼蚕还没送到各户分养，村民们比较空闲，就组织他们晚上到小学来进行培训。原茵讲蚕桑课，彭钦年给他们上文化课。每到晚上，许多姑娘都来听课，连大开、大弓这些小伙子也有过来坐在教室后排听课的。这里俨然成了成人夜校，这在开弦弓村还是第一回。参加夜间培训的都是北村那边的人。开始时，南村的人对此不以为然，还不时地嘲讽几句，但几天下来，南村竟然也有好几位姑娘、小伙过来听课，而且听得特别认真。

　　这下子，村里的气氛不一样了。经常有一些年轻男女，东一拨西一拨地聚在一起，议论着养蚕的事和培训时听到的知识。他们有说有笑，非常开心。只要有机会，还有事无事地与费达生她们说上几句，问些问题。男青年不好意思，就站在远处静静地看着。

　　大开、大弓因要帮助共育室干些重活，经常过来，与费达生她们已经很熟悉了。兄弟俩肯吃苦，也很机灵，交代他俩的事，总是做得又快又好，这让费达生她们尤为满意。她们也特别照顾他俩，不仅在技术和文化上给他们开小灶，还经常叫他们留下来吃饭，而大开、大弓很知趣，从来不肯留下来，干完活就走，有事则随叫随到。

　　蚕宝宝一天天地长大。本来黑色的幼蚕，现在穿上了灰白色的衣裳。这时，它们特别贪吃，每次新的桑叶一放进蚕匾，都会争先恐后地爬上桑叶，用胸前那带刺的脚钩住叶子，沿着边缘狼吞虎咽地大口大口吃起来，不多时一片桑叶就吃光了，只剩下叶筋，这时桑叶就像一张张小小的网。

在夜间，蚕宝宝吃桑叶的时候，会听到明显的"沙沙"的响声。费达生她们特别喜欢听这声音。每当夜深人静的时候，她们总是要静静地听一会儿，似乎在欣赏悦耳的音乐。

幼蚕开始脱皮了。每脱一次皮，幼蚕就眠一次。孵化收蚁至第一次眠为一龄蚕；至第二次眠为二龄蚕；至第三次眠为三龄蚕。共育室的幼蚕很快就到三龄了，也就是稚蚕或小蚕了。

到了分发稚蚕的日子。陈杏荪一家一户通知社员前来领取。

那天下午，改进社的蚕户陆续前来。有的提着一篮鸡蛋，有的背着一袋白米，还有的拿着布料、布鞋之类的，都没有空着手过来的。费达生看到这情景，忙问："你们干吗呀？带那么多东西过来做啥？"

周阿芝上前拉着费达生的手说："姑娘啊，你们花了那么多心思，吃了许多的辛苦，把小蚕育出来了，这真不容易，大家带点东西过来，也是表达一点心意。"

"不行不行。"费达生说，"你们不用客气，这事是我们主动要做的，不需要你们任何答谢。再说，这些东西我们也用不上。大伙儿的心意我们领了，东西还是带回去。大妈，你帮我与大家说说吧！"

"我们怎能过意得去呢？"周阿芝很是为难。

又有一位大妈对费达生说："你不收下，我们怎么好意思把这小蚕拿回去呢？收下吧，姑娘！"

看着村民们诚恳的样子，费达生不好再推让，她灵机一动，对大家说："这么多东西，我们一下子也吃不完、用不上，这样吧，你们先把东西带回去，我们需要的时候，一定上门求取。"

"这样好，就听费先生的吧！"陈杏荪接着说，"现在就开始发放蚕苗，按每户登记的数量发放。我报到哪个户名，你们就过来领取。"

费达生补充道："这些虽然是'铁种'蚁蚕，但也娇嫩弱小。各户把小蚕领回去以后，一定要按照我们在培训时讲的方法进行喂养。到时我们会到各家各户去检查和指导。这里还要特别强调一下的是，由于村里还有许多蚕户养的是土蚕，而我们提供的是改良后的新蚕，新蚕与土蚕千万不能碰到一起，更不能放在一个蚕屋里混养。这务必请你们注意。"

前来帮忙的春梅、雪梅她们把小蚕一匾一匾地从蚕室拿出来。陈杏荪报户名，原茵做登记，彭钦年则把小蚕小心翼翼地发放给每个蚕户。

蚕户们端着领到的蚕匾，看着又白又胖、健康活脱的小蚕，就像领到了宝贝似的。他们从来没有看到过这样健壮、这样整齐的蚕苗！

第 **10** 章

风波骤起

△前进的道路上没有坦途。果真，问题来了。有人彷徨，有人观望，有人退缩。失败与成功，往往就在进退之间。

　　幼蚕分发到各家各户后，费达生她们的心里轻松了许多，但她们并没有空闲下来，还是那么忙碌。

　　她们把陈杏荪家养蚕的任务承担了下来，还要经常到各家各户去指导。不管哪家有问题，她们都会立即赶过去查看，帮着解决。

　　繁忙的工作使她们感到非常充实。不管多忙，她们都要分头写工作日记，还要把蚕每天的生长情况观察记录下来，作为档案资料。一忙，时间就过得特别快，不知不觉她们到开弦弓村已经近一个月了。

　　其间，原茵收到过崔泽元寄来的两封信，字里行间透露着对她的关心与爱慕，并催她早点归校。看了来信，原茵心里颇为复杂，也多少有点高兴，毕竟他在关爱着她。但她并没有给他回信，一来是忙，写信、寄信也不太方便；再就是她不知该不该给他回信，也不知在信上说些啥。

　　今天，她又收到了他的来信。看完信，她心里"扑扑扑"地直跳。崔泽元在信中明确地说，一直以来非常非常地爱她，恳求确定他俩之间的恋爱关系。他还在信里告诉她，省教育厅要把他调回去提拔使用，他谢绝了，要留下来与她在一起工作和生活，并早点结婚。

看到结婚两字，原茵像触电似的，不禁心头一颤。她从没想过这件事，也不应该想这件事。因为郑校长几次在会上讲，现在时代不同了，不是封建社会了，女子要独立，要有自己的工作和事业，不能把自己束缚在婚姻与家庭之中。

虽然学校没有规定教师不许谈恋爱、不许结婚，但郑校长40多岁了至今没有结婚，一心扑在工作上，用自己的实际行动倡导独身主义。这似乎是当时知识界、妇女界的一种时尚。虽然社会上这样做的人毕竟是极少数，但是在省女子蚕校，师生谈恋爱的、谈婚论嫁的确实少之又少。

原茵心里十分矛盾，甚至产生了一种压力。她对自己说，现在决不能答应与他谈婚论嫁，连恋爱也不行。可是，要不要给他回信呢？她一时拿不定主意了。思来想去，还是向费达生坦白一下吧。她是自己的师姐和闺蜜，又特别有主见，不妨听听她的意见。

原茵几次想说，却总是开不了口，而费达生已经看出她的心事。一天，趁着没有旁人在，费达生半开玩笑道："原茵，看你这几天魂不守舍的样子，肯定有什么秘密瞒着我吧？"

"没有啊。"原茵反过来试探道，"我会有什么秘密啊？"

"又收到信了呗。"费达生莞尔一笑，"你以为我不知道，你来了已经收到三封信啦！"

"啊！你怎么知道的？"原茵很是诧异。

"你别问我怎么知道的。"费达生说，"我还知道你刚刚收到的那封信上的内容不一般。"

原茵的脸唰地红了，忙说："你不要瞎猜。要不你偷看了我的信?"

"我才不会偷看别人的信呢。"费达生假装无所谓的样子，"你不告诉我就算了。我也就不瞎猜了。"

"还有什么能瞒过你啊。"原茵老实道，"其实，不说你也是知道的。那个姓崔的总是给我写信，这次居然……"

"居然什么呀?"费达生脱口问道。

原茵迟疑了一下，然后一五一十地与费达生说了。毕竟费达生自己也没谈过恋爱，所以她也不知说些什么是好。就在这时，彭钦年急匆匆地跑了回来，一副慌慌张张的样子。

"不，不好了。"彭钦年结结巴巴道，"沈阿婆，沈阿婆家，她家养的蚕出问题了。"

"什么?"费达生惊慌失色道，"什么情况? 严重吗?"

一向泼辣的彭钦年差点说不出话来了："我，我也说不清楚"。

"走，我们一起去看看。"费达生她们迅即赶往北村那边。

费达生她们来到沈阿婆家时，家门口已围了许多人。沈阿婆焦急地对费达生说："一早起来，看着就不对头了。"

费达生跟着沈阿婆走进后面那间矮小的茅草棚，里面黑咕隆咚的，只有窗户那边有一点微弱的光。她就着光，仔细看了蚕匾里的幼蚕，只见许多幼蚕狂躁爬行，蚕体环节胀大，体色呈乳白色，有些蚕头胸昂起不动，少量的蚕身上流出乳白色脓汁状的液体。

费达生对沈阿婆说："肯定是病了，但还不能判断是什么样的蚕病。"

"严重吗？有救吗？"沈阿婆急着说，"是怎么回事啊？我从来没看到过这个样子。"

"我一时也说不清。"费达生安慰道，"你先别急，还是先弄清病因，然后再想办法。"

费达生走出蚕室，无意间看到另一间房子的床边放着几个蚕匾，忙问："这蚕怎么放到这间屋里来了？"

沈阿婆赶紧把门拉上说："我看这几匾蚕病得更严重些，就赶紧把它们分开放了。"

"那让我来看看。"费达生正欲过去看，沈阿婆拦住说，"算了算了，这些蚕都快不行了，你就别管了吧。"

她俩说话间，彭钦年从侧边硬是把门推开进了那屋，一看那几匾蚕，便惊呼起来："这蚕都死光了呀！"

费达生推开沈阿婆，一个箭步冲过去，弯下身子看了看，不禁大声叫道，"这不是土蚕吗？"她回过头来问，"阿婆，这是怎么回事啊？"

沈阿婆支支吾吾道："我担心这新蚕种没把握，就另外养了些土种。"

"真是的！"费达生又气又急，责备道，"反复与你们讲过，养了新种就不能养土种，为啥还要这样做呀?!"

沈阿婆自责道："都是我糊涂，我把这些土蚕都倒掉算了。"

"千万不能倒出去！"费达生对彭钦年说，"你们马上把这间房子封起来，决不能让这些土蚕流失出去，我与原茵再到各家各户去查查，还有没有私下养土蚕的。"

经过检查，又发现3户人家也偷养了土蚕，还好，还没有发生蚕病。费达生让他们把土蚕处理掉，并对蚕室做了消毒处理。

费达生和原茵又回到沈阿婆家，反复观察病蚕的情况，初步判定是病毒病。如果确是这种病，那问题就严重了，它是由病原微生物侵入蚕体并在体内增殖而引起的病害，又可以通过病蚕传染给其他健康的蚕，甚至很快会在全村传染开来，造成十分可怕的后果。

现在费达生还不能完全确定，尤其不能确定是病毒病中的哪一种，无法立即采取相应的措施，唯一的办法是，先把沈阿婆家的蚕室严格封闭起来。她吩咐彭钦年和原茵立即赶到震泽镇去，打电话给郑校长汇报情况，询问有没有什么办法，自己留在这里守候着。

彭钦年和原茵刚出去，陈杏荪赶来了，他问清情况后安慰费达生："你别太急，只要把这里封住了，问题不会太大，我再去各家各户交代一下，让他们这几天务必注意观察，发现问题及时告诉我们。"

好事不出门，坏事传千里。不出半天，整个开弦弓村全都知道了沈阿婆家养的蚕出了问题，人们东一拨西一群地在议论着：

"蚕病重得很，她家的蚕都死光啦！"

"这'铁种'不知究竟是什么种，得这种怪病。"

"就怕这病传染开来，那还了得啊！"

"听说那些洋姑娘都急哭了，她们也不知道这是什么病，一点办法也没有。"

"弄得不好就要全村遭殃了！"

……

有打听的，有议论的，还有些人添油加醋传谣的，一时间，全村弥漫开一种恐慌的气氛。各家各户大门紧闭，还用红纸粘贴门窗，在蚕门上插上桃枝，以辟邪克冲。还有的人家在家搞起迷信，请蚕花娘娘回家保佑。

蚕花娘娘，是太湖流域江浙一带流传很广的一个民间故事。相传很久以前在太湖边住着一户人家，男人到很远很远的地方做生意去了，妻子已经去世，家里只剩下一个孤苦伶仃的女儿，喂养着一匹白马。一天，女孩摸着白马的耳朵开玩笑说，马儿啊马儿，若你能让父亲早些回家，我就嫁给你。白马一听，随即挣脱缰绳，飞奔而去，没过几天，就驮着女孩的父亲回到家中。从此白马总是在女孩的身边，久久不肯离去，女孩虽然喜欢白马，但一想到人怎么能与马儿结婚便担忧起来，一天天消瘦下去。后来，父亲盘问女儿后得知了原委，就趁女儿不在家一箭射死了白马，还把马皮剥下来晾在院子里。女孩回家后见到晾着的马皮，上前抚摸着马皮伤心地痛哭起来。忽然，马皮从竹竿上滑落下来，正好裹在姑娘的身上，这时院子刮起一阵旋风，马皮裹着姑娘被风吹出了门外。

几天后，村民们在树林里发现了那个失踪的姑娘。雪白的马皮仍然紧紧地贴在她的身上，她的头变成了马头的模样，爬在树上扭动着身子，嘴里不停地吐出亮晶晶的细丝，把自己的身体缠绕起来。

村民见之称为"蚕"，又因她是在树上丧生的，便称这树为"桑"。后来人们就把她叫作蚕花娘娘，并奉为蚕神，每年在蚕季都要供奉蚕花娘娘，如果碰到蚕病、蚕瘟什么的，就要在半夜到湖边把蚕花娘娘请回家，给她吃在世时最爱吃的小汤圆，并向她叩头以求她祛邪除害，保佑蚕的安康。

然而，南村一户养蚕大户，第一天晚上把蚕花娘娘请回了家，第二天一早却发现自家的蚕出现了严重的病状。情急之下，立即告知左邻右舍，大家都认为是北村沈阿婆家传染出来的，甚至有人煽动说，很有可能是饲养新蚕种惹的祸。大家一合计，要去乡公所找乡长反映情况。

程安景听了蚕户们所讲述的情况，立即联想到自家的蚕也有危险，十分紧张，加之早就对陈杏荪有成见，便说："看来这事相当严重，弄不好就会殃及全村，后果不堪设想。"

"乡长，你快给我们拿主意啊！"蚕户们请求道。

程安景不明确表态，反问道："你们说怎么办好呢？"

蚕户们七嘴八舌道：

"问题出在北村。"

"可能是这新蚕种带来的病。"

"赶紧要把这些新品种的蚕全部处理掉！"

"把这些蚕集中起来全部烧掉或埋掉！"

……

程安景听着，思忖道："这事总得有人去办。"

"你是乡长，你出面去办！"有蚕户喊道。

"不！"程安景说，"解铃还须系铃人，这事还得找陈杏荪去办。"

蚕户们都赞同道："对，还得去找陈校长，北村的人都听他的。"

"我支持你们。"程安景把手一挥说，"你们先去找陈杏荪，找到后便来告诉我，我马上就过去。"

贫富差距，自古而然。大到国家，小到村庄，总是有的富有的穷。就拿这小小的开弦弓村来说吧，南村相对富裕，北村相对贫困。中间隔着一条清河，泾渭分明。

维系两村交往的通道，早先是水上的渡船，清康熙年间在村头建了一座小石桥，交往方便多了，两个自然村也就变成了一个行政村。但两村的差距一直是存在的，而且还比较大。有差距就有隔阂，有隔阂就不融洽，之间的摩擦在所难免。

今天，南村的人走过小石桥，成群结队约有二三十人。他们没去沈阿婆家，却聚到了林同生家。他们认为林同生是北村的领头人，也是这次采用新蚕种的参与者和发起人之一。其实他们都知道，真正的发起人是陈杏荪，但南村人对陈杏荪还是有畏惧感的，不敢直接找他，只能到北村找林同生算账。

见南村来了那么多人，北村的人几乎也都出来了，有近百人。林同生屋前场地小，站不了多少人，很多人就站在不远处的那座小石桥上。

南村领头的是程安景的堂弟程安生，还有刘福田、刘振林、赵桑茂、李春云等，都是养蚕大户。北村这边有林同生、沈根宝、范大成、杨细狗、夏明秋等。沈阿婆也在。

虽然北村的人多，但都忠厚老实，又觉得理亏，不敢多言。而程安生仗着堂兄是乡长，又是富裕人家，平时在村里颐指气使，现在更是气势汹汹，他当众指着林同生的鼻子道："千百年来的规矩给你们坏掉了，用什么新蚕种新方法，完全是懒人懒办法，现在出了纰漏闯下祸，你们看怎么办？"

林同生告诉他："我们正在想着办法。"

"哼！"程安生大声道，"这分明是一种传染病，必须立即处理掉！"

"你看怎么个处理法？"林同生问道。

"没有什么好办法。"程安生竟喝令道，"你们北村这里，只要是养的新种蚕，都必须拿出来，在这里统统烧掉，然后埋到村外的土中去。"

此话一出，北村的人急了，纷纷议论起来，有的人高声嚷道：

"这怎么行？不一定是新蚕种出的事。"

"我家的蚕好好的，为什么要烧掉啊?"

"蚕病又不是没有发生过，何必这样狠啊!"

"把好端端的蚕都烧了，休想!"

"照这样处理的话，我们都要喝西北风了。"

……

听着北村人的一片反对声，程安生与刘福田、赵桑茂他们耳语了一番，继续强硬道："你们不这样做，殃及我们南村怎么办？我们决不会袖手旁观的!"

"你们要吃饭，我们北村的人就不要吃饭啊?"杨细狗忍不住了。

程安生轻蔑地瞟了杨细狗一眼说："你家本来就没有什么收成，现在用这种穷办法想有饭吃啊？你就等着受穷去吧!"

这话把杨细狗说急了："你，你说的什么屁话！我们穷怎么啦？咱穷人有穷人的骨气，告诉你，我家的蚕就是不能烧!"

程安生警告道："你说话清爽些，我今天把话说在前头，你们烧也得烧，不烧也得烧!"

杨细狗毫不退让："我也把话放在这里，就是不烧!"

"你不要把话说得那么硬气。"刘福田站出来指着杨细狗的鼻子说，"你还欠着我家一屁股债呢!"

杨细狗一下子萎下去了，说不出话来。

刘福田又想说些什么，站在身后的大女儿春梅拉了他一把："你不要这样说话嘛！"

二女儿雪梅也在一旁责怪道："你不是火上浇油吗？"

刘福田不再吱声。而程安生怒气未消，最后通牒道："你们各家各户自己动手拿出来烧。如果你们不动手，只能我们上门来动手了！"

"你们敢！"林同生终于被激怒了，"你们不要欺人太甚。你富你的，我穷我的，井水不犯河水。你们没资格来管我们。"

站在远处的北村人也都围过来，挤在一起怒对着南村过来的人。双方对峙着，大有一触即发之势。

这时，不知是谁喊了一声："程乡长来了！"

原来，南村人见势不妙，就去请程安景出面。程安景原本是不想过来的，但听来人说双方吵得很厉害，他担心出事，就从乡公所赶了过来。毕竟是乡长，他过来后，双方不再吵了，都等着他讲话。

程安景看到南村北村的两拨人相互怒目而视，心想，亏得过来，不然打起来事情就闹大了，这对他这个乡长影响也不太好。于是，他用缓和的口气说："你们怎么能这样呢？虽然叫南村北村，但隔河不隔心，都是一个村，现在又同属一个乡。大家抬头不见低头见，还都沾亲带故的，有事好好商量嘛。再说，还有乡政府在，用得着这样大吵大闹吗？"

"那我们听乡长的。"程安生立即趋附道。

"大家都听我说。"程安景摆出乡长的架势道，"这事我也知道了，正准备要来解决。本来这不是乡里的事，是改进社的事。不过，这改进社不是政府批准成立的，我当时就出面阻止了，有人不听我的还公开抵制我。这先不去说它。现在改进社组织蚕户搞什么新品种新方法的推广，弄出问题来了，不仅北村的蚕户受害，南村的也受害，大家都是受害者。这不是一家一户的事情，你们知道蚕病最容易传染，更不用说是从外面弄来的蚕种，不知带了些什么病毒，要是传播开来，不要说南村北村，就是开弦弓以外的村都会被影响；不要说今年，就是明年后年，也不知道究竟会怎么样。你们想想看，我们世世代代以蚕桑为业，这不是自毁家业吗？"

"是啊，是啊！"赵桑茂央求道，"你可要为我们开弦弓村做个主。"

程安景故作公道说："现在不分南村北村，都是开弦弓村，不，应当说是开弦弓乡，乡村的人都要齐心协力把目前这件事情处理好，不然对不起全乡村的人，也对不起祖宗。"

"对！宜早不宜迟。"刘福田对程安景说，"你是乡长，你就当机立断给个说法吧！"

程安景顿时显得为难起来："也没有什么更好的办法，但说句心里话，我也不愿把那么多的蚕用一把火烧掉。"

"是啊是啊。"沈阿婆恳切道，"乡长，千万不能因为我家养的蚕得了病就连累全村啊！"

"你这就说对了。"程安景巧诈道，"决不能连累了全村，所以也只能铁下心肠，快刀斩乱麻！"

"对对对！当机立断。"程安生遑急道，"哥，你发个话吧！"

"你别在这里称兄道弟的。我是乡长，我要一碗水端平。"程安景假仁假义道，"北村这边人的心情也是可以理解的，把这季蚕烧掉了多损失啊。我再说句公道话，这事也不能全怪你们，都是听了那帮人的鼓动，当然，也怪你们求富心切。俗话说，心急吃不得热豆腐，不能说风就是雨，这新品种新方法人家都没有用过，我们也没有看到究竟是怎么回事，怎么能说搞就搞呢？不过话又要说回来，你们也是上了当的。但事到如今也只能这样了。"

林同生听着这话声不对劲，极为反感道："程乡长，请你打开天窗说亮话，究竟怎么办吧？"

"那我就有话直说了。"程安景还是兜着圈子道，"这也是没有办法的办法。乡政府要为全乡人的利益考虑。"

"那你帮我们考虑过吗？"林同生责备道，"你从来没有过问和帮助过我们解决困难。"

这话把程安景戳痛了，他恼羞成怒道："我没有管过你们的困难，可也没有给全村带来灾难。如今你们自作自受，还危及全村，你负得了这个责任吗？有了事还不是要来找我这个乡长吗？"

"谁找你这个乡长啦？"林同生愤懑道，"现在我们有事就找改进社。"

"找改进社？"程安景轻蔑道，"我告诉大家，这个改进社没经政府批准。今天，我在这里宣布，解散改进社！"

"你没有这个权力！"只见陈杏荪拨开人群，站到程安景面前，斥责道："改进社无须批准，你无权解散。改进社的事由我负责，用不着你来管！"

程安景先是一震，后反问道："出了这么大的事，你管得了吗？"

"这并不是什么大不了的事，你们不要在这里小题大做。"陈杏荪向着人群指挥道，"你们这边让开，请费先生她们过来把情况告诉大家。"

人群很快自然分开。费达生、原茵走到前面。

费达生亮开嗓子高声道:"昨天我们一发现情况,就派人立即赶到震泽去了,用电话向学校汇报了情况。学校的专家对我们说的情况进行了分析研究,他们判定是由土蚕身上发生的病毒传染到'铁种'幼蚕身上的。一般来说,土蚕抵抗力差,很有可能产生死亡现象,而'铁种'幼蚕即使传染上病毒,由于自身抵抗力强,经过及时用药,是不会死亡的,过一两天就可恢复健康。"

一席话,使北村的人松了一口气,而南村的人并不相信,程安生跳出来说:"照你这说法,问题出在南村了?明显是嫁祸于我们南村。"

"问题不一定出在南村,但南村的情况很严重。"费达生接着说,"土蚕产生的病毒,在土蚕中间传染更快,危险性也更大。"

南村的人都目瞪口呆,一片惊悚。刘福田硬着头皮上前问道:"这有什么办法吗?"

原茵回答说:"学校专家告诉我,立即要把生病的土蚕处理掉,不能埋地也不能烧,而要倒进缸里,用石灰泥把它封闭起来,避免扩散。"

费达生补充说:"光这样还不够,全村都要立即采取防治措施。每家每户,只要是家里养蚕的,即使没有发现蚕病的,也要每天早上使用一次防僵粉,晚上使用一次鲜石灰粉,对蚕室蚕座进行消毒。同时给幼蚕添食脓蚕灵,以抑制病毒的发生。为了保险起见,还可关闭门窗用熏毒威熏蒸 30 分钟。"

"那听你们的,你们说怎么办就怎么办。"程安景的态度立刻发生了一百八十度的大转变。

刘福田又问:"能不能请你们帮我们指导一下?要出多少钱我们

就出多少，只要能保住这季蚕。"

"这钱不要你们出。"陈杏荪对大伙说，"刚才费先生与我说了，所需药品，明天学校就会派人送到我们村里来，免费使用。只要药一到，就会通知你们到学校场地去领取。现在你们立即回去，按照费先生所说，先用新鲜石灰将蚕室消毒一次。"

在场的人开始散去，陈杏荪又高声道："这次我们改进社，不仅要把北村管起来，还要为南村服务，你们有什么事，都可以来找我们。"

程安景站在那里很是尴尬。陈杏荪有意问道："程乡长，你看这样可以吗？"

程安景虎着脸，一声不吭，拂袖而去。

第 11 章

破解难题

△境由心生，物随心转。心悦则物美。一个人的心情，既是眼眸里的风景，也是心底里的憧憬，更是行为上的映照。

药到病除。使用了省女子蚕校送来的药物之后，来势迅猛的病毒性蚕病，很快得到了有效的扼制，避免了传染蔓延的危险局面。

北村的人扬眉吐气。加入改进社的蚕户更是喜上眉梢，各家各户的幼蚕长势喜人，长得又快又壮、又白又胖。

于是，村里人对这几个洋姑娘刮目相看。只要遇上养蚕方面的疑点难事，都要来问费达生她们。而她们不仅热情解答，有时还上门观察，现场解决问题。只要她们到场，几乎所有的问题都能得到及时解决。沈阿婆私下对人说，这几个洋姑娘就是咱村的蚕花娘娘。之后村民们也都这么说。

村民们的认可与信任，使费达生她们更加来劲了，整天忙得不亦乐乎。

有天下午，原茵到蚕户那里巡查回来，感到浑身无力，并有些难受，额头上热得发烫。她一头栽倒在床上，以为睡一觉就好了，但到吃晚饭时，她冷得直打哆嗦。这把费达生、彭钦年吓坏了。村里既没有医生也没有药，她俩只能守在床边干着急。林同生的妻子周阿芝听说后马上赶了过来，她摸了摸原茵的额头，又看了看她的嘴唇，说是被毒蚊子咬了，很有可能得了疟疾病。一听说是疟疾病，大家更是惊慌了，因为这病不仅有传染性，而且得不到及时治疗的话，患者会有一定的生命危险。

陈杏荪二话没说，立即弄来一条船，让大开、大弓兄弟俩连夜摇船把原茵送往震泽镇。费达生和彭钦年随船守护在原茵的身边。他们深夜到达镇上，在徐清河的帮助下找到一家私人诊所。医生确诊原茵染了疟疾，为她开了药。原茵服下后略有好转。

第二天，原茵的病情就基本稳定了。费达生就让彭钦年护送原茵回浒墅关休养，自己则坐船与大开、大弓一起返回开弦弓村。

费达生坐在敞开的船舱里，看着小清河两岸的景色。微风吹来，把她一个多月来的疲惫与烦恼都吹到了脑后，全身感到格外的轻松与愉悦。短短的一个多月，对她来说就像是打了一仗，总算是初战告捷，但她知道，这仅仅是开始。她细细地盘算着接下来的工作，憧憬着今年春蚕的丰收。

大开和大弓轮流摇着船。他俩是村里的摇船能手，摇起船来轻松而熟练，船行得又快又稳。开弦弓村有一项民间传统活动，叫摇三橹船，就是一条大木船上有大橹二橹和小橹三支橹，每逢节日或村里人家有喜事时，就会请人进行摇三橹船的表演或比赛。大开和大弓个子高、力气大，摇船技术又好，所以，只要村里有摇三橹船的活动，总少不了他俩。他俩话语不多，在女孩子面前更是腼腆。船开出震泽镇足足有一个多小时了，船上三个人都未曾开口。

突然，一条筷子那么长的鱼跳进了船舱，把费达生吓了一跳。

大弓一把抓起这条鱼，终于开口道："嘿，还是条小青鱼咧。"

"小青鱼?"费达生好奇地问，"是不是小清河里长的鱼都叫小青鱼?"

"不是的。"大弓羞赧道，"小清河里的鱼多着呢，有青鱼、草鱼、白鱼、鲫鱼，各种鱼都有。"

大开边摇橹边说道："这小清河通着太湖，一到春天，湖里的鱼就往河里游，夏天鱼更多。"

费达生很有兴趣地问："哪种鱼长得最大啊?"

大开说："长得最大的是草鱼，但最好吃的还是青鱼。"

费达生开玩笑说："那今天我们可以把这条青鱼带回去美餐一顿了。"

"那不行。"大开一本正经道，"听村上的老人说，鱼跳到船上是个好兆头，把它放了回去就会有好运来。"

费达生乐了："还有这说法啊?那赶紧把它放回河里吧。"

大弓轻轻地把鱼放回河里。看着小青鱼摇头摆尾悠然远去，费达生开心地说："看这条鱼游起来的样子，好像很自信很得意，看来真是个好兆头。"

大开说："老人们的话是很准的。"

"真的吗?"费达生又问，"那你们说这条小青鱼会给咱们带来什么好运呢?"

大弓脱口而出："那肯定是今年春蚕丰收呗。"

"我想也是。"大开说，"我家的蚕从来没有长得那么好过。"

"那就等着大丰收吧!"费达生心里充满着蜜糖般的喜悦。

一条小青鱼打开了三个年轻人的话匣子。欢快的谈话声和咯吱咯吱的桨橹声，荡漾在清清的河面上。

　　中午时分，他们回到了村里。船靠岸后，费达生跟着大开和大弓来到了他们家。周阿芝看到费达生，就像看到自己的闺女回来似的，问长问短，并热情地请她在家吃饭，而费达生说："饭不吃了，就是过来看看这蚕。"

　　周阿芝带着费达生来到蚕室，喜滋滋地指着那生青滚壮的蚕说："这蚕是少见的好，活了几十年，还是第一次看到这样好的蚕。"

　　费达生问她还有什么困难。周阿芝说："困难倒没有什么困难，就是这蚕长得快，桑叶也吃得多，自家桑地里采摘的桑叶只有五六担了，只够吃一天多，他爹急得很，带着大开、大弓又到地里采叶去了。"

　　费达生一听，心想，这是个新问题，恐怕不光是她家，其他蚕户也会碰到这个问题。于是就急匆匆地离开林同生家，去找陈杏荪商量

开弦弓村民在采桑叶

此事。

陈杏荪已发现了这个问题。他告诉费达生："本来村上的桑叶每年都是足够的，可这铁种蚕胃口好、食量大，再说今年村里养蚕的总量又比往年要多一些，所以桑叶就有些紧张了。"

"那怎么办呢？"费达生有些发急了，"这两天可是蚕长得最快的时候，也是吃口最好的时候，桑叶供不上就有影响了。"

"是的呢。"陈杏荪说，"各家各户都发现了这个问题，纷纷到自家桑地里设法多采一些叶子，这两天晚上还有人在地里忙着采桑叶呢。"

"能解决问题吗？"费达生又说，"桑叶太老的话，蚕是不肯吃的，吃了也不好。"

陈杏荪说："是这样的，所以，我想还是到外村买点桑叶回来做补充。可是，改进社的社员又拿不出钱来，我只能到镇上去想想办法。"

"那好吧。你到镇上去一趟，我抽时间到桑地里去看看桑叶的情况。"费达生说完就回去吃饭了。吃完饭，她又处理了一些事情，然后就到村后的那片桑地去了。

太阳开始西沉了。晚风吹拂着桑园，桑叶发出沙沙沙的声响。

费达生来到林同生家的桑地里，大开、大弓正在埋头采叶。他们家的桑地与刘福田家的靠在一起。

费达生正准备帮忙采叶，隔壁地里的刘福田主动搭讪道："费先生，你怎么也来帮着采桑叶啊？"

"我过来看看，顺便帮个忙。"费达生看了看他家的桑树，说："你家的桑叶长得不错啊！"

刘福田说："今年亏得这桑叶长得好，不然还真不够这蚕吃的。"

费达生问他："你家桑叶不会不够吧？"

刘福田说："差不多吧，多也多不了多少。"

在一旁采叶的春梅却说："肯定有多的。我家养的是土种，不像人家养的新品种，长得好，吃得多。"

"你别多嘴！"刘福田冲着春梅说了一句。费达生不好跟着往下说些什么，就动手采摘桑叶。

天暗下来了，很快星光满天。地里的人都没有收工的意思，还不时在议论着：

"这地里的桑叶是越采越少，家里的蚕却越吃越多。"

"真没想到桑叶会不够用。"

"这两天桑叶行情飞涨，听说今天镇上的价格开到四个大洋一担！"

……

林同生听着心里更加着急，他码算了一下，自家地里最多还能采摘不到十担的桑叶，也就够蚕吃两天，而蚕宝宝上山还要五天的时间，起码还得吃上三十担的叶子。三四一十二，三十担可要一百二十块大洋，他哪里来这么多钱呢？费达生猜到林同生的心里非常着急，就轻轻地对他说："陈校长到镇上想办法去了。"

半明半暗的星光下，春梅、雪梅与大开、大弓边走边采，相距越来越近。靠近时，雪梅悄悄地对大开说："明天我爹爹不来地里，你们就到我家地里来采，我俩也来帮你们一起采。"

"这怎么行呢？"大开觉得不妥。

雪梅却说："有什么不行啊？就这样说好了。"

　　第二天中午，陈杏荪就赶回村里，给改进社的蚕户们带来了一个好消息，他从徐清河、沈冰成那里借了一笔钱，又托朋友以三块钱一担的价格，买了一百六十担的优质桑叶，过两天就可以陆续运来，到时分发给各户补缺。听到这个消息，社员们心里的一块石头落地了。

　　那天下午，大开、大弓真的去桑地里了。春梅和雪梅早就在那里等着他们。四个人整整采了一个下午，采了不下十担的桑叶。天黑后，春梅和雪梅在地里守着，大开和大弓分几次把这些桑叶往家里挑。

　　挑完后，四个人坐在田埂上开心地聊着天。虽然他们两家子一家富裕一家穷，双方父母间的关系又比较紧张，但他们四个人从小在一起长大，是最要好的朋友，无话不谈，相互关心帮助着。春梅把从家里带出来的饼子分给大开、大弓和雪梅，四个人边吃边聊。

　　大开不好意思地说："拿你们家这么多的桑叶，等收了蚕、卖了钱，再还给你家吧。"

　　雪梅假装生气道："你这样说，我就不客气了，要付钱就今天付，不赊账，而且一担桑叶五块！"

　　"啊?！"大弓一时没听出雪梅是在开玩笑，竟一头雾水，"我家真的拿不出来。"

　　闻此言，姐妹俩哈哈大笑起来。大开、大弓也会心地笑了。

　　这久违的笑声，久久回荡在充满希望的绿色桑园中。

　　中国是世界上最早种桑养蚕的国家。据出土实物和甲骨文记载，早在三四千年前，人们在黄河和长江流域就已种桑养蚕，并能利用蚕丝织绸了。至唐初，长江流域的蚕桑业普遍兴起。安史之乱后，黄河中下游地区遭受严重破坏，而长江中下游地区社会比较稳定，蚕桑业发展尤为迅猛，特别是江浙一带，蚕桑业的发展已超过了黄河中游地区。

种桑养蚕是一种经济，也是一种传统、一种文化。且自古以来就有丰富多彩的养蚕习俗流传下来。这些习俗主要是对蚕神的膜拜、祈求，还有一些独特的风俗习惯。

在开弦弓村，种桑养蚕的习俗很多，且一直延续下来。比如，每年养蚕前，蚕户首先要供奉蚕神。当地的蚕神为马明皇，称之为蚕王菩萨或蚕花菩萨，俗称蚕花娘娘。蚕户主人将一张印在红纸上的蚕神像请来贴在蚕房上，还要到庙里去祭祀蚕神。与此同时，蚕户们都要将木头做成的三棱开的蚕台从屋里拿出来，修补好，并将蚕笪、团匾等一并洗刷干净。蚕笪上要用纸糊好，贴上聚宝盆、蚕花太子等吉祥图案。讲究一点的人家，还要请道士来念咒，供菜祭神。

从开始育蚕到饲养期间，人们都在自己的家门口挂上叫作棚落的草帘子。这帘子既有保暖功能，又起到告示作用。见到它，外人不会随便进门的。养不好蚕的人，到别人家去串门是不受欢迎的。如果让其进来了，或不顾禁忌自闯进门的，待他走后，蚕户主人就会悄悄地取一束稻草扔出门外，或吐几口唾沫，或烧一点什么东西，以将晦气赶走，此举称为驱鬼。如果有人经允许进入蚕室，来人要带一片桃叶进去，走动时要轻手轻脚，说话也要细声细语。来人要把桃叶放在蚕笪上，以示蚕能长大吐丝的吉兆。

费达生她们虽然接受了新式教育，主张用科学方法指导和从事蚕桑业，但她们对村里的这些习俗非常尊重，认为这些习俗既表达了蚕户们对养蚕丰收的企盼，又有利于蚕室的卫生和蚕的生长。

　　而改进社的蚕户们对她们也是十分尊重，往往对她们网开一面，没有那么多的条条框框，可以随时进入各家的蚕室，无须每次带上什么桃叶。因为在村民们眼里，她们就是蚕花娘娘，能给村里养蚕人家带来好的方法和好的运气。

　　这些天，费达生她们跑得更加勤快，每天都要到各蚕户的蚕室巡查一到两次，因为再过两三天蚕宝宝就要上山了。各蚕户除了对费达生她们例外，全都闭门谢客，家里人轮流日夜守候在蚕室外。

　　紧张而快乐的气氛弥漫全村。

　　林同生家也是这样。大开和大弓天天忙着摘挑桑叶。周阿芝免去他俩晚间值班，当然也是不太放心他俩。她要亲自照看蚕室，这是今年家里唯一的希望了。

　　林同生自然不会看着妻子一人忙前忙后，自己也是忙个不停。忙了，反而情绪也好了，感觉有奔头了。女儿去世后的那段时间，他几乎绝望了，而现在对生活又恢复了信心和希望。虽然他知道，单靠春季蚕花好，还是还不清负债的，但他相信只要勤俭劳作，总有咸鱼翻身的时候，哪怕做到背脊骨折断，也要拼着命去干，力争早日把债还掉，还要为两个儿子讨上媳妇，续林家的香火。

　　他这样想着，干起活来就更加有劲。现在家中的桑叶备足了。夫妻俩家门不出，守在蚕屋，准时准点地给蚕喂叶。每次新叶铺上去，蚕宝宝们就会露出尖尖小嘴巴，左右咬个不停，蚕室里立刻响起沙沙的声音。这声音甚至能盖过他俩的说话声。

　　不多一会儿，蚕匾里又立刻见白了，于是再铺上厚厚的一层桑叶。蚕宝宝是那样的强健，像有魔法似的吃了又吃，永远不会饱、永远不会停。夫妻俩已连续三天三夜没有睡，却并不感觉怎么倦。看着那些硕大的蚕宝宝，他俩毫无睡意。

蚕宝宝要上山啦！各家的至亲好友都来"望山头"，互相探望，预祝蚕花好收成——收它个二十四分！

然而，林同生夫妻俩还是捏着一把汗。这"铁种"新蚕究竟会结出怎样的茧来呢？到此时，还没有完全的把握。他俩伛着腰蹲在蚕室里，每当听到蚕匾里渐渐索索的声音，喜从中来，忍不住想笑。而过一会儿，这声音又听不到了，他俩的心又沉甸甸地往下沉。这样忽响忽停，弄得人一惊一乍的。他俩的心里是焦灼的，又是快活的，可他俩总不敢挑开帘子看那蚕匾里的状况。

等到蚕上山后的第三天，周阿芝实在忍不住了，偷偷地挑开芦帘一角看了一眼，顿时，心扑扑直跳。只见蚕匾里一片雪白，隆隆的、厚厚的。她立即拉丈夫来看，那是他们从来没有见过的好蚕花呀！

林同生全家都快乐起来。现在他们吃了定心丸。林同生心想，这"铁种"还真铁，铁定丰收了，老天开眼了！

有这样的快乐与念想又何止林同生一家。全村门户洞开，男人、女人和孩子们都快活开心起来，到处喜气洋洋。

就在这时，郑辟疆在原茵、彭钦年的陪同下，来到了开弦弓村。还没来得及歇脚，郑辟疆就在陈杏荪和费达生的引导下，一户户地到蚕户家去看望。这些蚕户听说郑辟疆校长要来，都说是大人物来了，感激之情溢于言表，争相邀请郑校长到自己家里去看。

在林同生家，郑辟疆看着一堆堆雪白的蚕茧，高兴地问："今年的蚕花可有几分？"

周阿芝满脸堆笑道："依我看这蚕花就是二十四分。"

郑辟疆笑了："这二十四分嘛，只是一种良好的愿望，但我实际估摸一下，起码有个十六七分。"

林同生说："弄得好能有个十八分，这就比原来整整翻了一番啊！"

离开林同生家，郑辟疆一行最后来到沈阿婆家。沈阿婆一把拉住费达生，对着郑辟疆说："过去我信蚕花娘娘，现在我就信她，她就是咱们村里的蚕花娘娘。"说得在场的人都笑了起来。沈阿婆又拉着郑辟疆的手说，"校长大人啊，你得把这些好姑娘留给咱村哦！"郑辟疆含笑点头。

看完改进社的每个蚕户，郑辟疆在陈杏荪家里吃了晚饭。晚饭后，陈杏荪和费达生分别向他介绍了开弦弓村的情况和这次推广活动的做法。郑辟疆对这里的情况很感兴趣，对这次推广活动极为满意。他谈了很多很多。他说："开弦弓村确实是个养蚕的好地方，但没想到这里这么闭塞。传统的养蚕已经大大落伍了，非改进不可。蚕种是关键。这次新蚕种已见到了成效，但要进一步巩固与扩大。这次来最高兴的并不是蚕花的丰收，而是村里成立了改进社。改进社好！好就好在幼蚕共育、分户饲养，统一指导。这次来既看到了成果，也看到了潜力，还有许多工作要做。改进社还可以改进，要摸索，要扩大，要成为一种实体经济组织。"陈杏荪和费达生听了茅塞顿开，表示要按郑校长的要求去办。

"蚕开门啰！"从南村到北村，家家户户打开大门，将供品及茧子摆列在蚕神像前，以谢蚕神。大户人家还办起了蚕花酒，村里人就像吃年夜饭那样欢聚在一起。以往北村很少有人家办蚕花酒，今年不少人家也办了。

各家各户把收好的蚕茧过了秤。北村改进社的蚕户，蚕茧产量都比原来翻了一番还多。南村的蚕户虽然今年蚕茧产量也不低，但与改进社的蚕户比，一般都要低二三成。

为了庆祝春蚕大丰收，开弦弓村照例举办摇三橹船活动，而这次活动是由北村人来操办的，这在开弦弓村算是第一回。那天下午，小清河两岸与小石桥上站满了人，每个人的脸上都呈现出欢乐的颜色。

一条用于运输的大木船改装成礼船。这礼船，有三支橹，均安在船尾，其中大橹二橹分安在船艄两边，大橹在右，二橹在左。大橹比二橹大出许多，由5人操作，3人扶橹，2人吊绷；二橹由4人操作，2人扶橹，2人吊绷；船尾中间是跷艄橹，由1人操作。三橹之外还有三桨，分别安装于船体两边，船桨由3人操作。船上共有20多人。

今天只有一条礼船，不是比赛，而是表演，纯粹是为了庆祝春蚕的丰收。郑辟疆、费达生、原茵、彭钦年被邀请上船，站在摇船人的中间。林同生领着大开、大弓摇大橹，陈杏荪手持铜锣站在船舱里。两面写着"喜庆丰收"和"快马加鞭"的旗帜，插在船艄角上，迎风飘扬。

活动开始了。随着陈杏荪敲下的一声响亮的开场锣，整齐有力的号子声此起彼伏，和着节奏，船手们奋力摇橹、划桨。只见一位身高体健的大汉站立船头手持竹篙，威风十足，而另一位大汉忽而高高腾跃而起，忽而又猛力地重重下坐于船头的一块草垫子上。随着他不断地腾跃与坐下，前行中的船头时而上翘，时而下沉，船的四周随之掀起层层浪花。

费达生她们不时地为摇橹划桨的人加油鼓劲，陈杏荪敲出有花样的锣声。岸上和桥上的人一边喝彩、一边招手，整个现场呈现出一派热烈喜庆的场面。

活动持续了 3 个多小时。村民们沉浸在欢乐喜庆的氛围中。这是开弦弓村多少年来鲜见的场面、少有的欢乐。

活动结束后，费达生她们就要随郑辟疆校长回学校去了。陈杏荪让大开、大弓摇着村里最好的一条船，直接把郑校长他们送回浒墅关。临行前，陈杏荪领着村民们到岸边送行，并亲手交给郑辟疆一只锦盒，告诉他："这是村民们所要表达的心意，请你回校后再打开它。"

郑辟疆接过锦盒郑重道："乡亲们的心意我们领了！"

船离岸了。村民们依依不舍地目送着郑辟疆他们。只听得有人在岸上高喊着：

"蚕花娘娘，你们早点回来啊！"

第 *12* 章

拉开帷幕

△一面锦旗，四个大字。是褒奖，更是冀望。用尽毕生精力和全部心智，去做一件有意义的事情，这才是人生的价值追求。

回到学校，郑辟疆把费达生、原茵、彭钦年叫到自己的办公室，郑重其事地打开陈杏荪赠送的那只锦盒。

原来，里面存放了一面制作精良的锦旗。展开一看，上面赫然绣着四个大字：富国利民。

郑辟疆对费达生说："这是开弦弓村给你们的褒奖。"

费达生快慰道："这旗是赠送给咱们学校的。我们只是完成了学校交给的任务。"

"还不能说是完成了任务，只是跨出了第一步。"郑辟疆收起锦旗说，"这旗上绣的四个字好！我们要做的事，教育也好，推广也好，为的就是这四个字。"

费达生说："我们在开弦弓村做得这么一点事，利民可以说，富国还谈不上。"

"你这话既对又不对。"郑辟疆说，"国以民为本，民富则国强。我们虽然在开弦弓村做了一点蚕种改良的工作，但很有意义。我们可以继续做下去，越做越大，越做越好。如果我们这一带的蚕业发展上去了，不仅可以让老百姓得利，还会对我国民族工业的发展乃至国家富强、民众富裕起到一定作用。我们不能小看了我们所做的事情。"

"没有小看。"费达生谦逊道，"我们做得还很不够。"

"是的。"郑辟疆说，"我从开弦弓村回来之后，就一直在想，如何利用我们学校的优势，把新品种和新技术的推广工作继续做下去，往广里做，往深里做，一定要做出更大的成效来。至于具体怎么做，我正在考虑一个新的计划。"

"校长，您的意思是不是我们还要到开弦弓村去？"费达生急切地想知道下一步计划。

"那当然。"郑辟疆布置道，"你们回来后，对在开弦弓村的推广工作做个总结，主要还是要提出一些建议来，因为你们在那里实际工作了几个月，对村里的情况应该是比较了解了，下步怎么做，做什么，你们提出几条来，充实到我正在考虑的计划中。"

费达生她们走出校长办公室，每个人的心里都是暖暖的。虽然郑校长没有怎么表扬她们，但看得出来，校长对这次推广工作十分满意。更让费达生她们高兴的是，郑校长明确表示推广工作还要深化，还要派她们到开弦弓村去。这是她们共同的愿望。因为她们知道，开弦弓村的村民盼望着她们再去。她们也十分愿意再去。短短的几个月时间，她们与开弦弓村产生了感情，并在那里找到了她们自身的真正价值。

当天晚上，费达生就与原茵和彭钦年一起，详细地讨论了工作总结，还提出了许多建议。费达生连夜把总结修改好，连同几条建议，第二天一起交给了郑校长。

这一时期，郑辟疆关于教育改革的意识愈益强烈。他来女蚕校任职已近 6 年，虽然在这里他的知识和才能得到了一定的发挥，他的教学理念和教材教法得到了贯彻实施，但他的职业教育和实业救国思想并没有收到明显的成效。这次学校在开弦弓村的推广工作，可以说是牛刀小试，初见成效。这让他看到了希望，增强了信心，同时也感到极大的不满足。

他是丝绸之乡的儿子。他的母亲是江南小镇上一个普通的妇女，除了家务劳动和很短的睡眠时间外，所有的时间都花在养蚕和织机上。在这样传统的环境里成长，他从小深知蚕丝业对于劳动农民生活上的意义。长大以后，他所见所闻渐多，对蚕丝业盛衰变迁，对国家、民族的危机，感慨日深。他有志报考蚕学馆，而父亲执意不允，想让他去应乡试、考举人，弄个一官半职，光宗耀祖，但在母亲支持下他如愿以偿考进了蚕学馆，走上蚕丝事业之路。他勤奋学习、努力工作，就是为了改变我国蚕丝业的落后状况，振兴我国的蚕丝业。

他一直认为，只有振兴实业，才能强国富民。而蚕丝业在国民经济中占有重要地位，是与列强竞争的重要阵地和力量。振兴蚕丝业必先提倡蚕丝教育，培养有知识、有技能的人才。而现在他进一步认识到，光有技术、光有人才还不够，关键在于应用。只有把人才用在实业上，把技术用到实践中，才能真正发挥作用，才能有效改变落后面貌，从而从根本上振兴中国蚕丝业。因此，他要制定一个更加宏大的计划。这个计划，不是原来意义上的教学改革和土种改良，而是蚕丝革命！

经过一段时间的思考与酝酿，蚕丝革命的计划初步形成了！

在校务会议上，郑辟疆阐述了他对蚕丝革命的主张与设想。他说，辛亥革命推翻了封建帝制，使中国社会发生了千年以来从未有过的大变局，但还没有改变中国贫穷落后的面貌。改变中国的落后面貌就必须发展经济、发展实业。而蚕丝业是中国的支柱产业，发展中国经济就必须振兴中国的蚕丝业，但我国历史上占有优势的蚕丝业现在大大落后了。蚕丝业的落后与衰败，不但直接影响民生，而且危及国民经济，导致国力愈益衰弱。因此，大力发展和振兴我国蚕丝业实乃当务之急、当务之要。而发展和振兴蚕丝业，光靠教育不行，光靠小打小闹也不行，必须来一场蚕丝业的革命。只有进行革命性的改造，才能有革命性的变化。我们虽然是一座学校，但我们是江苏乃至全国的蚕丝教育和科研的基地和中心。我们应当举起蚕丝革命的旗帜，走向社会，走向农村，走向蚕区，走向实业，成为蚕丝业改革与发展先锋和主力军。我们有这个条件，也有这个责任，而且，我们通过在开弦弓村的实验也有了一定的实践经验。

一番慷慨陈词之后，郑辟疆提出蚕丝革命的总体计划。其要点是：

继续培育新蚕种，尤其是要培育出新的秋蚕种，使蚕区从每一年春季养蚕变为春秋两季，这是具有革命性的第一步；

在大力推广春秋两季新蚕种的同时，要在幼蚕共育和成蚕饲养技术上有新的突破，大大提高蚕茧的产量与质量，并探索建立蚕种场，进行规模化培育与养殖；

蚕桑养殖的规模和质量上去后，立即将目光转向下一个环节——制丝业，彻底改变传统的土法缫丝，使用新机械，为此必须通过组织蚕户合作，并以股份制的形式，开创性地建立乡村企业，实现从土丝生产到白丝生产的跨越；

实行开门办学，大力推进社会性的技术培训，使蚕农尤其是农村青年人掌握新技术，并自愿放弃旧习俗、老方法；重组学校推广部，充实力量，重心外移，迅速扩大推广成果，新品种新技术由改革试点——开弦弓村向外传播，辐射至苏南、浙江的广大蚕区；

推广部不仅传播新品种新技术，还要帮助蚕民建立新的生产组织，促使农民转变观念，从而推动蚕丝业的迅速发展和农村社会的富裕与进步。

郑辟疆的工作激情和开拓精神，以及大胆周密的计划，折服和鼓舞了参会的每一个人，大家一致赞同发起蚕丝革命。

又是一年开春时。

1925 年 3 月，费达生带队再次来到开弦弓村，同行的只有彭钦年。原茵没来，因为她最后还是禁不住崔泽元的死磨硬追，答应与他成婚，并留在学校教书。这次过来的还有 12 名女学生，她们是来参加毕业前夕实习的。

她们乘坐的船抵达开弦弓村时，陈杏荪、林同生等已在河岸上等候多时。船一靠岸，村上的姑娘小伙都主动上船帮她们搬运东西。陈杏荪则为她们租了村民的房子，准备了新的住处。

周阿芝和村上的几个妇女把她们住的房屋收拾得干干净净，又给她们准备好了热菜热饭。看着这整洁的房子和摆满桌子的饭菜，她们感到特别的亲切与温暖。

晚饭后，费达生把郑辟疆校长提出的蚕丝革命主张和推广部的工作计划，向陈杏荪做了介绍。听后，陈杏荪喜不自胜，充满信心地表示，我们决不会辜负郑校长的期望，一定要让蚕丝革命的计划在开弦弓村率先开花结果！

　　一场蚕丝革命在开弦弓村悄悄拉开了帷幕。

　　辛亥革命之后，革命这个词在老百姓当中也是耳熟能详。虽然他们不一定能讲清楚革命这个词汇的真正含义，但他们对于革命的愿望最强烈，参与革命的热情最高涨。他们渴望着摆脱贫困走向富裕，渴望着改变自己的命运。

　　穷则思变，又何止改进社的蚕户呢？此时，南村北村整个开弦弓村的蚕户们都有一个共同的愿望：通过种桑养蚕发家致富。因此，当费达生她们再次到来时，已用不着宣传发动了，村民们便纷纷上门要求加入改进社，要求采用新技术和新品种，因为他们看到了上年改良蚕种的成功，看到了参加改进社的好处。短短几天，报名参加改进社的蚕户达到 120 户，差不多全村的人家都参与进来了。

　　面对这么多的蚕户，如何全面有序地开展工作呢？

　　陈杏荪与费达生、彭钦年一起商量，研究确定了三项措施：一是把原来的改进社扩建成开弦弓村经济合作社。二是把 120 户蚕户分成 5 个小组，明确负责人，并把蚕校学生分派到各个组去边实习边指导。三是在村内租用土地，建造幼蚕共育室，确保 120 户蚕户全部淘汰土蚕种，统一饲养合作社提供的良种蚕。

　　这三项措施迅速得到落实。村经济合作社成立后，大家一致推举陈杏荪担任董事长。120 多户蚕户按片分成 5 个小组，林同生、刘福田、王荣春、姚家才等 5 位有一定文化和养蚕经验的人担任组长。合作社租用南村中心地段的土地，建造了共育室。

　　全村种桑养蚕的积极性普遍高涨，但也有村民向费达生反映，虽然去年蚕茧收成翻了一番，但最后的实际收入并没有成倍提高，因为蚕养好了，桑叶却不够了，除了改进社给各户发放了一批桑叶外，他们又借钱买了一些桑叶，月息三分，蚕户辛辛苦苦得到的利益，被高利贷夺去了许多。

费达生听说后，意识到这是个很重要的问题，如果不及时解决，不仅会挫伤村民的积极性，而且会严重影响蚕丝革命的实际成效。她立即写信给郑辟疆校长反映此事。不久便收到郑校长的来信，建议以合作社名义到县农业银行去贷款，并随信附上了一张省女子蚕校的介绍信。费达生看了来信豁然开朗，陈杏荪的儿子陈汝棠不就在县农村银行工作吗？去找他。

费达生安排好村里的工作，与彭钦年一起去了县城。陈汝棠热情接待了她俩，并直接引见给行长。行长看了省女子蚕校的介绍信，又听了费达生对开弦弓村合作社的情况介绍，二话没说，同意银行以最优惠的利息向合作社贷款，支持开弦弓村的蚕丝革命。

办完贷款手续，陈汝棠客气地留她俩小住两天，在县城里玩一玩。她俩哪有这个心思，第二天就急匆匆地赶回了开弦弓村，随即把每个蚕户的贷款额制成领款单，盖上合作社的印章，交给蚕户。蚕户们拿到领款单，资金有了着落，又是低息，心里踏实了许多，养蚕的信心和干劲更足了。是年，开弦弓村的春蚕又喜获丰收，而且获得的实际经济收入大大增加。

费达生并不因此满足，又与陈杏荪商量，趁热打铁，因势利导，发动合作社的蚕户试养秋蚕。

太湖流域这一带，通常只养一季春蚕，没有秋蚕一说。但合作社一号召，加上蚕种又是省女子蚕校无偿赠送的，都跃跃欲试，踊跃参加。合作社举办了秋蚕饲养培训班，各家都派人参加培训，由费达生、彭钦年分别讲解秋蚕饲养的特点、方法和要求。

秋蚕开养后，蚕校来村的实习生驻户指导和掌握情况，每天晚上集中汇报，发现问题及时解决。费达生和彭钦年更是尽心尽责，每天巡回检查指导，差点跑断了腿。各个蚕户也是全力配合，严格按照要求精心饲养。一分耕耘一分收获。开弦弓村的秋蚕试养一举成功，又喜获丰收！春秋两季养蚕，桑叶得到充分利用，成本大大降低，蚕户收入成倍增加。村民们扬眉吐气，奔走相告。

开弦弓村的名声迅速传播开来，愈传愈远。周围村庄的蚕户纷纷来开弦弓村，向费达生她们求购新蚕种，但蚕种有限，人们慕名而来，失望而归。

费达生特地赶回学校，向郑辟疆校长反映了这一情况。郑辟疆听后当即拍板道："乘势而上，兴办蚕种场。"

"办蚕种场？"费达生又问，"是学校来办吗？"

"不，不能事事都由学校来包办。"郑辟疆说，"这样吧，你在学校等一两天，我来想想办法。"

从郑校长办公室出来，费达生去找了郑蓉镜和胡咏絮。三姐妹聚在一起，有说不完的话。费达生讲了开弦弓村蚕丝革命的初步成效，郑蓉镜和胡咏絮既高兴又失落。她们都遗憾没能直接参与到蚕丝革命中去。正说着，有人过来叫她们立即去郑校长办公室。

她们三位刚跨进办公室的门，郑辟疆就说："我已想到了一个办法。"

"这么快呀！"费达生说，"你不是让我等一两天的吗？"

"哈哈，情急智生，计上心来。"郑辟疆说，"当然，这办法还得与你们商量。"

郑蓉镜和胡咏絮听着，丈二和尚摸不着头脑，不知他俩说些什么。费达生立即向她俩解释说："开弦弓村春秋两季养蚕取得丰收以后，外村外地的人都来求购优良蚕种，但供不应求，校长提出建立蚕种场。"

郑辟疆接着说："不仅要建蚕种场，而且要用新办法来办蚕种场。这个新办法就是让你们三位自己出资来领办蚕种场。"

"自己出资？"郑蓉镜不解地问。

"是的，自己出资。"郑辟疆说，"而且，蓉镜你出大头。"

郑蓉镜娇嗔道："我哪里来这么多钱啊，拿不出来。"

"这我知道。"郑辟疆有所准备道，"你这份钱由我来垫付，咏絮与达生能出多少出多少。你们三位用合股的办法，领办蚕种场。这是一种新的探索。"郑辟疆又问，"你们看怎么样啊？"

三个人都欣然答应。

答应是答应了，但费达生囊中羞涩，拿不出什么钱来。她平时领了学校的薪水，除留给自己10元生活费外，都交给母亲补贴家用。她寻思着，不能把筹办蚕种场的经济压力都让郑校长来承担，自己应该尽可能多出一点。于是，她特地赶回松陵镇家中，把筹办蚕种场的

新建的蚕室

事与母亲说了。母亲慨然应允说："这是件利国利民的好事，理应支持你。"

费达生试探道："那要一大笔钱哩。"

母亲爽脆说："我来帮你想办法吧。"

当天，母亲就把家中仅有的积蓄全部拿了出来，还不够，又向亲友借了一些，凑足 1 200 元，给了女儿。费达生过意不去说："妈，等我们有了收入，就立即还给你。"

"你又不是自己乱花的。"母亲说，"这钱就不用你还了，算是家里对你发展事业的支持。"

听着母亲开明大度的话语，费达生的眼睛湿润了。

第 *13* 章
逼上梁山

△又跨出了小小的一步，却改变了传统，改写了历史。这就是革命。革命不就是为了推动社会变迁和发展生产力吗？

　　蚕丝革命是一项系统工程，既要横向扩展，又要纵向深入。土种改良取得全面成效之后，费达生又开始按照郑辟疆校长制定的蚕丝革命计划，开始向土丝开战。

　　在开弦弓村一带，村民们既有种桑养蚕的传统，同时又进行家庭缫丝。缫丝，就是将蚕茧抽出蚕丝。据说，缫丝的方法是由黄帝的妻子嫘祖发明的。她有一次坐在桑园里喝水，把水杯放在桌子上，一颗蚕茧掉进了盛有热开水的杯子里，嫘祖想把它拿出来，就用筷子捞这个蚕茧，无意间她发现经过热水泡过的蚕茧都变成了丝，一拉就连续不断地从杯中出来。这样，嫘祖就发明了缫丝技术。

　　原始的缫丝方法，是将蚕茧浸在热汤盆中，用手抽丝，卷绕于丝筐上。我国古代的缫丝技术不断发展进步，最初完全是手工缫丝，到了秦汉时期，民间已经开始使用简单的特制丝框来辅助缫丝；到了唐代便出现了手摇缫丝车；到了宋代，缫丝车又得到了进一步的发展，结构较为复杂，车上带有一个用于煮茧的小锅，在小锅上方装着一枚

缫丝

铜钱，缫丝时，茧丝从铜钱孔中穿出，再经过丝框等装置，洁白的细丝就可以抽出来了。

　　缫丝技术一直处在不断的发展之中。而开弦弓村的家庭缫丝，却一直停留在落后的手摇缫丝车上。蚕户把收获的鲜茧用水煮过，用手摇车缫成土丝，卖给丝行。由于老式手工缫丝效率低，抽出的土丝粗细不均，质量不稳定，所以价格上不去，蚕户收入也就没法提高。而且，手工缫丝的劳动强度大，家庭妇女苦不堪言。

　　为了改变这一落后的生产方式，费达生她们决定跨出蚕丝革命的第二步：从土种改良到土丝改造。

　　在开弦弓村经济合作社的蚕室外，摆放着一部木制脚踏缫丝车。这是女蚕校研制生产的。村上许多姑娘围成一圈，看费达生做缫丝演示。只见她脚踩踏板，手理丝缕，动作灵巧、娴熟，随着"轧轧"的声响，一缕缕又细又白的蚕丝很快被卷到框架上……

　　春梅、雪梅等村里的姑娘看得眼花缭乱，边看边议论道：

　　"费先生真是聪明啊，还能缫丝！"

"这缫丝车也好，又快又轻松。"

"我们也能用上这样的缫丝车就好了。"

……

费达生演示完后，对姑娘们说："这缫丝车是我们从学校借过来的，很好用，你们哪位愿意来试一试吗？"

"我来试试。"一贯争强好胜的雪梅要求先试。但她刚坐到缫车前，心一下子慌了，顾了脚踩却顾不上手动，三下两下，几缕丝都挣断了。看着她尴尬的样子，其他姑娘都不敢上去试了。

"费先生，你一定要教教我们。"姑娘们围着费达生央求道。

费达生见她们如此渴望，就对她们说："等这季蚕养过后，我就带你们到浒墅关去，在学校里给你们上培训班。"

姑娘们欢呼雀跃。雪梅高声道："我不但要学会用这缫丝车，还一定要让家里买一台这样的缫丝车！"

老年人渴望摆脱贫困，年轻人则更渴望摆脱落后。

费达生深知，只有摆脱落后才能摆脱贫困，只有改变人的素质才能改变村的面貌。因而，她计划把先进的东西逐步引进到开弦弓村来，同时还要让村里的年轻人接受教育，逐步确立新观念新思想，掌握新技术新方法。

在费达生的倡导和郑辟疆校长的支持下，学校推广部又与震泽镇徐记丝行联合创办了蚕丝改进社，确定以开弦弓村为试验基地，制定了学员培训和蚕丝改造计划。

这年秋天，开弦弓村的刘春梅、刘雪梅、谈凤梧、姚桂英等10多位姑娘来到了浒墅关女蚕校，开始了为期3个月的培训。

郑辟疆校长对这次培训尤为重视，不仅亲自审定教学计划，还为这批乡下来的姑娘召开了一次小型欢迎会。他在会上说:"你们是女蚕校迎来的第一批特殊的学员,说你们特殊,不是因为你们都是农村姑娘,也不是因为你们文化程度低,而是因为你们来自开弦弓村,有着特别重要的学习任务。你们不仅要在短期内把新知识、新技术学到手,还要把它们应用到劳动生产中去,直接地、快速地改变蚕丝业的落后面貌。"

费达生为这次培训班作了精心的安排,她与胡咏絮、郑蓉镜、原茵、彭钦年几位教师,既给这批特殊的学员讲原理、搞实验,还手把手地教她们如何操作改良缫丝车。

而春梅、雪梅这些乡下姑娘,更是珍惜来之不易的学习机会。她们基本上不识字,教材看不下来,上课全凭脑子记。下课后就在一起反复讨论、反复练习。一段时间下来,她们每一个人都能够熟练地使用改良丝车了。她们又利用课余的时间,到街上买了识字课本和练习簿,在宿舍里自习文化。费达生看到这些姑娘如此勤学苦练,就让学校里高年级的学生与她们结成对子,一对一地进行辅导,教她们识字。

三个月的培训时间就要结束了。三个月的时间并不长,但对从未远离过家门的这些农村姑娘来说,着实不短了。可是,由于浓厚的学习兴趣和紧张的培训安排,她们在不知不觉中就度过了这三个月。她们都觉得这段时间太短太短,过得太快太快。现在,她们的心里是多么的矛盾啊,既对学校依依不舍,又想立即回到村里,把学到的技术用到实际生产中去。

大开、大弓等4个小伙子,摇着一条大木船,到浒墅关来接她们回去。他们接回的,不光是费达生她们几位教师和10多位村里姑娘,还有省女子蚕校为村里购置的 10 架改进木制脚踏缫丝车，以及简易的烘茧箱等，真是满载而归。

是日，小清河两岸就像往常看摇三橹船那样热闹。村民们看到费达生她们又回来了，看到改变了貌样的姑娘们神采飞扬，看到船桅下堆放着一架架崭新的木制改良丝车。他们看到了新的希望。

希望很快变成了现实。这些经过培训的姑娘回来之后，立即利用这 10 架改良丝车，生产出了第一批改良丝。这些改良丝又均匀又白净，质量明显好了许多。

不比不知道，一比吓一跳。看着这些改良丝，蚕户们心动了，纷纷添置改良丝车。从最初的 10 台，到 20 台、30 台，很快发展到 70 多台。

这一年，开弦弓村生产的改良丝，经郑辟疆的介绍，直接售予上海纬成公司，每百两改良丝获得净洋 81 元，比土丝的价格足足高出了 3 成。

这在开弦弓村又一次引起了不小的轰动。蚕户们使用改良丝车的积极性更高，而丝车到年底增加至 100 多台。

这么多的蚕户使用改良车，培训工作必须跟上。陈杏荪在震泽镇上找到了一座蚕皇殿，这里原本是附近蚕农每年春天来烧香许愿的地方，平时都空着。他建议费达生在这里搞培训。费达生到现场看了，觉得非常合适。这座蚕皇殿为古典庙堂式建筑，正面门楼飞檐斗拱，气势轩昂。旁侧是八字形清水砖壁，前面是小广场，后面有一个大堂，能容纳几十个人。费达生就在这里办了土丝改良传习所，既为开弦弓村搞培训，同时也接纳附近村庄的人来培训，使改良丝车在这一带很快推广开来。

随着改良丝的出现，有着千百年历史的土丝从此销声匿迹。

徐记丝行的河埠头，横七竖八停泊着乡村里过来的敞篷木船。船里装满了一筐筐、一堆堆的干茧和蚕丝，把船身压得很低。船与船之间几乎没有空隙，船上的人相互跨来跨去，一漾一漾地，船舷与船舷不时地碰撞着。

靠在河埠头上的木船，有3条船是开弦弓村的。

林同生他们大清早摇船出来，本来到震泽要半天的时间，而他们花了两个多小时就到了。船靠上河埠，他们气也不透一口，就往岸上搬运一个个装满干茧或蚕丝的筐子。大家使足劲，很快就把货卸完了，然后坐在河埠台阶上等陈杏荪、费达生过来。

等着等着，林同生他们心焦了，有点坐不住了，便来到丝行柜台前面占卜他们的命运——打听打听当下的行情。

"茧二十块，丝六十块。"丝行柜台里坐着的先生有气无力地回答着。

"你弄错了。"林同生强调道，"我们的是干茧和白丝，不是鲜茧和土丝。"

"哼，我还能弄错啊？"那位先生不屑道，"告诉你，我讲的就是干茧二十块一担，白丝六十块一担。这下听清楚了吧？"

"什么？"林同生他们几乎不相信自己的耳朵，心头一沉，呆住了。

"这干茧，不是上月还卖三十块的吗？"

"四十也卖过，不要说三十。"

"这改良的白丝，怎么就连土丝价也不如了？"

"土丝根本不收了，这白丝能卖出土丝的价格就不错了。"

"哪有跌得这样厉害的！"

"现在是什么状况，一天一个价，你们不知道吗？洋丝潮水般涌进来，而乡下的蚕和丝，这年头疯了似的产，过几天还要跌呢！"

刚才出力摇船犹如摇三橹船似的一股劲儿，在他们的身上一下子松懈下来了。不光是劲没了，心也凉了，气也泄了。这年头，天照应，人努力，又托着蚕花娘娘的福，风调雨顺，桑也好，蚕也壮，丝也白，从来也没产过那么多、那么好的茧与丝，谁都以为可以卖个好价钱，把那些压得喘不过气来的债务统统还光，透一透气，过上安逸快活的好日子。哪晓得，临到最后的占卜，却得到比往年更坏的课兆，眼看就要到手的钱不翼而飞，这不是活见鬼了嘛！

"不卖了！还不如摇回去放在家里吧！"不知是从谁的嘴里喷出这样激愤的话来。

"嗤，"先生冷笑着，"你与谁斗气呢，我们是大行，老板硬着头皮帮你们收着，你去看看那些小丝行，要么把价压得更低，要么就干脆关门歇业了。"

大家无话可说。说不卖，只能作为一句气话说说罢了。怎么能不卖呢？饭要吃的，租要付的，肥料要买的，欠下的债还是要还的。一钱逼死英雄汉。唉，还逞什么英雄啊，这茧和丝还得要卖的，不卖不行啊！

"我们摇到盛泽镇去卖吧，"大开在一旁说，"或许那边不像这里这样抠门。"

"嗤，"那先生又是一声冷笑，捻着稀微的胡须不以为然道，"不要说是盛泽，就是摇到吴江城里去，也是这个价，各地的行情都差不到哪里去。不信你们试试，我又不拉着你往别处去。"

大家私下议论了一下，摇到别处也不一定卖得好，这里的老板毕竟是当地人，不会昧着良心做事。林同生又试探问："先生，有没有可能抬高一点？"

"抬高一点，你说得倒轻巧。老板也不容易当。抬高一点，丝行为你们白当差不说，还得亏损，有谁肯干这种傻事。"

"这个价也实在太低了，我们回去活不下去啦！"

"你们要活，我们也要活。这个年头，穷人活不下去，富人的日子也不好过啊！"

林同生他们无可奈何，懊丧地退了出来，回到河埠边，等着陈杏荪、费达生回来。他们心里想，由陈校长、费先生出面与徐清河直接交涉，也许会好些。这也是他们唯一的一线希望了。

接近晌午，陈杏荪、费达生才赶过来，他们听了林同生说的情况，很是出乎意料，就立即去找徐清河直接面谈。

在会客厅里，徐清河一改往日的精神和热情，面有难色道："这个价格也是平着本在做。我知道你们已经在土种改良和土丝改造上铆足了劲、下了功夫，这也是我竭力鼓动和支持你们这样去做的，总想挽救我们这一带的蚕丝业，也让老百姓的生活能够得到改善。"

"可是，这个价格，蚕户不要说是提高收入了，而是要亏本了呀！"陈杏荪说，"我们无法向蚕户交代啊！"

"我真没有想到这蚕丝市场会如此一蹶不振，生意不是难做，而是做不下去了。"徐清河的话让他们都沉默无语。他们处在偏僻的农村，哪里会知道国际经济对于小农经济、小本生意也有直接的影响。

从1928年开始，欧美主要经济体都不同程度地出现了经济疲软。

处在大选期间的美国总统候选人胡佛提出了一句响亮的口号，提高关税，保护美国农业。由此开始施行贸易保护主义，打响了国际贸易战。这直接波及中国市场，使洋丝进口不断增加，而中国蚕丝出口锐减，中国蚕丝业受到巨大冲击，江浙一带包括苏州、吴江的丝行首当其冲。

此时的徐清河，一方面为自家的丝行发愁，同时也担忧着当地蚕丝业的发展前景。这可是当下百姓重要的生活依靠啊！

总得有个办法和出路！他们心里同时盘算着这个问题。

最后，徐清河打破沉默说："我徐清河毕竟是喝着小清河的河水长大的。这样吧，这次我仅对开弦弓村网开一面，把每担干茧提高到40元，每担白丝提高到80元。"

"这就好啦！"陈杏荪感激道，"我代表全村的人感谢你了。你这既是为蚕户们着想，也是帮了我们刚刚成立的合作社一个大忙呀，不然我们就挺不过去了。"

"我也就只能帮你们这次忙了。"徐清河说，"不过，我们还是要共同来想想办法，把难关挺过去，救活丝市，让蚕丝业不在我们这代人手里彻底衰败下去。"

"你有这个想法太好了。"陈杏荪说，"问题是我们能有什么招呢？从土种到'铁种'，从土丝到白丝，我们在省女子蚕校的帮助下，花了九牛二虎之力，好不容易出现了转机，没想到很快就遇上这么大的挫折。"

"所以，郑辟疆校长提出蚕丝革命是有远见的。"徐清河说，"还是要革命，改良不够，小打小闹不行。只有把蚕丝质量搞上去，才有市场竞争力，才能摆脱目前的困局。"

费达生不解道："我们的蚕丝质量已经大大提高了呀，怎么反倒不行了呢？"

徐清河说："质量是提高了，这是与原来的土丝相比，但与洋丝比，质量还是有很大的差距。只有采用新的机械制丝，才能把质量搞上去，才能与洋丝拼个高低。"

陈杏荪和费达生从来没想过这事。听了徐清河的这番话，觉得还是很有道理的，便表态道："我们来好好研究琢磨一下这件事。"徐清河也表示："这既是你们的事，也是丝行的事。只有同舟共济，才能共渡难关，走出困境。"

然而，走出困境谈何容易！开弦弓一穷二白，合作社步履维艰。陈杏荪和费达生心事重重，很有压力，一时不知从何入手。为此，费达生专门赶回学校。她把徐清河的提议向郑辟疆校长做了汇报，并说："这个想法不够现实，开弦弓村合作社暂时还没有条件和实力搞机械制丝。"

郑辟疆却说："什么叫逼上梁山？我看徐清河的想法也是逼出来的，不失为一种高见。我看可以，你就给开弦弓村设计开办一个小型丝厂吧！"

"开办丝厂？"费达生颇感突然，但很快想到了一个最关键的问题，"那机器从哪里来？"

郑辟疆不加思索就表态了："把我们学校的一套机械设备借给开弦弓村合作社使用好了。"

这令费达生更为意外。她知道，当年校友欧谭惠然女士给女蚕校赠送了一套小型丝厂的机械设备，因教育厅不给建厂经费，所以机器只能长期放在操场上，没有安装使用。费达生没想到校长会将这套设备借给开弦弓村使用，多少有些疑惑："这样合适吗?"

"当然合适。"郑辟疆说，"这些机械设备堆在露天里，日晒雨淋，与其白白浪费，还不如让它充分发挥作用。"

"这倒也是。"费达生又想到一个问题，"村里也没厂房，盖厂房也需要资金哩!"

"帮忙帮到底，"郑辟疆说，"我认识省农民银行行长，请他给开弦弓村合作社贷款。"

"只要见到校长您，什么问题都有办法解决。"费达生深有感触道，"校长您对我们的支持太大了!"

"我既是对你们的支持，更是对蚕丝革命的支持。"郑辟疆坦诚道，"你们走在这场革命的前列，也是有压力、有风险的。学校不仅要积极倡导蚕丝革命，还要做好这场革命的坚强后盾。你们就放手去干吧!"

费达生再一次受到鼓舞。她从心底里感激郑辟疆校长，并为有这样一位引路人而深感幸福。

第 *14* 章

关键一步

△在人生事业的征途中，迈好关键一步，就能取得重大突破。关键是，这关键一步必须走准、走实、走稳。行稳而致远。

费达生带着新的使命回到开弦弓村。

改良丝销售的困局，使陈杏荪、费达生充分意识到改良丝虽然优于传统的手工缫丝，但依然是一种土丝，无法与机制丝相竞争，而郑辟疆和徐清河的支持，促使他们下决心走出蚕丝革命的关键一步。

按照郑辟疆校长的要求，费达生着手制定筹办小型制丝厂的计划。她在日本留学期间，学的是制丝技术专业，参观过日本正在秘密试制中的立缫车，其工效比坐缫车高得多，相比之下，国内的丝厂设备陈旧、管理落后，生丝品质低劣，随时都有被淘汰的可能。她想，一定要加快创办机械缫丝厂，并且起点要高，行动要快。为此，她查阅各种资料，并根据当地的实际情况制定了一份详细的办厂计划书。

出于对费达生的信任，陈杏荪当即同意按照这个计划书组织实施。

同样出于对陈杏荪的信任，开弦弓村有实力、有威望的富家蚕户包括程安景、程安生等也都同意参与筹办机械缫丝厂。

1928 年底，郑辟疆、陈杏荪、费达生、林同生、费璞安、孙伯和、沈秩安、施文卿、杨文震等人在震泽蚕皇厂的讲习所开会筹划，形成了创建开弦弓村机械缫丝厂的决议，并明确了工作分工：郑辟疆、费达生规划经营，协助筹办；孙伯和、施文卿、费璞安接洽借款；陈杏荪、程安景等做组织工作，在村里发动集股筹款；林同生、刘福田协助做有关事务工作。

一石激起千层浪。村民们听说要集资筹办机械缫丝厂，大家奔走相告。这一次，村民们不像上次蚕种改良那样议论纷纷、左顾右盼了，而是广为赞同，纷纷积极响应。

中国的农村与农民就是这样，他们封闭，他们落后，他们保守，但是，当他们对外面的世界有所了解，对自己的处境有所觉察，对未来的前景有所希望，就会产生一种强烈的向往，哪怕有风险也会去试一试，去闯一闯。当然，很多情况下是逼出来的。这次他们同样是被逼出来的。虽然他们并不知道外面的大形势，但他们知道土丝卖不出去的严峻性；虽然他们不懂什么机械，也没看到过什么工厂，但知道不这样做是不行了。何况，有陈杏荪、费达生他们领着做，大家跟着做，谁也不肯落下。

就这样，不出数日，在开弦弓村，共募集 753 股，每股 20 元，分 5 年投资，每年 4 元。第一年共收股金 3 012 元。

这笔资金，在当时也算不上一笔多大的数目，但是，它是一种契约、一种机制、一种责任、一种希望。有了它，一项全新的事业在这个名不见经传的江南村落启动了——

1929 年 1 月 10 日，吴江县震泽区开弦弓村有限责任生丝精制运销合作社成立。

同年 2 月 23 日，吴江县政府准予登记。

同年 3 月 1 日，召开入股社员大会。会议决定租用东村谈鹤斌家 2 亩 6 分桑地和 1 亩 4 分低地为生丝合作社用地。

万事俱备，只欠东风。

东风是什么？钱。目前现有的这点股金是远远不够办厂用的。费达生想到郑校长曾经向她介绍过的省农民银行，就打了报告，以省女子蚕校推广部提供技

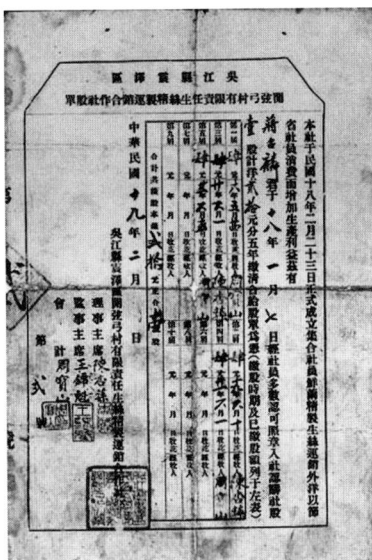

合作社股单

术保证，申请对开弦弓村合作社贷款。不料报告刚送上去，这个农行行长得了什么急病死了。关系断了，贷款之事石沉大海，落空了。

怎么办呢？费达生又想到了陈汝棠，请他在县里的银行帮着想想办法，但他所在的县级银行没有这项业务，自己又作不了主，贷不了这笔款，更让费达生束手无策。

一天中午，一位身着西装的男子走进震泽蚕丝讲习所，说是从上海来，要拜见费达生主任。看门人一看这个人 30 岁开外，风度翩翩，知道他有点来头，就立即进去告诉费达生。

费达生听说是从上海过来的，就放下手中的事情出门相迎："先生，我就是费达生，你找我有事吗？"

这位男子上下打量眼前这位眉清目秀、齐耳短发、身材瘦小的姑娘，似乎与自己想象的不太像，便疑惑道："你就是费达生？"

费达生礼貌地答道："我就是。"

"是省女子蚕校推广部的费主任？"男子又问。

费达生笑着点头："我就是啊。不相信吗？"

"相信，相信。"男子如实道，"不过，我原本以为我要见的应该是位中年男子。"

"哦？怎么说？"费达生有意追问。

那男子说："达生，达生，像是男人的名字，再说，作为学校推广部的主任，我猜想起码也得是40岁以上的教师来担任吧？"

费达生辗然而笑："初次见我的人都这么说。难道年轻女子就不能当主任吗？"

"绝无此意，绝无此意。"男子不好意思道，"只是有点意外，看来我这个人的观念太陈旧了。"

"怎么可能，你从大城市来这乡下，别嫌我们这里太陈旧就好了。"费达生恭敬道，"哦，对了，都忘了问你尊姓大名？有何贵干？"

"免贵姓王，叫王志莘。"他介绍说，"我是江苏省农民银行贷款部的。你们有个贷款申请，拖下来了，前几天陈汝棠逮着我问起此事，我看在老同学的面上，就特地过来考察一下。是他给了我这里的地址。他没跟你说吗？"

"我好长时间没有碰到他了。"费达生迫不及待地问，"你要到开弦弓村实地考察吗？"

王志莘说："最好是去一趟。"

"那好！"费达生心想越早越好，"我马上找一条船，陪你一起去。"

一条小小的木船平稳地行驶在小清河上。王志莘第一次坐在小木船上，颇觉新奇。

深秋的阳光照耀着两岸广袤的田野，近处是还留着绿叶的桑地，远处是一片片金黄的稻田。南来北往的大小船只从旁擦过。王志莘边欣赏两边的景色，边与费达生交谈，饶有兴趣听她讲她的学习经历和在农村指导养蚕、改良蚕种蚕丝的经过，以及郑辟疆校长提出的蚕丝革命计划。

"你从国外留学回来能到农村工作，精神可嘉啊！"王志莘听着十分钦佩，"更难得的是，你们有振兴我国蚕丝业的雄心和行动。"

交谈中，费达生得知王志莘是自己同学胡众英的丈夫，两人便更热络了。

到了开弦弓村，王志莘与陈杏荪、费达生等人进行了交谈，听了全村情况、办厂计划和财务分析，还到选定的厂址实地进行了察看。

王志莘问得很细，看得也很细。从掌握的情况来看，开弦弓村办厂的实际条件并不充分，给这个项目发放贷款有着较多的不可知因素，也就是说存在一定的风险。但他被费达生、陈杏荪的热情所打动，也同情这里农民的艰难状况，更是出于对振兴蚕丝业新尝试的兴趣，他在离村时明确表态，支持开弦弓村创办小型丝厂，回去立即办理贷款事项。

贷款很快批了下来。创办丝厂的一系列工作全面展开了。费达生与彭钦年一遍又一遍修改和完善厂房的设计。而陈杏荪继续开展筹股工作，生丝机制合作社社员扩大到了开弦弓村所有的蚕户，还有邻村积极要求参加的 50 多户。大家一致推举陈杏荪担任合作社理事长。他为了腾出更多的精力投入合作社的工作中来，只好辞去小学校长的职务，从外面聘请了一名校长来接替他的工作。

　　资金基本到位后，陈杏荪便利用冬季农闲时光，开始筹建丝厂厂房。这可是件大事。在农村，建造房屋是有讲究的，而且这还不是一般的住房，是厂房！陈杏荪仔细查皇历选黄道吉日，确定当年3月9日破土动工。

　　那天凌晨3点刚过，举行打地基仪式。林同生带着大开、大弓等人忙前忙后，做着各项准备工作。3点18分，时辰一到，爆竹声声，锣鼓喧天。在这喜庆声中，工匠们同时在地基四角打下木桩。打好后，又在每根木桩上包裹上红布，以示辟邪。与此同时，村里的几个男人在场地南边搭起祭台，并摆上整条大鱼、大块猪肉、熟鸡蛋、米糕等，作为祭品。接着，村里的女人们开始烧香、点烛、焚烧纸钱，向祭台叩头、鞠躬，祭拜土地神。

　　祭拜结束，东方出现了鱼肚白。晨雾笼罩着大地，厂房地基仿佛披上了一层朦胧的纱幕。大家带着喜悦回家吃早饭。

　　过一会儿，太阳出来了，天空特别明朗，一切都是那么清新。这分明是个好日子。这时，工匠们陆续回到工地，丝厂厂房正式开始施工。在工地上，林同生负责照料事务，大开、大弓、春梅、雪梅等村里的姑娘小伙义务在工地做小工，起早带晚忙碌着。

　　用了不到3个月的时间，所有厂房的墙头都就砌好了，房子就要上梁了。

　　早晨太阳还没有升起的时候，工匠们就用红布把主屋上的正梁包裹好，钉上铜钱，挂上红线和万年青，并在上面披上绸被面和纱蚊帐。然后用绳子在正梁两头系好，站在两边大墙上的几位工匠拉住系在正梁两头的绳子同时使劲，把正梁拉放到预定的最高处，立即用泥和砖把它固定住。此时，爆竹声起，木匠大师傅从梁上抛下馒头、粽子、糖果、橘子和香烟等，边抛边喊道：

> 抛梁馒头抛得高，
>
> 千年万代房子牢。
>
> 抛梁粽子抛得高，
>
> 家家户户日子好。
>
> 抛梁糖果抛得高，
>
> 新厂建成富得早。
>
> ……

村里的男女老少都早早围聚在这里，争先恐后地抢着上面抛下的东西，谁抢到的多，谁的运气就好。现场的笑声和欢呼声连成一片，欢天喜地。

上好了梁，接着就开始钉椽子、铺新瓦、粉墙面、装门窗。这个过程大约又是一个多月。到 7 月 17 日，厂房土建全部竣工，共建成厂房、办公和生活用房 32 间，其中两层楼房 6 间，建筑面积 666 平方米，寓意六六大顺。

厂房建设开了个好头，接下来的事情也顺利进行。省女子蚕校的一套缫丝机械和一台锅炉，最早运抵，放进了刚建好的厂房内。用 2 万元大洋订购的日本小复摇式铁木结构缫丝机 32 台、复摇车 16 台也按时到货。

安装机器和锅炉的技术要求较高，费达生就从杭州纬成丝厂雇请了一个机匠、一个锅炉工来厂帮助安装。安装时，村里抽调了大开、大弓等男青年一边帮忙一边学技术，为厂里培养机械技术工人。

　　在建造厂房、安装设备的同时，合作社招收了第一批缫丝女工，费达生和彭钦年为新招的女工搞培训，从剥茧煮茧到缫丝复摇等各道工序，一一讲解示范，教给女工操作技术。陈杏荪则忙着为厂里收购茧子，以备开工之用。为了确保产丝的质量和蚕农的利益，丝厂将农民收购来的茧子评好等级，按所评等级先付七成现款，等到厂里开工生产、生丝出售后，再按售价高低和股份分红。

　　建厂的一切准备工作，在不到半年的时间里全部就绪。

第 **15** 章

历史时刻

△山不在高，有仙则名；水不在深，有龙则灵。
中国的工厂不知其数，而这个小小的工厂载入史
册，闻名于世界。

1929 年 8 月 8 日，开弦弓丝厂在厂前场地上举行开工典礼。

这是一个规模很小的丝厂，但它是中国第一个农民自办的村级合
作丝厂。

千百年来，中国的农民，面朝黄土背朝天，日出而作日落而息，
在从事繁重的农业劳动的同时，以家庭为作坊，进行着各种手工副业
生产。这些生产大都劳动强度大、时间长，而效益微薄。他们做梦也
不会想到这种生产方式会得到改变，更没有想到在偏僻的农村，在自
己的家门口能办起工厂。

如今，一座工厂居然在田野里建了起来。他们从来没有看到过这
么稀奇的机器，也没有见过那高高耸立的大烟囱，要把头仰起来才能
看到顶，简直要插到云里去了。

合作社的社员都来了，村上的男女老少也都来了。丝厂的几十个
新女工，今天穿着统一的工作服，一排一排地坐在场地中间。坐在她
们前面第一排的是专程从浒墅关赶过来的郑辟疆校长，还有程安景、

费达生、孙伯和、施文卿、费璞安、林同生、彭钦年等。原茵这次也随郑校长过来了，坐在前排。

陈杏荪一直没有坐下来，站在台前指挥这指挥那。其实也没搭台，就在场地上放了张桌子。他站在桌子前，看看该来的人都来了，又从口袋里摸出那只旧挂表看了看，等了片刻，便高声道："现在是8月8日的8点18分，开弦弓村合作丝社正式开张啦！"

话音刚落，丝厂锅炉里发出了第一节汽笛的长鸣声。顿时，鞭炮声、锣鼓声起。坐在前排的人都鼓起了掌，而女工和村民们似乎还不习惯鼓掌，都欢笑着、谈论着。

开弦弓村沸腾了。这是这块土地上的一个历史性时刻。

鞭炮声结束后，锣鼓声也自然停了下来。陈杏荪激动地说："今天，我们开弦弓村发生了从来没有过的事，那就是我们办了一个工厂，叫开弦弓村合作丝厂。刚刚就算是开工典礼了。我不知道城里人怎么搞开工典礼，我们只能是乡下锣鼓乡下敲，放放鞭炮敲敲鼓，热闹一番。不过，我要告诉大家，我们这个厂办起来，主要是靠省女子蚕校的支持，具体地说，就是郑校长的大力支持，还有费老师、彭老师她们几位的直接帮助。昨天，郑校长特地从大老远赶过来，住在我们村里，就是为了参加今天我们这个新厂的开工典礼。现在，我们请郑校长给大伙讲话。"

郑辟疆从座位上站起来，先是与大家招了招手，又鞠了个躬，然后走到桌子前，响亮道："刚才，陈校长说，这是开弦弓村从来没有发生过的一件事，村里办了个工厂。据我所知，不光是你们开弦弓村，就在苏州地区、在江南一带，甚至在全国，也都没有哪个村办起一个机械制丝厂。陈校长还说，不知道这开工典礼怎么搞，我看啊，今天这个开工典礼搞得就很好嘛。我多次参加过城里人搞的开工或开业典礼，都没有参加今天这个开工典礼那么高兴、那么兴奋。刚才，我听到这锅炉启动的汽笛声在我们这个村庄响起来，心里头真是十分的激动啊！为什么这么激动呢？因为这是我们倡导的蚕丝革命响起的第一声春雷！"

　　说到这里，郑辟疆停顿了一下，放缓语气道："什么是蚕丝革命呢？大家都晓得辛亥革命吧？那是推翻封建制度的大革命。我讲的蚕丝革命是小革命，是要推翻过去农村那种传统落后的制丝生产方式。小革命也是革命，而且对于我们这一带农村来说具有重要的意义。我们这里除了种粮食，就是种桑养蚕，而且种桑养蚕在家庭收入中占很大比例。过去，家家户户都是家里养蚕、手工缫丝，虽然很辛苦，但也基本上过得去，有些养蚕大户还较富裕。但是，这十几年来尤其近几年来，情况发生了变化。种桑养蚕本来是我们中国人发明的，我们这一带可以说是最早的了。后来，我国的丝绸大量出口到国外，外国人把我国种桑养蚕的技术也学过去了。不仅学过去了，而且还进行了改造和革新，用先进的机器来缫丝和织绸，产量高，质量好，成本还低。然后，他们就把他们生产的丝和绸反过来卖给中国。现在中国的市场到处是国外的洋丝、洋绸，这对我国的蚕丝业冲击很大。因此，我们生产的土丝，包括改良丝，就卖不出去，即使卖出去也是很低的价格，成本也收不回来。这使我们的收入越来越低，日子越来越苦，甚至过不下去。面对这种情况，我们总得想办法，总得找出路。这就要进行蚕丝革命，说得简单明了一点，就是要放弃原来手工作坊的生产方式，改造土种、土丝，用工厂化、机械化的方式进行缫丝和纺织。不这样就没有生路。所以我倡导进行蚕丝革命，并促成和帮助大家跨出这第一步。如果这一步走成功了，我们就可以摆脱现在的这种困境，增加家庭收入，过上好日子！"

"谢谢郑校长！"陈杏荪听到这里不禁鼓起掌来，女工和村民也跟着热烈地鼓掌。

郑辟疆接着说："如果这个厂办成功了，不仅可以提高大家的收入，还可以带动周边的村庄甚至更广大地区的蚕丝革命，这对振兴和发展我国的蚕丝业会起到很大的作用。因此，我希望把这个小工厂办好，生产出与洋丝一样的生丝来，闯出一条新路，成为蚕丝革命的样板村！"

郑辟疆讲完，本来不习惯鼓掌的村民们都自觉地鼓起掌来。陈杏荪当即表示："郑校长的讲话为我们上了一课，也替我们表达了一个强烈的愿望，那就是通过蚕丝革命使我们村富起来，过上幸福的好日子。过去我以为搞教育、办学校就能改变村庄的落后面貌，现在看来，光办学校还不够，还要办工厂，搞实业。所以，从今天开始，大家不要叫我陈校长了，已经有了新的校长，以后大家就叫我陈社长或者陈厂长吧。"

这话引起了一片笑声。笑声中，后排有人喊道："叫你陈乡长吧！"

这一声，让陈杏荪有些尴尬，因为程安景就坐在前排。他立即打圆场说："程乡长对我们这个合作社和丝厂很支持，还带头加了一大股。我请他在今天也讲个话，他说不讲，叫费达生先生讲，而费先生说郑校长代表学校讲了，她没有什么要讲了，建议派个女工代表发个言。派谁呢？我看了看，还是让刘春梅上来代表女工们讲一讲吧！"

其实，会前陈杏荪就告诉刘春梅要在开工典礼上发个言，她也答应了。可现在点到她的名，她心里突突直跳，准备好的话忘了个精光。她红着脸走上台，一句话也说不出来。陈杏荪启发道："你就说说你今天高兴不高兴？"

刘春梅只是点头。陈杏荪又问："你为什么高兴呢？"

刘春梅还是愣在那里答不出来。陈杏荪再问道："你就说你们准备怎样好好地干吧？"

刘春梅想了想，壮着胆子说了一句："跟着机器好好干呗。"

"看你这话说的。"大家笑了，陈杏荪也笑了，"不过，你说得也对，过去的手摇缫丝车，是车跟着人转的，现在到了工厂里，人是围着机器转。这就是工厂与作坊的区别，也就是工人与农民的区别。以后你们就是工人了，你们好好干！"说着，他让刘雪梅回到自己的座位上。

开工典礼结束后，陈杏荪、费达生陪同郑辟疆参观工厂。厂区不大，但五脏齐全，有选茧室、煮蚕室、缫丝室、检查室、整理室、复摇室，以及配套的茧行、茧库、烘灶等，还有办公用房和生活用房。郑辟疆依次参观，在缫丝室，他详细地看了进口的机器，又让几位女

开弦弓生丝产销
合作社复摇室

工现场操作给他看。

"还真是人跟着机器转呢。"郑辟疆高兴地开起了玩笑，又认真地对身旁的陈杏荪说："校长与厂长都要培养人。你过去教学生，现在要培养新工人，让她们边做工边学习，既学技术也学文化，成为农村里的新一代。"

陈杏荪连连点头，并指着费达生说："这个任务还是要靠她们来做，没有她们，这帮女工是开不了机器的，更不用说是学文化了。"

郑辟疆回过头对费达生说："你们要帮陈校长，哦，现在要叫陈社长了，不仅要帮陈社长把工厂办好，而且要培养一批新工人，让她们成为技术骨干。"

参观完工厂车间，郑辟疆就要启程返校了。临行前，他把原茵拉到费达生的面前说："我把她带来还给你们。你们这里人手少、事情多，她回来了，还是你们三个女诸葛一起干下去吧，在这里干出一番属于你们的事业来。"

真是丈二和尚摸不着头脑，费达生一时没弄清是怎么回事。昨天郑校长带着原茵过来，大家很高兴，一个劲地谈厂里的事，没有顾及谈其他，也没说到原茵要留下来。现在郑校长这么一说，费达生虽感突然，但随即说道："那太好啦，原茵一回来，我们的力量加强了，也更热闹啦！"

有些拘谨的原茵，被费达生这么一说，神态自然放松了，笑了笑，但没说什么。

原茵的归队，让费达生和彭钦年着实有点意外。

原来，原茵上次因病回校休养，给了崔泽元一个机会。他经常过来看望她，无微不至地关怀照顾她，使孤单的她心生好感，两人感情与日俱增。所以，当他一次又一次向她示爱时，她心动了，最终接受了他，允诺留在学校任教，不再去开弦弓村做推广工作。没过多久，崔泽元正式向她求婚，并提出在年底举办婚礼。原茵答应后，崔泽元便回老家去了，说是要让家中做些准备。然而，他从老家回校后，总是躲避着原茵。她几次找他，问起婚礼之事，他闪烁其词，从不正面回答。后来在她的再三追问下，崔泽元才被迫道出了难言之隐。他早已结婚，妻子一直留在老家，而他调到省女子蚕校后，对外一直声称自己并未成家，要像郑辟疆校长那样一心追求事业。大家信以为真。不久，他喜欢上了原茵，决意与留在老家的妻子离婚。可是，当他回到家中提出离婚之事时，遭到父母坚决反对，妻子更是决不答应。他只好作罢，无奈回校。她问他怎么办？他竟说，就这么拖着，拖上几年，等父母和妻子答应他离婚后，就与她结婚。原茵听了差点肺都气炸了，一口回绝，断然与他断绝了关系，并向郑校长做了汇报。郑校长则鼓励她回到开弦弓村，继续与费达生她们一起工作。

费达生她们知道原茵的这段经历后，都十分气愤，更加坚定了她们当一个新时代新女性的决心。她们相约，不恋爱不结婚，全身心地投入到蚕丝革命之中，用自己的青春和智慧奉献祖国蚕丝事业。

机声嘎嘎，白丝缕缕。开弦弓村合作丝厂的生产全面展开。在缫丝车间，女工们围着缫丝机熟练地操作着。她们轮班作业，辛勤工作，有着说不出的喜悦和使不完的劲头，丝毫不觉得有半点儿苦与累。费达生、原茵、彭钦年分别轮流带班，不停地忙碌着，一边指导一边检查，发现问题及时解决，确保车间运行良好。

开弦弓生丝产销
合作社缫丝室

看着从缫丝机里流水般出来的缕缕白丝，费达生她们以及女工们的心里充满了快乐。有一次，费达生在车间里值班，看到女工们围着机器不停地工作，便对原茵说："你看，她们工作时，一个个像蜜蜂似的忙个不停，我想，是不是就把咱厂生产的生丝定为蜜蜂牌吧？"

原茵朝女工们看了看，赞同道："这个牌名好！她们工作起来像蜜蜂，她们与我们的心里都像蜂蜜一样甜蜜着哩。"

"你说得真好。"费达生又说："还有，我们大家像蜜蜂一样工作，就是为村民们创造甜蜜的生活。"

这时，陈杏荪正好来到车间，她俩把刚刚商定的牌名告诉他，征询他的意见。陈杏荪当即同意，信心十足道："我们要尽快让我们厂里的蜜蜂飞出去！"

蜜蜂真的要飞了。大开和大弓带着村里的小伙子们，把一包包贴着"蜜蜂牌"商标的生丝装满了船，向上海方向驶去……

几天后，一个令人兴奋的消息传回开弦弓村：首批运到上海的生丝，经上海工商部商品检验局鉴定，清洁度为 96.7%，洁净度为

92%。蜜蜂牌生丝分为顶号、头号两种。每担售价分别为 1 100 元和
1 000 元。

得到消息的村民，无不欢呼雀跃，信心倍增。费达生她们更是快
乐无比。她们的努力，她们的付出，又一次转化为丰硕的成果。

夜深人静。费达生的心情久久不能平静。她坐在桌前，打开日记
簿。她有记日记的习惯，但前阵子太忙，已经很长时间没有写了。今
天她按捺不住内心的激动，写下了这样的文字：

我们觉得人生中最使人鼓舞并能获得最大安慰的，也许就在为人
服务后，人家对自己的感激。在我们这一种小小的事业中，我们几个
人能放弃安闲的小姐生活，在烈日或暴风中奔波，而觉得乐在其中，
在我个人看来，除了一种宗教性质的热忱之外，是没有其他慰藉的。
农村运动最重大的条件，还是在从事此种运动的人能有服务的热忱和
技术的训练。没有服务的热忱，不以事业的成功为人生中重大安慰
者，很不容易到农村中去受种种生活上的困苦，没有技术的训练，就
是到农村中去，亦是不容易获得农民的信任，实际上，不会产生什么
重大效果的……

是的，热忱与技术是她们身上的一体两翼。没有热忱，她们不可
能放弃优渥的学校生活来到偏僻的乡村从事这么艰苦的工作；没有技
术，她们也无法为农民办实事而获得他们的拥戴与感激。她们以她们
的热忱和技术，服务于农村和农民，开创着一种小小的但具有不小意
义的事业。

到年底，开弦弓村合作丝厂产丝 41.31 担，获得净利润 10 808
元。这在当时的村一级是一笔不小的利润、不小的收益。这样的业
绩，让村民们对合作社的前景很是看好，纷纷要求扩股。是年，合作

社社员总认股833股。

春节前夕，合作社向蚕户付足了收茧的款项，向社员兑现了分红。

最高兴的是厂里的女工们，她们第一次拿到了工资。她们兴奋啊，自豪啊！这不光是钱的问题，而是由此提高了她们的自信与地位！

陈杏荪在厂里组织了一场联欢会。在腾空的仓库里，挂起了红灯笼，贴起了红标语，大家围在一起吃糖果、嗑瓜子，欢声笑语。

费达生、原茵、彭钦年站起来为大家唱了校歌，现场气氛顿时活跃起来。春梅、雪梅主动要求表演一个节目，姐妹俩大大方方地为大家唱起了当地的山歌：

> 三月桃花二月柳，
> 花红叶绿开不休。
> 哥是绿叶碧碧绿，
> 妹做桃花红个透。

她俩唱毕，大家又起哄叫大开、大弓也唱一首。他俩也不推让，拉开嗓子就唱：

> 山歌越唱越高兴，
> 戏书越读越聪明，
> 老酒越陈越好吃，
> 私情越搭越思情。

这山歌，唱得姑娘们红了脸，唱得大家乐开了花。开弦弓村的男女青年，从来没有像今天这样敞开心扉，尽情尽兴。

第 **16** 章

岌岌可危

△危机就是危险与机遇相伴而行。正确判断危机，积极应对危机，就能转危为机、绝处逢生。正所谓：失之东隅，收之桑榆。

开弦弓村创办合作丝厂的消息不胫而走。

前来参观访问的人络绎不绝。昔日闭塞的小村庄，对外撩开了神秘的面纱。

在参访的人中，居然还有两位来自日本的学者。他们在参观后认为，开弦弓村开设的这座缫丝厂，虽是农村发展迈出的小小的一步，却是现代中国极有价值的试验。

然而，这一小小的试验刚刚取得初步的成功，就面临着严峻的考验。

第一次世界大战以后，世界资本主义经济虽经历了 20 世纪 20 年代相对稳定的发展时期，但随着各国进行大规模的固定资本更新，以及开展产业合理化运动，生产迅速扩大，而劳动人民有支付能力的需求却在相对缩小，这一矛盾日益尖锐。

从 1929 年起，资本主义世界陷入历史上最深刻、最持久的一次经济大危机。危机以 10 月 24 日星期四美国纽约股市的大暴跌为起点，首先在实力最强大的资本主义国家美国爆发，然后迅速波及整个资本主义世界。

此后，资本主义各国工业生产剧烈下降，各国企业大批破产，失业人数激增，失业率高达 30% 以上。资本主义农业危机与工业危机相互交织激荡，农副产品价格大幅下跌，农业生产严重衰退。同时，国际贸易严重萎缩，各国相继发生了货币信用危机，货币纷纷贬值，相继废止了金本位制，资本主义国际金融陷入混乱之中。

由于商品严重滞销，市场问题异常尖锐，主要资本主义国家争夺市场的斗争日益激烈。

这场世界资本主义的经济危机，也对中国工农业包括蚕丝业造成了巨大冲击。一时间，生丝滞销，丝价猛跌，几天之间，每担生丝由 1 000 多元跌到 205 元，不少丝厂关门倒闭。中国蚕丝业步入严重的困境。

建成不久的开弦弓村合作丝厂，利润迅速下降，无红利可分，社员少交鲜茧，资金运转一度陷入困境。它，犹如一叶小舟飘落大风大浪之中，岌岌可危。

陈杏荪和费达生他们积极采取措施，一方面想方设法筹集资金，从市场上购买蚕茧；另一方面增加兼营代缫业务，增加收入来源，勉强维持着工厂的运转。但是，危局无法从根本上扭转，工厂的经营越来越困难，主要是资金短缺。丝厂投产当年经费总额为 139 445 元，其中入股股金仅为 2 890 元，只占 2%，而银行贷款 111 874 元，占 80%，其余部分是女蚕校借用的机器和其他借入金。而当时银行贷款收紧，工厂资金更为吃紧，由此带来了第二个问题，工厂所需原材料得不到保证。由于不能如期足额兑现收茧资金，从社员处获得的原料逐渐减少，最少只有开厂时的三分之一，进而造成生产任务严重不足，而为大厂代缫的利润也逐年下滑。家庭手工缫丝时，村里许多妇女从事土丝生产，生丝合作社成立后大部分都进了厂，而现在因生产不足，只能容纳76人，发生了人机矛盾，使得许多妇女失业。社员为减少损失，集体违反厂规，不交或少交蚕茧给生丝合作社，又启用木制脚踏缫丝车在家里生产，这使工厂陷入了更大的困境，发生严重亏损。

这一局面，使部分社员对合作社产生了动摇，对发展前景失去了信心。南村的一些蚕户，推举程安景、刘福田领头，派了代表一起到合作社，找陈杏荪和费达生进行交涉，双方发生了严重的争执。

当初，程安景为了自身的经济利益，也入了合作社的股，而内心里，对合作社成立使他失去乡长应有的权力一直耿耿于怀。如今合作社遇到了问题，他便借题发挥，对陈杏荪责问道："你们在动员我们加入合作社时说得那么好，现在工厂出了问题，亏了本，你们说怎么办吧！"

看着这样的势利小人，陈杏荪气得火冒三丈，但他按捺住心中的怒火反问道："你说怎么办吧？"

"给钱！"程安景颐指气使道，"把该付的茧款付给我们，把该分的红分给我们，这是天经

合作社旧址

地义的事。"

"不是碰到困难了嘛。"陈杏荪忍耐解释道，"现在市场出了问题，厂里资金相当紧张，一时实在拿不出钱来。"

程安景蛮不讲理道："这是你们的问题，你们要负责！"

费达生听不下去了："这不是我们造成的问题和困难，也不是我们一家工厂出现这样的问题和困难。刚才陈社长讲过了，是市场出了问题。这是众所周知的事情。"

"我们管不了这些。"程安景继续强硬道，"有问题你们去解决，有风险你们去承担！"

"错！"陈杏荪严厉道，"这是合作社、合作丝厂，是股份制，有利共享有难同当。这是预先都明确的。"

"啊？"刘福田露出惊愕的样子，忙问："你这是啥意思？是不是说合作社亏了钱都要我们来承担？"

"原则上是这样。"陈杏荪又安抚道，"不过，我们会想方设法解决目前遇到的问题和困难。"

刘福田更急了："我问的是我们的钱还能不能拿到手？"

"这要靠我们共同来努力。"陈杏荪如实地告诉大家，"现在工厂确实比较困难，拿不出钱来，正需要筹集资金渡过难关。"

南村的代表们一下子炸开了锅：

"什么意思？是不是我们的钱就砸掉了？"

"还要筹资？到哪里去筹资啊？"

"钱还不出来，还要我们再出钱吗？"

"本指望增加收入的，这下亏大了。"

"不给我们钱，我们就要找你们算账！"

……

程安景火上浇油道："你们再拿不出钱来，我就退社了！"

刘福田立即跟上："我也退社了。"

"爹！我家不能退！"刘雪梅不知什么时候赶了过来，她责怪父亲道，"分红的时候我家拿得最多，怎么一有困难就带头退社呢？我不同意！"

刘福田没有想到女儿这时会跳出来与自己作对，正想呵斥雪梅，只听得陈杏荪高声道："我同意你们退！"

大家一时没有反应过来，陈杏荪郑重道，"你们这个时候跳出来，不仅逼着要钱，居然提出退社。这样吧，我网开一面，同意你们退社！"

程安景责问道："我们的钱还不还？我们的股退不退？"

"钱还给你，股退给你！"陈杏荪愤怒道，"钱一分不少你们的。"

"不能这样。"费达生说，"现在退社可以，退股不可以，这是有章程、有预先约定的。再说现在厂里急需资金维持生产，不能在这关键时刻把资金抽掉。"

程安景跳了起来："你这算什么屁话！陈社长说了算还是你说了算？"

"我说了算。"陈杏荪一反刚才愤怒的样子，平静地说，"这个钱我来出。我陈杏荪拆房子卖地、砸锅卖铁，也要把钱退给你们。你们自报家门，哪些人要退社？今天就签字！"

"此话当真？"程安景问。

"当真。"陈杏荪答。

程安景一怔，疑惑道："你是什么意思？"

陈杏荪鄙视道："我的意思是，你家的股份全都转让给我。欠你的钱也由我垫付给你。"

"那其他人家呢？"程安景有点弄糊涂了。

"这要问他们了。"陈杏荪指着刘福田问，"你家退不退？"

"这这这？"刘福田犹豫了。

陈杏荪又大声问道："你们当中还有哪位要退的？"

居然没有一个人敢站出来回答。陈杏荪又对着程安景吼道："你退也得退，不退也得退！"

"这，这，我先不退吧。"程安景怂了，灰溜溜地转身而去。其他人也散去了。

退社风波就这样平息了。但是，工厂面临的问题和困难并没有解决，陈杏荪和费达生他们的压力越来越大。

费达生心急如焚，几次回校向郑辟疆校长求助。郑辟疆分析，目前的经济大环境一时难以改变，只能依靠自身的力量，改善丝厂的生产状况，以求得一定的经济效益。他又请求徐清河、沈冰成伸出援手，想方设法，调度资金，帮助合作丝厂新增一个车间，添置 8 台日本式 5 绪缫丝机，以增加代缫业务，使工厂逐步走出困境。

郑辟疆还与费达生一起，反复分析工厂内部存在的问题，认为目前的困境，既有外部市场的原因，也有工厂设备落后的缘故。那时，日本制丝已经使用先进的立缫车，而我国的丝厂还是多少年前从意大利引进的老机器。而日本的立缫车禁止出口，技术对外保密。费达生提出学校自己研制立缫车。郑辟疆表示赞同，并从个人积蓄中拿出 500 元，作为科研经费，还让制丝教员张复升配合费达生一起参与研制工作。

　　没有样机，也没有资料，费达生和张复升就拿着从日本带回来的杂志，仔细观察和琢磨上面刊登的立缫车的图片，依葫芦画瓢，反复设计和修改图纸，还从浔墅关街上请来有经验的铁匠、木匠一起研制，一段时间后终于做出了一台样机。但在试用时，发现车上的接绪器过不了关，怎么也做不好。费达生又赶到无锡找永泰丝厂的技术员提供帮助，这才解决了难题。

　　经过一个多月的努力，立缫车终于试制成功。郑辟疆亲自为之命名为"女蚕式立缫车"。之后由无锡铁工厂制造 32 部，安装在开弦弓村合作丝厂试用。

　　试用两个多月，第一批生丝出来了，质量大大提高。与此同时，费达生她们又在合作丝厂研制和改进了烘干机、剥茧机、煮茧机、复摇车和生丝检验设备，对制丝工艺进行系列改革与提高，生产出了成本低、质量高的生丝，提高了市场竞争力，投放市场后，迅速在上海等地打开了销路，并在国外市场广获好评。

　　由此，开弦弓村合作丝厂又出现了新的转机。

　　合作丝厂的好转，给一度危机四伏的开弦弓村带来了一片生机。

　　程安景这个乡长已经名存实亡。开弦弓乡是一个行政单位，包括了开弦弓村以外的多个邻村，而历史上的开弦弓村就是独立存在的自然村，各个方面自成体系，与邻村是不搭界的。此时，虽然乡还存在，但开弦弓村的人只以自然村为单位，从事各种生活、生产和经营活动。自成立合作社、合作丝厂以来，实际上已经村社一体，陈杏荪既是事实上的社长，又是实际上的村长。村里、社里、厂里的大小事务都由他来统筹，全村的人遇着什么事都找陈杏荪，而他也乐意为全村的人办事。而每遇大事，尤其是涉及村、社、厂决策方面的事，他是不会一个人作主的，总是要找费达生她们以及林同生等社员代表一起开会商量。他们共同成为村、社、厂的实际决策、运行和管理班子。

在他们的努力下，开弦弓村的蚕桑业得到长足发展，蚕户的收入大大提高，本来贫困的家庭生活得到明显改善，有些开始富裕起来；本来富裕的人家则更上一层楼，有的砌屋造房，有的买地扩种。日子一好，村里出现了"四多现象"：年轻人谈婚论嫁的多了，男人到镇上喝茶的多了，女人串门聊天的多了，全村举行摇三橹船活动的次数也多了。

还有一个多，就是远道而来的人多了。有来收蚕收丝的，有来做生意的，更多的是来参观的。参观的人当中，有来学习取经的，也有慕名访问的。

那年深秋，郑辟疆陪同柳亚子和何香凝，参观访问开弦弓村。柳亚子是吴江黎里镇人，他偕同战友加文友的何香凝一同来乡村采风写生。

陈杏荪、费达生热情接待他们，陪着他们走村串户，还在小清河两岸的农田桑地转了一圈。柳亚子、何香凝饶有兴趣，反复称道这里不愧为世外桃源。最后，他们来到了合作丝厂参观，看到这个乡村的小丝厂竟有自制的先进设备，生产出来的生丝质优价高，不禁啧啧称赞。

在丝厂的临时接待室里，费达生向他俩详细介绍了郑辟疆校长倡导的蚕丝革命，以及开弦弓村从土种改良到土丝改造、从创办共育室到创办合作社、合作丝厂的经过和业绩，这些更让他俩赞赏不已。柳亚子即席写了一副对联：

> 本有蚕桑利田野
>
> 行看衣被遍寰瀛

何香凝懊悔自己没带画笔，只好题词赠送给厂里：

> 农业救国

她还说，虽然这次没有给你们画画，但你们给我描绘了一幅充满诗情画意的美丽图景，我已有了一个完整的腹稿，画的立意就是农业救国，待回去后把它画出来，有机会再赠送给你们。

两位名家的"诗情画意"，给郑辟疆、费达生、陈杏荪等以极大的鼓励。

郑辟疆在陪同柳亚子、何香凝离开村里时，嘱咐费达生要在巩固扩大开弦弓村蚕丝革命成果的同时，认真总结经验加以推广，使之进入教材，并走向更加广大的农村。

经过艰苦劳动的锻炼和种种挫折的考验，费达生的工作能力大大提高，思想也日益成熟起来。那天深夜，她又翻开日记簿，写下了自己新的感受：

> 丝业是江浙农民的生命线。我们所谓复兴丝业，并不是指营业丝厂的资本家、企业家能借丝业生产多挣一些利益；我们是说要使丝业能安定在农村中，使其成为维持农民生计的一项主要副业。我们不是以丝业成为几个人发财的捷径，就算满足；我们是要使它能成为大众谋生活增进的工具。故而，蚕丝革命往大里讲是农业救国，从小处说则是富裕村民。

　　写到这里，她自然想起了蚕丝革命的倡导者，也是自己的领路人郑辟疆，她愈发崇敬他，感佩他。他不仅给了她学业，还给了她事业，更给了她追求事业的勇气与力量。她的这种由衷的感激之情，有时会产生出一种莫名的情感来。但每每产生这种思绪和情感时，她都抑制着不让其抬头，她知道费先生的人生理念与追求，她要追随他的理念与追求而前行。

　　此时，她又想起了另一个人，她的弟弟费孝通。为什么会想到弟弟呢？是想家了吗？不是的，是因为郑校长要她总结开弦弓村的经验并加以推广，而这事她无暇顾及，也不善舞文弄墨，唯有弟弟孝通能够帮助她。

　　其弟费孝通，从小喜欢语文，会写文章。他6岁入吴江县城的第一小学，后转入振华女校就读。1923年转入东吴大学附属一中，第二年就在学校和社会上办的报刊上发表文章。1928年高中毕业，升入东吴大学，攻医预科，想成为一名医生，悬壶济世，救死扶伤。后受进步思想影响，他的志向有了转变，认为学好医只能治一人之病，而学好社会科学才能治万人之病，因而决定去学习社会科学，便于1930年秋离开家乡到了北平，考入燕京大学社会学系。

　　那时吴文藻先生正就职于燕京大学，他是现代中国第一代社会学家，把西方社会学理论介绍到中国，并提出"社会学中国化"的主张，倡导研究中国社会实际，为中国社会服务。费孝通十分赞同和拥戴吴文藻的学术思想。在求学期间，他把吴文藻先生的著作几乎读遍了，理解吸收，融会贯通，写了不少文章，受到吴先生的看重。其间恰逢美国芝加哥大学社会学教授派克到燕大讲学，介绍社区研究的实地观察方法，主张从书本里走出来，进入活生生的人类生活，还亲自领着学生去访问北平的监狱和八大胡同，进行直接的观察和研究。

这些都对费孝通产生了很大影响。所以，他常常利用学校放假回到家乡的机会，与姐姐交谈，向姐姐请教。费达生总是向他详细叙说在农村的工作情形、她和她的同事怎么工作以及在开弦弓村的实践与成效。而费孝通也乐意为姐姐做些抄抄写写的文字活。时间一长，他对姐姐养蚕制丝改革实践产生了兴趣，并引发了思索：姐姐她们长期默默无闻地下乡下厂，不仅传播新的技术，而且建立新的生产组织，促使人们观念发生变化，推动社会进步，这不值得加以关注和研究吗？姐姐带着一班小姐，放弃城市悠闲安逸的生活，不计名利和报酬，甚至不愿谈婚论嫁，长期深入乡村，热诚为农民服务，想方设法让农民致富，这种精神不值得颂扬和宣传吗？

想到这些，费孝通对姐姐说："把你们所做的这些事写篇文章好不好？"而费达生不以为意，说这些事不值得去宣扬。费孝通却恳切道："这样的事太好了呀，我替你写吧。"费达生默许了。没过多久，一篇署名费达生的文章《我们在农村建设中的经验》在北平《独立评论》第73期上刊登了。次年5月，天津《大公报》又发表了费达生的文章《复兴丝业的先声》。

费孝通不但为姐姐代笔写文章发表，还以自己的名义撰文赞扬姐姐她们一班人的事迹与精神。他在《北平晨报》"社会研究"版发表了《宗教热忱》一文，其中写道：

> 宗教热忱并不是单指精神的意思，而是说一门心思，把意志整个儿着眼于其行为所追踪的目标或人物，而全生命来为他服务。这种宗教热忱是一种深刻成全人生和社会的态度，是一切常

态的人民所共同具有的根本精神。

每每看到自己和弟弟的文章发表在报刊上，费达生的心里总有说不出的喜悦。她看到了自己所从事和追求的事业的意义，看到了自己的人生价值，从而坚定了自己在人生之路上创造业绩的信心。同时，她也更加喜欢和钦佩自己的弟弟了，她觉得自己只会实干，而弟弟有思想、有文笔，能把她所做的事概括得有条有理，并把它写成有血有肉有深度的文章。

费达生思忖着，打算安排个机会，让弟弟到开弦弓村来实地看看，她相信他看到这里的新发展、新变化，肯定会总结出一套经验来，写出更新更好的文章。她当即展开信纸，给弟弟写了一封信。

然而，她万万没有想到，此时弟弟费孝通正经历着一场生死的考验。

第 *17* 章

瑶山悲剧

△要奋斗就会有牺牲。牺牲不光发生在战争时期，和平年代也有牺牲；不光发生在战场上，在每个岗位上都会有牺牲。牺牲，不是退却的理由，而是前行的代价。

躺在广州柔济医院的病床上，费孝通痛不欲生。

在手术台上，在病床上，他曾多次昏死过去，每次都不想再醒过来。他想着她，他要去找她，哪怕是到天涯海角、阴曹地府，也要找到她，与她永远在一起。她就是他的新婚妻子王同惠。她怎么就这样走了呢？费孝通实在不敢去想，但又怎么能不想她呢？

费孝通在燕京大学读到三年级时，系里新来了一个叫王同惠的女生。她衣着整洁朴素，面容端正白皙，眉清目秀，圆润的脸上总是带着恬静的微笑。虽然王同惠比费孝通小两岁，又相差两届，但都师从吴文藻教授。相同的专业和相同的老师使两位青年人拉近了距离。

起初，他们只是普通的同学关系，而一次偶然的机会使他俩结下了缘分。那是1933年圣诞节前夕，社会学系的同学举行联欢会。聚会时，费孝通特别活跃，还在会上慷慨陈词，对人口问题高谈阔论。他的一番言辞，令在座的同学都拍案叫绝。而就在这时，从来不愿出头露面的王同惠却站了起来，当场指出费孝通发言中的不当之处，并提出自己的观点。费孝通不甘示弱，当即进行回击。一时间两人唇枪舌剑，互不相让，争得面红耳赤。顿时，欢乐的聚会场成了激烈的辩论场。费孝通调动起浑身的解数和智慧，引经据典、深入浅出地侃侃而谈，想尽力说服这位比自己低两级的小学妹，而面对这位自信的学兄，王同惠毫不退让，决不同意费孝通的观点。

真是不打不相识。王同惠的言行刺激了费孝通的自尊心，同时他也对这位平时不显山不露水的低年级女生心生钦佩。当时受西方思潮的影响，同学之间在圣诞节的时候会相互赠送点小礼品。费孝通就在圣诞节当天给王同惠送了一本关于人口学方面的书作为节日礼物，借此来影响她，以增加自己观点的说服力。

可万万没有想到，正是这本书打动了王同惠的芳心，她被费孝通崇尚知识、治学严谨的精神征服了，觉得这位学长值得尊敬。从那时起，王同惠只要一有问题，就会跑去找费孝通请教。就这样，他们在学问切磋中，相互了解，相识相知，渐渐地产生了感情。但他俩没有沉醉于花前月下谈情说爱，而是专心学业、互帮互学，合作完成了《社会变迁》和《甘肃土人的婚姻》两部著作的翻译，这也是他俩爱情的结晶。

不久，费孝通本科毕业，他听从吴文藻先生的安排，考入了清华研究院，师从俄籍人类学大师史禄国教授，学习体质人类学。当费孝通向王同惠告别时，两人都有一种怅然若失的感觉，彼此都发现已经离不开对方了。

其实，清华园与燕园虽然近在咫尺，可毕竟不像同在一个校园见面那么方便。费孝通一有空，就骑着自行车，到未名湖畔的女生宿舍去找王同惠相聚，但由于男生无法进入女生宿舍，他就只好站在宿舍楼的红门外等候。有一次大雪纷飞，费孝通还是久久地站在门外等候，被王同惠的同学见到了，就笑称他"红门立雪"，在燕京女生中流传。

王同惠闻之既欢喜又有愧意，就经常抽空背上书包到清华园去找费孝通切磋学业。两人如同一对比翼鸟，快乐地来往于清华与燕园。费孝通读到研究生二年级时，他的导师史禄国因特殊原因离开清华，只得让自己心爱的弟子提前毕业，并建议费孝通去英国师从马林诺夫斯基继续深造。但是，作为他的学生，两手空空去是不行的，所以他又建议费孝通到少数民族地区搞一手调查，积累一些资料再出国留学。费孝通去征求吴文藻先生的意见，他不仅同意，还帮助推荐到广西省进行特种民族的调查与研究。

王同惠得知这一消息后非常高兴，并提出一同前往，费孝通很是乐意。为了行程方便，他俩决定马上结婚。1935 年 8 月，25 岁的费孝通与 23 岁的王同惠，在未名湖畔的临湖轩举行了隆重而浪漫的婚礼。一向疼爱弟弟的费达生特地从家乡赶到北平，代表费家参与主持弟弟的婚礼。吴文藻先生和燕京大学的许多教授、同学都来祝贺，大名鼎鼎的司徒雷登校长还破例为他们做证婚。一对才子佳人在大家的祝福声中成为伉俪。

新婚燕尔，蜜月甜美。费孝通和王同惠在新婚的第八天，离开他们学习与生活过的美丽校园，踏上了野外考察的征途。那时交通极不方便，费达生建议小两口先乘火车到无锡，顺路回家看望父母，然后再从上海出发去广西。他俩很是乐意，就随姐姐登上了南下的火车，回到老家。

看望父母后，费达生安排他俩到无锡太湖鼋头渚住些日子。可他

费孝通与王同惠
结婚照

俩没住几天就待不下去了，想早点出发去广西。看着端庄秀丽、活泼大方的王同惠，费达生很喜欢，为弟弟找到志同道合的人生伴侣而高兴。在送别的时候，费达生握着同惠的手说，"你们去大瑶山要吃苦的，不怕吗？"同惠坚决地说，"我不怕！孝通给我讲过姐姐你在乡下艰苦工作、指导农民养蚕的故事，我们要学习你的勇敢精神和奉献热忱！"

他俩毅然出发了。经过上海、香港、广州，辗转一个半月，行程万里，于9月18日抵达南宁。在省里办好各种手续后，开始向瑶山进发。他们先后到达王桑村、门头瑶村，来到六巷村，以这里为基地，费孝通主要进行人种研究，做人体测量；王同惠主要开展对少数民族社会组织及文化特征的调查。他们还全面调查了花篮瑶的社区、风俗、婚姻、丧葬、宗教、耕种、渔猎和通商情况。在这里整整花了25天的时间，接下来到古陈村调查了近一个月，然后又去罗运村调查。

这是最后的一站，也是最远、最艰巨的一站。一路上，古陈村派出的向导在前面带路，费孝通和王同惠相互搀扶着走在后面。虽然近两个月来基本适应了丛林中的环境，但这段山路格外难走，王同惠走着走着累得有点吃不消了，行至五指山冲口处，费孝通让王同惠在一个土坡上坐下休息一会儿。

当他们起身赶路时，已不见向导的踪影。他俩懊悔没有与向导打招呼，就摸索着往前追赶，但在这连绵不绝、遮天蔽日的原始大森林里，连当地人也要结伴而行，更不用说初进大山的文弱书生了。他们一边走，一边朝前呼唤，然而只有空谷回声。走到一个岔路口时，已近黄昏。究竟该往哪里走呢？已经看不清前面的路了。他们硬着头皮，深一脚浅一脚地向前摸索。

突然，阴森的竹林里出现了一个人工建筑物，他俩一阵惊喜，以为是瑶寨到了，便立即趋前探身察看。费孝通先是叫唤了一声，里面没反应，他就撞门而入。不料"轰隆"一声，上面木石俱下，把费孝通砸压在下面。原来，那是瑶族猎户为猎兽而设的陷阱。王同惠一下子呆住了，被吓得六神无主，不知如何是好。费孝通已说不出话，强忍着疼痛，打手势叫王同惠搬开压在身上的木石。王同惠使尽全身力气，把木石一一搬开，想扶费孝通站起来，而他腰部、腿部均受重伤，站不起来了。

"怎么办呢？"王同惠急得哭着问，"我去村里找人来抬你好不好？"费孝通摇头道："天这么黑，你一个人走路我实在不放心啊！""没关系的，上天会保佑我们的。"文弱的王同惠此时坚强起来，把提包、水壶等放在丈夫身边，反复叮嘱他不要动，就在这里等，然后自己跌跌撞撞地顺着山沟向下走去，消失在黑暗之中。

夜幕里的森林，漆黑一片，伸手不见五指。费孝通咬紧牙关，强忍着钻心的疼痛和刺骨的寒冷，让自己保持着清醒。此时的他没有死亡的恐惧，只有对妻子的牵挂。他痛苦地等待着，终于熬到了天亮，但王同惠还没有回来，他心里不祥的预感愈益强烈，就挣扎着向山下爬去。他拼着命爬啊爬，歇一阵、爬一阵，不知爬了多少路，一直爬到太阳西斜时，他实在无力爬下去了，躺在草丛中差点昏迷过去。

"吆呵——吆呵——"忽然，远处传来的喊声惊醒了他。循声望去，山坡上有个瑶族青年妇女在寻找什么，便探起身呼喊求救。那妇女听到呼喊声就跑了过来，但她隔着几十步便站住了，定睛一看，恐惧地转身就跑。费孝通刚升起的一点希望随之消失，就只好失望地躺下了。

过了一会儿，那瑶族妇女领着两个男人跑了过来。原来这妇女是上山寻找自家的牛，看到受伤的费孝通吓得跑回去叫人来相救。双方语言不通，费孝通指着受伤的腿边比划边说，才让他们明白了几分，随后两个男人轮换着把费孝通背到古陈村一户人家。

费孝通顾不得自己的伤情与病痛，急切地请求瑶民赶快寻找失踪的妻子。村里的头人盘公西立即下令村里 16 岁以上的男人全部出动，敲着铜锣寻找王同惠。瑶民的声音回旋在整个山谷，但连续搜救六天，仍不见王同惠的身影。

同惠，同惠，你在哪里？你在哪里啊？费孝通躺在瑶家土屋竹榻上日夜思念着、担忧着，寝食不安。

直到第六天，有两个瑶民在寻找时，在古陈与罗运交界处发现山崖上野藤挣断了，青石上有青苔划破的痕迹，便顺着下去寻找，终于在山涧急流处发现了王同惠的遗体。瑶民迅速用竹架将其遗体抬回村里，用白布包裹，按瑶家风俗为其洗身超度。

　　费孝通得知妻子已经遇难的消息后，悲痛欲绝。他与她结婚才100 多天啊！费孝通怀着绝望的心情，将带去的药品和消毒水全部吞下，并以头撞石，希望与爱妻一同永远葬身于大瑶山！

　　经瑶民的抢救和劝说，他无奈地活了下来。一死一伤，悲痛交加。在瑶民们的帮助下，费孝通带着爱妻的遗体，一路走出大瑶山。他本想把她的遗体运回家乡吴江安葬，但因路途遥远，运输困难，只得在中途托人买了最好的棺木，将爱妻葬于梧州白鹤山上。费孝通请人设计了墓碑，并亲笔写下碑文：

　　　　人天无据，

　　　　灵会难期。

　　　　魂其可通，

　　　　速召我来！

　　费孝通多么希望回到爱妻同惠的身边终身相伴啊！他如同做了一场噩梦。由于极度的悲伤，他在梧州病倒了。他不知道自己是怎样从梧州转至广州柔济医院的。

　　因耽误时间过久，伤口发炎，医生不得不为他手术。手术后，他身体虚弱，伤心过度，经常在病床上昏迷不醒……

　　费达生没有收到弟弟的回信，却得到了弟媳的噩耗。

　　费达生放下手里所有的事情，日夜兼程赶往广州。在医院里，费达生看到孤苦伶仃、昏迷不醒的弟弟，眼泪扑簌簌地流下来，她抓住他的手哭喊着："孝通，你醒醒啊，姐姐来啦！"

　　也许是姐弟间的感应吧，费孝通似乎听到了姐姐的呼唤声，眼睛慢慢地睁了开来。看到从远方赶过来的姐姐正守护在他的身边，眼泪夺眶而出，哽咽道："同惠是为救我而死的。我不该带她到瑶山去，是我害了她。"

"你千万不要这样想、这样说。"费达生紧握着弟弟的手说，"这是谁也想不到的事，你不要这样自责了，同惠不会怪你的。"

"她不会怪我，但我永远对不起她啊！"费孝通痛苦道，"她死了我活着还有什么意思！真不如和她一起永远留在瑶山里。"

"孝通，你一定要想开些。"费达生安慰道，"同惠正是为了挽救你的生命而遇难的，你千万不能放弃你的生命。你要永远记住，你的生命里有同惠的生命，这使你的生命更加宝贵，责任也更大。同惠在天之灵也绝不会答应你就此了却一生。你应该鼓起生存下去的信心和勇气，把她想做而没有做完的事情做好，承担起你们两个人的未竟之业。"

费孝通听着姐姐这番话，身心慢慢地平静下来，不再说那感伤消极的话了，但眼里的泪水还是止不住地流下来。费达生告诉他："你与同惠瑶山遇险的消息，在清华和燕京大学都传开了，还上了北平的报纸，大家都很震惊，许多老师和同学让我带信向你表示慰问，吴文藻老师还专门给你写了封信。"

费达生把吴先生的信展开，一字一句地念给他听："在科学探索的道路上是常常会遇到失败和挫折的。这次意外事故，是对你的重大打击，也是我国新生的社会人类学遭遇到的一次挫折。但是你和同惠的精神也会鼓舞起无数青年来加入社会学阵线。为了拯救国家民族，我们一定要把社会人类学推向前进！"

念完吴先生的书信，费达生对弟弟说："你看，这么多的人都在关心你，吴先生更是对你寄予厚望。你应该尽快地从悲痛的阴影中走出来，治好病养好伤，振作起精神，不能辜负大家的期望，用学术上的成绩报答关心爱护你的人，告慰同惠的在天之灵。"

费孝通与姐姐的手握得更紧："这些我知道了。"

看到弟弟的情绪渐渐稳定了，费达生的心也平复下来。其实，她与他一样的痛苦，她是多么疼爱自己的弟弟和弟媳啊！她在医院附近的旅馆里住了下来，每天到病房陪护弟弟，安慰他，鼓励他。

几天下来，费孝通的伤口开始愈合，情绪也有好转。他让姐姐把行李包里他与同惠在瑶山调查的材料取出来。他翻开笔记本，同惠娟秀的字迹映入眼帘，她那窈窕的身姿、秀美的面庞、含情脉脉的目光和在森林中艰难跋涉的背影立即浮现在他的眼前，耳畔仿佛又响起了同惠深切的话语："你在这里等我。"

费孝通的眼里又呛满了泪水。费达生一边安慰一边开导说："你何不早点养好身体，把你与同惠在瑶山调查的材料整理出来？"

费孝通含泪点头道："我就是这么想的。"

"那就好。"费达生又告诉弟弟，"几个月前，我曾写信给你，你肯定没有收到。我本想让你有机会回到家乡，去实地考察一下开弦弓村，那里又有了许多新进展、新情况。郑辟疆校长嘱我总结总结这几年的工作经验，我还想请你帮我写哩。"

费孝通答应伤好后回去看看。费达生见弟弟的伤情和心情都有明显好转，又因开弦弓村和学校推广部的事情实在太多，便与弟弟告别，匆匆赶回去了。

回到吴江，费达生顾不上休息调整，立即投入繁忙的工作之中。

由于开弦弓村蚕丝革命的初步成功，影响越来越大，事业的拓展也越来越快。一年前，省女子蚕校增设了高级制丝班，费达生为该班讲工厂管理课程。同时，江苏省蚕业改进委员会设立了"吴江蚕桑改良区"，聘请费达生为副主任，主任是由县长兼任的，改良区的具体工作实际上落在了她的肩上。

费达生调查得知，这两年吴江县的养蚕合作社如雨后春笋般地涌现出来，已经办起了30多家，蚕茧产量大增，但机械制丝以及管理、销售等都跟不上去。她便设想先建出一个中心代缫所，再在农村集中点设若干代缫分所，形成一个网络，让丝厂与养蚕合作社订立合同，代为烘茧、缫丝，收取相应费用。这样减少了茧商从中盘剥，既可以增加蚕农收入，又利于丝厂降低成本、改良品质，提高产品的竞争力。

她的这个设想，得到了县长和改良区的一致认同，但从哪里入手呢？她经过反复调研与比对，想租赁、改造震泽的震丰丝厂，以此办成一个中心代缫所。但与震丰丝厂的厂主接触后，厂主一口回绝了。无奈之下，费达生决定在平望新建一个制丝所。她雷厉风行，想干的事就抓紧干。不久，平望制丝所就开工建设了。而此时，震丰丝厂的厂主又改变了主意，主动找上门，同意以比较优惠的条件租给女蚕校10年，合作经营。

费达生立即把震丰丝厂的合作意向向郑辟疆校长做了汇报。郑辟疆详细询问后认为，震丰丝厂位于震泽镇，位置上有利，租金也不贵，改造成中心代缫所上马快、基础好，比较合适，蚕校可以与之合作，并建议把平望制丝所的规模压缩到60部立缫车，把节约下来的投资用于震泽制丝所的建造。

与郑校长汇报工作和商量事情后，费达生常常心生感动。在郑校长那里，她总会得到无条件的支持和中肯管用的指导意见。在她的心目中，郑校长就是她事业上的主心骨和精神上的支柱。

她按照郑校长的思路去办，果真用了不到半年的时间，吴江县中心代缫所就建起来了，很快投入了运营。

费达生更忙了，她在学校、工厂、开弦弓村之间来回奔波，不知疲倦地工作着、奋斗着。

就在费达生忙得不可开交的时候，弟弟费孝通从广州回到苏州家中休养。她在百忙之中，赶回苏州家中看望弟弟。

费家原本住在吴江县城东面的同里镇。镇内河流纵横，物产丰富，古建筑很多，最为有名的是建于清代的退思园。但当年这里也属偏僻，交通不便。而费达生的父亲费璞安长年在外工作，进出较为麻烦，加上镇上一度赌博、吸大烟风气极盛，费璞安甚为厌倦，便在辛亥革命前把家搬到松陵镇来了。

来到松陵镇，费家租了镇小东门磨坊弄内的一个庭院，院内长期无人居住，大门黑漆剥落，门内一方天井，五间两层楼房，房前院子里杂草丛生，屋檐下蛛网密布，显出落寞、破败的景象。费璞安与妻子带着孩子们打扫房屋，清除垃圾，铲除杂草，栽花种树，几天工夫就让这庭院变得干干净净、井井有条。

费璞安夫妇生育五个子女，四男一女，长子费振东，老二费达生、二子费青、三子费霍，最小的儿子费孝通。他们从小在这里生活、成长，后来个个在外上学，学有专长。而学习成绩最好的要数费孝通，加上又是老小，父母把他当作掌上明珠，哥哥姐姐对他也是关爱有加。

这次费孝通带着伤痛回家休养，父母心疼得不得了，倍加护理。几个哥哥也分别从外地赶回来看望。费达生离家最近，却因工作忙回来得最晚。她回来时，几个兄弟都已走了，她就整天陪着弟弟。

一天，姐弟俩在一起聊天。费家家教既严格又开明，兄弟姊妹间都以名字相称。费孝通感激地说："达生，全亏你上次到广州去照顾安慰我，让我挺了过来。你还鼓励我把瑶山考察资料整理出来。我听了你的话，在医院期间就基本上将资料整理出来，并写作了《花篮瑶的社会组织》，现在已经修改完稿，将以我与同惠的名义在商务印书馆出版。"

"那真是太好了。"费达生说，"虽然同惠在瑶山之行中牺牲了，但也如你的老师吴文藻先生所言，为我国人类社会学的发展做出了一份贡献。"

费孝通说："我是含着眼泪写作的，这本《花篮瑶的社会组织》是我与同惠用鲜血和生命凝结而成的。这里面主要是同惠的贡献。我相信这本书的出版是同惠生命价值的主要体现，也是对她的最好纪念。"

"是的。"费达生说，"还是我刚才说的那句话，你们两人对社会学做出了成果和贡献，是很有价值的。"

费孝通则说："比起你在农村做那么多实际工作和开创的一番事业，我们写出的那点东西实在是微不足道。"

"你就别谦虚啦！"费达生由衷钦佩道，"你是北大、清华的高才生，马上还要到英国去深造，这不得了啊，以后肯定是社会学的大学者，我在农村做这点事算得了啥啊！"

"达生，我说的是心里话。"费孝通一本正经道，"社会学研究的是社会，而中国社会的广大地区是农村。我国还是农村、农业社会，所以，我们的研究重点还是要放在农村。而农村社会的发展，首先不在研究，而在推动它的不断改良和进步，这种改良和进步关键还在于经济的发展。而你们所做的正是这件事，是非常有价值、有意义的一件大事。"

"哈哈，不愧为高才生，能说会道，经你那么一说，我们所做的事还伟大得很哩。"费达生高兴极了，"孝通，等你从英国学成归来，就来我们开弦弓村研究农村社会吧！"

"不，我这次就想先去看看，做点调查。"费孝通告诉姐姐，"我离出国上学还有三个多月，这段时间我也不能整天在家闲着啊。"

"那好啊！这是我求之不得的！"费达生说，"上次与你说过，郑校长交给我一个任务，就是要好好总结一下开弦弓村蚕丝革命的做法与经验，我正愁自己完不成这个任务呢，那就来帮我做吧。不过，建议你再在家多休养几天，等你身体基本康复了，我再接你到开弦弓村去住段时间，边休养边调查。"

姐弟俩就这么约定了。

第 **18** 章

江村由来

△这里是世外桃源，这里是现实社会。自然的景象，淳朴的民风，真实的民情，浓浓的乡情，这是最好的素材、最美的文章。

费达生与费孝通都在家里待不住了，第三天就启程了。费达生先把费孝通带到震泽中心代缫所简单参观了一下，然后雇了只小船，送他到了开弦弓村。

陈杏荪热情地接待了他们。在他的心目中，费达生就是女中豪杰，就是开弦弓村和合作社的头号功臣。看到费达生带着弟弟过来，他特别高兴也特别重视，因为他早从费达生的口中得知费孝通的一些情况，眼前这位燕京大学的高才生，温文尔雅、一表人才，让他尤为喜欢。当陈杏荪得知费孝通的来意之后，立即在丝厂给他安排了住房，并嘱咐林同生的妻子周阿芝来厂里专门照料费孝通的日常生活。

把弟弟安排好以后，费达生就回震泽那边去忙别的事情了。开始几天，费孝通向陈杏荪提出，不要陪同，自己先到村子里转转看看。他从小在镇上长大，之后又多年在城里学习与生活，虽然以前也随同学到农村玩过，但从来没有在村里住过，所以对乡下的环境与生活没有真正的体验。这次住了下来，完全是一种陌生而全新的感觉。

清晨，太阳从远处的湖面上冉冉升起，火红火红的，给整个村庄撒上一层金色的光辉。此时，宁静的小清河响起了呜呜的螺号声，一只有顶篷的木船从晨雾中轻轻地划过来。这是每天往来于村镇之间的一条航船，也可以说是村里的一个水上小商店。

"船来啰，船来啰——"

摇船的人边摇边吆喝。听到这吆喝声，两岸人家纷纷打开朝河那边的门，拿着油瓶、油罐走了出来：

"你早啊！给我家打两百钱油吧！"

"帮带两块肥皂、一斤洋油。"

"过来哦，还有东西要捎呐！"

摇船人一边答应一边把船靠上，伸手接过钱，看了看往口袋里塞，又接过瓶罐往船舱板上放，忙而不乱。有些要搭船去镇上的人，一个接着一个往船上跳。不出半个小时，船就摇着向震泽镇方向去了。

早饭刚过，各家各户就开始忙碌起来。男人们各自拿着不同的农具下地去了。女人们则大多留在家里忙着蚕事或各种家务。孩子们有的在家帮忙做事，有的背着书包上学……各忙各的，鲜见有人闲着。

太阳落山了，劳动的人们纷纷回家，有披着衣服抽着烟的，有挑着担子匆匆而行的，有到河埠上清洗农具的。回到家里，一家人便围在一起吃晚饭。

晚饭后，是村子里最热闹的时候，孩子们跑出家门到处玩耍，女人们串着门聊着天，男人们则凑在一起，有喝茶的，有打纸牌的，也有闲逛的……

这是费孝通看到的村里的一天。因为那时不是一年中最忙的时候，所以人们的生活还是闲适自在的。

在村子里观察了两天，费孝通又独自到村的外围转了转。周边都是大小湖荡和圩田。湖荡里的水清澈见底，四周长满了芦苇。此时的芦苇已抽出芦花，在微风中摇曳。圩田内是一片片的农田与桑地。农田里的稻子早已收割了，有些田里水牛正在耕地。桑地很多，有的是成片的，有的是成排的，远远望去，绿得发黑，走近看看，有些桑叶已成土黄色。

站在这一望无际的旷野里，农田、桑地与湖荡连成一片，颇有沧海变桑田的时空感。费孝通伫立良久，呼吸着清新的空气，对这个村庄、这片土地产生了特别强烈的亲近感。

而这里的村民们，对这位文质彬彬的客人更是怀有好感。也许是爱屋及乌吧，费达生在当地推广蚕丝业改革已有 10 年之久，全村的村民都从这一改革中得利，她因此在村里享有很好的人缘和很高的声誉。村民们起初称她为洋姑娘，现在称她为费先生。村民们像对待费先生一样对待这位小先生。在他们眼里，这位小先生就是大知识分子。开始时，大家敬而远之，但几天下来，就把费孝通当作自家人一样了。

接下来的日子，陈杏荪带着费孝通挨家挨户去走访调查。不管到哪家，村民都热情接待，有问必答，无话不谈。到吃饭时，都想请他们留下来，费孝通总是婉言谢绝、客气道别。

也有一次例外。在刘福田家访谈时，费孝通无意中听说隔壁邻居家的儿子次日结婚，他立即向陈杏荪提出，能不能让他参与观察一下婚礼的全过程。陈杏荪到隔壁征询了意见，那家人非常欢迎，还邀请费孝通当晚一同坐船去参与"接亲"。费孝通非常乐意，就留在刘福

费孝通初到开弦
弓村与村民合影

田家吃了晚饭。晚饭后，费孝通就与其他人一起，乘坐一条特备的接亲船，陪着新郎去迎亲。

第二天一早，才把新娘接上船。回到村里已近中午，紧接着举行婚礼仪式。先是从船上接新娘回家，然后新郎新娘拜堂，新娘向丈夫的亲戚行见面礼，并向男方的祖先祭拜。最后大家在一起吃"酒水"，也就是参与男方办的盛宴。

费孝通按习俗送了贺礼，吃了"酒水"。这天他特别高兴，也特别有收获，亲身感受到这里的婚庆习俗和风土人情。这对于学社会学的他来说，非常有意义。

在访问中，费孝通很注意观察村里的人与事。一次，他访问结束后回到厂里，正值下班时间，天又下着大雨，他看到许多女工站在厂门口等家里人送雨伞过来。不一会儿，许多女工拿到雨伞回家了。只有一位女工等了半天，她丈夫才把雨伞送来，这让那位女工很生气，当即责骂她的丈夫，而丈夫竟默不作声，接受着妻子的责备。费孝通看到这一幕觉得很有意思。因为根据当地的习俗和传统观念，丈夫是不侍候妻子的，至少在大庭广众之下是不能这样做的。而现在丈夫不仅给妻子送来雨伞，稍晚一步还遭到责骂，这说明随着生产方式的转化，夫妻关系、社会关系也在悄然发生着变化。

　　听从陈杏荪的建议，费孝通重点对林同生一家做了整整两天的调查。从家庭成员、宗亲关系、婚姻状况，到田产房产、种植业及副业、全年收支、子女教育、邻里关系等一一做了详细的了解，能量化的量化，有对比的作对比。访问结束时，费孝通对林同生说："真是太感谢你了！我刨根究底地问，你不厌其烦地告诉我，把家底都毫无保留地亮了出来，这些资料对我来说实在是太有用了。"

　　"我家有什么家底啊！"林同生惭愧道，"不瞒你说，上祖的家底还算是厚实的，不知怎的就不行了，到我这一代就越来越差，几年前我家还欠了一屁股的债，要不是你姐姐来帮助我们搞蚕丝改革，要不是陈社长把我们组织到合作社，恐怕这个家都撑不下去了。现在我家的生活能过成这样，全是托你姐姐他们的福啊！"

　　陈杏荪连忙说："你对合作社的贡献也不小。"

　　费孝通告诉林同生，这日子一定会好起来，一天比一天好。

　　一来二去，村里人都与费孝通很熟悉了，有事便来找他，请他帮忙，费孝通都热情相待，乐于助人。村里有个贫苦农民叫王金龙，他家田地少，平时靠打鱼摸虾为生。但夜里放到水中的虾篓常常被人偷走，找到人家门上还不承认，他却没有什么办法。费孝通听说这事后，就对王金龙说："你在虾篓上写上名字呀！"王金龙沮丧地说："哪会写啊，我扁担长的一字也不会写。"费孝通随即说："我来帮你写。"他让人弄来了笔和黑漆，把几十只虾篓全都写上了王金龙的名字。从此以后，王金龙的虾笼再未被人偷走过。

在逐户调查期间，陈杏荪总是穿插着向费孝通介绍村里的全面情况，特别是详细介绍合作社、合作丝厂筹办的过程和生产经营业绩。费达生也会忙里偷闲回到村里看望弟弟，并与他一起深入分析村里的情况，探讨蚕丝改革和农村致富的一些问题。

经过一段时间的走访调查，费孝通掌握了许多生动的第一手材料，但作为社会学调查，这些具体的材料还是远远不够的，他需要更多的历史资料、综合情况和大量数据，而这些，村里几乎是一张白纸，无法提供。

怎么办？费孝通与陈杏荪商量，一方面到县里、镇里查阅有关资料档案，一方面抽调厂里几位有一点文化、工作又特别认真的工人帮助进行资料搜集和数据统计。费孝通花了几天时间，设计了调查问卷和统计表格，并把厂里抽调出来的工人组织起来进行了短期培训，然后分成几组开展工作。

每天晚上，费孝通都要把调查访问的情况进行记录、整理与分类，常常工作到深夜。最后又选拔了春梅、雪梅、大开、大弓等8名青年工人，集中在一起，汇总统计来的各类数据，并对问卷内容进行初步的分类。

历时近两个月的驻村调查，费孝通搜集整理的各种资料整整写满了10个本子。虽然时间与条件有限，他没有能够对开弦弓村一年的生产、生活等社会活动进行完整的调查，然而，他在村里的这两个月，在农村与农民的生产生活中是具有代表性的，包括了一年中产丝的最后阶段和农活的最初阶段。

凭着自己瑶山调查和写作《花篮瑶的社会组织》积累的经验，费孝通判断，从他过去的经历和这次人们口头提供的情况及统计数据等来看，到目前为止，他所收集到的关于开弦弓村的经济生活及有关社会制度的材料，足以进行初步的社会学分析。

更让费孝通欣慰的是，这次乡村调查，让他切身感受到了实际的民情和浓浓的乡情，增进了与农村、农民的感情。

回校的日期就要到了。费孝通依依惜别，满载而归！

带着瑶山调查和开弦弓村调查的材料，费孝通踏上了出国留学的旅程。

临行前，他的奶妈包了一包家中灶上的泥土，放在他带的箱子底部，并嘱咐他说，在外国人生地不熟，逢到水土不服或是想家的时候，就把箱子里那张红纸包裹好的东西取出一点煮汤喝，这样就会好受多了。费孝通明明知道这是不可能的，但他领了奶妈的一片心意。他想，这一包泥土和两份调查材料，就是我家中的泥土、家乡的泥土和中国的泥土，我要把它带到国外去，这是我的资本，也是我这次出国的目的所在。

费达生把弟弟送到上海，登上开往英伦的邮轮"白公爵号"。

这次航程要两个多星期。旅程漫长而孤寂，费孝通无心于邮轮上组织的各种娱乐和聚会活动，也无心欣赏两岸异国他乡的优美景色，一个人躲在船舱里，把开弦弓村调查汇总的资料拿出来细细翻阅，心想，何不趁着记忆犹新，又有空闲的时间，把这些资料整理成篇呢？于是，他立即动手。

一次，同住在一个船舱里的一位英国人与费孝通攀谈，问他整天埋着头在写些什么。他告诉那位英国人说，在整理一个村庄的社会调查材料。这位英国人饶有兴趣地问是什么村庄，费孝通与他说是开弦弓村，这位老外摊了摊手说，听不懂是个什么村庄。费孝通向他解释说，是中国长江边的一个小村庄。这个老外很快明白过来，连声说，长江，中国的长江我知道，你在做一个江村的调查，这很有意思。

说者无意，听者有心。费孝通突然产生一个念头，把开弦弓村调查写成江村调查吧，这样借着长江的名气，外国人一听就懂，也会更有兴趣。再说，开弦弓村属江苏、属吴江，都有一个江字，更巧的是，自己的别名叫费彝江，里面也有一个江字。就这样，开弦弓村在费孝通的笔下又有了一个新的名字：

江村。

经过半个多月的漫长行程，费孝通终于到达了目的地——伦敦。此时他的行囊中又多了一份江村调查的初稿。他怀揣着祖国的泥土和强烈的学术愿望，找到在荷尔本商业区的伦敦政治经济学院。

该校坐落在一条很窄的小巷子里，学院的门口是一些茶馆。校门不大，全无知名大学的气派。踏进校门，只见一座座整齐的欧式建筑，绿色的草地，宁静的校园，夹着书匆匆行走的教师或学生，一股全新而浓郁的校园气息扑面而来。

费孝通很快办好了入学手续。系里为他指定的导师是弗思博士。他是大师级教授马林诺夫斯基培养出来的第一个博士，在人类学系当高级讲师。费孝通对马林诺夫斯基早有所闻并十分崇拜，得知是他的得意门生做自己的导师，很是荣幸与期待。

第二天，他就去拜访了这位导师。在系办公室里，弗思热情地接待了他，并作了初步的交谈。谈话中，费孝通向他陈述了自己在燕京大学和清华研究院先后师从吴文藻和史禄国两位先生学习研究的情况，并把自己在出国前进行的社会调查讲给弗思听。

　　费孝通心想，既然在这里读的是人类学专业，而人类学主要研究对象是当时被辱称的"原始社区"，那么，关于中国少数民族地区——瑶山的调查，也许更能符合导师的兴趣与方向。于是，费孝通向弗思着重讲了瑶山调查的详细经过和自己的一些想法。弗思非常认真地听着，还不时问些具体情况。费孝通看他很耐心地听讲，就顺便谈到了因瑶山遇险而回家乡养伤，其间在家乡做了一段调查，搜集了在长江边上的中国农民现时的生产、生活状况的资料，并做了初步整理。弗思告诉费孝通，他没有去过中国，但知道中国的长江，也知道中国是一个古老的农业大国。两人愉快地结束了初次的面谈。

　　仅隔一天，弗思又主动到宿舍来找费孝通，要他再谈谈江村调查的详细情况。这让他有点意外，自己重点讲的是瑶山调查，而他怎么对江村调查更感兴趣？

　　弗思看出了他的疑惑，便解释说，你做的瑶山调查很有意思，但中国是一个大国，生活在广大地区、占人口总量比例很大的中国农民现时的生存、生产状况更值得关注与研究，会有更大的现实意义与学术意义。费孝通一听，遂有顿悟，心生钦佩，导师不愧是马林诺夫斯基门下的学者，观察和思考问题如此敏锐与深刻。于是，费孝通从开弦弓村名字的由来，谈到它的历史背景和自然环境，从民风民俗和生活习惯谈到农副业生产和农民家庭收入，从传统的丝绸之路谈到这里的蚕桑业发展历程，还特别介绍了自己的姐姐在村里搞蚕丝改革和办农民合作社、合作丝厂给农民带来的实际利益。听到这些，弗思称赞道，你做的江村调查好，我想，你在这里研究的课题就是——中国农村的生活。

　　导师一锤定音。费孝通没有想到自己来到这里，开题这么快、这么顺利。他非常愉快地接受了导师的意见，迅速投入到紧张的学习和研究之中。

就在费孝通到达伦敦不久，吴文藻持司徒雷登校长给美国罗氏基金会的介绍信，代表燕京大学去参加哈佛大学 300 周年纪念会。与会期间，吴文藻与一同参会的马林诺夫斯基会了面，谈话中，吴文藻向他介绍了正在伦敦政治经济学院求学的费孝通及其所做的田野调查。马林诺夫斯基回校后没几天，就召见了费孝通。

说是召见，实际是马林诺夫斯基约费孝通到他家里来喝茶。见到这位戴着高度近视镜、光着头的人类学界大人物，费孝通开始时难免有些拘谨，但马林诺夫斯基并无一点架子，而是与费孝通边喝茶边聊天。费孝通很快松弛下来，向马林诺夫斯基汇报了到校以后的一些情况，又把他的瑶山调查和江村调查全都说了一遍。

真是英雄所见略同。马林诺夫斯基与弗思一样，对江村调查抱有极大的兴趣。他问费孝通研究选题确定了没有，费孝通告诉他，已经跟导师弗思一起商定，准备就以江村调查为研究课题。他话音刚落，马林诺夫斯基随手拿起电话，接通了弗思，非常随和地说道："你的眼光不错哦，看中了中国来的费孝通和他的江村调查，不过，从今天开始，这一切交给我了，我来指导。"

放下电话，马林诺夫斯基向费孝通笑了笑说："你看怎么样啊？"还没等费孝通回答，他又说："就这么定了，你回去马上拿出一个研究提纲来，过几天给我看。"

费孝通赶紧从包里拿出一份与弗思一起讨论过的研究提纲，递给马林诺夫斯基。而他指了指自己戴着的眼镜说："我看起来不方便，你就读给我听吧。"费孝通便用自己并不非常熟练的英语念给他听。

听完，马林诺夫斯基直截了当地说，要换个角度，看得大一点，江村是一个村，是大中国的一个小村庄，但它是中国农村的一个缩影，我要从中看到中国农村的真实状况和中国农民的真实生活。最后，马林诺夫斯基反复嘱咐费孝通，要按照他的思路修改研究课题的提纲。

在接下来的许多日子里，除了一对一的个别交谈外，马林诺夫斯基对费孝通的指导还有其他两种方式，一是登堂入室，让费孝通经常到他的家里来，听他与别人探讨学术问题，看他与助手进行学术著作的写作；二是参加"席明纳"。这是欧洲的一种传统的教学组织方法，以学生讨论为主，老师作适当的引导与辅导。马林诺夫斯基喜欢这种传统的教学方式，每逢周五，他总是坐在伦敦政治经济学院那间门口写着他名字的大房间里，与他的朋友、同事和学生一起，在烟雾缭绕中无拘无束地讨论着学术问题。

费孝通一下子便喜欢和习惯了这样的场合与方式。在这里，从来没有高谈阔论和长篇议论，相互之间可以随时插话。马林诺夫斯基总是不时地提出一些问题，用他自己的思索，带动学生的思索，教学生学会怎样去提出问题、分析问题，怎样去形成和发展自己的思想。这对于费孝通来说是极其难得的学习机会和精神享受，犹如在知识的海洋中自由游泳。

就是在这特殊的帮助和浓烈的学术氛围中，费孝通开始一字一字地起草他的博士论文。由于在农村的调查基础扎实，又经过了两次资料整理，加上得到导师的精心指导，他写起来非常顺手。每写完一章，他就迫不及待去找导师。马林诺夫斯基总是躺在床上，用白布蒙住眼睛，听费孝通在床边念给他听。有时他会突然从床上跳起来对费孝通说，哪里观点有问题，哪里写得不够好，应该如何修改。虽然话语不多，却句句击中要害，说在点子上。费孝通一一记下来，回去做修改。每改完一章，马林诺夫斯基还会让费孝通拿到"席明纳"去念给大家听，听了大家的意见再做修改。

就这样一章一章地写、一章一章地讨论、一章一章地修改，到第三学期，费孝通的博士论文就写完了。但是，论文能不能顺利通过呢？答辩前夕，费孝通非常紧张，忐忑不安。

第 **19** 章

江村经济

△一篇论文，因一位教授的高度评价和它的学术价值而成为人类学的一个里程碑；一座村庄，因一篇论文的深刻阐述和它的发展特色而载入史册并名扬海内外。

这是一次奇特的、别开生面的论文答辩。

答辩不是在学校而是在马林诺夫斯基家里进行。答辩委员会只有两人，马林诺夫斯基和另一位著名的东方学者丹尼森·罗斯爵士。没有让费孝通做任何的研究说明和论文阐述，两位专家喝着酒，聊着论文，聊到兴致起来时，那位东方学者回过头来，对坐在一旁的费孝通说，夫人看了你写的论文，说写得很好。

这话把费孝通说得懵里懵懂的，难道你还没有看过我的论文，只是夫人细细看了？正在疑惑和忐忑时，费孝通隐约听到罗斯在对马林诺夫斯基说："读者在这篇论文中，可以找到他所需要了解的任何有关于中国的事情。"马林诺夫斯基听到这句话，高兴地举起酒杯说："这就是我要的论文！"两人碰杯，对饮甚欢。

酒喝得这位考官差点忘了他的职责，准备起身离去，还是在马林诺夫斯基的提醒下，罗斯才在费孝通的博士论文上签了名。

费孝通顿时松了一口气，自己的博士论文答辩以最为轻松而简单的方式一次性通过了。

这看似富于喜剧性，其实是顺理成章。原来，马林诺夫斯基用整整一个星期的时间，让助手把费孝通的论文逐词逐句地读给他听了一遍。他不仅对论文相当满意，而且认为很有学术价值，便在论文答辩之前，就把这篇论文推荐给伦敦书局出版，并亲自确定论文的出版标题，还为这本书写了序言，其开头第一句写道：

我敢于预言费孝通博士的《中国农民的生活》一书，将被认为是人类学实地调查和理论工作发展中的一个里程碑。

里程碑，是多高的评价啊！

任何一部学术著作，被冠以这样的评价，都是莫大的荣誉，更何况这一评价出自世界著名的人类学大师之口。

那么，是什么打动了这位大师，让他做出如此高的评价，他从这篇论文中看到了什么呢？用大师自己的话来说，他怀着十分钦佩的心情阅读了费博士那明确的令人信服的论点和生动翔实的描写。是的，费孝通的论文向他、向世人展示了当代中国农村社会的缩影：

——这是叫开弦弓的自然村，坐落在太湖东南岸，位于长江下游，在上海以西约 80 英里的地方，其地理区域属于长江三角洲。它所在地区人口密集，大多数人口居住在农村。如从空中俯视，可以看见到处是一簇簇的村庄。每个村子仅与邻村平均相隔走 20 分钟路的距离。开弦弓只不过是群集在这块土地上成千上万个村庄之一。

——一个旅客，如果乘火车路经这个地区时，将接连不断地看到一片片的稻田，还有一块块、一排排的桑田。开弦弓村的土地水田种水稻旱地种桑树。一年中用于种稻的时间约占 6 个月。这里不仅产米，人们还种麦子、油菜籽及各种蔬菜，此外，江河里尚有鱼、虾、蟹及各种水生植物等，这些都是当地的食物。桑树在农民的经济生活中起着重要的作用。人们靠它发展蚕丝业。闻名于欧洲市场的"辑里丝"，就产于开弦弓周围 4 英里的地带，主要是该地区的水质特别好。在历史上的繁荣时期，开弦弓这一地带的丝，不仅在中国蚕丝出口额中占主要比重，而且还为邻近的乡镇丝织工业的需要提供原料。

——该村的人口因为出生、死亡情况一直没有连续的登记。在 1935 年有过一次人口普查，对村里的所有居民，包括暂时不在村里的人口，都做了记录，总人数为 1458 人。作为一个群体，本村人具有一定的文化特色，一是说话时，吐字趋于腭音化，例如"讲""究"等等；二是妇女不下田干农活；三是妇女总是穿裙子，甚至在炎热的夏天也穿着。村中，一个家庭的成员平均为 4 人。父母与子女、夫与妻这两种关系是家庭组织的基本轴心。为儿子找一个媳妇，被视为父母的责任。在农村中，结成婚姻的主要目的，是为了保证传宗接代，用当地的话说就是"香火"绵续，意思是，不断有人继续祀奉祖先。尽管村中的人认识到后代的重要性，但现实中还存在着必须限制人口的因素。按照当地的习惯，孩子长大后就要分家产。有限的土地如果一分为二，就意味着两个儿子都要贫困，通常的办法是溺婴或流产。村民们承认这是不好的，但是有什么别的办法以免贫穷呢？只有一些有着较大产业的家庭有为数众多的子女。孩子过了 6 岁就参加打草、喂羊、摘桑叶等劳动。孩子们对这种劳动很感兴趣，因为可以和同伴们在田野里随便奔跑而不受大人的任何干涉。女孩子过了 12 岁，一般都在家中，和母亲共同操持家务和缫丝，不再和别的孩子在一起了。孩子们在自己的家庭中受到教育。男孩大约从 14 岁开始，由父亲实际指导，学习农业技术，并参加农业劳动。到 20 岁时，成为全劳力。女孩子从母亲处学习蚕丝技术、缝纫及家务劳动。村里有一座小学，孩子一般在 6 岁开始上学。学校里注册的学生有 100 多人，男孩子居多，但由于孩子要帮家里劳动，平时上学的人很少超过 20 人，且常常缺课，所以学生的学习成绩是惊人的低下。

——在这个村子里，儿女的婚姻大事完全由父母安排并且服从父母的安排。谈论自己的婚姻，被认为是不适当和羞耻的。因此，这里不存在求婚这个说法。婚配双方互不相识；在订婚后，还要互相避免见面。婚姻大事，在孩子的幼年，经常在 6—7 岁时就已安排了，一般是由媒人从中牵线搭桥。门当户对与没有血缘关系的联姻是正常的婚姻关系。但实际上，在村里存在着特殊的婚姻，那就是表亲婚姻与"小媳妇"。一个女孩子嫁给她父亲的姊妹的儿子，叫作"上山丫头"，上山意味着家庭的兴旺。一个女孩子嫁给她母亲的兄弟的儿子，叫作"回乡丫头"，就是一个女孩子又回到她的本地，这被认为对这家不利的。"上山"也好，"回乡"也好，更多的是出于经济的因素，因困难的因素居多。尤其是经济不景气的时期，向现存的婚姻程序进行了挑战，出现了另一种结婚的方式，就是所谓的"小媳妇"，即年幼的儿媳妇——"童养媳"。当然，目前该村的传统正常的婚姻仍然是主要的，表亲婚姻尤其是"小媳妇"婚姻是受到轻视的，因为它是经济萧条的时候产生的，而且通常是贫困的人家才这么做。

——该村的财产所有权可以分为三类。一类是无专属的财产，每个人可以无例外地自由享用，如空气、道路、航道等，但自由享用必须是在不侵犯别人享用的条件下进行。一类是村产。凡该村居民，均有同等权利享用，如周围湖泊河流的水产品、公共道路和"坟地"上的草。但在某些情况下，此类财产的处理权在村长手中。还有一类就是家产，这是村民们的主要财产，包括用作生产资料的物，如土地、养蚕缫丝用的房屋、羊栏、农具、厨房等；消费品，如房间、衣服、家具、装饰物和食物；非物质的东西，如货币、信贷、服务以及相反方面的债务。村民们用劳动积累财产和获取消费物资，同时也规定并限制着自身的消费需求。这里都安于简朴的生活，浪费是要用惩罚来防止的。孩子们饮食穿衣挑肥拣瘦就会挨骂或挨打。节俭是受到鼓励的，大人小孩都知道随意扔掉未用尽的任何东西会触犯天老爷——灶神。谁也不可浪费米粮，甚至米饭变质发酸时，全家人还要尽量把饭吃完。衣物可由数代人穿用，直到穿坏为止。穿坏的衣服不扔掉，用来做鞋底、换糖果或陶瓷器皿。

　　——村里人的精神生活就是宗教和娱乐活动。除了祭祀祖先外，村里人最经常也最重要的活动是祭祀灶王爷——灶神。他是上天在这户人家的监察者，是由玉皇大帝派来的。他的职责是视察这一家人的日常生活并在每年底向上天作出报告。神像是刻印在纸上的，由城里店铺中买来，供在灶头上面小神龛中。灶神每月受两次供奉，通常是在初一和十五。供奉是把一盘盘菜放在灶神座前，并点上一对蜡烛、一束香以示祀奉。到了年底，农历十二月二十三日祭送灶神上天。这次供奉的东西特别丰富，而且在堂屋中举行。这次供奉之后，纸的神像和松枝、纸椅一起焚化。灶神就由火焰的指引回到了天堂，向玉帝拜奏，对他所负责的这一家人的行为作出报告。这一户人家下一年的命运就根据他的报告被作出了决定。村民们总是以不触怒灶神为底线，约束自己的行为，同时通过尽可能丰盛的供奉，来换取心灵的慰藉和精神的安宁。而适当的娱乐也是必要的，是辛勤劳动之后放松肌肉和神经的一种生理和心理的需要。农业劳动和蚕丝业劳动有周期性的间歇，村民们连续忙了一个星期或 10 天之后，可以停下来稍事休息。娱乐时间就插入劳动时间表中。在间歇的时候，大家煮丰盛的饭菜，还要走亲访友。男人们利用这段时间在离村不远的镇上茶馆里消遣，随便地聊天，也谈生意、商议婚姻大事，以及调解纠纷等。茶馆基本上是男人的俱乐部，偶尔有几个妇女和她们的男人一起在茶馆里露面。妇女们在休息时期一般是走亲戚，特别是要回娘家看望自己的父母和兄弟。孩子们大多数是要跟随母亲一起去的。村民们还会参加每年一次的"刘皇会"，以及每十年一次的村际庆祝游行"双阳会"，人们唱山歌、舞龙灯、敲锣鼓，很是热闹，有时还要举办摇三橹船的活动。这些年，村里的娱乐活动比以往兴盛了，说明经济状况有好转，村里愿意出一点钱来搞这些娱乐活动。

——农业是这个村子经济中的支柱。大部分农户主要从事农业。一年之中有半年以上用来种地，日出而作，日落而息，用辛勤的劳动换来田地的产品——作为一家人所依赖的粮食。该村的农业生产主要是种水稻。水稻的季节性极强，6 月开始育秧，把种子撒在秧田里，约一个月以后，稻子长出 30 厘米长的嫩秧。把稻秧从育秧田里移植到大田里，是种稻的主要工作，这段劳动时间被称为"农忙"。农民一早出发到秧田去拔秧。秧田有时离稻田较远，须用农船把拔出来的秧运送到稻田，然后是插秧，这是最辛苦的，也是最有技术含量的农活，正所谓面朝黄土背朝天。插秧时六七棵秧为一撮插在一起。插秧人头朝前脚往后移动，每向后移动一步，插完一行稻秧。插完一片以后，再从头插另一片。在同一块田地，如果同时有几个人插秧，他们便站成一行，同时往后移动。为了保持相同的速度与节奏，他们常常唱着有节奏的歌曲，那就是这里特有的秧歌。这绝对是苦中作乐。因为这样的劳动是非常辛苦的，冒着 40 多度的高温进行体力消耗大的劳动。插秧结束后农忙就过去了，可以稍微轻松一点，但接下来的除草、施肥、治虫等农活也不少。只有付出足够多的劳动，才能获得水稻的收成。丰收时，每亩稻田能收获 500 斤左右的谷子，歉收年份只有三四百斤。除了满足一家人全年的口粮外，少部分的可以粜出去换回一些钱，补偿了成本后补贴家用。

　　——光靠农业的收入是远远不够的。这个村里居民的第二主要收入来源是蚕丝业。村民们从事家庭蚕丝业已有几千年的历史。几乎家家户户种桑养蚕，并以家庭作坊的方式进行手工缫丝，制成生丝出售，换取可观的收入。这种收入甚至可以超过农业的收入，而且这种收入直接变现，成为家庭消费和致富的主要来源。在开弦弓村，平均一户拥有土地约 10 亩，在正常年景每亩每年可生产 6 蒲式耳的稻米。对拥有平均土地量的农户来说，总生产量是 60.36 蒲式耳。平均一家四口，需直接消费米 33 蒲式耳，所以有 27.36 蒲式耳余粮。新米上市后，每蒲式耳米价约 2.5 元，如把余粮出卖约可得 68.4 元，但一个家庭目前的开支需要至少 200 元。显然单靠农业，不能维持生活，每年家庭亏空约为 131.6 元。佃农情况更为悲惨，而村民中大多数是佃农。佃农按平均土地使用量，必须向地主缴付相当于总生产量的 40%，即 24 蒲式耳米作为地租，剩余 36 蒲式耳仅仅够一户食用。这就需要依靠副业来增加收入。在开弦弓村，副业几乎只有蚕丝业，其他则微乎其微，少而又少。蚕丝业兴旺时，可使一般农户收入约 300 元，除去生产费用可盈余 250 元。在这种情况下，生活水平可以提高得很多，起码可以摆脱贫困，有的可以由此致富。但是，从十多年前开始，由于欧洲、日本等国家在早先学习、引进中国蚕丝技术的基础上，对种桑养蚕技术进行改良，又采用先进的机器进行缫丝和纺织作业，蚕丝生产的效率和水平大大提高，而在中国的蚕桑地区包括开弦弓村，还停留在土种土丝的阶段。受到洋丝的冲击，尤其是世界经济危机的严重影响，土丝在国内外市场的竞争力和价格急剧下降，3 两丝约值 1 元，而生产量没有任何降低，一般的蚕户仅能获利 45 元。蚕农的经济收入越来越少，有些因亏本而负债，生活十分困难。这迫切需要进行蚕丝改良来改变这一困境。所幸的是，在离开弦弓村不是很远的地方有一所省级女蚕校，这个学校的校长和部分教师看到了农民的痛苦和中国蚕丝业的危机，有志于进行"蚕丝革命"兴办"实业校园"，并且付诸行动。他们首先在开弦弓村进行试验。试验从改良蚕种开始，然后改进缫丝方法，进而引进先进的技术与设备，进行机械化缫丝作业，与此同时，改革生产方式与社会组织，先是建立共育室，后是成立合作社，前几年又创办了中国第一个村级缫丝企业——开弦弓村合作丝厂。这个村的村姑成了第一批工厂工人！这个村生产的生丝竟成为国内外市场畅销的品牌——"蜜蜂牌"，并获得很好的经济效益。合作社的社员从合作社的利润里得到了"分红"，女工们在工厂里拿到了属于她们劳动所得的"工资"。由此增加的家庭收入，使这里的贫困户还清了债务，改变了生活窘迫的状况，逐步宽裕起来，而原本比较富裕的人家则更加富裕，纷纷买地、造房，还出钱修桥铺路，这样村容村貌也有了改观，一派鱼米之乡的景象。"民亦劳止，汔可小康。"这里的村民们甚至做起了过上小康生活的美梦，尽管他们此时并不会用"小康"这个词，他们只知道要吃饱穿暖、生活安逸。

1986年，《江村经济》首次翻译为
中文由江苏人民出版社出版

......①

　　这就是费孝通笔下的开弦弓村。在他的论文中，开弦弓村被赋予了一个新的学名——江村。本来，费孝通给自己的论文起的题目叫《江村经济》，而他的导师马林诺夫斯基将其改为《中国农民的生活》。费孝通觉得改得不太合适，认为自己所写的开弦弓村的状况，并不能代表中国农民的生活，但他的导师不这么认为，执意要用他改定的这个题目。

　　马林诺夫斯基被费孝通笔下的江村所吸引、所打动。他要把这个中国的村庄，通过费博士的论文推荐给世人，推荐给世界，以此观察到真实的、生动的中国农民的生活。

---

① 以上内容摘编自北京大学出版社2012年版《江村经济》，略有删节。

第 **20** 章

不测风云

△一场浩劫，毁掉的，不仅仅是一个生产着的工厂，更是人们用心血建构的希望。战争最大的受害者永远是无辜的民众。

就在马林诺夫斯基对费孝通笔下的开弦弓村推崇备至的时候，殊不知，这个刚刚焕发生机、迎来希望的村庄，正面临着一场劫难。

1931 年 9 月 18 日，日本侵略者在沈阳制造"九一八"事变，拉开了侵华战争的序幕。1937 年 7 月 7 日，日军制造"卢沟桥事变"，开始全面侵华战争。之后，日军以重兵三路进攻华北。8 月 13 日，日军大举进攻上海，中国军队奋起抵抗，展开了淞沪抗战。11 月 12 日，日军占领上海，在南市放火连烧 9 日，中国军民死伤无数。12 月 13 日，日军攻下国民政府首都南京，进行惨绝人寰的大屠杀，烧杀淫掠，在 6 周内杀死 30 万手无寸铁的民众，烧毁城内三分之一的房屋，南京城几成废墟。

处于上海与南京之间的苏州地区，战火烧来，形势危急。是年 9 月上旬，日机空袭苏州境内的平望镇，两枚炸弹落在平望制丝所内，炸毁烘茧机房和煮茧车间。镇上居民开始疏散，开业不久的平望制丝所便关闭了。

　　距离平望制丝所不远的震泽制丝所和开弦弓村合作丝厂危在旦夕，但费达生坚守岗位，一方面组织工人生产，一方面抽出人力挖防空洞，搞防空演习。当时交通已很困难，费达生冒险去无锡联系，把震泽制丝所和开弦弓村合作丝厂所缫出的生丝，一批一批地送往无锡，及时向银行抵押，换得现金，以便应付紧急情况。

　　远处常常传来隆隆的炮声，镇上和村里都人心惶惶，谣言四起。费达生心挂两头，既放不下厂里的事情，又挂念着学校和郑校长。有一天，她安排好合作丝厂的事，就让大开、大弓摇了一条小船，送她到学校去看看情况。

　　一路上，看到两岸有许多中国军队在朝西撤退，她知道局势更趋危急，心中十分担忧。直到夜幕降临，船才到了浒墅关。街道上的人很少，也没了往日夜市的灯火，阴森森死沉沉的。费达生急匆匆地走进校门，校园里更是冷冷清清。学生们早就被疏散回家，多数教师也逃难走了。

　　费达生寻找了好长时间，才在学校贮藏蚕种的冰库里见到了郑辟疆校长。他正在与几个员工商量蚕种转移的事。一向沉着冷静的郑辟疆，见到费达生先是一震，后惊诧地问："你怎么回来啦，你那边出什么事了吗？"

　　"没有。"费达生沉着地告诉他，"镇上和村里的工厂还在开着工呢。我是回来看看学校这边的情况。"

　　郑辟疆松了口气："那就好。学校这里暂时还没有什么大问题，但据比较确切的消息，日本军队已从金山那边登陆了，不出一两天就会打到苏州来。这样，我们这里也就很不安全了。"

　　这下费达生有点急了，连忙道："那怎么办？郑校长，你们还是先到开弦弓村去避难吧。"

郑辟疆却说："看来，你那边也不是安全的地方。我派人在太湖中间的马迹山上借了几间民房，准备把学校贵重的教学仪器和这几十箱蚕种先转移到那里去，决不能让这些东西落到鬼子的手里。"

"那边能安全吗？"费达生劝说道，"开弦弓村那边我们人地熟悉，碰到问题比较容易解决。"

郑辟疆不这么认为，他说："各有利弊，但比较看来，在太湖中间相对隐蔽，日本人不一定马上能找到那边，即使日本人找过去，在茫茫的太湖中也容易转移些。"

"这倒也是。"费达生道，"那我也跟着你们去马迹山吧。"

郑辟疆想了想说："你还得先回去，那边还有两个厂的事情要处理好。达生，你记住，关键是要把我们培育的新蚕种保护好。这些新蚕种比日本现在的蚕种要好得多。一旦察觉日本人有可能进入震泽镇和开弦弓村，你们一定要把这批新蚕种抢先转移出去。"

费达生点了点头，又问："把我那边的新蚕种也运送到马迹山那边去吗？"

"现在先不定，等我们到那边看看情况再说。"郑辟疆思忖了一会儿，又说，"把所有新蚕种放到一起恐怕也不好，万一被日本人发现了，那损失就不可挽回了，你还是回去与陈社长商量一下，能否找一个更安全的地方，早一点把新蚕种先设法藏到那里去。"

费达生毫不迟疑道："那我连夜赶回去吧。"

郑辟疆把费达生送出校门。夜深了，两人默默地走着。分别时，郑辟疆第一次伸手与费达生握手话别。她饱含热泪，一句话也说不来，转身独自走在黑沉沉的街道上。

相见时难别亦难，东风无力百花残。在这危难的时刻，不知是因为怜惜还是孤独，费达生的情感难以抑制，她多么想留在校长的身边。他毕竟老了，需要有人在工作上帮助，生活上照料。然而，她现在无法做到，只好含泪惜别。

回到船上，大开、大弓已在船舱里睡着了。她叫醒他们，一起摇船往回赶。天明，他们回到了震泽镇。费达生让大开、大弓在船上休息，自己上船赶到制丝所。她立即吩咐同事抓紧停工，并派会计到银行取回钱，给工人们发了工资，让他们各自想办法回乡下避难。她又检查了蚕种冷藏库，指定专人在这里看护。把厂里的一切事情安排妥当，已过午饭时间，她匆匆简单地吃了几口饭，就与彭钦年、原茵一起离开了制丝所。

上了船，费达生的身体已经支撑不住了，两天一夜没有合眼的她，很快靠在船舱边睡着了。醒来时，船已到达村口。她们匆匆回到厂里，费达生见到父母已在等她，忙问何故。父亲费璞安告诉她，日军已占领了苏州，他们是请人帮助才跑到这里来的。费达生让彭钦年帮忙把父母安顿下来，自己立即找陈杏荪商量事情。

费达生把苏州已经陷落的消息告诉了陈杏荪，并把郑校长要求将新蚕种早点转移出去的话与他说了。陈杏荪听后说："还是郑校长考虑周全。假如日本兵进入了苏州，早晚会到我们这里来。能否这样，我抓紧来寻找一处较为安全的地方，你带人去把制丝所的新蚕种先运到村里来，等地方找到了，与我们这里存放的新蚕种一并转移出去。"

"好的。"费达生询问道，"合作丝厂这边是否抓紧停工？"

陈杏荪说："我们在乡下，厂里的工人也没有别的地方好逃，所以，能开一天工就开一天工，看情况再定。"

费达生觉得这样也行，两人就分头行动了。

第二天一早，费达生和原茵又让大开、大弓摇船送她们去震泽镇，设法运回新蚕种。到了镇上一看，才隔了一夜，气氛大不一样，原本人来人往的街道死一般的寂静，商店都关上了门，有的还贴了封条。一打听，才知道日本兵马上就要打进镇来。费达生她们慌了，立即跑到制丝所，一方面通知厂里的人赶快撤离，一方面让大开、大弓领着几个工人把冷藏库的新蚕种放入几个箱子里，搬运到船上。最后，费达生安排一位老工人在所里留守看门，她与原茵一起跑回船上。

船刚离岸，就听到远处呼隆隆的响声。船划出一里多地，就见到一队日本兵扛着枪向震泽镇的方向行进。他们屏住呼吸，悄悄地向前划着船，突然间，"哒哒哒"的枪声起，几个日本兵正端起枪向他们的船扫射。说时迟那时快，大开、大弓迅即用劲一摇，把船拐进了另一道河口，避开了日本兵的视线，转过一个河湾，才摆脱了危险。又走了一段路，他们回头一看，只见震泽镇的上空黑烟滚滚，并不时传来阵阵激烈的枪炮声。

他们总算把制丝所的新蚕种抢回了村里。两天后得知，日军占领震泽镇的当天，就把震泽制丝所烧毁了。留下看守厂房的老工人也惨遭杀害。

鉴于情况越来越危急，费达生与陈杏荪商量决定，把合作丝厂的生产赶紧停下来。

一天，陈杏荪接到朋友的来信，已在浙江天目山找到一个村子，在大山里面，比较安全，可以到那边去避难。他立即找到费达生商量说："这里到天目山那边有水路可走，也不是特别远，我叫大开、大弓用船把这里的新蚕种先运送到那边去。最好你与父母跟船过去，一来可以照料一下蚕种，二来在那边也比在这里要安全些。"

费达生有些犹豫："那边人地生疏，也不知安全不安全，再说也不知我父母愿意否。"

陈杏荪说："那边我会让朋友帮忙安排好，你得做做你父母的工作，我想他们也会愿意的。"

费达生说："父母的工作毕竟是容易做的，可这厂里的事我还是放心不下。"

"你尽管放心好了。我会带着村里的人把厂护卫好。当务之急是把新蚕种转移到安全的地方去，这是大事，别让郑校长担心。"

说到郑校长，费达生心里一颤，也不知道他们那里的情况如何了。不多想了，还是先把郑校长交代的事情做好吧。

回到厂区宿舍，费达生把去浙江天目山的计划与父母说了，他俩一口答应前往，父亲还说，越早动身越好，千万不能让这些新蚕种有什么闪失。

陈杏荪找了村上最好的两条船，并派大开、大弓分别各带两名男青年摇船去天目山。费达生把厂里的事情做了一些安排，又让原茵、彭钦年一同前往天目山，但她们却主动要求留下护厂，最后费达生让原茵留下，让彭钦年与自己一起护送新蚕种去天目山。

临行那天，费达生扶着父母上船，安顿了行李。陈杏荪、林同生与许多村民都来到岸边给她们送行，费达生的心里说不清是激动还是忧伤，眼泪夺眶而出。

"姑娘！你们在中途要找地方歇歇脚哦！"

"费先生，千万注意安全啊！"

"费姑娘，等这里安全了，你可要早点回来呐！"

……

岸上的人一遍又一遍地嘱咐着、关照着。费达生说不出话来，含泪与大家告别。

多少年了，她一次又一次地坐船从这里进来，又坐船从这里出去，即便有些辛苦，但她从来没有觉得累，心里总是热乎乎的。但这一次，她感到从未有过的酸楚和痛苦。她放不下这里的工厂，放不下这里的一草一木，更放不下这里的工人与乡亲们。

她不知道什么时候才能再回到这里！

两条木船在寒风瑟瑟中离开了开弦弓村，消失在小清河的尽头。

不知是日军顾不过来，还是因为开弦弓村地处偏僻，没有陆路可进，总之在费达生他们离开后的一段时间里，日军并没有到过开弦弓村。

倒是村里发生了微妙的变化，日伪政府重新任命程安景为开弦弓乡乡长。他一下子又活跃起来，对着村民们夸下海口，日本军不会到咱开弦弓村来，他保证能够全力保护村民们的安全。

村民们半信半疑，担惊受怕地度日子，总算熬过了那年的春节。可是，突然有一天，也就是1938年的2月6日下午五点多钟，有一队日军闯进了开弦弓村。原来，他们在太湖沿岸扫荡，四处寻找新四军，但没有找到。因天色已晚，无法赶回震泽镇，随军的汉奸翻译就把他们带到开弦弓村来过夜。

日军进村时，村民们毫无准备，无处可逃，只能躲在家里，把门紧紧关上。

那汉奸翻译到乡公所找到程安景交涉，要求为日军安排晚饭和住宿。程安景先是一惊，后立即镇定下来，一口答应想办法来做安排。他灵机一动，让人去把陈杏荪找了过来，当着汉奸的面问道："日本兵今晚要住咱们这里，我看只有合作丝厂里面有宿舍和食堂，就由你们负责接待一下吧！"

陈杏荪一听火冒三丈，恼怒道："这是工厂，不是接待站。要是你愿意接待，你就把那些日军接到你家里去好了！"

"荒唐！"程安景一听来气了，"我家怎么能够住下这么多人？再说这是公事，公事公办，住到合作社办的丝厂理所当然！"

陈杏荪反驳道："公事？日本兵进村来是公事？既然是公事，那这是你乡长的事，你想办法去接待，我办不了！"

"你不办也得办！"程安景命令道。

"我就是不办！"陈杏荪坚决顶住。

那汉奸翻译听着他俩相持不下，便带着威胁的口吻道："你们别吵啦！皇军还在村口等着呢！假如你们不把皇军安排好，皇军发怒冲进村来，不知他们会干出什么事来，我可负不了这个责任！你们可不要吃不了兜着走，让全村村民遭殃。"

程安景和陈杏荪都不再吱声。

那汉奸翻译又说："依我看，还是住到工厂里去吧！厂里的条件一定比家里好嘛！"

陈杏荪知道此事推不过去了，无奈地问道："他们要在这里住几天？"

"就今天晚上。"汉奸翻译确定道："皇军明天就赶往震泽镇去，不会在这里多住的。"

陈杏苏又问："他们会不会抢砸厂里的东西？"

"不会不会，这包在我身上。"汉奸翻译诡谲道，"不过，你们可要把皇军安排好，让他们满意。"

"满意？"陈杏苏警觉地问，"他们要怎样？"

汉奸哈哈一笑道："你不要紧张嘛，就是让他们吃好住好，晚饭要喝酒哦！"

"这我来安排。"程安景用商量的口气对陈杏苏说，"这样，陈社长，你马上到工厂安排一下，我来准备晚上的饭菜，派人到厂里食堂去做。"

"这样就好。"汉奸翻译说，"晚上你俩要作陪哦！"

"我不陪！"陈杏苏没好气地说。

"不陪？"汉奸冷笑道，"皇军到你厂里去，你不出面作陪，皇军生气了咋办？再说，你不在那里陪着，你能放心吗？"

陈杏苏无话可说，转身就走了。

汉奸又与程安景说了些什么，然后急急分开，各自办事去了。

那天晚上，程安景和陈杏苏一起出面接待了这七八个日本兵。饭桌上，陈杏苏忍气吞声，很少言语。程安景频频举杯，请日本小队长和汉奸翻译喝酒。那个日本小队长好酒，一杯接一杯，很快喝得烂醉，嘴里叽里咕噜不知说些什么，汉奸翻译也有醉意，不作任何翻译，只顾着自己喝。也许是酒喝多了，也许是那天跑得太累了，酒足饭饱之后，这些日本兵就在安排的房间里死猪般地睡去了，总算没有搞出什么事情来。

　　连夜，陈杏荪就让原茵带着村里的年轻妇女，分坐几条船，由村里的几个男青年把她们送到太湖的芦苇荡里去躲藏起来。

　　第二天上午，这些日本兵吃过早饭，就在厂里转悠闲逛，那个小队长似乎对机器设备很感兴趣，左看看，右摸摸，走到锅炉房时看到一台锅炉，突然兴奋起来，对着几个士兵下令道，给我把它拆下来带走！几个士兵立即动手就拆。不一会儿，连砸带拆，就把锅炉拆了下来，并按小队长的要求抬到了厂里的场地上。

　　陈杏荪闻讯赶过来，责问汉奸翻译，为何让他们把锅炉拆下？汉奸翻译告诉他，小队长看中了这锅炉，要把它运到设在震泽那边的司令部去，用来取暖。陈杏荪请求汉奸转告小队长，这锅炉不能运走，没有锅炉工厂就不能生产了。小队长一听，哈哈大笑起来："生产？什么生产，告诉你们，这工厂就是皇军的了，从今往后，就将派人长期驻扎在这里。"

　　这时，程安景正好过来，汉奸翻译与他耳语了一番。他未置可否，回过头来征询陈杏荪的意见。陈杏荪严词拒绝。程安景又与汉奸翻译商量，能不能让日本兵不驻扎下来。汉奸翻译直摇头，要程安景配合，并赶紧备船把小队长和锅炉送到震泽去，否则得罪了皇军，整个村庄就会遭殃。程安景吓得直哆嗦，连连点头答应。

　　午饭后，日本小队长命令两个士兵留守在厂里，自己领着其他士兵把锅炉抬到程安景备好的木船上，离开了开弦弓村。

　　汉奸也留了下来，与两个日本兵躲在厂里吃了睡，睡了吃。小队长一去不返，一连几天，没什么动静。避难的村民在外面实在饥寒交迫待不下去，陆续回到家里，但都不敢出门。

　　有一天，汉奸翻译找程安景和陈杏荪商量说，小队长临走前交代他们，要在厂边建造一座炮楼。程安景又与陈杏荪商量，陈杏荪推说现在没有建筑材料，无法建。汉奸翻译说，可以拆掉一间厂房，用厂房的砖瓦建炮楼。陈杏荪坚决拒绝。汉奸翻译威胁说，给你们半天时间考虑，如果不答应，他只好回震泽去向皇军报告了。

不管程安景怎样劝说，陈杏荪就是不答应。程安景无奈，只得再去与汉奸翻译商量。

陈杏荪急着跑出工厂，找到林同生，告诉他日本兵要拆厂房建炮楼。林同生听了非常愤怒，认为坚决不能答应。陈杏荪说："拆掉一间厂房还是小事，如果真让日本人建了炮楼，长期驻扎在这里，工厂无法复工，村民们就没得安宁了。"

"那怎么办呢？"林同生急问。

陈杏荪说："现在也没有什么办法，只有先把那汉奸翻译稳住，决不能让他去震泽。"

"好，那我回去叫大开、大弓过来，设法把那个汉奸拦下来。"林同生迅速离去。

陈杏荪回到厂里，正遇上汉奸翻译往厂门外走，程安景跟在后面。

陈杏荪上前劝说汉奸翻译不要走，他执意不从，并阴阳怪气地说："炮楼建不了，我只好马上回震泽去，你们就等着瞧吧。"

陈杏荪听他话中有话，试图阻拦，并央求道："我们再作商量。"

汉奸翻译恶狠狠地说："没什么好商量的了，只能让井田队长亲自来办了！"

陈杏荪再也忍不住了，愤怒道："你还算中国人吗？干这种伤天害理的事！"

　　啪！汉奸翻译给了陈杏荪一个耳光，吼道："你不让造炮楼，还敢侮辱我！"

　　陈杏荪还没反应过来，那汉奸翻译又是一个耳光打过来。

　　刚刚赶来的林同生看到这一幕，立即与大开、大弓冲上前，把汉奸翻译扭住，争执中汉奸从袋里掏出手枪，正欲向陈杏荪开枪。大弓眼疾手快，上前一脚，把汉奸的枪踢掉，与大开两人把他死死摁在地上，汉奸挣扎着去抢枪，被大弓重重一拳打在头上，顿时口吐鲜血。这时，两个日本士兵冲了过来，开枪示警。汉奸翻译连忙示意日本士兵将他扶起，捡起地上的手枪，用枪逼着程安景派人派船把他们送回震泽镇。

　　这下闯了大祸。陈杏荪马上叫大开、大弓逃到太湖里去避难，并动员村上的人尽可能离开村里，到外面躲避，但大多数村民实在无地方可去，只好留在村里。

　　果真，第二天一早，汉奸翻译带着几十个日本兵杀回开弦弓村，封住村口，挨家挨户搜查大开、大弓，但没有搜到。他们便把全村的人赶到小学门口的场地上，日本小队长声嘶力竭地喊道："不交出凶手，统统杀掉！"

　　陈杏荪站出来对一旁的汉奸翻译说："你去告诉日本人，这两个青年人连夜跑掉了，现在不知去向。"

　　汉奸看了看陈杏荪，凶狠道："哼！我正要找你，是你违抗皇军的命令，也肯定是你让这两个凶手跑掉的。"

　　汉奸翻译回过头对小队长说，"就是他放走了凶手！"

　　小队长二话没说就拔出枪来，这时，林同生从人群中冲出来，高声喊道："别动，我是孩子他爹，是我让他们跑掉的。"说着，他站到陈杏荪的前面。小队长举枪对准林同生,开了一枪,林同生应声倒下。全场人都呼喊起来,有的向前冲,有的往外跑,乱成一片。混乱中,陈杏荪让两位男青年把林同生立即背到家中抢救。

从此,日本兵就在开弦弓村驻扎下来,住在工厂里。不几天,他们就拆掉了多间厂房,并用这些拆下的材料,先在工厂外建造了一座炮楼,后又在村东建造了一座碉堡。他们还把工厂所有机器上的铜、铁构件拆下运走,用来制造军用武器。

就这样,费达生她们与开弦弓村人用多年心血建造起来的工厂,被无恶不作的日军毁掉了。

日本侵华战争给中华民族造成了深重灾难。

因日军长期驻扎在开弦弓村,村民们寝食难安,苦不堪言。在这期间,日军经常到村民家中抢夺东西和粮食,并企图调戏奸淫妇女。为躲避日军的侵扰,许多年轻姑娘和妇女纷纷逃出村庄,到邻村亲友家中借宿。

日军的汽艇经常在小清河上来回巡弋。有一天,日本兵在一条船上抓到了两名可疑青年,便当作是中国军人枪杀了,抛尸在河岸边。陈杏荪听闻后,担心是村里人遇害,就喊上林同生一起去岸边寻找尸体。找到后一看,竟是邻村的两位男青年,他们随即通知家属前来收尸埋葬。

为了稳住驻扎在村里的日本兵,少让他们侵扰村民,陈杏荪不得不跟随着程安景,经常请日本小队长等人在厂里食堂吃饭喝酒。一次,小队长和汉奸翻译又喝醉了,无意中说出明天要随日本大部队到太湖进行大扫荡,消灭共产党的新四军游击队。陈杏荪听说后心里一阵紧张，但表面上还是镇定自若地劝小队长他们喝酒，等到他们喝得烂醉如泥时，便溜出了食堂，写了纸条，让工厂的门卫送给大开、大弓。

原来，那天大开、大弓逃出村子后，在太湖的芦苇荡里遇到了江渭清夫人徐敏领导的新四军太滆游击队，便强烈要求加入游击队打日本鬼子。游击队收下了他俩，并派他俩经常潜回开弦弓村打探日军的动向。大开、大弓拿到陈杏荪送来的纸条后，立即向上级作了汇报。徐敏带着游击队当晚转移，第二天日军的大扫荡扑了个空。

开弦弓村的村民在日本军的淫威下屈辱地生活着。离开开弦弓村的费达生他们，打听到开弦弓村已被日军占领，在天目山住了两个多月，就跟着撤退的军队和难民队伍逃到皖南屯溪。在那里，费达生听说郑校长他们已返回学校，就让父母留在屯溪，自己只身回到学校，见到了分别已久的郑校长。

郑辟疆与费达生等人一起商量今后的去向。大家看到日寇占领南京后，沿津浦路、平汉路继续进攻，由此断定抗日战争必将是长期的。日军在占领区建立了汉奸政权，他们在浒墅关断难立足。郑辟疆提出让费达生先到四川那边去，设法打通大后方的路线，以后争取把学校搬迁出去，或护送青年技术人员去大后方为抗战服务。虽然费达生从未去过四川，心中还牵挂着父母，但还是答应了郑校长的要求，拎着一只小小的皮箱踏上了西去的路途。

在重庆，费达生几经周折，找到了郑校长介绍的那个人，并暂时留在重庆蚕丝实验区工作。一次，她与同事到乐山桑区考察。在那里看到，田坎上、山坡上，一行行、一排排的桑树长得特别茂盛。她走到被当地人称为"沱桑"的桑树下，细细观察，发现它们与家乡的桑树不同，不但树干高，而且桑叶大得如同葵花叶子一样。她心想，有这么好的桑树，只要蚕种好，一定能养好蚕！她采摘下一束鲜嫩的桑叶，带回重庆，像鲜花一样插在瓶中，放置案头。当夜，她就给郑校长写了一封长信，详细介绍了这里的情况，信末写道："乐山桑叶大如席，请我师速来！"

郑辟疆接到费达生的来信，随即带着学校的一行人，从上海绕道香港，辗转万里，到达重庆。与费达生会合后，他们经过多方努力，在乐山建立了江苏省女子蚕校乐山蚕丝实验区，并受四川丝业公司委托，先后招收学生，开办了蚕种班和制丝班。

师生们克服困难，自己动手，修建房屋，开辟桑园。教师们吃住、备课都挤在几间简易的房子里。他们自编自印讲义，自制教具，在教学的同时，把从江南带来的蚕种，进行适应性试养，培养适合川南地区的新蚕种。他们还就地取材，设计了七七式木制立缫车，进行示范推广，并编辑出版了大后方唯一的蚕丝学术刊物《蚕丝月报》，在当地很受欢迎。

一天，教师们吃过午饭，回到备课的房子里，习惯性地把半导体收音机打开听会儿音乐。突然音乐节目中断，插进了播音员的声音：

"各位听众，现在播送重大新闻……日本无条件投降……"

大家屏住呼吸，静静地听着，竟不敢相信自己的耳朵。

"什么？听到了吗？"

"日本投降啦？"

"这是真的吗？"

大家对突如其来的消息颇为疑惑。然而，电台里反复播放着这条消息。

费达生听了一遍又一遍，然后兴奋道："是真的，郑校长，你再听，再听，日本投降了！"

于是，郑辟疆与教师们都跑出房间，跳着、叫着、笑着、拥抱着……

"日本投降啦！"

"中国胜利了！"

"我们可以回去啦！"

……

白日放歌须纵酒，青春作伴好还乡。那天下午，他们破例不再上课和工作，买来了酒，在一起边喝边聊，议论着返乡的种种考虑与安排。

1946 年初，郑辟疆、费达生一行怀着兴奋的心情回到了苏州，见到了阔别已久的同事和家人。可是，当他们回到浒墅关，走进省女子蚕校的大门，不由心中一凉：学校的两幢楼房被日寇烧毁了，只剩下几排平房。西面的实习丝厂只留下一堵堵残垣断壁，地上是一堆堆破砖碎瓦，机器、锅炉被抢劫一空。

过了几天，费达生、彭钦年赶到开弦弓村，看到的景象同样令人心碎：锅炉没了，机器毁了，厂房有的被拆，有的空空荡荡……

陈杏荪重病在家，林同生残疾了，大开、大弓在外杳无音讯。在此期间，原茵一直在村里，与雪梅、春梅等女青年四处躲藏。日本投降的第三天，她们就回到了村里。而村里人唉声叹气，无活可干，只是在自己的地里种些粮食，艰难度日。

费达生满怀希望回村，带着失望离去。原茵也跟着费达生、彭钦年回到学校。

之后几年，开弦弓村的工厂再也没有得到恢复，村里的蚕桑业遇到毁灭性打击，经济一蹶不振，村民们的生活一天不如一天，重新陷入了长期的贫困。

"民亦劳止，汔可小康"的千年梦想化为泡影。

中　部

上下求索

第 *21* 章
换了人间

△终于，东方沉睡的雄狮醒了。中国人民从此站了起来。春到江南，春到江村。历史翻开了新的一页，人们开始了新的生活。

抗日战争胜利后，中国共产党根据全国人民和平建国的迫切愿望，同国民党统治集团在重庆进行和平谈判，努力避免内战，实现国内和平，并试图通过和平的方式实现中国的社会改革。但以蒋介石为首的国民党统治集团，却在虚假地与中国共产党进行和平谈判的同时，积极进行内战的准备。

1946 年 6 月底，在美帝国主义的支持下，国民党反动派撕毁停战协定和政协决议，悍然对解放区发动全面进攻。中国共产党领导的解放区军民奋起自卫，开始了伟大的人民解放战争。

解放战争期间，开弦弓村与周边广大地区的村庄一样，仍然处在国民党的白色统治之下。腐败无能的国民党政府加紧了对人民的横征暴敛，大肆征粮征税，搜刮民脂民膏，维持战争之需和政权的运转。

一唱雄鸡天下白。1949 年，自然的春天和时代的春天，都提前来到了这个偏僻苦难的江南村庄——开弦弓村。

三月初，要是在往年，寒意还不会退去，倒春寒袭来犹如冬天。

而现在，阳光的热量特别充足，气温回升很快，田里的麦苗早早返青，桑树上长出了嫩嫩的新枝和翠绿的新叶。

天气暖得早，村民们出工也早。最早的还是林同生。他命大，那年被汉奸一枪打倒在地，都以为他死了，后来被村民们抬回家里，用土办法抢救，居然活了过来，这子弹也不知在他身上什么地方，反正至今没有取出来，留下残疾，但并不影响生活与劳动。抗战胜利后，他本来指望两个儿子能回家，但国民党又发动了内战，从此两个儿子杳无音讯。家里的农活也就主要落在他一个人的肩上，好在身体没有彻底垮下来，靠着这点瘠薄的田地，与妻子艰难度日。虽然田地少、收成低，但他拼命地干活，指望尽可能多收一点粮食和桑叶，把苦日子过下去。

看到今年开春麦子绿油油的一片，桑叶长得也特别好，林同生的精神也好了许多。一早起来，他就在田里埋头干起活来，为桑树施肥壅土。约莫到了九点多钟，阳光照得身上热起来了，他习惯性地放下手中的工具，走到小清河边上的那块石头旁，脱下了外衣，坐下抽支烟，歇一歇再去接着干。

"爹——爹——"

突然，从背后传来一声熟悉的声音。这分明是儿子的声音啊，但林同生不敢相信自己的耳朵，也不敢回头去看，他怕打断了这梦中的呼唤。然而，这不是在做梦。

"爹，我回来了！"林大弓领着一个年轻人站到了林同生的面前。

林同生抬起头。他怔住了，半晌说不出话来。

"爹，我回来了呀。"大弓上前扶着父亲站了起来。

林同生上下打量着大弓，惊喜道："大弓，你，你回来了？大开他呢?"

大弓说:"爹爹,抗战胜利后,我与大开分开了,他分到别的部队里去了。"

"别的部队?"林同生忙问,"是共产党的部队吗?"

大弓说:"当然是了。后来,他随新四军部队离开了太湖地区,到别的地方打仗去了。我与部分战友留在太湖地区坚持斗争。"接着大弓介绍说,"他就是我的战友。"

"大伯,我叫吴毓骅。"吴毓骅补充道,"我原来也是大开的战友。"

林同生喃喃地问:"那大开什么时候能回来呀?"

"那我就不知道了,不过,爹,我要告诉你一个好消息。"大弓兴奋地说,"我们这里马上就要解放啦!这次组织上派毓骅与我回来接管开弦弓村,迎接解放!"

林同生听不明白:"组织上?谁派你们来的?"

"是共产党啊!"大弓自豪地说,"我俩都是共产党员!"

林同生似懂非懂、似信非信,他一下子反应不过来,这太突然了!

"爹,咱们回去吧。"大弓第一次挽起父亲的臂膀说,"我已在家见过妈了,她等着我们早点回去呢!"

他们回到家中,堂屋里已挤满了村里的人。陈杏荪拍着林大弓的肩膀大声道:"怎么回事啊?你赶紧与大伙儿说说呀!"

大弓已不是当年的大弓了。他整了整衣服,挺起胸膛,对着大伙说:"我这次回来带来一个好消息,国民党部队在战场上节节败退,不久,共产党领导的中国人民解放军就要打过长江,解放全中国。我们这里归共产党领导了！"他又指着站在边上的吴毓骍说："他叫吴毓骍，是我的上级，也是我们这一带党的负责人。下面请他与大伙说几句。"

吴毓骍非常谦和地说："其实我来过你们村许多次了，那时我与大开、大弓都是太湖游击队的队员，几次在晚间潜入村里与日本鬼子周旋。大开早就去参加了解放军，我与大弓一直在这一带开展敌后工作。现在，组织上委派我与大弓回到开弦弓村，开展公开的斗争，为这里的解放做好各项准备工作。从今天开始，这里的国民党乡政府就被撤掉了，实际上他们也早就名存实亡了。从此以后，我们就在这里开展工作了！"

村民们都鼓起掌来。自从几年前合作丝厂开张时陈杏荪领着大伙鼓掌以后，村民们懂得了鼓掌，但从那以后就再也没有鼓过掌。这次竟用不着陈杏荪带领了，他们自发地鼓掌，从心底里企盼着早日获得解放。

钟山风雨起苍黄，百万雄师过大江。

4月20日晚上，中共中央军委依据向长江以南进军的既定方针，命令人民解放军第二、第三野战军和中原、华东军区部队共约100万人，统归第二野战军司令员刘伯承、政治委员邓小平和第三野战军司令员兼政委陈毅、副司令员粟裕、副政治委员谭震林组成的总前委指挥，冒着国民党军军舰和江防炮火，在东起江苏江阴、西至江西湖口的上百公里的江面上，千帆竞发，万炮齐鸣，以摧枯拉朽之势，突破了蒋介石惨淡经营的长江天险和千里江防，于23日夺取了渡江战役的全面胜利，占领了国民党政府的统治中心南京，解放了周边的广大地区。

4 月 27 日，中国人民解放军解放苏州。28 日上午 8 时，国民党吴江县政府人员向南逃跑。晚 11 时 30 分，中共吴嘉工委书记金佩扬和党员赵安民带领 400 余人的地方武装从西门进城，看守城内建筑物，防止敌人暗中破坏。中共澄锡虞工委委员朱帆等带领党员和自卫队员 50 多人，进驻北门外农场粮仓。此外，中共锡吴工委吴江党组织，布置吴江中学、吴江乡师学生联合会，成立护校守备队，保护学校师生和财产的安全。在中共党组织的领导下，吴江青年同学会掌握了国民党吴江县各机关、军、警驻地电话号码，弄到了吴江县银行保险箱钥匙，还为粮食仓库等画了地图。他们把情报和存款及时交给了党组织。

4 月 29 日上午 10 时，中国人民解放军 29 军 87 师 260 团，由苏州挺进吴江县城，金佩扬、朱帆等率队与解放军会师。晚 9 时，中共吴江县委书记鲁琦率县委机关干部抵达县城。30 日晚，随军南下的胶东、苏北接管政权的干部第 8 大队，也抵达县城。同日，29 军 87 师 3 营在中共澄锡虞工委党员带路下，解放同里镇。5 月 3 日上午 8 时，解放军第三野战军 10 兵团 28 军从庙港抵达震泽镇；同日，28 军 83 师侦察营挺进到交通枢纽平望镇，两镇遂告解放。

5 月 4 日，28 军 83 师侦察营 2 个连队，在教导员门蛮江带领下，由中共党员俞双人带路，解放盛泽镇，同日又解放黎里镇，5 日进驻芦墟镇，至此，吴江县全境解放。

在接管吴江县政府的这支队伍中，有一位从开弦弓村走出去的人，他是 29 军 87 师 3 营的副营长林大开。他因工作忙，一时回不了家，就托人给家里捎了个口信。

　　获此消息，林同生夫妇喜不自禁，逢人便说。大弓把这个消息告诉了陈杏荪，两人一合计，当天就赶到吴江县城，见到了大开。他已任县农村工作部副部长。陈杏荪硬是要他马上回家看看，他只好请了个假，第二天便跟随陈杏荪和大弓回到了他魂牵梦绕的开弦弓村。

　　那天，开弦弓村万人空巷，涌向桥头，像欢迎英雄凯旋一样欢迎大开归来。村民们欢天喜地，都在说：

　　"大开是战斗英雄啊！"

　　"他现在在县上工作了！"

　　"咱们村出大官啦！"

　　……

　　全村村民像过新年一样，沉浸在获得解放的欢乐与幸福之中。

第 **22** 章

再燃希望

△希望是前行路上的灯火，它引领着人们从艰难
险阻中步入坦途，从黑暗中走向光明。有希望
在，理想就在，信心就在。

北京的秋天，天高云淡，层林尽染。

在开弦弓村调查后走出国门，后又学成归来的费孝通，此时正在
北京中南海怀仁堂，参加中国人民政治协商会议第一次全体会议。这
是新中国成立前夕的一次重要会议，出席会议的代表来自党派、区
域、军队、团体和特邀五个界别。费孝通是作为党派代表参加会
议的。

费孝通离开开弦弓村已经整整 13 个年头。他在英国留学期间以
一篇江村调查的博士论文一举成名。当他在大洋彼岸戴上博士帽的辉
煌时刻，他的祖国正在日寇的铁蹄践踏之下。他的导师马林诺夫斯基
热情地挽留他在英国继续钻研学问，而他明确地对自己的导师说：
"我的祖国正在经受着战争的创伤，我的同胞正在遭受劫难，我是中
国人，我必须在祖国最危难的时刻回到她的身边去！"

费孝通毅然告别了德高望重的马林诺夫斯基，登上了开往祖国的
轮船，辗转到了抗战大后方昆明，先在燕京大学同学王武科的帮助

1982 年，费孝通与原云南大学社会学系师生在一起

下，在一个偏僻的小山村——易村搞社会调查，后到云南大学担任社会学系助理教授。当时，吴文藻教授在昆明创办了燕京大学和云南大学的社会学调查基地，为莘莘学子提供了一个实地学习的场所。1940年，吴文藻教授到了重庆，于是社会学实地调查工作站站长就由他的得意门生费孝通担任。

这年，日军飞机对昆明进行大轰炸，调查站不得不迁出昆明，搬到了昆明附近的老城墙村。费孝通找到一座叫魁星阁的古庙，就在那里开展工作，带领一批青年学者，对当时的中国基层社会开展系统与实证主义的科学调查研究，创造了中国社会学、人类学史上传说般的"魁阁时代"。

美国对日宣战后，美国政府以同盟国身份邀请中国大学派遣教授赴美做学术研究与文化交流，费孝通成为被选中赴美的第一批教授中最年轻的一个。1944 年 7 月，费孝通结束了为期一年的访美生活，回到昆明，回到了魁阁，继续进行农村调查。

抗战胜利后，费孝通满以为中国社会可以迎来安宁和发展，孰料国民党当局又发动了内战。在闻一多先生的影响下，费孝通毅然加入了中国民主同盟。在一次西南联大的演讲大会上，费孝通发言时，国民党军警特务包围了会场，全场停电枪声大作，但他毫不畏惧，在黑暗中疾呼道："不但在黑暗中我们要呼吁和平，在枪声中我们还要呼吁和平。我们要用正义的呼声压倒枪声！"由此，费孝通上了国民党特务的黑名单。在百般无奈之下，费孝通在朋友的帮助下，又只好暂别昆明，赴英国做学术交流。

1947 年 3 月，费孝通从英国回到北平，在复校后的清华大学继续任教。1948 年 8 月 19 日，国民党军警包围了清华园，捉拿共产党人，费孝通不顾个人安危，帮助中共党组织实施营救任务，并毅然留在北平，迎接光明的到来。

1949 年 1 月，费孝通和张东荪、雷洁琼、严景耀等人应邀赴西柏坡共商建国大计。一行人受到毛泽东、周恩来等中央领导人的亲切接见。张东荪把费孝通介绍给毛泽东。毛泽东对这位与自己有着研究农民问题和中国社会之同好的费教授颇为赞许，热情地与之交谈。在西柏坡住了一个多月后，费孝通一行返回北平，积极投身于和平解放北平的各种活动。

如今，费孝通怀着激动的心情参加这次政协会议。会上一致通过了《中国人民政治协商会议共同纲领》等重要文件，确定了新中国的国体——中华人民共和国为新民主主义即人民民主主义的国家，实行工人阶级领导的、以工农联盟为基础的、团结各民主阶级和国内各民族的人民民主专政，反对帝国主义、封建主义和官僚资本主义，为中国的独立、民主、和平、统一和富强而奋斗。

费孝通为即将建立这样的新中国而欢欣鼓舞，他终于看到了中国社会发展的新希望。会议结束时，费孝通又接到通知，被邀请参加新中国开国大典。这让他兴奋得一夜没有睡着，第二天天不亮就起床了，六点多钟随团来到了天安门广场。

天空特别蓝，空气特别清新。很快，火红的太阳从东方升起，射出一道道金光。沐浴在阳光下的人们不约而同地欢呼起来。到了正午时分，天安门广场上人山人海，汇成一片欢乐的红色海洋。下午三时整，激动人心的时刻到了。广场上，爆发出一阵又一阵排山倒海般的掌声。中华人民共和国中央人民政府主席毛泽东和其他中央领导人出现在天安门城楼上，向人们招手致意。接着，在雄壮的《义勇军进行曲》中，毛泽东主席庄严地宣布：

"中华人民共和国中央人民政府，今天正式成立了！本政府为代表中华人民共和国全国人民的唯一合法政府！"

毛泽东亲手启动电钮，升起中华人民共和国国旗。54门礼炮齐鸣28响。接着举行盛大阅兵式，然后举行群众庆祝活动。费孝通与全场30万人同时长时间地欢呼着，完全融化在欢乐的人群之中……

当天晚上，费孝通夜不成寐，坐在饭店的床前，拿出纸与笔给姐姐费达生写了一封长信，详细告知他参加全国政协一次会议和开国大典的经过和喜悦心情。他在信中写道：

> 我有幸亲眼看见并见证了灾难深重的祖国的新生，这是我有生之年最感幸福、最感自豪的光荣时刻。新中国的诞生，从根本上结束了帝国主义、封建主义和官僚主义的统治，劳动人民第一次成了这个国家的真正主人。我们乐见，中华民族一洗长期蒙受

的屈辱，开始以一个崭新的巨人姿态屹立于世界民族之林。它开辟了一个新纪元，从根本上改变了中国社会的发展方向。包括开弦弓村这样偏僻落后的小村庄，有望踏上摆脱贫困、通向富足的道路，老百姓有望过上温饱与安乐的生活。你们在那里搞的农村实验将会有更大的天地和成功。我期待着看到这个被我称为江村的村子重温千年之梦，开启真正的小康之路！

当费达生接到弟弟费孝通的来信时，她正准备前往无锡参加苏南人民代表会议。读着弟弟的来信，她是多么激动和光荣啊！让她特别自豪的是，弟弟在北京参加全国政协会议和开国大典，而自己在家乡参加人民代表会议。

10月25日，苏南人民代表会议在无锡隆重召开。郑辟疆作为特别代表，费达生和陈杏荪作为吴江县人民代表参加了会议。会议听取了全国政治协商会议精神的传达报告，以及区党委书记陈丕显、行署主任管文蔚就解放半年来建立政权、生产自救、剿匪治安等方面的讲话。

会上，郑辟疆、费达生和陈杏荪积极行使人民代表的权利，参政议政，积极发言，提出加强农业、恢复副业的意见，特别呼吁重视江南一带蚕丝业的发展。

会后，陈杏荪热情邀请郑辟疆、费达生去开弦弓村看看。郑辟疆与费达生欣然允诺。他们三人一起回到吴江，坐船经震泽前往开弦弓村。

一路上，三个人心情舒畅，谈笑风生。费达生告诉他俩，弟弟费孝通参加了全国政协会议和开国大典，并来信谈到了开弦弓村的农村实验，希望在新中国将这次实验真正推进下去。他俩听了倍受鼓舞。

郑辟疆说："我们推行的蚕丝革命和在开弦弓村的实验，现在回过头来看，虽然一度获得了一点成效，但总体上是不成功的，甚至是失败的。在内忧外患的旧中国，在腐败的国民党政府统治下，所谓教育救国、实业救国，只能是我们的一种愿望而已，根本无法实现，如今，社会终于变了，有了新政府、新制度，我多想再做点事，让年轻时的梦想在有生之年能够实现。"

"校长，听你这讲话，好像自己老了一样。"费达生笑道，"你不老，看你的精神和劲头正当年，你就带着我们大干一番吧！"

"是啊，费先生说得对！"陈杏荪赞同道，"我与郑校长同年，我们都不老，我们再在一起干，争取把开弦弓村搞成一个新社会的新农村。"

费达生说："过去我在开弦弓村干，虽然干劲很足，但心里一度迷茫，尤其是日本兵把合作丝厂毁掉后，我当时是彻底失望了。现在，我重新看到了希望，真想把原本没有做成的事早日做起来，尽快让农民过上好日子。"

"你这想法完全与村民们的愿望一模一样。"陈杏荪说，"解放后，村民们翻了身，但生活上还很艰苦，盼望着日子能够一天天好起来。"

"会有这么一天的！"郑辟疆信心满满地说。

"哦，对了，我还要告诉你们一个好消息哩。"陈杏荪兴奋地说，"大开、大弓都回来了！"

"啊？"费达生惊喜地问，"他们一起回来的吗？"

陈杏荪把大开和大弓先后参加新四军、解放军的情况告诉了他俩，又说："现在大开在县上工作，大弓回乡里工作，都是共产党的干部了。"

郑辟疆说："我对他俩有点印象，当时还像个孩子，很忠厚老实的。"

费达生说："他俩都是苦出身，很懂事，又能吃苦。他俩回来了，对开弦弓村是件大好事啊！"

说着说着，船就到了开弦弓村。他们一到村里，村民们闻讯而来，像是见到久别重逢的亲人一样，有说不完的话、道不尽的情。林同生的妻子周阿芝硬是拉着他们到家里去坐坐，还一定要他们在家里吃饭。

吃过饭，陈杏荪与林同生一起陪同郑辟疆和费达生，来到了合作丝厂的旧址。往日兴旺的工厂，现在成了一片废墟，机械设备所剩无几，完全损毁，厂房拆的拆了，倒的倒了，到处垃圾成堆，杂草丛生……

看着这一切，他们激动快乐的心情一下子沉重起来，既失落又惆怅：这里何时能够恢复与重建呢？

开弦弓村被日本侵略军于 1938 年冬占领后破坏的部分房屋遗址

　　郑辟疆、费达生在陈杏荪家住了下来。晚饭后，大弓与吴毓骍从镇里开会回来，立即来看望他们。费达生怎么也不相信站在自己面前的竟是大弓："你真像个干部了！"

　　他们在一起畅谈着，谈各自的经历，谈村里的工作，谈未来的设想……

第 **23** 章

联心道义

△ 两个人走到一起，重要的不是天时地利，而是内心的意愿。因志趣而携手前行，因事业而心心相印，因情感而一生相随。迟开的爱情之花，终于结出丰硕的事业之果。

从开弦弓村回到浒墅关，郑辟疆与费达生以更加饱满的热情投入学校的恢复与发展之中，他们要以实际行动来贯彻人民代表会议的精神，为新中国的建设服务。

郑辟疆苦心孤诣，呕心沥血，与校领导成员和教职工反复研究，制定了一个全面复兴计划，包括重建校舍、整修桑园、修建蚕种实习场与抽丝实习工厂，并准备在条件成熟时扩大招生，为新中国培养更多急需的蚕丝业技术和管理人才。

天新地新，百废待兴。党和政府十分重视经济恢复和蚕丝事业。苏南行政公署在无锡一成立，随即设立了丝茧专业公司筹备处，专署设立了蚕业管理局。郑辟疆被委任为行署委员。苏南行署决定省女子蚕校与省蚕丝专科学校合并为苏南蚕丝专科学校，并任命郑辟疆为校长，费达生为学校实验丝厂经理。

郑辟疆要求费达生先把实验丝厂的生产迅速恢复起来，并在设备研发、技术更新上积极推进，有所突破。在此基础上，扶持开弦弓村

复校后，学生在校
内进行育种

等地的丝厂重建与生产。

根据郑校长的要求，费达生带领胡咏絮、郑蓉镜、原茵、彭钦年等几个女同事，全身心地投身到实验丝厂的工作之中，在很短的时间内，首先恢复了实验丝厂的基本生产。她们一方面组织学生开展正常的实习，帮助学生尽快掌握生产技能；一方面组织技术人员进行技术攻关，自行研发新设备，开发新技术，培育新产品，使实验丝厂迅速打开了局面。

当时实验丝厂基础薄弱，生产条件和生活条件都十分艰苦，尤其是房屋紧张，除了一些车间，没有房子可以用来当作宿舍和食堂。而费达生她们都是外地人，又都单身，一直住在学校的集体宿舍里，离工厂较远，生活上很不方便。有一次，她们几个人合计，在离工厂不远的小河旁买了块地，准备自己筹资盖几间房子，作为自己的宿舍，将来老了还可以有个住处。因为她们一共是 6 个人，所以给将建成的房子起了个名字——"乐友村"（在吴语中"六"与"乐"谐音）。

　　这事很快传到了郑辟疆的耳朵里。这让他极为震动，也引起了他的反思。最早几期女蚕校的毕业生，几乎很少就业从事蚕丝工作和生产，大多走出校门就做了贤妻良母。针对传统的旧观念和这种学非所用的情况，他在学校反复强调，女教师、女学生要做职业妇女，献身蚕丝事业。他甚至讲过妇女要做事情就不要结婚之类的话。为此，他带头不谈恋爱、不结婚。学校的许多教师和学生也都接受了他的主张，不恋不婚不育，一心追随他投身蚕丝教育和蚕丝事业。而现在，全国解放了，社会变更了，还能这样要求教师与学生孤苦终身吗？她们的生活尤其是后半生的生活怎样安排和保障呢？郑辟疆开始怀疑自己的想法与做法，且深感内疚与自责。

　　不仅对于她们，而且对于自己，郑辟疆也有些动摇了。自己早年因在外读书和工作，推掉了家里为他提的婚事，一直忙于工作与事业，未曾考虑过个人问题。后来在与费达生的长期共事中，相互之间产生了很深的感情。他知道费达生在事业上追随着他，情感上钟情于他，但出于对他的崇敬与尊重，一直不敢表白。而他对于这位追随自己多年的得意门生也是深有好感，不，不仅仅是好感了，而是从心里喜欢和爱上了她。在乐山费达生生病卧床不起时，他去照顾她，为她送药，不禁产生了向她求爱的冲动，但当时正处国难当头之际，前途渺茫，居无定所，他硬是克制住自己，没有向她表达出来。抗战胜利从乐山回来后，留在学校的同事都以为他与费达生在乐山结婚了，但后来得知并无此事，都感到遗憾，有人还热心地从中撮合。而费达生对人说，郑先生是我的老师，我敬重他，我们只是事业上的合作罢了。有人把这话传给了郑辟疆，他猜想费达生对他失望了，而自己也确实这么大岁数了，所以，他又犹豫了。

　　一个星期天的下午，郑辟疆在家休息，费达生登门商谈实验丝厂的工作。谈完后，费达生站起来正欲离开，郑辟疆留她再坐一坐，说还有一件事谈一下，可欲言又止，沉默了好长时间。

　　费达生感到有些奇怪，便问："校长，什么事呀，你说嘛。"

　　郑辟疆这才开口问："听说你们几个人在买地盖房子？"

　　"哦，这事啊，"费达生说，"对了，这事忘了向您汇报。"

　　"不不不，这事用不着汇报。"郑辟疆说，"我只是随便问问。"

　　费达生笑了："哪是随便问问啊，那么郑重其事的样子。不过，我们还只是动议，八字还没有一撇呢！"

　　"也真是难为你们了。"郑辟疆内疚道，"是我耽误了你们。"

　　"您怎么突然这样说呢？"费达生自豪地说，"我们现在事业有成，这都是校长您栽培的结果。"

　　郑辟疆说："俗话说，成家立业。而你们有了事业，却至今还没有成家。"

　　费达生笑问道："您不是一直教导我们这样做的吗？"

　　"是啊，是啊，"郑辟疆说，"正是我耽误了你们的终身大事。"

　　"您可别这么说。"费达生试探道，"您自己不也是这样的吗？"

　　郑辟疆呐呐道："我现在也改变主意了。"

　　"啊？"费达生问，"您？您说什么？"

　　郑辟疆鼓起勇气直言道："达生，我们结婚吧！"

　　这突如其来的表白，让费达生颇感意外，虽然两人共事已久，无话不谈，但听到他这话，她心里直扑扑地跳，不知怎样回答。

　　郑辟疆继续说道："我们在一起共事二十多年了，相互都了解，也有感情。现在解放了，大家都开始了新的生活，同事们也都希望我们成个家，相互有个照应，一同出去工作、开会也方便。再说，我们结婚了，你的那些同事也都好成家，既有事业又有家庭，这样才好。"

这正是费达生一直期待的。想过多少回，盼了多少年，几次想表白却难以启齿。这份爱来得那么晚，却又那么突然，她的内心是激动的。她说什么呢？她还要说什么呢？但她还是深情地对他说了一句平常常讲的话："我都听您的！"显然，这含义是不一样的。

这次谈话过后，两人又各自为工作而忙碌。直到学校 38 周年校庆的前一天，郑辟疆才把费达生叫到自己的家里，与她商量说："达生，我俩的婚事，我想找个适当的机会办了吧。"

费达生嗔道："我不是说过都听您的吗？"

"这样行不行？"郑辟疆征询道，"明天是校庆纪念活动，我们借这个机会向大家宣布一下吧？"

又是突然袭击，费达生心里十分乐意，嘴上却说："又不是什么公事，还宣布什么呀。"

"我是说向大家告知一下。"郑辟疆马上觉得这样说得有点太随意了，便立即补充道，"两件喜事一起办，这不是很好嘛。"

"好是好，"费达生腼腆道，"可我一点准备也没有。"

"没有同你商量，我做了点准备。"郑辟疆说着走到一只大木箱前，打开给她看：两床紫红色的丝绸褥子，两床白布缝的被子，还有印有"囍"字的糖果袋和请帖……

费达生看在眼里喜在心头，说："我总得与我父母说一下，他们还在苏州那边呢。"

"那当然。"郑辟疆说，"我今天就派人去把他们接过来。"

"早先也不吭气！"费达生深情地看着郑辟疆。

"新社会了，新事新办。"郑辟疆歉意中有些得意道，"给大家一个惊喜嘛！"

正是江南春暖花开的美丽季节，苏南蚕丝专科学校的校园内，彩旗招展，歌声阵阵。来自全国各地的校友和全校师生在学校大礼堂济济一堂，参加该校解放后的第一个校庆日——建校 38 周年纪念活动。

先是召开纪念大会，郑辟疆校长发表了热情洋溢的致辞，校友代表发言交流从事蚕丝事业的情况和经验。接着，举行师生文娱演出。演出结束后，舞台上的幕布闭上后马上又重新开启，只见郑辟疆换了一身崭新的衣服，头戴解放帽，神采奕奕地走到舞台中间，满面笑容地对大家说："诸位同仁，诸位同学，借着校庆的喜庆气氛，我向大家宣布一件事，我与费达生女士结婚了！"

全场的人惊讶了：几十年来奉行独身主义的老校长什么时候改变主意了呢？而且消息封锁得如此严密！几秒钟后，全场爆发出经久不息的掌声。郑辟疆连连鞠躬致谢。

郑辟疆与费达生

掌声中，坐在前面的费达生满脸通红地站起来向大家致意。等掌声静下来后，郑辟疆继续道："我和达生从事蚕丝事业几十年了，彼此间有感情。过去在旧社会，我有片面过激的认识，也有种种顾虑，尽管有些好心的同事从中帮忙，我们还是没有结合。现在解放了，冬去春来，事业有了新的局面，我们的生活有了新的开始，在今天结为终身伴侣。结婚是人生的一件大事，但新事新办，在座诸位就是我俩的证婚人。我们不办酒席，只请大家吃点糖果。"

话毕，门口一位工友推进来一辆小车子，开始在会场内分发糖果、花生。这时，主持演出的主持人上台说："我们欢迎费达生经理上台来好不好？"

在热烈的掌声中，费达生走上舞台，站到郑辟疆的身边。她身穿蓝布列宁装，腰束布腰带，头戴解放帽，留着整齐的短发，脸色白里透红，一点看不出是年近50岁的人，俨然是新社会年轻女性的模样。郑辟疆笑着示意她讲几句。一向做事泼辣、为人大方的她，变得有些拘谨与忸怩，她用手掠了一下头发，略微镇定后说："郑先生是我尊敬的老师。我是在郑先生的指引下走上蚕学道路的。20多年来，我所取得的一点成绩和进步，都与郑先生的指导和关怀分不开。我们今天的结合不是一时的冲动，而是在长期的事业中建立深厚感情的结果。我们结婚后，要为我们这个学校，为新中国的蚕桑事业，包括我们在开弦弓村等地的蚕丝改革实践，出更多的力，做更多的事。这是我们终身追求的最大幸福。"

她的话音刚落，陈杏苏与林大弓抬着花篮走上舞台。摆好花篮后，陈杏苏对大家说："本来，我们是应邀来参加贵校38周年校庆，刚刚才知道，今天是喜中有喜，双喜临门。我们只准备了一只花篮，既是送给学校的，也是送给两位新人的。郑校长和费先生是我们开弦弓村的老熟人、大恩人，为我们村的蚕丝生产，为我们的村民，做了许许多多的事情，我们感激不尽。今天，我要代表开弦弓村的全体村民，祝愿他们百年好合、永结同心！也希望他俩把我们开弦弓村当作娘家，常回家看看，继续关心和帮助我们！"

郑辟疆与陈杏荪紧紧握手表示感谢，然后回过身来，拉着费达生一同走向台下，向坐在前排的父母亲行鞠躬礼。费达生的父亲费璞安也上台作了简短的贺词：

祝两位新人——联心道义，系于事业，结为夫妇，永昌厥德！

几天后，上海《大公报》刊登了一则消息：

全国闻名的两位蚕丝专家，年已 70 岁的郑辟疆先生和 48 岁的费达生女士于 3 月 12 日在苏州浒墅关举行结婚典礼。这两位原来都抱独身主义，他们有同一志趣，毕生献身蚕丝事业，相识相知相爱已有 20 余年，到现在一了他们的私愿，使有情人终成眷属，一时传为蚕丝界佳话。郑辟疆号紫卿，现任苏南公办蚕丝专科学校校长，费达生是该校实验代缫丝厂经理，也是著名教授费孝通的大姐。他俩毕生致力事业，在中国蚕丝界有极大贡献和崇高地位。

喜讯迅速传到全国各地。一封封祝贺的书信、电报从四面八方传来。郑辟疆的好友、著名爱国民主人士黄炎培先生从北京寄来一首祝贺诗：

真是白头偕老，
同宫茧是同心。
早三十年结合，
今朝已成银婚。

第 **24** 章

耕者有田

△民以食为天，食以农为源，农以地为主。土地
是农民生存和生活的重要来源，更是农民精神上
的重要寄托。农民爱土地，犹如爱自己的生命。

　　陈杏荪、林大弓带着郑辟疆与费达生结婚的喜讯回到开弦弓村，
可刚到村里就听到了一个令人震惊的消息：乡长吴毓骍被人杀害了！

　　吴毓骍，生于 1925 年，浙江省瑞安县人，毕业于温州师范学校。
1946 年秋，到吴江县严墓区合作社任蚕桑指导员，聘请省内女子蚕
业学校师生指导当地农民科学养蚕，增加农民收入，并与张光启等人
办夜校，教农民识字唱歌。

　　1947 年春，他受到共产党领导的人民解放军在战场上节节胜利
的鼓舞，思想日益成熟与进步，是年冬月，他加入中国共产党严墓区
地下组织，投身迎接解放的对敌斗争。解放后，他与林大弓一起，被
派到震泽一带开展工作，发动群众帮助剿匪部队在农村剿匪肃特，借
粮支前。

　　1950 年，他被任命为震泽区开弦弓乡长。在此期间，开弦弓一
带遭洪水、台风灾害，大部分农田被淹，受灾严重，发生春荒。吴毓
骍发动和组织群众生产自救，以工代赈，并将大量救灾粮食发放到群

众手中，让群众第一次感受到共产党和新政府与腐败的国民党政府的不同，增强了对战胜灾害和未来生活的信心。

但是，这时国民党残余势力还没有得到彻底清除，像程安景这样的伪政府成员虽然已被解除，但还在暗中与党和政府对抗，串联一些坏分子进行破坏活动。前不久，县政府又发放一批救灾粮，规定要发放给贫雇农，但有些坏分子企图平分救灾粮，公然向贫雇农勒索大米。面对严峻形势，吴毓骅组织群众与之坚决斗争。一天下午，他身佩短枪，只身在村里召集贫雇农开会，亲自分发救灾粮食。国民党匪特张本、贺国荣等四人在程安景的暗中指使下，突然包围了会场，向吴毓骅开枪。他身中七弹，倒在血泊之中，不幸牺牲，年仅25岁。

陈杏苏和林大弓为解放后的第一任乡长吴毓骅按当地风俗办了丧事。村民们从吴乡长的身上和新政府为他们发放救济粮的种种做法中，初步感受到了共产党干部无私无畏、一心为群众办事的作风，也切身感受到了共产党领导下的进步与变化。

吴毓骅牺牲不久，林大弓被任命为开弦弓村党组织负责人，副乡长姚佰生担任乡长和农会主席。他们上任后的第二天就到县里参加乡干部、农会干部会议，贯彻中央关于在农村开展土地改革的精神。

中国农民要真正实现政治、经济上的翻身，就必须彻底废除封建土地所有权，做到"耕者有其田"。而新中国刚刚成立时，全国尚有约占人口总数三分之二的农民被束缚在封建土地制度之下，严重阻碍了社会生产力的发展和农民的当家作主。1950年6月28日，中央人民政府委员会第八次会议讨论并通过了《中华人民共和国土地改革法》，明确规定：废除地主阶级封建剥削的土地所有制，实行农民的土地所有制，借此解放农村生产力，发展农业生产，为新中国的工业化开辟道路。同时要求，在土改运动中，贯彻执行"依靠贫农、团结中农，有步骤地、有分别地消灭封建剥削制度，发展农业生产"总路线，有领导、有计划、有秩序地开展土改运动。

为了贯彻中央的土地改革精神，吴江县成立了土地改革委员会，宣布全县废除保甲制，建立 104 个乡、镇，分划 1278 个村。抽调一批县直机关干部和教师，成立土改工作队，分期分批培训 801 名区、乡村干部作为土改骨干，加强对土改工作的领导。

就在县里的这次会议上，费达生、原茵、彭钦年都被抽调到县里，与县里的几名机关干部组成开弦弓土改工作队。会议一结束，工作队队员就随林大弓和姚佰生一起来到了开弦弓村。

工作队和乡政府根据县里的统一部署，迅速在开弦弓村开展轰轰烈烈的土改运动。

首先是弄清土地占有情况，当时全村共有耕地 3025.36 亩，其中，外埠、外乡业主占有土地 400 亩左右，占 19%。本村地主占有耕地 142.37 亩，占 4.7%。其他土地分散在多家农户。

然后，根据政务院《关于划分农村阶级成分的决定》，对村里多户划分成分。采取先自摸，再经农会小组、村农民协会、乡农民协会三级审议，按照自有耕地的多少，逐户划定阶级成分，分别定为雇农、贫农、中农、小土地出租者、富农、地主。在实际评定时，采取便于执行的办法：有土地、自己不劳动、雇工种田的，评为地主；有土地，自己劳动，同时雇工的，评为富农；有少量土地、自己不劳动、雇工的，评为小土地出租者；自有土地很少，种一部分租田，向地主交租的，评为贫农或中农；完全没有自有土地，靠租种土地或做长工的，评为雇农。其中评定地主、富农成分的要逐级上报，由县里统一审定。

最后，重新分配土地。按政策确定没收、征收和分配土地及其他财产。《土地改革法》规定，所有没收或征收的土地和其他生产资料，除本法规定收归国家所有者外，均统一地、公平合理地分配给无地少地及缺乏其他生产资料的贫苦农民所有。对地主亦分给同样的一份，使地主也能依靠自己的劳动维持生活并在劳动中改造自己。根据这个精神，同时结合开弦弓的实际，经过测算，采取了公平简单的分配方法：原有土地超过人均 2.1 亩的家庭，超过部分分出；原有土地低于人均 1.7 亩的家庭，不足部分分入；而在人均 1.7 亩至 2.1 亩之间的家庭，基本不动。有人把这个分配方案通俗易懂地称为：一亩七分进，二亩一分出。

土地改革使开弦弓村民获得了属于自己的土地。据土地工作队对开弦弓 50 户调查，在 1948 年，住城和本村的地主占有土地 297.7 亩，占 63%；而农民自有土地仅 173 亩，只占 37%。1951 年土改完成后，94% 的农户分配了土地，平均每人分得土地 2 亩。

土地改革后，村民在自己的土地上耕作，对土地投入的劳动与其收益直接地联系在一起，从而激发了农民巨大的劳动热情。之后，开弦弓村又根据上级的要求和村民的意愿，先后组织了劳动互助组和生产初级社。从此，开弦弓村发生着一系列的变化：

——由于村民有了土地，并进行土地入股合作，生产资料统一使用，生产上实行兴修水利，小株密植，选择良种等技术改革，农副业生产水平有了明显提高。

——发挥了村民尤其是妇女参加农业生产的积极性。村里的妇女过去很少下田。家里有了更多的土地之后，尤其是合作社成立后，由

◎ 鱼米之乡开弦弓村

◎ "板块" 潘岚/摄

◎ 开弦弓村因俯瞰像一张拉开的弓而得名 张炎龙/摄

◎ 江村晨曦　潘岚 / 摄

◎ 开弦弓村的新民居　张炎龙/摄

◎ 开弦弓村水产养殖基地　潘岚/摄

◎ 开弦弓村的电脑绣花车间　张炎龙/摄

◎ 开弦弓村的羊毛衫纺织车间　张炎龙/摄

◎ 开弦弓村的手工蚕丝被制作　张炎龙/摄

◎ 开弦弓村的青年
电商　张炎龙 / 摄

2020年07月18日星期六09时01分09秒
江村市集欢迎您

◎ 开弦弓村江村市集
潘娅婕 / 摄

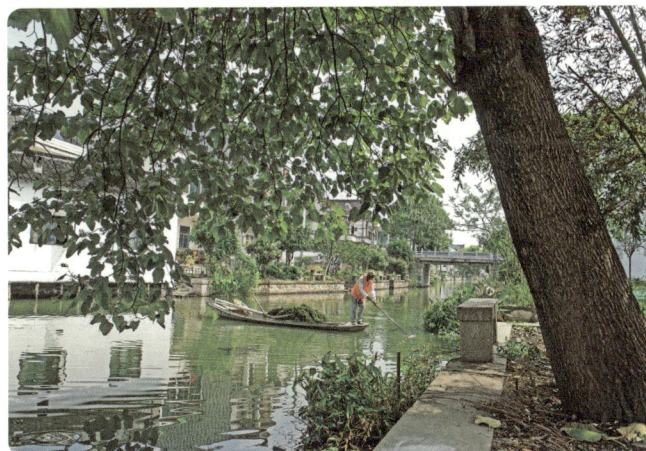

◎ 开弦弓村在进行河
道清洁　张炎龙 / 摄

◎ 枕河人家 潘岚 / 摄

◎ 依湖而居　潘岚 / 摄

◎ 水天一色　潘娅婕／摄

◎ 小桥流水人家　潘娅婕／摄

于统一使用劳动力，按劳取酬，大批妇女参加到农业生产之中。

——粮食产量迅速提高。在开弦弓村，1936 年的粮食亩产量是 300 斤，1952 年达到 500 斤，增加了 66%。合作化后的 1955 年，粮食亩产量达到 560 斤。

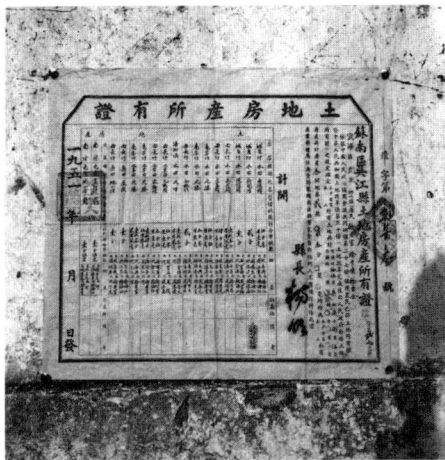

1951 年的土地房产所有证

——农业的丰收增加了村民的经济收入，全村人均收入比解放前增长 30% 左右。贫农的收入增长最多最快。

而全村变化最大的要算林同生家了。他家在土地改革中分到农田 4 亩，桑地 5 亩。两个儿子都是共产党员和国家干部，一个在县机关工作，一个在乡里当书记。更让林同生夫妻俩笑得合不拢嘴的是，在费达生的牵线下，大开与原茵喜结良缘，而大弓正在与彭钦年热恋中。

这在开弦弓村内外都传为佳话，成为农民翻身解放的典型，被到处宣传。

林同生的妻子周阿芝逢人便说："常言道，鸡窝里飞出金凤凰，而我家是鸡窝里飞来了金凤凰！"

第 **25** 章
喜忧参半

△换一只眼睛看中国。外国学者眼里看到的这方土地,是神秘而美丽的,也是充满生机和希望的。当然,希望中也隐含着些许忧虑。

　　就在林同生家鸡窝里迎来金凤凰的那一年,开弦弓村还迎来了第一位来村访问的国外人类学家——W. R. 葛迪斯。

　　葛迪斯1916年4月29日出生于新西兰新普利茅斯,1948年在英国伦敦政治经济学院获得博士学位,毕业后在澳大利亚悉尼大学人类学系任教授。这次他是随新西兰文化代表团应中国人民对外文化协会之邀访问中国的。一到中国,他的第一件事就是拜访崇拜已久却一直未曾谋面的师兄费孝通,后又与费孝通一起受到周恩来总理的接见。

　　经周总理批准,1956年5月中旬,葛迪斯前往江村进行考察。他和中方陪同人员一行几人,从苏州坐汽车到吴江震泽镇,然后乘小汽艇于12日下午五点半到达开弦弓村。村民们闻讯自发地拥向河道两岸和小石桥上欢迎。葛迪斯在船上惊喜地向村民招手示意,并拿出照相机不停地拍照。村民们第一次看到从西方来的外国人,也是第一次看到照相机,都感到十分新奇。

　　当天晚饭后,林大弓向葛迪斯一行介绍了全村的情况。葛迪斯重

葛迪斯在开弦弓村
拍摄的照片

点询问民主选举情况，包括选举委员会怎样产生，由哪些人组成，选民资格如何规定，有多少选民，人民代表怎样产生等。林大弓一一做了回答。在场的姚佰生还告诉葛迪斯，他自己就是在乡人民代表大会上被选为乡长的。葛迪斯问他得了多少票，他告诉他得了 68 票，就少了 2 票。葛迪斯听后很惊讶地说："你几乎是全票当选呀，祝贺你！"

　　第二天上午，葛迪斯参观村里的养蚕共育室，费达生特地在这里等着接待他。当葛迪斯得知她就是费孝通的姐姐时，非常高兴，更是敬佩，说："我知道，没有你就没有这篇举世闻名的《江村经济》。"

　　费达生告诉葛迪斯，江村又叫开弦弓村，这里有着上千年养蚕的历史，是古代丝绸之路的重要发端之地。葛迪斯听了很感兴趣，问了许多关于养蚕纺丝方面的问题。

　　接着，葛迪斯又访问了沈子兰、林同生两家，详细询问家庭人口、称谓、经济收支和风俗习惯等。下午，葛迪斯对村干部进行访谈，主要是问村里的经济情况。林大弓一边给他看村里的资料，一边向他介绍全村解放后的土改情况，告诉他贫雇农分到多少田地，之后又成立互助组和合作社，现在是怎样组织生产管理的等等。

葛迪斯还把解放前后的粮食产量和蚕丝产量抄录下来，还问，为什么粮食产量提高了，而蚕丝产量反而降了。林大弓向他解释说，村里的丝厂被日本军队毁掉了，至今没有恢复起来，现在村里首先是大力发展农业生产，多生产粮食。葛迪斯表示理解。

晚饭后，葛迪斯提出还要到农户家里去看看。林大弓就陪同他来到了刘福田家。一进门，他到处看了看，便奇怪地问："听你们介绍有灶王爷，我怎么没有看到灶头上的灶王爷？"刘福田告诉葛迪斯，他家信奉的是基督教。这让葛迪斯更感奇怪，便详细询问了村民的信教情况。

走出刘福田家，已经是晚上9点多钟了。路经南村小学时，葛迪斯兴致很高，又进去参观了一下，并向学校的教师询问了在校教师人数，教员的籍贯与待遇，学生学习内容与教学形式等问题。

接下来的两天，葛迪斯的访问内容更多。他在林大弓和陈杏荪的陪同下，参观孔庙，看到庙内的房子和菩萨依旧保存完好，特意拍照留念。接着参加南村中心小学少先队的活动，看小学生表演的文艺节目。晚上又访问新婚农民周伯顺的家，重点了解婚姻问题，询问婚姻是否自由、结婚仪式、吃喜酒的亲戚关系等。

最后一天的下午，葛迪斯提出不要人陪同了，自己单独走走看看。他背着照相机绕村步行，先在桥上看了开弦弓村的全貌和桥下来往的船只，又走进村子周围的田野。正值春天，田地里的麦子、桑树、蚕豆、油菜长得特别茂盛，绿一片，红一片，黄一片，犹如一幅美妙的风景油画。葛迪斯拿起照相机，从不同的角度拍个不停。在他的镜头里，有在地里采蚕豆的老大娘，有在麦田里割草的姑娘，有踩

葛迪斯在开弦弓村
拍摄的照片

水车的农民，有歇工回家的男子，有摇船回家的妇女，还有小清河上的小石桥……

这些照片把解放不久的开弦弓村真实地记录了下来。拍完照，葛迪斯一步一回头地离开了这美丽的田野。回到村里已近傍晚，令他没有想到的是，村里在学校前的场地上专门为他联欢送别。好客的村民们已经与这位首次来访的外国人亲密无间了。村里人组成的民乐队，拉起了二胡，吹起了笛子，青年男女系着鲜红的腰带，兴高采烈地打起腰鼓。年轻的母亲抱着婴儿，老人们手拉着穿着新衣服的孩子，围着葛迪斯有说有笑。

虽然语言不通，但葛迪斯分明感受到了村民们的善意与欢乐。他让一些村民站到一排灰砖墙前，给他们拍下了这欢乐的一刻，也拍下了墙上的标语：

"努力学习，尽快扫除文盲。"

"努力劳动，搞好农业生产合作社。"

葛迪斯对身边的林大弓说："我这次来不仅了解到了许多情况，

还拍了许多照片。回去以后，我要把它们全部洗出来寄给你们，我还要给别人看，看你们的村庄，看美丽的景色，看村民的笑容。"

果真，葛迪斯回国后很快把照片寄到了开弦弓村，还写下了约8万字的著作《共产党领导下的中国农民生活——对开弦弓村的再调查》。在书中，他对开弦弓村的村庄概况、人口、家庭与户、村民生活、土地制度、合作制度下的农业、村里的蚕丝业、教育、宗教和娱乐、行政体制等进行了客观系统的叙述与分析，肯定土改和农业合作社使农村经济体制发生了深刻变化，使农村经济得到了恢复，使农民收入增加了。他在文中热情地感叹道，这里的农民正逐渐变得不太像农民了，而更像中国人民这个整体中在乡下的一部分。他还以西方学者特殊的身份和视角，直率地提出了他的担忧：新政权下整齐划一的经济模式以及生产、生活、文化状态是否完全合适而能持续发展下去？

葛迪斯喜忧参半，喜大于忧。而他的担忧有没有根据、有没有道理呢？

不得而知，但可以肯定的是，此时的开弦弓村人是没有任何担忧的。

第 **26** 章
曲折而行

△ 有坦途也有曲折，有风景也有风险。不管是荆棘丛生，还是艰难险阻，路漫漫其修远兮，吾将上下而求索。

我们不但要善于破坏一个旧世界，我们还将善于建设一个新世界。这是中国共产党做出的庄严承诺和新的使命。

全国解放后，作为执政党的中国共产党以彻底解决困扰中华民族几千年的贫困问题、让人民过上小康生活为己任，提出了消除贫困、实现共同富裕的一系列政策主张和具体措施。早在新中国成立之前，毛泽东同志就明确指出，现今中国的贫困问题主要是由已经被推翻的半殖民地半封建社会造成的。要解决中国的贫困问题就必须推翻旧的社会制度，建立新的制度。

新中国成立后，面对极其贫穷落后的社会发展状况，以毛泽东同志为代表的中国共产党人，选择了从改造旧的生产关系即经济基础入手，彻底改变中国贫穷落后的面貌。毛泽东在中共七届六中全会上初步提出两步走发展战略。之后不久，他在江苏南京考察时说，没有生产就没有生活，没有多的生产就没有好的生活。要多少年呢？我看大概要一百年吧。分几步走：大概有十几年要稍微好一点；有二三十年就更好一点；有五十年可以勉强像个样子；有一百年，那就了不起，和现在大不相同了。毛泽东同志还曾指出，全国大多数农民，为了摆脱贫困，改善生活，为了抵御灾荒，只有联合起来，向社会主义大道前进，才能达到目的。而建立在封建基础之上的小农经济因为不能形成规模化生产，因此不可能使中国彻底摆脱贫困，只有建立合作社，才是人民群众由穷苦变富裕的必由之路。

一场农业生产合作化运动在中国农村拉开帷幕。

在全国展开的农业合作化运动，在初期主要是发展农业生产互相组。1953年9月以后，进入了以发展初级社为主的第二阶段。1955年10月，中共七届六中全会召开，全会根据毛泽东主席《关于农业合作化问题》的报告，通过了《关于农业合作化问题的决议》，对合作化运动做了新的规划和部署，迈出更大更快的步子。

吴江县根据中央《决议》精神，决定试办3个高级农业生产合作社，作为全县的样板社。开弦弓村是其中之一，将成立吴江县第三高级联合农业合作社，简称"联合三社"。

在南村中心小学前的场地上，村民们汇聚在一起，参加高级合作社成立大会。这是开弦弓村在合作化运动中跨出的又一大步。成立大

开弦弓村永新初级
农业社联合第三社
全体村民合影

会开得隆重热烈，临时搭了舞台，两边插满了红旗，村里男女老少都来参加，县里派领导到场并讲话表示祝贺。

吴江县农村工作部副部长林大开代表县里参加成立大会，并在会上公布了联合三社的组成方案：由原来开弦弓村 8 个初级社、1 个互助组和邻村落花湾村和埋石湾村的落花、荷荣、欢勇、建荣 4 个初级社联合组成。全社共有农户 605 户，其中贫农 332 户，中农 235 户，地主 9 户，富农 18 户，外地迁来渔民 11 户，总人口 2 332 人，其中男 1 268 人，女 1 064 人。共有劳动力 1 230 个，其中男劳动力 766 个，女劳动力 464 个。耕地面积稻田 4 339 亩，旱地 62 亩，桑地 479 亩，鱼池 12 亩，平均每个劳动力占地 5.1 亩。耕地分布在 22 只圩内。全社共有农船 220 只，水车 240 部，戽斗车 4 架，还有新式农具 22 轮铧犁 2 部，压缩喷雾器 6 架，手扶喷雾器 1 架，轧稻机 24 部，其中弹子轧稻机 16 部。

无论是户数、人数、田亩数，还是拥有的各种农具、器械，都在全县样板社中首屈一指。村民们都以参加这新型的、高级的、庞大的合作社而感到自豪和欢欣。连续三天，村民们敲锣打鼓放鞭炮，跳秧歌舞，唱革命歌曲。每天晚上，县京剧团专门在此演出，附近村里的人都捅来看戏。这时的开弦弓村成了一片欢乐的海洋。

村民们个个充满着对未来新生活的向往，相互传颂着形容未来生活的顺口溜：

"楼上楼下，电灯电话。"

"耕地用铁牛，开船用电机。"

"吃饭不用愁，穿衣都是绸。"

"白天一起劳动，晚上一起看戏。"

共处一屋的开弦弓供销
社、信用社、邮政所

开弦弓村商店

……

三天之后，现在应称作社员的村民们，响应高级社的号召，掀起劳动生产的高潮，积肥献礼，大罱河泥，全村的农船在小清河排成了长龙一齐出动，不到半天时间，罱满河泥的船只纷纷归来，把几条河口都挤满了。

江村沸腾了！乐观的空气和生产的热情充满了整个村子。

乡政府和合作社的干部劲头更足，用各种方式方法鼓动和提高群众的生产积极性。天帮忙，人努力。高级社成立的当年，农业就取得了丰收，水稻亩产量达到 559 斤，比初级社时的 523 斤，增长了 36 斤，小麦、蚕豆的产量也有增长。

增产又增收，村民生活大有改善。当时乡里对联合三社第二生产大队有个调查，全队 132 户人家，共有棉大衣 14 件，绒线衣 23 件，卫生衣 52 件；80% 的农户有了热水瓶和手电筒；90% 的青壮年有胶鞋；70% 的青年人有中山装，50% 的有棉制服，90% 的有呢帽子；识字的人都有钢笔。这些，在旧社会是不可能的事，很多东西村里人连见也没见过。

然而，好景不长。就在联合三社成立的第二年下半年，一场特大的台风把田地的庄稼全都刮倒了。农业歉收，社员的收入锐减，直接影响到各家各户的生活，有的家庭还出现了断粮现象。

面对这一状况，乡社干部一下子束手无策。留在村里工作队的原茵和彭钦年，写信向费达生反映了村里的情况。

费达生在参加土改工作队后，回到学校工作了一段时间。当时正值社会主义改造高潮。原本的丝绸小作坊、小工厂合并为相当规模的公私合营企业，国营丝绸厂也有较快发展，丝绸产量大幅度上升。江苏省人民政府设立了丝绸工业局。费达生由周恩来总理任命为江苏省丝绸工业局副局长。她主持制定了立缲工作法，推动各丝厂进行技术改革，开展增产节约运动。她经常深入工厂，帮助基层解决生产难题，忙得很少回苏州。接到原茵和彭钦年的来信，得知开弦弓村遇到困难，她就挤出时间，先回到浒墅关，然后偕同丈夫郑辟疆一起来到了开弦弓村。

林大弓代表乡政府接待了郑辟疆和费达生，并陪同参观了联合三社和当时的农副业生产情况。在联合三社的小会议室里，郑辟疆、费达生与联合三社主任姚云财、副主任谈小奎、第二大队副大队长周明芝一起交谈。两位社领导对高级社的发展充满信心，对目前遇到的灾害情况也持乐观态度，他们相信在党和政府的领导下，一定能战胜灾情，做到灾年不灾，夺取丰收。而副大队长周明芝讲了灾害的实际情况，认为台风把地里的庄稼刮倒后，就再也扶不起来，即使扶起来，减产歉收是铁定的了，甚至有些田地将颗粒无收。

听了周明芝讲的情况，郑辟疆深有同感，因为他亲眼看到了地里庄稼的受灾情况，但他还是比较委婉地说："我已几年不来开弦弓了，这次来看了之后，真可以用天翻地覆来形容，过去没有土地的农民分到了田地，过去农村是分散劳动，现在都在合作社里集体劳动。村民们当家做了主人，看上去穿的服装不一样了，脸上也有了笑容。人不一样了，村不一样了，田地也不一样了，都是一大片、一大片的。可是，我们这次来的不凑巧，正遇上了台风造成的灾害。我虽然不懂农业生产，但看这大片倒伏的庄稼，正如周队长所讲的，恐怕避免不了要减产歉收，这要有所准备，早作考虑，拿出办法来，不然的话，群众的生活可能会受到影响。"

"不是可能，也不是一般的影响。"费达生有点急了，"我看减产歉收是肯定的了，而且还要看到这次台风影响范围不小，不光是开弦弓村有灾，其他村庄也受了灾，这样，县里乡里的救灾任务都很重，还是要尽快组织生产自救。"

姚佰生乡长随即说："我们正在研究办法，但现在倒在地里的庄稼只能尽可能组织社员去扶，不能拔掉，拔掉了无法补种别的，不是种东西的季节。"

"这个我也懂一点。"费达生说，"我的意思是，农业损失副业补，力争歉产不歉收。"

"我赞同这个意见。"郑辟疆说，"我特地关注了一下桑地，台风对桑树影响不是特别大，所以养蚕应该不会受到影响。"

姚乡长说："没有影响，但现在妇女们都下田劳动，各家各户养的蚕少了，收入也不高。"

"所以，建议你们研究一下这个情况。"费达生说，"解放后，全省的丝绸工业发展起来了，丝绸产量大幅度上升，但在农村的蚕丝业反而萎缩了，开弦弓村也是这样。我看应该把村里的蚕丝业恢复起来，带动其他副业的发展，使农民收入得到保证。"

"我举双手赞成！"周明芝说，"今年遇上灾害，发展副业生产是一条路。即使农业丰收，粮食上的收入也不会特别高，而种桑养蚕来钱快来钱多，还是要尽快恢复起来。"

费达生说："不光是要扩大种桑养蚕，还要尽快把丝厂重建起来。合作社有这个条件，我现在在省里丝绸局工作，在机器设备和销售等方面，也可以给予一些帮助。"

采桑的妇女

蚕宝宝长大，要将蚕匾盛装，分送各组喂养

"这实在是个有利条件。"郑辟疆看林大弓、姚佰生、姚云财、谈小奎几个都不吱声，不知道他们是什么想法，便说，"这当然还是要看乡里和社里的意见，由你们来决定和组织。"

姚云财与谈小奎相互小声地交换了一下意见，没有马上表态。林大弓明确表态说："我认为郑校长和费局长的提议非常好，是解决当下困难的最为可行的办法，也使合作社今后的发展多了一条路。你们赶快以合作社名义给乡里打个筹建丝厂的报告，我回去与姚乡长研究一下尽快给你们回复。"

听林大弓这么一说，姚云财和谈小奎立即表态，合作社马上打报告。

郑辟疆、费达生听了他们的表态很满意，尤其是看到林大弓这个穷小孩已成长为一名像模像样的乡干部，打心眼里感到高兴。

费达生临别时，还特地把林大弓叫到一边，交代他两件事，一是促成乡里尽快批准和帮助合作社建立丝厂，二是早点与彭钦年成婚。大弓愉快地一口答应，并请费达生放心，不久之后定把办厂和婚礼两件事一并办了。

然而，林大弓想得太简单了。他与彭钦年很快就办了婚事。但联合三社办丝厂的事，提到乡里一讨论，大家意见不统一，有的认为应该办、可以办，而有的人认为，农业合作社要集中精力搞农业生产和集体经济，不能倡导搞家庭副业，更不能办什么工厂，办厂不是农村的事。林大弓在会上据理力争，还搬出郑辟疆、费达生的意见来，但还是没有说服有不同意见的人。看大家的意见不统一，最后姚乡长提议说，还是向县里请示一下吧。

这一请示，开弦弓联合三社办厂的事就再也没有下文了。

第 **27** 章

重访江村

△科学的目的在于追求真理，推动社会发展。在通向真理的道路上，科学的方法只有四个字，那就是深入实际。科学的态度也只有四个字，那就是实事求是。

费孝通在悉尼大学教授 W. R. 葛迪斯访问开弦弓村后近一年，在一本国外学术杂志上看到他的著作内容和访问纪事。费孝通认真阅读后觉得，葛迪斯的《共产党领导下的中国农民生活——对开弦弓村的再调查》，可以看作是自己《江村经济》的续篇，尤其是他在主标题下加了一个副标题"对开弦弓村的再调查"。一个"再"字，体现了他所具有的科学合作精神。

当然，费孝通也知道，葛迪斯与自己的视角、立场、观点是不同的。这在葛迪斯的记述中体现了出来："我们之间存在着观点上的分歧。1956 年在北京，它在整整一下午的深入讨论中也已充分表露出来。当时，他兴高采烈，深信不疑地为共产党对中国民族问题的正确处理方法辩护，并且热情歌颂当前社会制度的优越性……他丝毫不赞成我的观点。在他看来，我是一个唯心主义的、自相矛盾的典型的资产阶级知识分子。从某些方面讲，那天下午对我来说，是一个不愉快的下午，特别是周围的气氛充满了受过灌输的一批人的千篇一律的思想，但是我毫不怀疑费孝通的真情。固然，对多项具体政策，他可能是一个活跃的批评家，然而他坚定地赞同并支持中国宏大的发展计划赖以制定的那种科学基础。"

葛迪斯还对费孝通做了这样的阐述：费孝通是一位科学家，他逐步相信需要有一种思想体系，并且决定选择共产主义思想体系，因为没有别的思想体系或社会制度比它更适宜于他在中国所看到的社会实况。如果认为他的立场仅仅是由于从事超然的理论工作而达到的，那就未免天真甚至是愚蠢了。费孝通与西方各国的同行不同，他热情洋溢地参加了人民为改善生活而进行的斗争。有一种无法抑制的力量促使他下定决心，摒弃过多的纯理论工作。人民政府成立以来，他孜孜不倦地进行着有关贯彻和制定官方政策的研究。

也许是旁观者清吧。费孝通清楚地知道葛迪斯对于自己的认识与理解，不是完全积极而正面的——他是以西方学者的观念与立场来认识和理解的，但费孝通乐于接受他对自己的评价，自己的确是选择了共产主义思想体系，也有志从事共产党以及人民政府的政策研究。这正是他长期以来一直想为中国社会所做的事。他坚信，人类学、社会学是为现实社会以及生活在这个社会的人民服务的。正因于此，费孝通虽然认可葛迪斯的《共产党领导下的中国农民生活——对开弦弓村的再调查》这部著作，也可权当作为《江村经济》的续篇，但内心还是不满足，甚至总有一种失落感。葛迪斯的开弦弓之行及其著作，触动了费孝通多少年来久藏于胸的一个心事。他觉得自己应该再到开弦弓村去，对这个村庄 20 年中的变化尤其解放以来的状况做出实地的观察和新的记录。

费孝通重访江村的愿望很快得以实现。

　　此时，费孝通任国务院专家局副局长、民盟中央文教部长、中央民族学院副院长等职务。为了响应中共中央提出的发展科学文化的"百花齐放、百家争鸣"方针，身处教育界又是知识分子的他，专程到云南等地召开座谈会，回京后写了《知识分子的早春天气》，反映知识分子的思想状况和心愿，希望党的知识分子政策和"双百"方针能够真正得到落实。这篇文章在 1957 年 3 月 24 日《人民日报》登出，在知识界引起热烈反响。周恩来总理读后在一次会议上表示，这是一篇有说服力的好文章，把知识分子心灵深处的一些想法都说出来了。受此鼓励，他又连续写了几篇文章，提出自己的意见，认为在贯彻"双百"方针的大好形势下，把社会学当作资产阶级社会科学，在大学里取消社会学系是不对的，应予纠正。

　　所以，费孝通试图再访江村，一方面为社会学正名，一方面为我国社会主义建设提供有价值的意见和建议，他甚至有了一个计划，写一部《新中国的农民生活》。

　　这个想法得到了中国社科院经济研究所的支持。经组织同意，费孝通带领由中国社科院经济研究所的李爱同、周淑莲、张福轮组成重访江村调查组，与《新观察》杂志社派出的 2 名随访记者，于 1957 年 4 月下旬到达吴江县。

　　对于费孝通的到访，吴江县政府非常重视，专门派出熟悉开弦弓村情况的李海江和做保卫工作的毕玉明协助调查。费孝通还特地邀请郑辟疆和费达生一同前往。

　　正是春暖花开的季节。4 月 26 日下午，费孝通一行坐船前往开弦弓村。他们的船刚进村栅，两岸已经传开了他们到达的消息。船一靠岸，村民都聚拢过来，许多老婆婆围着费达生问长问短：

费孝通及调查组和老乡
在一起核对调查资料

"你怎么老不来了呀，总想着你呢！"

"你是不是很忙呀？再忙也要多来嘛。"

"瞧你，一直看着那么年轻，我们都老得不像样子啦！哈哈哈！"

她们就像久别重逢的姐妹一般，还是那么熟悉而亲切。

这时，陈杏荪拨开人群，走到费孝通跟前，一把拉住他的手："啊呀，费先生，你终于来了！要是你一个人来，我都不敢认你了，你发福啦！"

"我可认识你啊！"费孝通紧紧握住陈杏荪的手，"你还是那样精瘦精瘦的，见到你实在是太高兴啦！"

那些老婆婆又围到费孝通身边，都说不认识了，当年的小伙子变成大人物了！周阿芝拉着费孝通的手不肯放："一晃二十年了，那时多好啊，在村里住了那么长时间，这次也要多住些日子啊。城里虽比村子好，但我们这里风水好，住着清静，不要老是在外面那么忙。"

她唠叨个没完，费孝通也不知说些什么是好，只是不停地笑着点头，感动得眼睛发酸。

乡政府和合作社的领导都来欢迎费孝通一行。开始时，这些乡社干部被乡亲们挤在一边，等了好长时间，才把费孝通他们迎到合作社里安顿下来。

费达生因为工作忙，第二天要赶回省里去，就对费孝通说："要不我先陪你在村里转转，咱俩边走边聊，好向你讨教讨教呢！"

"我任何时候都得向你讨教。"费孝通说，"第一次来这里调查是你的指引，这次调查本来也是要你指引的，可你又那么忙，急着要走。这样吧，我们先去走走，等我在这调查结束时再与你一起探讨。"

姐弟俩走在村子里，哪里还有他们谈话的机会啊！他们走到哪里，后面都有一帮小孩跟着跑，前面有乡亲们候在那里，打招呼都来不及。

村里的格局没有多大的变化，费孝通都记忆犹新，房屋还都是老旧的，只是有些房子上刷了新的石灰，写上了许多红色的标语。家前屋后的场地也不像以前那样堆满了东西，整洁了许多，旁边还都见缝插针地种着蔬菜。变化最大的是小学，已不在庙里了，而在不远处盖了两排瓦房，还种了不少的树，最气派的是学校门前的场地，不能说是场地了，应该说是广场或操场，不知比以前学校的场地大了多少倍，还有一块不小的水泥地……

因为这些变化，更因为故地重游的亲切，费孝通兴致特高，他对姐姐说："我们去看看丝厂吧！"

来到丝厂旧址，看到厂房已被夷为平地，虽然费孝通早已听说丝厂被日本人毁了，但看了现场，还是不免伤感和怀念，毕竟他在这里住过两个多月，进行了人生中最为重要的一次社会调查。费达生看出了弟弟的心思，安慰他说，合作社已有重建丝厂的打算了。接着，他俩又到村外去看桑田。抗战期间桑田毁了很多，现在有些变成了农田，有些新栽的桑苗尚未长起来。姐弟俩痛感日本侵略者对村里蚕桑业的破坏至今难以恢复。

费孝通在姐姐的陪同下走马观花地在村里转了一圈。吃过晚饭，他急于听乡里和社里的汇报。他对前来汇报的干部说："真是少小离家老大回，乡音无改鬓毛衰。我离开开弦弓村整整二十个年头了！二十年沧桑巨变，换了人间。吃饭前，我姐费达生陪我在村里转了一转，村还是这个村，地还是这片地，但是，面貌不一样了，人的精神不一样了，当然，这仅仅是初步的印象。我这次带着几位同仁和记者重访江村。哦，对了，我把开弦弓村以江村这个名字介绍给了世界，想必大家都已知道了，我们这次来，是想看看新的江村，看看它在解放以后，在共产党领导下的新变化、新面貌、新成就。如果有机会，我要把一个全新的江村介绍给全国，介绍给世界。"

费孝通热情洋溢的开场白让在场的所有人一下子振奋了起来。林大弓代表乡政府首先汇报了开弦弓村解放以来的总体情况，详细介绍了全村土地、互助组、初级社、高级社的发展过程。联合三社社长姚云财介绍了全村的基本情况，重点谈了合作社成立第一年就获得粮食大丰收，村民收入增加，生活得到了很大改善，还报出了一连串的数字。

开弦弓村徐姓村民
全家在住房前合影

联合三社各大队会计夜
间整理账务

费孝通对这些数字怀有特别的敏感和兴趣，一再追问，反复核对，详细记录。当他问到今年的情况时，林大弓和姚社长都说虽然遇到了自然灾害，但相信党和政府会帮助他们克服暂时遇到的困难，让村民的生活不受影响。他们还一再表示，要把联合三社办成先进合作社，成为全县农业合作社的样板社。

听完乡社的汇报，费孝通和随行的人都很赞佩。郑辟疆、费达生在一旁听着，心里知道乡社干部只讲好的，没有把问题和难处说出来，但看到费孝通兴致那么高，也就没有说什么，只是劝费孝通他们早点休息。

是夜，费孝通辗转反侧，他想到过去，更想到未来。他是多么希望他向世界介绍过的江村能在党的领导和社会主义制度下，成为一个更加美丽富饶兴旺的新村庄，让老百姓真正富裕起来！

第 **28** 章

解剖麻雀

△把一件事物、一种现象分成比较简单的组成部
分，找出这些部分的本质属性和彼此之间的关
系，这叫作分析。而最常用的分析方法，就是
算账。

学者就是学者。

第一天的走马观花和听取汇报，虽然让费孝通兴奋不已，但他的
职业习惯就是实地考察和深入调查。如同二十年前的那次调查一样，
他要调查、要分析、要研究，要以严谨的态度就这个村各方面的深刻
变化形成调查报告，向各级党委和政府提建议，同时出版书籍向国内
外同行介绍。

正是出于这样的调查目的，费孝通确定了这次调查的主要内容为
三个方面，一是二十多年来农村历史变化情况，重点是在解放后经过
土地改革在土地占有关系上的变化，对人口变化亦作仔细调查；其次
是农业生产发展情况及农民收入的变化；再次是副业生产发展情况及
对增加农民收入的影响，着重在养蚕、饲养、水产、运输等方面。

调查的方法与二十多年前的调查方法有所不同，增加了听取各级
干部的汇报和各类座谈，当然最基本的方法还是进行个别访问，这是
费孝通最为喜欢也最为擅长的方法。他善于与村民拉家常，从而了解

到更多真实的、生动的情况和事例，体味他们的喜怒哀乐与真实想法。

第二天，费达生回南京了。郑辟疆留下来陪同费孝通，与其说是陪同，还不如说是学习，这位老校长深感社会发展之快，自己对实际情况的了解和新知识的掌握远远跟不上，

村民在河边浸稻种

他想利用这次机会，向这位著名的学者好好学习与讨教，同时对开弦弓村有一个更深入的了解。而费孝通更是愿意郑辟疆留下来，在他眼里，郑辟疆不仅是一位杰出的教育家和蚕桑专家，还是一位甘于奉献的实践家。他要与郑辟疆一起研究问题，探讨新中国的农村发展之路。

开头几天，访问团分成了两组分头走访村民，费孝通和郑辟疆由陈杏荪领着走访几家比较熟悉的老农户。在林同生家，费孝通与几位年老的村民围坐在一起，非常轻松愉快地交谈着。

费孝通抬头望望这房子，问林同生："你这房子好像修过了吧？"

"是修过了一次。"林同生说，"是大开结婚那年修的。"

费孝通说："现在大开、大弓都当干部了，你可以享享清福了吧？"

周阿芝告诉费孝通道："解放后，真是咸鱼翻身了，分了土地，入了合作社。同生他还参加合作社里的劳动，劲头大得很呢。"

费孝通又问在座的其他村民："你们各家的日子过得可好？"

一直站在那里的沈阿婆抢着回答："好是好了，都分到田了，入了社了，就是粮食……"

沈阿婆还没说完，林同生就插话了："先别说这些了，还是把村上的变化说给费先生他们听听吧。"

大家就不再往下说些什么了，费孝通知道善意的林同生想岔开话题，也就没有追问下去。他看到门口有很多本该在学校读书的孩子，随便问道："今天怎么不上学？"

一位老人吞吞吐吐地说："哪里有钱念书，吃饭要紧。"

这一说，现场的气氛顿时有些尴尬，从乡亲们的话语中，费孝通隐约感觉到他们话里有话，只是不便在他面前讲得太明。他敏锐地意识到，可能现在村民家里粮食和钱都有点紧张。

在与乡社干部的正式交谈中，他们都没有讲到这一点。解放已经八年了，过去的剥削现象已经消失，农业合作化搞得如火如荼、有声有色，水稻单产从 1936 年的每亩平均 350 斤提高到了 1956 年的 559 斤，村里每家平均分得的粮食应该不会太少，可是，怎么会让村民觉得粮食紧张呢？又怎么会弄得孩子没有钱上学呢？

费孝通觉得不能一般地了解这一情况，而是要深入证实这种情况的真实性，并从中找出症结来。为此，他悄悄地去找到了 1936 年在村中做调查时，曾与周阿芝一同照顾他生活的保姆。保姆老了，起先认不出他，当他自我介绍后，那保姆立即掉下眼泪，激动得说不出话来。费孝通坐下来与她聊了很长时间，最后她才肯把她家的困难如实告诉费孝通。她家人口多，现在最大的问题是粮食不够吃，整天为吃饭犯愁。费孝通安慰了她，临走时还从自己身上掏出 20 元钞票塞给她。她死活不肯收，费孝通好说歹说才让她收下。

从老保姆家中出来，费孝通刚来时的兴奋劲儿一下子消失了。他的心渐渐地沉重起来，决心尽快弄清从 1936 年到 1956 年间的实情及其过程，从中寻找粮食紧张和孩子们没钱上学的真正原因。为此，他广泛找人了解情况。

有一次，他专门找了几个村民在一起讨论粮食问题。他对村民说："我这几天反复在算账，算粮食够不够吃。我得到的比较确切的情况是，去年咱村里平均每亩粮食产量是 559 斤，虽然不能说很高，但是绝对不能说是低了。那么是不是留得少了？也不是。去年每人平均分到谷子 547 斤，这里面有小部分是麦子和豆子，加起来折合米 380 多斤。请你们说说，这么些粮够不够一年的口粮？"

"这要看怎么个吃法。"林同生坦率道，"如果抠紧着吃，也不是完全过不去，可是，现在都放开肚皮吃饭，还要一天三次都是干饭，这粮食自然也就不够了。"

"哦，这倒也是啊，"费孝通明白林同生说的意思了，"吃饭确实有个肚量大小的问题，我们工作组里就有一位小伙子，他比我吃的多三倍。"

这话把大家逗乐了，都说，假如村里的那些壮劳力放开吃的话，恐怕要多吃个五倍、八倍。

费孝通问大家："为什么各家各户不计划着吃呢？我记得咱村里的人一向都是很注意节俭的，即使有钱人家也是这样的。"

早先与费孝通较为熟悉的杨细狗老大爷说了实话："现在与你上次来是大不一样啦。解放了，各家各户都分到了田地，又入了合作社，粮食产量年年增长。特别是去年高级社一成立，第一季的粮食又是大丰收，之后谁都相信粮食不成问题了，干部们都说，亩产 700 斤没有问题，甚至有人说以后亩产可达 800 斤、1 000 斤。你想，如果亩产真的是 700 斤，不说什么八百千斤的，每家分上 2 000 多斤米是有把握的，这不是可以放开肚子吃饭了吗？"

林同生插话道："现在村里头有句口头禅，叫作一天三顿干饭，一直吃到社会主义。"

杨细狗接着说："人是这么想，可老天爷不一定就顺着你。去年下半年，正是水稻扬花的时候，一场台风过来，把稻子吹倒了，700斤的产量是不可能的，说实话，即使没有台风，也不可能 700 斤，去年能收到 500 多斤一亩，已经是谢天谢地了，实际上，我估摸着，去年这亩产 559 斤，是有水分的。这不去说它了，好在现在有合作社，政府还有余粮可以调剂，还能给每户分这么些粮，已经很不容易啦！"

费孝通越听越明白了，又问大家："如果每家每户节约用粮，算好了吃饭，那究竟需要多少口粮呢？"

大家议论开了，有的说，以每人每月 50 斤粮食计算，现在的口粮的确不够。有人认为这样算高了，农忙农闲、男人女人、老年小孩吃的不一样，平均下来虽然有点紧，但勉强也够了。也有人说各家情况不一样，很难说够还是不够。

根据大家讲的情况，费孝通综合起来给大家算了算账："我们按男全劳力一人一月 50 斤，女半劳力 35 斤，10 岁以下儿童 20 斤，婴儿不算。一家开伙，老少可以搭配，以平均 4 口人计算，一男一女两儿童，每月是 125 斤，一年是 1 500 斤，这与合作社分配给每人 380斤平均每户 1 520 斤是相当的。如果心中有数，把紧了吃，粮食就不至于那么紧张，如果放松些，甚至放开肚皮吃干饭，那很容易在青黄不接的时候不够了，弄不好就会闹饥荒。"

"账是这么算，其实，粮食不够不完全是粮食的问题。"一直没有开腔的陈杏荪说话了，"有些农户家的粮食是要向合作社交钱买的，因为他家出的劳力不足，所以没法分到定量的粮食；还有些农户虽然分到了足够的粮食，但家里一时缺钱，就会卖掉些粮食，这样粮食也就不够了。这里面，归根到底是个钱的问题。"

是啊！有钱，没有粮可以买粮；没有钱，有粮也要把粮卖出。钱的问题，把费孝通探询的眼光从农业带向了副业。

吃过午饭，原班人马继续谈，话题主要集中到了副业生产上。这方面，郑辟疆和陈杏荪都有发言权，所以他俩谈得比较多。费孝通边听边回忆，与大家一起分析。

费孝通知道，他1936年初访江村时，村里农民种田只图个口粮，其他全靠副业。换句话说，吃饭靠种田，花钱靠副业。这是当地人多地少的历史条件决定的。开弦弓村在历史上是个副业发达的村庄，在1936年那个时候，估计村民每年总收入的一半左右来自副业收入，而且，农民的收入是不是增加，有没有钱花，家庭富裕不富裕，关键不在农业，而在副业。副业又以蚕丝业为主。开弦弓村地处水乡，适宜种桑养蚕，家家户户都得蚕桑之利。到1936年，村上132户人家要养650张以上的蚕种，所产蚕茧可供一个小型丝厂所需的原料。

也正是在那时，郑辟疆、费达生在开弦弓村帮助农民办起了合作丝厂。这个小工厂对增加村里农民的收入产生了很实际的效果，深受农民欢迎。当时，进入这个丝厂日常劳动的有80多个村民，每月都能拿到固定的工资。还有许多临时和零星的工作，即便是老人也可以来做，使零散的劳动力也能挣钱。这样的小工厂一边出产品、出利润，一边还培养技术人才，就像设在村里的技术学校。当时向外输送的技术工人就有 20 多个，他们工资较高，每人每年可以寄回家里相当一笔收入。同时，合作丝厂带有股份制性质，股东可按供给原料茧丝和入股资金分红，避免了商人的剥削，又使农民得到了缫丝过程中的利润。这几个方面加起来，大大提高了开弦弓村民的经济收入。

而在日本侵华期间，这个丝厂被夷为平地，又因种种原因，开弦弓村的桑地和桑叶逐年减少，导致每家每户养蚕量也在减少，到 1956 年，开弦弓村只养了 130 多张蚕种，仅相当于 1936 年时的两成，从蚕丝中取得的副业收入自然大大下降。这还只是养蚕。过去开弦弓村的蚕农有自家缫丝的手艺，都是把蚕茧缫成丝才出卖，以获得缫丝过程中的利润，办了缫丝厂后，虽然不再各家各户缫丝了，但这部分利润不但没少，反而有所增加。现在产茧少了，家庭缫丝不搞了，工厂也长期没有得到恢复，光靠种田，收入自然大大减少了。一少百少，村民们的生活就过得紧巴巴的，完全没有原来想象和期待的那么好。

费孝通和调查组成员合影

这次调查，尤其是与村民们的深度接触，几乎完全改变了费孝通出发之前的想象和想法。他来到开弦弓村后所看到的、听到的，是那样的矛盾和混杂：新貌中有旧颜，丰收中有歉收，笑容里有忧愁，希望中有失望，进步中有退步……

这让费孝通陷入了沉思之中。

他第一次来开弦弓村调查时，中国正处在半封建半殖民地的旧中国，开弦弓村的人民与全国人民一样，由于深受帝国主义、封建主义、官僚资本主义三座大山的剥削压迫，村里除了部分地主、富农和工商业户生活殷实宽裕以外，绝大部分村民都过着饥寒交迫的贫困生活，即使在郑辟疆、费达生等人的帮助下改良蚕种蚕丝，开办缫丝厂，生活略有改善，但还是十分拮据。对此费孝通在《江村经济》中做了记述，并指出："中国农村的基本问题，简单地说，就是农民的收入降低到不足以维持最低生活水平所需的程度。中国农村真正的问题是人民的饥饿问题。"

从那时开始，他就时刻关注着中国农民的基本生活问题，并试图为改变这种状况不断呼吁和进行力所能及的种种努力。经过长期的思索，直到解放前夕，他在与共产党的接触中看到了一线希望，于是，他在 1948 年写的《乡土中国》中提出，乡土还是我们复兴的基地。而今后经济复兴的根本纲领，那就是保证每个人能达到不饥不寒的水准，同时也要保住在这水准上的剩余能储蓄起来，并有新的积聚和新的资本。后来，费孝通又把不饥不寒的标准称为"东方的小康"和"光明的希望"。

1949 年 9 月，费孝通参加了中国人民政治协商会议，10 月 1 日，他又荣幸地参加了中华人民共和国开国大典。中国人民站起来了！经过八年持续的抗战和三年伟大的解放战争，中国人民终于迎来了一个崭新的时代。费孝通从一个旧知识分子变成了新时代的新学者，与全国人民一样开始了新的生活。喜悦之余，面对刚刚建立起来的百废待兴的新中国，作为一位深怀强国之心、富民之愿的社会人类学家，他期待着东方小康在东方人口大国的土地上早日实现。他也坚信，新中国成立后，在共产党领导下，人民翻身做了主人，并在农村实行土地改革，实现"耕者有其田"，再经过农业合作化、农村集体化运动，东方小康的目标指日可待。

然而，这一切，来得不那么快、不那么顺，相反，眼下的情况并不乐观，甚至有点严峻。

费孝通与郑辟疆促膝长谈，交换意见。郑辟疆不无担忧地说："据我了解，不光是开弦弓村，其他乡村也是这样，解放后蚕桑业没有得到迅速的恢复，反而出现萎缩的趋势。城里的丝厂是有发展的，发展后需要人手，就从原来的蚕区找，仅开弦弓村就招去了40多个工人。村民们念念不忘过去村里自办的工厂，但村里报告上去没有得到答复，后来我了解到，现在国家的工农业发展政策，没有在村一级建设工厂的可能性。村里没有工厂，没有机器，后一辈人也就没有了学习现代缫丝技术的机会，传统的缫丝技术已被淘汰，养蚕的农民就只好卖蚕茧了，而这点收入是很有限的，农民种桑养蚕的积极性也就不高了。"

"这个问题非常明显了。"费孝通说，"你们二十多年前在开弦弓村创办的丝厂，是我国历史上第一个农村合作丝厂，我当时称之为现代中国极有价值的试验。国内外许多学者都为这种试验鼓与呼，但后来被迫中断了。如今，为了加快国民经济发展和农村老百姓生活的提高，很有必要恢复进行当年那场极有价值的试验，找到中国农民的致富之路。"

"关键还是要党和政府看到这个问题，并切实加以重视。"郑辟疆有些为难地说，"但现在各级干部的热情和注意力都不在这上面，我虽然在不同的场合提出过几次，但都不了了之。我怀疑自己落伍了，对党的方针政策理解不深，所以这次过来，既是为了掌握更多的真实情况，同时也是向你学习，与你探讨。这几天，跟你调查，听你的意见，我是深有感触，非常赞同的，就是不知从何着手。"

"所以，我在想，我这次来，写不写文章、出不出书是小事，当务之急是把调查到的真实情况反映上去。"费孝通说，"我准备请你和达生一起，先把这次调查的情况向县里反映一下，谈谈我们的想法。"

"凭你现在的身份与影响，你出面与县里谈，效果肯定好。"郑辟疆说，"我马上让人到震泽去给达生打个电话，让她赶过来。"

费孝通用整整一天一夜的时间，关起门来思考问题，梳理思路，准备汇报材料。吴江县人民政府对费孝通的这次访问极为重视，得知费孝通调查结束后将亲自与县里交换意见，表示非常欢迎并做了认真的准备。

在县政府第一会议室，县委书记、县长及有关部门的领导都来参加会议。县长作了礼节性的讲话，费孝通代表调查组讲话。他首先讲了自己 20 年后重回家乡的热切感受，把在开弦弓村看到的解放后的巨变和农业合作社的成绩，概括成"三变三高"，即村变、地变、人变；粮产高、热情高、目标高。费孝通坦诚道："这次与中国社科院经济研究所的同仁，还特别邀请郑辟疆、费达生一起参加江村调查，对于我来说，既是重访，也是首访。重访的是我记忆中的开弦弓村，首访的是新中国成立之后的新江村。这次 20 天的访问，使我对新生的开弦弓村更有感情，更有期待。正是这种感情、这种期待，使我在看到巨大变化和成就的同时，也关注问题、困难与不足。这样可以重视它、研究它、解决它，使它发展得更快更好，成为社会主义农村建设和强国富民的一个样本。所以，我特地增加了这次安排，与家乡的父母官交换一下意见。一家人不说两家话，我今天着重就几个方面谈点自己的看法，与大家一起探讨。"接着，费孝通毫无保留地谈了他的看法与意见。

在农业生产方面，费孝通认为，农业增产很显著，从稻谷产量来看，20 年前的 1936 年亩产 350 斤，这几年增加很多，已经提高到 500 斤以上。大概到 600 多斤还有可能，再上去就吃力了，到 700 斤以上就不是直线上升了。农业主要是水利、肥料、技术、管理问题，如要再提高不是目前生产条件可解决的，将有很大的困难。

在农副业收入方面，费孝通说，1936 年农副业收入除去成本，每人收入为稻谷 819 斤，1958 年为 838 斤，有所增加，但不显著。主要原因在于副业生产停顿，甚至下降。

在桑蚕方面，费孝通指出，单产是增加的，总产是下降的。从吴江地区看，有技术、有劳力、有工具、有要求，但为啥下降？20 年前，是由区域分工来种桑养蚕的，即吴江地区桑地少，养蚕却多，向东山、浙江地区买桑叶补充不足。山东、浙江地区专靠植桑卖叶进行生产，故有分工调节的配合。现在由于提出多地发展后，山东不曾养蚕，浙江也不曾养蚕，食料是有的，技术差些。但吴江却吃亏了。非但不能发展，就是保持当年的总产量也有很大的困难，因为植桑不是一两年可以解决的。

在农船运输方面，费孝通说，摇船，这是潜力。以前农民不让船空着，一空就用来做生意，卖萝卜啦、青菜啦，解放后把这些看作走资本主义道路，合作化后就把它停了。究竟多少船做生意，多少船做运输？摸不清。但一停下来就困难了，怎样利用这一批船，不是开弦弓村一个地方的问题。当然问题不少，如工分问题，工分要 1 块 2 角，低了农民不肯去，认为太便宜了。现在国家运输力量不够，农业合作社力量没有发挥，要县里解决，利用农闲期间组织农船运输，来增加副业收入。

在养殖方面，费孝通说，主要是捉鱼捉虾。捉虾赚钱不多，但虾笼价格涨得厉害。1953 年每百只 35 元，去年为 95 元，目前为 150 元，这要省里、县里帮助解决。捉鱼各个荡都有主，各社都自己捕，不准别人捕，造成社与社之间的矛盾。去年有的人到别的荡里捉鱼，给人抓住了，结果赔了 70 斤鱼才放走。如果这样下去，渔船只好到很远的浙江去捕鱼。这批渔民太苦了，要把他们安定下来。吴江等几个县要研究水乡发展的特点。

在劳力利用方面，费孝通说，怎样利用中年妇女劳动力？有两个方面，一是发展养蚕，二是摇船。去年总的是失败的，但失败中有经验。为什么失败？没有掌握好时间，还有就是技术低、价格低。解决的办法，是找能养蚕的人来养，同时做丝棉、绵绸。现在社员搞家庭副业与社里有矛盾，合作社要积极支持社员搞家庭副业，社员有资金要支持社里的生产，这样矛盾就统一了。现在问题是，群众会干的，但干部不敢放手。

在家庭收入方面，费孝通说，我们挑了三四户，一项项地算了一下，人均年收入社里分配为 82 元，加上家庭副业，100 元以上有把握。那不低了，但为什么大家叫苦呢？养了许多猪，到年底全杀着吃了；吃粮也不节约，放开肚皮吃饭，哪有这么多粮吃？坐吃山空嘛，收再多的粮也不够这么吃。我同他们讲，不节约、不积累，社会主义搞不起来。

在学校教育方面，费孝通说，教员流动性很大，开弦弓小学4个教员平均工作年限不到两年，有的是代课教师，不能安心教书，这是人之常情。今天代课，明天又要找生活，对教育儿童根本不会有责任感。而且，我拿学生的卷子看，好的少，不好的多。一般读一年就不读了，读一两年书就出来，当然要忘掉了。学生每年减少，老师不敢见群众面，一学期只有三次，第一次开学，第二次要学费，第三次学生不来去找。学生家里要他们割草，每天要花两个小时，但学生主要借机出去白相（玩），很开心，对读书没有兴趣。

在干部文化素质方面，费孝通说，现在还有不识字光荣的风气，村子里出现了学文化的低潮。没有文化是不行的。联合三社的一些干

开弦弓小学，孩子们在上语文课

部很好，就是没文化。勤俭办社，连报纸都不订了，这不是办法。我看干部要带头念书，提高文化素质。

费孝通最后说，我把这些问题提出来，有什么说什么，也没有来得及做深入的思考和认真梳理。这次虽然在村里待了 20 天，但这 20 年尤其解放后的变化之大、情况之多超出预料，来不及进行更加深入的研究分析，只能是蜻蜓点水。但我们一行人是认真的。目的就是为了把成绩讲清，把问题看透。看问题就是为了找办法，找社会主义的办法，找强国富民的办法。我在 20 年前写的《江村经济》提出要解决农民的饥饿问题，在解放前又写了一本书《乡土中国》，在里面提出了不饥不寒的东方小康标准。现在看来，这东方小康的标准明显低了，低估了社会主义的优越性，低估了合作化带来的群众的热情与力量，但这个标准也不能定得太高，太高了会有副作用，也实现不了。最合理的标准是，跳一跳摘个桃。这是形象的说法，在学术上、理论上还要深入地研究，提出科学合理的标准。总之，我希望在现在的大好形势之下，在社会主义农业合作化的道路上，搞好农业，抓好副业，增加收入，使农民在政治上翻身，在经济上翻身，在文化上也翻身，真正实现"不饥不寒、殷实快活"的东方小康，过上社会主义幸福生活。

　　……

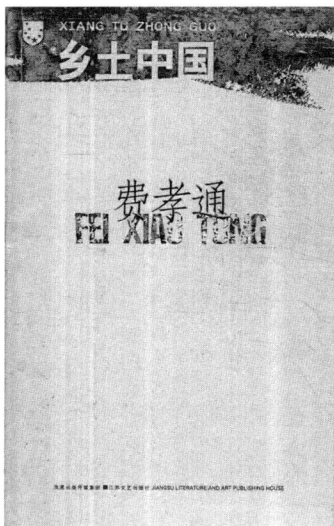

费孝通著《乡土中国》

费孝通一口气连续讲了近两个小时，中间没有停顿，也没有人插话。大家都在认真地听，认真地记。在场的人都很惊讶，尤其是当地的干部，他们没有想到这么大的学者、这么有名望的人，能把情况了解得那么细，把问题讲得那么透，有许多情况连他们也是不知道的，或者是熟视无睹了，根本看不出这些问题来。

他们更惊讶于他敢讲真话。这些话，他们从上级的文件和会议中是看不到、听不到的。县委书记当即表态说，费教授回家乡进行农村调查，对我们改进工作帮助很大。刚才费教授讲的情况，基本上是符合实际的，提出的问题也确实是存在的，许多建议都很好，很有价值，我们将组织有关部门认真进行一次研究，逐步把问题解决，把工作做好，把吴江县的社会主义建设搞好，把开弦弓村建设成为东方小康的样板，建设成为社会主义的新江村。

第 **29** 章

普遍问题

△先天下之忧而忧，后天下之乐而乐。这是一种
情怀，更是一种使命。古往今来，多少仁人志士
为此付出了巨大的代价。

当费孝通在开弦弓村做调查并与农村干部和群众倾心交谈的时候，一场政治风暴正在形成之中。

中共中央发出《关于整风运动的指示》。《指示》指出，现在我们的国家已经从革命的时期进入了社会主义建设的时期，正处在一个新的剧烈的伟大变革中。社会的关系根本变化了，人们的思想意识也在随着变化。我们党和工人阶级要能够进一步地更好地领导全社会的改造和新社会的建设，要能够更好地调动一切积极力量，团结一切可能团结的人，并且将消极力量转化为积极力量，为着建设一个伟大的社会主义国家的目标而奋斗，必须同时改造自己。

中央发出整党的指示后，北京和各大城市大鸣大放搞得热火朝天，各大学学生中出现了批评共产党的狂潮，有的大学出现了混乱，甚至有发生学潮的迹象。

费孝通回到北京，并没有更多地关注当时的形势和气氛，他的脑海里还是这次重访江村的一系列问题，他要尽快地把在开弦弓村的所

见所闻所思所想写出来，向党和国家提出富有建设性的意见。

如果说，他在调查结束时与县乡干部的交流，谈的都是具体的甚至是细小的事情，那么，他现在要写的、要反映的，则要见微知著，从开弦弓村的具体实例来提出有关国计民生的普遍问题。

他奋笔疾书，以《重访江村》为题撰写系列文章。他在文中写道：

> 在我们中国，现在已经不是选择哪条道路的问题了，而是更顺利地在这条大家已经选择完了的道路上前进。问题这样提出来，就要求我们去观察在这条道路上还有什么障碍，怎样消除这些障碍。只看见障碍而不看道路是不对的，但只看见道路而不注意障碍也是不好的。前不久，我重访了我称之为江村的那个江南小村——开弦弓村。我看到了它的巨变、它的史无前例的进步、它的人民的热情和期待，当然也看到了它的困难、误区和问题。这里提出的一个问题，我觉得有很重大的意义的，就是这一类在农村里，也就是在原料生产地，建立的小型轻工业工厂，在今后是不是还有出现的可能和必要？
>
> 谈起这个问题，我也有一段心得。因为 21 年前我看到过这种小工厂对于提高农业经济的好处，印象很深，所以在解放前我写过不少文章，提倡所谓乡土工业。也许由于我道理讲得不清楚，又过分强调了这种小型轻工业在国民经济里的地位，在思想改造时，曾被当作资产阶级思想，狠狠地被批判过一阵。现在心平气和地想来，我当时的想法不是没有错误，错误是在轻视了重工业，这是应当批判的。但是所提出关于乡村工业的问题，我依

砻谷机

旧觉得值得研究，其中有些地方，我觉得很适合于我们中国的具
体情况。最近听到了关于第二个五年计划的说明，更打动了我的
心。这次重访江村，我这段恋曲又涌上心头。在百家争鸣的今
天，我有了勇气，再度提出来，诚恳地要求领导能注意这个
问题。

在我们国内有许多轻工业，并不一定要集中到少数都市中
去，才能提高技术。以丝绸而论，我请教过不少专家，他们都承
认，一定规模的小型丝厂，可以制造出品质很高的生丝，在经济
上打算，把加工业放到原料生产地，有着很多便宜。不但如此，
这种小型工厂还是促进农村技术改革的动力，许多物产都是最好
的原料，工农业在技术改进上都可以联系起来，何况工业过分集
中到城市里去，社会上已经出现了许多不易解决的问题，人口不
必要的集中是有害无利的。当然，我从来就没有主张过把所有工
业分散到乡村里去。但是，我至今还愿意肯定有些加工工业是可

以分散的，而且分散了，经济和技术上都有好处。丝厂只是一个例子。

我提出这个主张和当前的趋势是不合的。至少过去这几年，似乎是农业社只搞农业，所有加工性质的生产活动，都交到其他系统的部门，集中到城镇里去做。甚至像砻糠加工这样的事都不准在农业社里进行。在开弦弓村我就看到有个砻谷机，可以把砻糠加工成为养猪的饲料。但是镇上的砻谷厂不准他们这样做，宁可把村里大批砻糠当燃料烧掉。以蚕茧说，烘茧过程也要划归商业部门去做，结果实在很不妙。但是看来国家遭受损失事小，逾越清规却事大。

我希望在农业社经营范围这个基本问题上，是否可以放开来争鸣一下，多从实际出发研究研究，农业和工业之间究竟怎样配合联系，才最有利于我们在这个人多地少的具体情况中发展社会主义？如果领导部门觉得这种建议值得在实践里试验一下，在开弦弓村恢复这个合作丝厂，我相信群众的积极性一定是很高的，而且我也愿意鼓励我的姐姐和一些专家们一起来提出具体方案。

……

费孝通以极快的速度和极大的诚意完成了《重访江村》的写作，其系列文章开始在《新观察》杂志上连载，在学术界和社会上都引起了较大的反响。1957 年 6 月 1 日《人民日报》第 4 版报道了费孝通重访江村的消息，并在《费孝通在开弦弓村"下马看花"》的题目下，用黑体字提要——"他说：这个村的农业总产量比 20 年前增加了 60%，但副业产值低 40%。要增加农民收入，光靠农业增产是不行的。"

费孝通为自己的文章和意见得到媒体和社会的认可而高兴，准备继续思考和提出问题，以引起高层的关注和重视。几天后，他接到通知，让他参加6月6日在文化部俱乐部由民盟副主席章伯钧召集的会议。他去了，参加会议的还有钱伟长、曾昭抡、黄药眠等6位教授。在会上，费孝通简要谈到了重访江村的情况与感受。会后，六人会议向中共中央统战部递交了对时局的意见书。

不料两天后的6月8日，《人民日报》发表了题为《这是为什么》的社论，一场反右斗争的暴风骤雨迅速在全国蔓延。

在没有任何觉察和思想准备的情况下，费孝通被定为"右派六教授"之一，很快被公开点名批判。

正在《新观察》连载的《重访江村》被迫中断。报纸上、广播中，针对费孝通等人的批判文章连篇累牍。在中国民盟、中央民族学院、国务院专家局等单位组织的一场场批判会上，费孝通成为众矢之的。他被说成是"章罗联盟的军师"；他的《知识分子的早春天气》被称为代表知识分子向党进攻的毒箭；他主张恢复社会学是为复辟资产阶级社会科学进而建立自己的活动基地；他重访江村则是为了搜集反党反社会主义材料的罪恶活动。

欲加之罪，何患无辞。是年7月，费孝通被正式定为右派分子。

第 **30** 章

针锋相对

△真作假时假亦真，假作真时真亦假。真假不
分、是非不辨，不光是个人的悲哀，也是国家与
民族的悲哀。

1957 年 6 月 26 日至 7 月 15 日，第一届全国人民代表大会第四次
会议在北京怀仁堂召开。郑辟疆作为全国人大代表参加了这次会议，
本来，他与费孝通约好见面的，但就在会议开始前，费孝通被定为右
派分子，遭到严厉批判，这样见面自然是不可能的了。

这次会议的一项重要内容是系统地严正批判资产阶级右派反社会
主义的言论和行动。在会议分组讨论时，江苏代表团组织批判"大
右派"费孝通，要求代表踊跃发言。因为费孝通是江苏人，重访江
村的系列文章写的又是江苏这边的情况，所以会上对费孝通的批判异
常激烈，有人还联系费孝通的两次江村调查，上纲上线，说他是抱着
封建主义不放，抱着资本主义不放，第一次调查是美化旧中国时期的
开弦弓村，第二次调查是丑化新中国时期的开弦弓村，以此恶毒攻击
农村合作化运动，攻击社会主义。

听着这些歪曲事实、声色俱厉的发言，郑辟疆难以理解，甚为反
感。会议主持人几次让他发言，他沉思良久，三缄其口，始终保持着

沉默，内心却非常痛苦和不安。

会议结束后回到学校，郑辟疆向费达生讲了费孝通被批判的一些情况。对此，费达生既感到震惊，又百思不得其解：费孝通到开弦弓村的调查不就是为了掌握新情况、研究新问题吗？他写的文章不就是想把农村的真实情况和农民的要求以及自己的建议向党反映吗？他怎么会在一夜之间就成了右派、成了敌我矛盾了呢？

费孝通的父亲费璞安听说儿子被划为右派分子，更是吓坏了。过去费孝通在北京结婚、在瑶山出事，他都是让费达生代表家里去参加、去处理，而这次他坐不住了，非要亲自去北京看看儿子不可，探听个究竟。到了北京，费孝通反复安慰他，告诉他自己没有反党反社会主义，只是思想改造问题，相信党和政府会给他出路的。这才让他稍微放心。在北京住了一段时间，他就回来了。

可他回来不久，一个针对费孝通的调查组到了江苏。

9 月初，中央民族学院为了对时任学院副院长的费孝通开展大批判，抽调力量到开弦弓村进行调查。这个调查组规格不高，人数不多，参加人员仅 3 人，中央民族学院政治理论教研室 2 人，还有 1 名是随同费孝通重访江村的中国社科院经济研究所的同志，但在当时的政治气氛下，这个调查组的气势不小。江苏省委派了 4 人，吴江县委派了 1 人协助调查，这样，调查组共有 8 人。

5 日，调查组正式进驻开弦弓村。在召开的第一次乡社干部见面会上，调查组负责人方庆卓开宗明义道："为了彻底揭露和批判右派分子费孝通在农村问题上对党的攻击，反

费璞安

映农村的真面目，中央民族学院党委组成调查组来开弦弓村进行一次全面的调查，希望得到你们的配合与支持。"

得知调查组的来头和本意，参加会议的乡社干部内心都很憋屈与反感，因为他们对费孝通太熟悉、太了解了，对他在开弦弓村调查的做法、出发点，以及最后形成的意见也是一清二楚的，怎能谈得上对党的攻击呢？又怎能把这样一位研究农村、关心农民的大好人说成是右派呢？但他们迫于压力，只能接待和配合这个调查组的调查。他们在汇报情况时非常谨慎，只字不提费孝通和他的调查，只是照本宣科地介绍了开弦弓村的基本情况、农业合作化运动的过程、农业生产获得丰收等。

开始几天，调查组既没察看全村，也没走访村民，全组人员集中在合作社会议室里，查档案，要资料，看文件。其实，这些基本的材料都是很客观的，费孝通他们调查时，也都是以这些材料为基础的，有些材料还是费孝通他们帮助整理出来的。所以，调查组在这些材料上用不着花很多的精力。

接着，他们召开村民座谈会。参加座谈会的也是费孝通调研时的那些村民。方庆卓主持座谈。村民们看他板着个脸，一本正经的样子，也都闭着嘴不肯发言。看到大家不发言，无奈，方庆卓只好发问："解放后，你们开弦弓村的群众是不是感到翻身做主人了？"

"那是当然啰。"林同生不得不开口说了，"解放后我们分到了田地，没有剥削，没有压迫，贫苦的农民都抬起头了。这都是共产党给咱们带来的。"

"那你觉得合作社好不好？"方庆卓又问。

"哪有什么不好呢？"林同生说，"人多力量大，合作起来，地成块，田成片，劳力好调配，农具好利用，灌水也方便嘛。"

方庆卓听了很满意，又问："那水稻产量肯定是比解放前高出许多吧？"

"那要看怎么比了。"林同生说，"与解放前夕比的话，增产上百斤差不多，如果再与远一点比，与二三十年前比，那起码高出二三百斤，翻一倍也不止。"

方庆卓更来劲了："就是嘛，这就是土地改革和农业合作化带来的好处。农业丰收了，粮食多了，农民的日子自然就改善了。"

杨细狗开腔了："你这话既对又不对。说对吧，粮食是丰收了，照理日子要好过了；说不对吧，粮食丰收不一定日子就好过多少，现在农民没有其他的收入，遇上灾年，粮食歉收，生活就成大问题啦，这日子就难过了。眼下就是这个情况。"

这给方庆卓泼了一盆冷水，他无法接话。良久，他才说："这也是暂时的困难，总有办法克服的。"

"什么办法呀？"杨细狗反问，"总不能一直靠政府的救济粮过日子吧？"

"那当然了。"方庆卓讲起了官话，"相信人民群众是有力量、有办法的。"

杨细狗实话实说道："我们有什么办法呀，还是费达生她们有办法，那时她们帮助村里发展蚕桑业，改良土种土丝，还办起了合作丝厂，一下子把村民们的收入提高了。即使粮食歉收了也不怕，有钱可以买粮嘛。"

一听这话，方庆卓觉得味道不对，就说："这是解放前的事了，现在不能这样搞！"

村民用稻草做蚕蔟，供蚕结茧用

"有什么不好搞呢？"杨细狗不满道，"种桑养蚕是老祖宗传下来的事，开弦弓村主要靠它挣钱。前不久，费先生来咱村，还鼓励我们要继续大力发展种桑养蚕呢。"

"你说的是费孝通吧？"方庆卓诱导道，"你说说，他是怎样鼓励你们种桑养蚕的？"

杨细狗没好气地回道："鼓励就是鼓励呗，就是说可以搞，应该搞！"

这让方庆卓找到了线索，便问："他是在会上说的还是在私下说，他还说了些什么？"

"这话他是当众说的。"陈杏荪听不下去了，便说，"费教授到我们村子来，是认认真真搞调查的。问情况，查资料，看农户，与我们不知谈过多少次，说过多少话，但归纳起来就是一句话，要我们开弦弓村的经济好，要我们老百姓的生活好。"

"你这是在为费孝通说话！"方庆卓听不下了。

"他为咱们说话，咱们当然要为他说话。"陈杏荪反问道，"我们的话有什么错吗?"

方庆卓恼怒道:"费孝通是右派分子,他说的话都是反党反社会主义的!"

陈杏荪也愤然道:"我与他接触很多,也交谈很多,从来没有听他说过什么反党反社会主义的话!"

陈杏荪的话引起了共鸣,参加座谈会的村民纷纷说:

"是的,他怎么会说反党反社会主义的话呢?"

"他都是为共产党说话,为咱老百姓说话。"

"他就是说大实话的大好人。"

……

在场的村民你一句我一句地说着。他们不懂什么政治,也不怕评上什么右派。他们只知道费孝通不是坏人,是个大好人,是为他们说话的。

方庆卓拿这些村民没有办法,座谈会草草就收场了。以后也就没有再开这样的座谈会了。调查组一边继续查找资料,一边找乡社干部个别谈。转眼 20 多天过去了。临近结束,方庆卓让县里把郑辟疆、费达生找到开弦弓村来面谈。说是谈话,实际就是审问。方庆卓要他俩如实交代费孝通重访江村的经过,揭发他在调查过程中反党反社会主义的言论和举动。

郑辟疆蔑视道:"我全程陪同,没有听他说过一句不恰当的话,更没有什么不恰当的举动。这我可以保证。"

费达生矢口否认:"我没参加调查,但我完全可以肯定,我弟弟费孝通不会说半句反党反社会主义的话。"

　　两人说完，无论方庆卓再问什么，都不作任何回答和解释。这让方庆卓十分恼火，但也奈何不得。

　　调查组在开弦弓村待了20多天，回到北京后又整整花了3个多月的时间，整理形成了《江苏吴江开弦弓村调查报告》。这个调查报告洋洋5万余字，分成政治、经济、思想的变化，农副业生产的变化，农民生活的变化和开弦弓村发展远景等4大部分，其中基本的资料数据与开弦弓村的档案资料没有大的出入，但插进了大量的政治语言和阶级分析，把费孝通重访江村的调查研究活动，定性为反党反社会主义、反农业合作化运动。

　　报告一开头就火药味十足：费孝通为了效忠于帝国主义，也是为了达到其反党反社会主义的目的，于1957年5月又至开弦弓村进行了20天的调查，写了《重访江村》一文。在这篇文章里尽力歪曲农村的新面貌，否认党在农村工作中的成绩，挑拨党和农民的关系，否认合作化的优越性，反对党领导农民走社会主义道路。

　　报告着重针对费孝通在《重访江村》中提到的姐姐费达生在开弦弓村与村民一起合办合作丝厂的事，无端列举了许多合作丝厂侵犯农民利益的所谓事实，并批判道："由此可见，开弦弓村合作丝厂只是地主阶级更狡诈地压榨和剥削农民的工具，也是国民党所推行的农村合作化运动的一个组成部分，是资产阶级改良主义所主张的合作事业的缩影。它只是麻痹农民的革命意志，并不能给农民带来什么好处，这是显而易见的。"

　　为了增强报告的可信性和说服力，报告中还编造了很多农民的语言和村民的对话。比如，费孝通在向农业社干部提出恢复蚕丝业和摇船贩运时，农村干部当场指出："这是资本主义，决不能恢复！"

又如，一位雇农听了费孝通的言论，在背后讽刺说："我们说办丝厂、搞贩运是带有资本主义性质的，他硬说不是，大概是费孝通在国外和大城市里看惯了大资本主义，因此这些小资本主义就算不上资本主义了。现在，开弦弓村的社员都明白了，原来右派分子和地主富农是一家人！"

这些编造的内容在报告中比比皆是。这还不够，调查组在这份调查报告的基础上，还写成了《费孝通"农村调查"的反动本质》一书，书中更是对费孝通和他的《重访江村》上纲上线，大批特批。

此书对费孝通又加了许多莫须有的罪名，给他的伤疤上再加了一把盐。之后，费孝通被撤销了一切行政职务，工资待遇降一级，回到中央民族学院接受批判。

第 *31* 章
浮夸风起

△这是一个笑话，这是一个让人笑不出来的笑话，这是曾经发生在这块土地上的荒唐故事。多少人为此疯狂，又有多少人为此痛苦，更有多少人为此受害不浅。

随着各种政治运动的接踵而至，费孝通、费达生、郑辟疆三位心系开弦弓村几十年的知识分子，几乎与开弦弓村失去了联系。

这个远离城市的江南村庄，如同一叶小小的扁舟，被一浪高过一浪的政治风浪裹挟着，颠簸而行。

1958 年夏秋，在中国发生了两件举世瞩目、声势浩大的事，一个叫"大跃进"，一个叫农村人民公社化运动。二者都是在党的社会主义建设总路线即"三面红旗"指引下产生的。"大跃进"和人民公社相伴而生。"大跃进"运动首先是从农田水利建设的热潮开始的，后向工业特别是钢铁工业扩展。随后，"大跃进"运动从经济领域进一步扩大到科技、文化、教育、卫生等各行各业，形成全社会的建设高潮。1958 年 8 月，毛泽东到河北、河南、山东等地视察，肯定了人民公社这一名称。同月，中共中央北戴河会议通过了《中共中央关于在农村建立人民公社的决议》。① 短短 3 个月中，全国 74 万多个农业生产合作社就改组合并成 2.6 万个公社，加入公社的农户占总数的 99% 以上，基本上实现了全国农村人民公社化。

在这股热潮中，吴江县上下闻风而动，9 月初在湖滨乡建立人民公社的试点，到中下旬就迅速在全县铺开。到 9 月 25 日，全县实现人民公社化。全县原有的 445 个高级农业合作社合并成立 20 个人民公社，下辖 237 个生产大队，2 233 个生产队。

开弦弓村所在的乡成立庙港人民公社，原开弦弓村联合三社改名为联三大队，隶属庙港公社管理。

至此，沿用上千年的开弦弓村的名称一时间消失了，尽管在老百姓口中还保留着。至于江村这个别名就更不允许再提了。

人民公社实行政社合一，以公社为基本核算单位，其基本特点是"一大二公"。"大"就是规模大，原来一二百户规模的农业合作社被合并成拥有四五千户甚至一两万户的人民公社。"公"，就是公有化程度高，几十个贫富不同、条件各异的合作社合到一起，生产资料和资金全部上交公社，由公社统一核算、统一分配，工、农、兵、学、商五位一体，农、林、牧、副、渔五业结合；实行供给制与工资制相结合的分配制度，社员在公共食堂吃饭不要钱；劳动组织实行"三化"，即组织军事化、行动战斗化、生活集体化。当时吴江县农村共建 20 个民兵团、242 个营、2 368 个连。生产上由公社、大队统一调度劳动力，开展大兵团作战。为实现家务劳动社会化，人民公社办起

---

① 《两个历史问题的决议及十一届三中全会以来党对历史的回顾（简明注释本）》，中共党史出版社，2013 年，第 163—164 页。

了公共大食堂、托儿所、幼儿园、缝纫组、洗衣组等，全县共办公共大食堂 4 280 个。

人民公社是"大跃进"的产物，同时也助推了大跃进的步伐。工业上提出"以钢为纲"，农业上提出"以粮为纲"，并将赶超英国的目标逐渐缩短为 7 年、5 年甚至 3 年。一时间，浮夸风越刮越盛，革命口号满天飞：

> 人有多大胆，地有多大产！
>
> 不怕做不到，只怕想不到！
>
> 人定胜天，志能夺地！
>
> 白天黑夜加油干，一天等于二十年！
>
> 人民公社是座桥，共产主义是天堂！
>
> ……

为了加快步伐大干快上，1958 年 7 月 13 日至 15 日，吴江县在师范学校大操场上搭台召开万人大会，县、乡、社、队干部和劳动模范，丰产代表，下放干部共 15 119 人参加会议，可称为吴江历史上召开的规模最大的一次会议。开弦弓村也就是当时的联合三队共去了 26 人，由大队长周明芝带队。

会上的一个重要议程就是"摆擂台"。什么是"摆擂台"呢？就是各个公社和大队的代表上台表增产的决心，比谁的决心大，产量提得高。第一位上台发言的代表提出保证亩产超千斤，称为"摆擂台"；接着跟上去发言的代表，必须提出更高的亩产指标，称之为"打擂台"；再接着上去的代表提出更高的亩产指标，就称为"放卫星"。

吴江县万人大会
会场

　　会上先后摆下了水稻、蚕桑等 15 个擂台，摆一个打一个，共有三十多名代表上台打擂台。擂台摆得一个比一个高，打得劲头一个比一个足，卫星放得一个比一个大。

　　　　你的卫星要上九霄，我的卫星上月亮！

　　　　你能上山生擒猛虎，我敢下海活捉蛟龙！

　　　　你的行动似火箭，我的行动似流星！

　　　　……

　　人人摩拳擦掌，个个跃跃欲试。整个会场洋溢着"争上游、比干劲、创奇迹、夺冠军"的热烈气氛。

　　通过开大会、打擂台、搞竞赛，吴江县粮食亩产指标一下子飚升上去了，全县亩产指标高于万斤以上的有 4 个公社、2 个农场、113 个社、615 个队，万斤粮田达到 40 多万亩。为了拉动面上的指标和行动，会议决定将水稻的平均指标再提高，提出"超常热、夺冠军、突破四千关，亩产六千斤"。

　　而当时吴江县单季水稻的平均亩产不到 500 斤。开弦弓村的水稻亩产量一直高于全县的平均水平，也只有 550 斤左右。面对如此不切实际的高指标，周明芝没敢上台摆擂台，更不敢"打擂台""放卫星"，只是在会上填了张"打擂卡"，而且壮了壮胆填报了 580 斤，比上年增加了 30 斤。

　　县里大会结束后，周明芝被叫到庙港公社开会。会上，公社书记严肃批评了周明芝："你们是老思想，跟不上新形势，别的大队都已报水稻亩产超千斤、超双千斤，你们怎么报得出 580 斤的产量？这不是打擂台，而是拆擂台！"说着，把开弦弓村填的"打擂卡"甩给了周明芝。

　　回来后，周明芝与其他几位大队干部商量，怎么办呢？大家都很为难。稻子长在地里，就到收割的时候了，能收到 500 多斤一亩就很不错了，即使是神仙也无法把这亩产变成千斤以上啊！

　　没办法也得有办法，最后大家想出了一个办法，由大队干部和社员一起摇着船，从本村北圩开始，经过长圩、城家圩、潘香圩、大金圩、东付圩，把全村的水田圩头一个一个地兜过来，专挑稻子长得最

在秧田里拔秧的女社员

好的田块，收割精脱，未晒太阳的潮谷就过秤。这样下来，也只有600多斤一亩。于是，填好单子送到公社里，但很快又被退了回来。

周明芝无奈，只能再想办法。大队干部和社员又摇着船兜圩头，在稻谷长势最好的田块，划出最旺的几个平方，把稻子割下来，称出稻谷重量，再推算出一亩水稻的产量，结果超过700斤。但单子报上去后，又被公社退了回来。而且，公社书记更为恼火，对着周明芝大声训斥道："你们思想太不开窍，其他公社亩产已超六七千斤了，你们的亩产还停留在六七百斤。告诉你，不超过1 000斤，不要来报了！"

开弦弓村的干部实在没有退路了，他们被迫放开胆子，挖空心思想出了一个绝招：把长得最好的稻子连根拔起，再在水中浸泡上几分钟，然后连稻加杆带水一起过秤，总算亩产超千斤，达到1 400斤。他们估摸着，这个数字应该可以了，于是，大队里组织了一支50多人的队伍，扛着十几面红旗，敲锣打鼓到了庙港公社，硬着头皮去报喜。这次总算是通过了，但在全公社范围内，开弦弓村的亩产量还是排在后面的"小弟弟"。

荒唐的事并非仅是如此，而是愈演愈烈、愈离奇。

先是大办食堂。公社成立不久，社员的口粮不再分到每家每户，社员家中原有的小灶全部拆掉，由生产队统一建食堂大灶，用大锅子烧饭。一夜之间，家家户户告别了炊烟，改变了吃饭的方式。开弦弓大队办了23个食堂，每个小队一个。后来为了减少烧饭人员，三个小队合办一个食堂。大队部设在当年费达生创办幼蚕共育室的地方，前面竖一旗杆，升国旗上工，落国旗吃饭。在田里干活的社员，一边干活，一边盯着国旗，一看到国旗开始降落了，就马上丢下手里的工具，争先恐后地向队里的食堂奔去，有人笑称说，干活磨着洋工，吃饭打起冲锋。一日三顿米饭，放开肚皮吃饭。但是，好景不长，大约放开肚皮吃了三个多月，所有的食堂就揭不开锅了。社员们都只得各自回家吃土灶。

又是大炼钢铁。在"大跃进"的高潮中，"以粮为纲"与"以钢为纲"齐头并进。中央号召全党全民为生产千万吨钢铁而奋斗。于是，一声号令之下，全国几千万人一齐上阵，大修小土炉，大砍树木，大找矿石，掀起了一场空前规模的全国大炼钢铁运动。苏州市委提出："猛干十天，建炉万只，苦干一月，生铁万吨。"吴江县很快组织3万多人参加大炼钢铁，人员主要来自农村。开弦弓的社员不但参加本县组织的大炼钢铁活动，还被县里抽调80名社员，到苏州参加大炼钢铁。短短几天，吴江县建炉821座，而吴江历史上从没有炼过钢铁，没有山、没有矿怎么办？就从河荡里捞出大批"吴江矿铁"，计划用土办法生产生钢1 900吨，铁980吨，放出日产186吨钢铁的大卫星，确保钢铁元帅升帐，为全国完成千万吨钢材任务做出贡献。当然，这个计划最后落空了。

再是大办"三土"。为了实现"大跃进"的各项目标，从城镇到农村，从工人到农民，掀起了一场群众性的大办地方工业运动，大搞工具改革，开展"三土"生产，即土化肥、土农药、土工具。经过层层贯彻，要求落到了开弦弓村。社员们着急了，挑担垄地能干，养蚕缫丝能做，而这"三土"连见都没有见过，这工厂怎么办？高手在民间，不知哪位聪明的社员想出一个办法来，割来一种叫"辣料"的野草，采集楝树果，放在锅里一煮，倒出来的水又苦又辣，就成了"土农药"。又用桑树秆和湿稻草堆在一起烧，上下四周盖上几层土块，火虽小，但烟很浓，被熏黑的土块就是"土钾肥"，因为烟灰中含有钾的成分。再从河荡中摸来螺蛳和河蚌，烫死后放入火缸里浸泡，因为螺蛳和河蚌的体内含有磷，所以浸出来的水就是"土磷肥"。最难的是制造土工具。土工具不是老工具、旧工具，而是要进行工具改革。这时村里的"小诸葛"仇木匠派上了用场，由他负责工具改革。他看到村里的社员在运土填河时，费工费时费力，他就设计了一个滑轮装置，把装土筐钩在滑轮上，滑轮套在绳索上，从上向下滑，既省力又省时，这就成了工具改革出来的"土工具"。

在大办"三土"上，开弦弓村总算打了个翻身仗，许多做法和经验在全县推广，得到公社和县里的多次表扬。可是，大队长周明芝却怎么也高兴不起来，他心知肚明，这些糊弄出来的东西，在农业生产中有什么实际用处呢？

第 **32** 章
寻求生路

△天灾与人祸往往结伴而行。看似偶尔，实为必然。违背自然规律，终将受到自然的惩罚。从某种意义上讲，天灾不是天灾，而是人祸。

　　在"大跃进"的狂热之中，天公不作美，出现了建国以来第一场连续多年的大范围干旱。

　　"三年自然灾害"造成了"三年困难时期"——1959 年至 1961 年期间，由于自然灾害和"大跃进"形成的浮夸风，以及牺牲农业发展工业等错误政策，导致了全国性的粮食和副食品短缺危机。1960 年，国家财政出现近 20 亿元的赤字。这一年粮食收购量下降 34%，油料收购量下降 42%，生猪收购量下降 31%，粮食收购量下降 64%，棉花收购量下降 23%。在这种情况下，国家通过印发各种票证实行定量供应食品和生活必需品，各类票证超过一百种，但也难以保证供应，人民生活受到严重影响，发生极大困难，营养不足使人民体质普遍下降，疾病流行，浮肿病大量发生，人口非正常死亡率增高。

　　三年自然灾害对于地处太湖之滨、水网密布的开弦弓村影响并不是特别大，加上这里的人聪明勤劳，开弦弓村在三年困难时期，水稻年平均总产达到 98 万斤，比前两年水稻年平均总产还增加了 9 万多斤。那么，开弦弓村在三年困难时期，是不是困难不是特别严重呢？

并非如此。开弦弓村同样遭遇了十分严重的困难境地。原来，开弦弓村各家各户的口粮都放在自己家里的米囤里，精打细算，勤俭持家，以备灾年免受饥寒。但是，人民公社化以后，一步跨入共产主义，全村每个生产队都办食堂，粮食集中放在生产队的仓库里，集体开伙，实行放开肚皮吃饱饭，于是大家不吃白不吃，每天开饭便成了一场吃饭比赛，浪费粮食的现象到处可见。这样，再多的粮食也是不够吃的。结果只用了三个多月，就把一年的口粮吃得所剩无几。待到各家各户回到家里做饭时，粮食已经不多了，本来许多家庭都有余粮，而现在都出现了亏空，往往是吃了上顿没下顿。

除了吃得多和各种浪费以外，国家征购任务太重也是一个主要原因。那个时代，全国工业薄弱，商业流通滞阻，以征购粮食为主要形式的农业税是国家的重要税源。农村合作化后，国家对粮食的征购，成为各级政府和各级干部的重要政治任务。在开展征购的同时，还向农村下达超购和议购任务，统称"三购"。征购就是生产队向国家交农业税；超购就是生产队完成征购任务后，再向国家出售一部分粮食，国家按标准价付给生产队；议购就是在生产队完成征购、超购任务的基础上，国家向生产队再收购一部分余粮，价格可以高于市场价格。

"三购"的名称和性质虽有区别，但任务一旦下达，都是必须完成的硬任务。1961 年，开弦弓大队的粮食总产量为 807 138 斤，国家下达的"三购"任务为 492 012 斤，占总产量的 61%。扣除种子粮 58 342 斤，超用种子粮 5 679 斤，上交大队饲料粮、机动粮 65 196

斤，剩下的社员口粮总数为 185 909 斤。当年开弦弓大队总人数 874 人，平均每人全年口粮为 212.7 斤，平均每人每月用粮 17.7 斤稻谷，折米 11.56 斤。这显然是不够吃的，而且有很大的缺口。

过去，家庭口粮不足还可以通过其他渠道来补充一些，比如社员家前屋后的自留地，多则五六分，少则两三分，社员们种自留地的积极性特别高，他们利用生产队出工前后及休息时间，在自留地上精心种植蔬菜和副食品，通过套种和轮作，不但产量高，而且品种多，可以部分填补家庭缺粮。但在人民公社化后不久，开弦弓村的自留地被取消了，而且禁止开垦其他"十边地"，并把自留地和开垦"十边地"当作资本主义尾巴来批判。这就使村民没有其他代食品，出现严重饥荒时，便会导致村里许多村民得浮肿病，甚至出现饿死人的情况。

面对这样严重的情况，身为大队长的周明芝心情非常沉重。他1932 年出生，从小生活在开弦弓村，初小毕业后一直从事农业劳动，对本村的情况很熟悉，对村民们也很有感情。他不能眼睁睁地看着村民们饿成这个样子，总得为村民们找条活路。

那时，在震泽镇上的徐清河、沈冰成的丝行和米行早已公私合营，而且他俩都被评为工商兼地主，自身难保，已不可能对开弦弓人有所资助。陈杏苏和林同生都已老了，对村里的事也无能为力。林大开、林大弓虽然还在县乡的干部岗位上，但在当时的形势下也无力对开弦弓村有什么特殊的关照。

大环境和小气候都让周明芝无计可施。他只好把大队和生产队的干部召集起来，一起商量办法。他说："现在情况这么严重，自然灾害不会很快过去，我们光听上头的要求也不是个办法，困难还得靠我们自己想办法克服，不然的话，真的顶不过去了。"

干部们都唉声叹气，十分消极。

"你们都这个熊样有什么用！"周明芝急了，"事到如今，没有退路了，再这样下去，社员们不但干不动活了，而且命也保不住，这些你们应该比我还清楚！"

"我们怎么会不清楚呢？" 16 生产队队长倪进兴说，"我们有什么办法可想呢？想了也没用，我们什么主也作不了，什么事也做不了，都得听大队的。"

"现在不是在听你们的意见吗？"周明芝耐着性子道，"我知道你们对大队有意见，对三购有看法，但国家有政策，上头有困难，我们不能顶着不办，顶也顶不住呀！少交公粮肯定不行，不要再在这个问题上提意见了，提了也白提。现在我们要用自己的办法来自救。今天大家敞开说，有什么办法都提出来，不能再这样拖下去了。"

其实大家对周明芝也是理解的，他有主见，有能耐，更有难处和苦衷，有些话他不能直说，还是要让大家说出来，这样他有理由去做，或者让下面去做。今天会议的意图明摆着的。

"既然这样，我就斗胆直说了。" 9 队队长徐明单说，"社员家里原来的那些自留地都交给队里了，但这些家前屋后的边角地，实际上队里也没有去种什么东西，大多荒在那里，依我看，还不如退给社员，让他们自己去种蔬菜或其他什么的，快则十天二十天，慢则几个月，这地上就能长出东西来，也能抵上不少的口粮。"

此话一出，很多人都附和同意，而周明芝没有吱声。

大队会计倪巧观发表意见说："让社员种自留地我是同意的，但毕竟有限，解决不了大问题。咱们村除了种粮食这一块不能动，也动不了，就只有在种桑养蚕这上面的余地最大，如果能恢复到历史上的水平，什么灾年、粮荒都不怕，有钱就有粮，有粮就难不倒人，死不了人。所以，我建议大队里把郑校长、费先生再请来，抓紧恢复村里的丝厂，把种桑养蚕这一块带动起来。虽然这不像种自留地那么快、那么简单，但从长远上看，能从根本上解决问题。"

这又引发了大家的一番议论，周明芝还是没说什么，只是听着。

这时16队的老队长倪进兴说："你们讲的办法好是好，但是做不到。要是这样做了，大队长的位子保不住不说，县里、公社也是不会让我们这样去做的，你们就别为难大队长了，还是说些实际点的话吧。"

老队长的话使大家清醒过来，是啊，分自留地也好，办缫丝厂也好，现在是绝对行不通的。但还是有人嘀咕道，总不能等死吧，总得有条生路啊！

"出路只有一条，讨饭！"倪进兴诉苦道，"老实与你们说，我们队里有人偷偷出去讨饭了，我是一眼开一眼闭，现在看来，这也算是一条路，出去讨饭的人不用吃家里的粮食，有时多少还能带回来一点。"

"你别说了。"周明芝打断了老队长的话，沉重地说，"现在我们的路是越走越窄，办法也是越来越少。但天无绝人之路，办法少归少，但还是有的。刚才，大家讲的这几个办法，也不失为办法，我把它归纳为上中下三策，上策是办丝厂，能从根本上解决问题；中策是分自留地，能解决一点眼前的困难；下策是出去讨饭，起码能让人不活活饿死。但我边听边想，想来想去，上策用不了，下策不能用。办厂，现在是没钱、没设备、没政策，根本不可能。讨饭，县里和公社都是明令禁止的，这是给社会主义抹黑，也是给咱们开弦弓村抹黑啊，不到万不得已，千万不能让社员出去讨饭。唯有这中策，种种自留地，虽然上面也不会同意，但我们也是逼上梁山，不得不这样去做。所以，今天会议之后，你们回去自己合计合计，逐步地、悄悄地让社员种一些自留地，千万不要声张，不要传出去。"

会议之后，各生产队就各自行动起来了。虽然都是一小块一小块的闲散地，但社员们的积极性很高，像绣花似的精心打理着自家的自留地。然而，纸包不住火。还没有等到自留地上长出什么东西来，就被公社发现了，并派出工作队到开弦弓村来纠错，把各家各户自留地上种的东西，不是拔掉，就是铲掉。

公社领导严厉地批评了周明芝，并给予他停职检查的处分。

看到公社的这种做法，倪进兴气愤至极，振臂一呼道，三十六计，走为上策，我们集体讨饭去！村民知道后，都争着要出去。队里派了两条船，各选了一名带队的人，带着 28 位村民，拿着生产队开出的介绍信，到浙江一带集体讨饭。当公社得知这件事时，村民们早

社员在种田

已出发了，无法阻拦，也就只好听之任之。之后，村里又有许多人陆续出去讨饭。

在三年困难时期，开弦弓村因饥饿造成的死亡人数有近百人。而像 16 生产队那样组织出去讨饭的生产队，饿死的人少，拆房子卖家产的也少。但也造成了另一种悲剧——妻离子散。出去讨饭的大多是妇女和女青年，她们当中有些人失踪了，有些人在外地结婚了，有些人出于生活所迫改嫁了……

这给开弦弓村留下了永远抹不去的伤痕。

第 **33** 章

风暴袭来

> △农民有农民的智慧，农民有农民的逻辑。中国的农民，既朴实也精明，他们用他们的方式维持着、捍卫着自己的本分和生计。

经济困难时期的严峻形势和惨痛教训震动和教育了全党。1961年1月，党的八届九中全会批准了"调整、巩固、充实、提高"的调整经济八字方针，并于1962年1月至2月，召开了规模空前的中央工作会议（七千人大会），开始承认与纠正"大跃进"运动以来的工作缺点和错误，采取国民经济调整的一系列措施：动员大量城镇人口下乡，减少粮食销售和粮食征购，增加农村劳动力；调整积累与消费的比例，大幅度压缩基建项目；调整农村生产关系，加强农业生产。①

中央制定了《农村人民公社工作条例》等文件，坚决杜绝高征购的错误做法，使农民得以休养生息；消灭财政赤字，稳定市场。对一部分稀缺的针织品、自行车、钟表、茶叶、酒以及某些糖果和糕点

---

① 《两个历史问题的决议及十一届三中全会以来党对历史的回顾（简明注释本）》，中共党史出版社，2013年，第167页。

等高档消费品实行高价政策，以回笼货币；加强对国民经济的集中统一领导，把经济管理的大权集中到中央、中央局和省这三级，对计划、银行、财政、物资、基本建设等集中管理问题做出严格规定和具体要求。

经过几年的国民经济调整，全国的经济形势迅速好转。1965 年，工农业生产都超额完成了年度计划，粮食产量基本达到 1957 年的水平，棉花产量超过 1958 年的水平，钢、煤、化肥产量都已较大幅度增长。人民生活有了较大的改善，部分凭票购买的商品开始敞开供应。

国家经济形势好转，开弦弓村也跟着好转。至 1965 年，情况大为改观，当年农业取得了大丰收，种桑养蚕也有所恢复，村民们生活有了一定的保障。过去出去讨饭谋生的人，许多也都陆续回来，过上了全家团圆的生活。稍稍安顿下来的村民，更加本分、勤奋地劳动着，以不断改善和提高家庭的生活。

然而，他们全然不知又一场更大的政治风暴就要袭来。

20 世纪 60 年代，国内外形势错综复杂。中苏关系严重恶化。1966 年 5 月 16 日，中共中央政治局扩大会议通过了《中国共产党中央委员会通知》，简称"五一六通知"。这个通知断言，苏联赫鲁晓夫那样的人物，他们正睡在我们的身旁，号召向党、政、军、文各界的资产阶级代表人物猛烈开火。在"五一六通知"的影响下，北京大学贴出了针对中共北京市委和北大党委的"全国第一张革命大字报"。各地学校纷纷揪斗"黑帮"，揪斗风迅速推向社会，同时成立群众造反组织——红卫兵，开始了"文化大革命"。

开弦弓村旧照

　　"文化大革命"迅速席卷全国。在校学生走出校门"破四旧"，实行"全国大串联"，到处张贴大字报。社会上的各种造反派组织，批判当权派，揪斗走资派，并进行所谓的"夺权"。各级建立"革委会"，取代党和政府的领导，从停课、停工闹革命，发展成为全面武斗和打砸抢运动，进而演变为全国性大动乱。

　　起初，开弦弓村的村民对外面发生的一切不太清楚，也不怎么去关心。吃过三年困难时期的苦头后，他们知道，农民不好好种田，田里便不长稻谷；不精打细算，就要饿肚皮。但是，公社后来召开了万人大会，进行广泛发动，接着又有造反派进村搞革命活动，这下村里的年轻人也坐不住了，学着城里、学校里的做法，成立了开弦弓红卫兵组织，开展村子里的"文化大革命"。

　　先是大破"四旧"。开弦弓南村有一座石碑楼，是周姓人家传下来的，已有几百年的历史。红卫兵认为这是村里最大的"四旧"，必须拆掉。当时多户周姓后代敢怒不敢言，但有一户周姓村民出来交涉，说这是老祖宗传下来的，怎能无端拆除？红卫兵说他的行为是对

村民的厨房

抗"文化大革命"，就把他抓了起来，捆绑在大队部的旗杆上。到了晚上，这个村民趁红卫兵都回家了，就挣脱逃走了，但害怕再被红卫兵抓起来，竟吓成了精神病。红卫兵还到"地富反坏右"家去抄家，到村民家中破"四旧"，把画有帝王将相和才子佳人的书、画、皇历，全部收集起来撕掉或烧掉，把有些人家里老式床上的雕花板敲掉，把画有传统花鸟、人物图案的瓷器砸掉，甚至把人家祖上传下来的东西包括金耳环、金戒指、银圆、银器、丝棉、丝绸衣服等值钱的物品，都当作"四旧"统统没收，统一存放起来。

接着就是进行批斗活动。先是斗地富分子。红卫兵把村里的地主富农集中起来，白天参加劳动改造，晚上进行批斗。批斗时，强制他们戴上白臂章，写上"地主"或"富农"的黑字，脖子上挂着大牌子，头上戴着高帽子。批斗完以后，还要他们排队游村，到晚上10点多钟才放他们回去。斗完地主富农，又开始斗当权派。村里的当权派就是大队干部和生产队长。这些大队干部和生产队长都是本村人，都是村里有威信的长辈级人物，红卫兵在批斗他们时往往不敢胡来，只能是走走形式，碰到倔强的老队长，他们连形式也不敢走，更谈不上夺权了。

有一天吃过午饭，村里几个不肯好好劳动的造反派又召开批斗会，批斗队长倪进兴，讲他一贯蛮横，是国民党作风，倪进兴死不认错，与造反派对着干。批斗会一直拖到晚上还不结束。一些年龄大的村民忍不住了，上去责问造反派："生产要不要搞？倪队长不管谁管？你们能给我们管饭吗？"造反派辩护说："我们斗他的思想和作风，不是斗他的人。"批斗会只得草草结束了，第二天一早，老队长照常吹哨子开早工。当年人称"猴精"的沈早生，现在也成造反派了，他听到哨声，裤子带还没有系好，便从屋里冲出来向倪队长讨饶说："昨天批判会上对不起你了。"可见，在"文化大革命"期间，开弦弓村的那些大队干部和生产队长并没有被真正打倒。

而有几个村民却在"文革"中差点被打倒了。有一位周姓的贫下中农，在参加社员代表大会时，上台发言时要先呼"毛主席万岁！""打倒刘少奇！"的口号，但他心情太紧张，竟把"毛主席"和"刘少奇"喊反了。全场大惊，鸦雀无声。主持会议的公社革委会主任还算机灵，故意大声怒斥："怎么让一位精神病人上台来，赶下去！"虽然这位社员没有因此被定为现行反革命分子，但从此抬不起头来。另一位村民平时说话很随便，口无遮拦，对别人开玩笑说："林彪跟你很像，眉毛也是倒挂的。"因此受到批判。还有一位村民，在劳动休息时，红卫兵要求大家背毛主席语录，轮到他时，他在吃东西，便说"嘴巴没有空"，也遭到批判。在忆苦思甜活动中，说错话的人就更多了，有人说："现在不如做长工，长工吃三顿干饭，有时还吃点心。"有人说："最苦是三年困难时期，还饿死了人。"说这些话的社员都被批判，有的差点被评为坏分子。

说错话的村民毕竟是少数，而"做错事"的村民不在少数。所谓"做错事"，指当时许多村民偷偷摸摸地在家前屋后种经济作物，在家里搞各种副业。他们都是被三年困难时期弄怕了，不得不冒着风险通过这些方式来维持家庭最基本的生活。而在当时，这是不被允许的，因为搞家庭副业会增加农民收入，容易使人滋生资产阶级思想，同时影响集体经济。县和公社革委会经常组织小分队，到大队、生产队割资本主义的尾巴：一是拔有藤的，香瓜、西瓜、丝瓜都有藤，不许种，发现了就把藤拔掉；二是抓有头的，鸡、鸭、鹅有头，会到田里吃集体的粮食，不准养，发现了要抓走；三是砍有秆的，玉米、甘蔗、芝麻都是有秆的，不能种，统统把秆子砍掉。唯独有秆的桑树是不砍的，这是为什么呢？

蚕桑是这一带的传统产业，家家户户都靠它维持家庭的基本生活，如果砍掉了，村民们的基本生活也维持不下去了。那么，怎样才能保住这项副业呢？

当时流行一种说法：革命大批判，大抓大胜利，小抓小胜利，不抓要失败；大批判大增产，小批判小增产，不批判要减产。周明芝是个明白人，他心想，只有用革命大批判方式才能保住和促进村里的蚕桑生产。于是他变被动为主动，在各种会议和场合，都用革命大批判的口气说：阶级敌人到处散布"养蚕吃亏论"，胡说什么种桑树不如种山芋；一斤茧子不如一斤棉花值钱；养蚕不如卖桑叶，种桑不如种白菜；家有两行，必有一荒等等，这些都是错误甚至是反动的言论。我们坚决贯彻执行伟大领袖毛主席"以粮为纲，全面发展"的方针，决不能上阶级敌人的当，搞什么"以粮为纲，全面砍光"。人有两只手都能动，有两只脚才能走，为什么生产上不能粮食、蚕桑一同搞呢？我们一定要既抓粮食又抓蚕桑，夺取革命和生产双丰收。

　　这一招还真灵，在革命的口号下，开弦弓村的蚕桑一直没有被砍掉。当然，这里面还有其他原因，主要是国家的丝绸工业需要农村提供最基本的原材料。

　　虽然蚕桑这一块是保住了，但那时村里和家庭都不能搞缫丝，单靠种桑养蚕卖生茧，而国家的收购价又很低，集体和家庭得到的收入十分有限。一直惦记着恢复村里丝厂的林同生，虽然已近八旬，但经常找周明芝说，还是要把村里的丝厂办起来。在当时的情况下，周明芝总是摇摇头，他知道这是不可能的。

　　有一次，林同生气喘吁吁地来找周明芝，焦急道："大队长，我听儿子说，费达生天天在学校里被批斗，很是危险，郑校长的身体也不好，我们去看看他们吧！如有可能就把他们接到村子里来住一阵子，避避风头再说。"

　　"这合适吗？"周明芝有些疑惑。

　　"这有什么合适不合适啊！"林同生恳切道，"他们对咱开弦弓村有恩，现在他们有难，我们知道了不能不当回事吧，我们怕啥，我们是老百姓，是农民，谁会拿我们怎么样啊？本来大弓要陪我去的，我说不行，他现在也是走资派，他不合适。我一个人去吧，我算啥呀？你去可以代表咱们村，对他们也是一个安慰，你出面请他们过来，兴许他们会答应。"

　　周明芝心动了。虽然费达生以前在村里工作时他还小，但从小就知道费达生为村里做的那些好事，一直对她怀有敬意。特别是 10 年前费达生、郑辟疆陪费孝通重访江村，建议村里恢复蚕桑生产、重建丝厂，给他留下了深刻的印象。如果不是这么多年来的风风雨雨，他早就想把费达生请来，向她当面请教工作了。现在虽然不可能请她过来帮助工作，但过去看望一下也是应该的。想到这里，周明芝对林同生说："大伯，你年纪太大了，还是我一个人过去吧！"

"不，我还是要去的。"林同生坚持道，"一来我真是很想他们，10多年不见了；二来我与他们熟悉，可以为你领个门，做个介绍。身体上我没有问题，你放心好了。"

周明芝答应说："那我们明天就去吧。"

第 **34** 章

忍辱负重

△岁寒知松柏，患难见真情。真情是人生中最宝贵的东西。世间自有真情在。真情在，温暖就在，希望就在，力量就在。

"文革"开始时，费达生已不再担任省丝绸工业局副局长，而是回到苏州丝绸工学院担任副院长。此时郑辟疆为第四届全国政协委员，中国蚕学会名誉理事长，江苏省蚕学会理事长，仍兼苏州丝绸工学院院长。但因年事已高，已不到学校去处理烦琐事务，在家潜心研究，校释由农业出版社出版的《蚕桑辑要》《广蚕桑说辑补》《野蚕录》《豳风广义》等各种蚕桑古籍。

运动来了，郑辟疆首当其冲，被勒令到学校参加批斗会，他的院长办公室门口贴满了"反动堡垒""改良主义祖师爷""打倒反动学术权威"等标语和大字报。造反派看他年老，身体又不好，也

郑辟疆校释图书

不敢对他采取过分激烈的言辞与举措。而对费达生就不一样了。经常对她组织批斗，或者是参加陪斗，校园里针对费达生的大字报铺天盖地，揭发她"在无锡许多丝厂入了股，拿着钱"，"在重庆时与宋美龄拜过干姐妹"，"与无产阶级争夺学校领导权"，"在学院内搞夫妻老婆店"等等，给她扣上了"资本家的代理人""宋美龄的小爪牙"等一顶顶大帽子，还在她的名字上一律用红笔打上"×"。造反派逼着她每天要把大字报看一遍，老实认识和交代自己的问题。

看着这些大字报，费达生很是委屈，实在想不通。从到省女子蚕校上学时起，郑先生就教育她要热爱祖国，引导她走"教育救国""实业兴国"之路；参加工作后，自己到农村创办和经办蚕种场、缫丝厂，都是为了推进祖国蚕丝业的振兴与发展。自己什么时候想过个人利益和发财呢？长期与工厂主打交道，那是为了发展蚕桑事业、振兴民族工业，同时也是为开弦弓村开辟销售渠道，增加蚕农收入，怎么又成了资本家的代理人呢？在重庆乐山进行蚕丝实验正值抗战期间，国共合作，她到当时妇女指导委员会开会时与宋美龄有过一面之交，连话也没说上，哪里可能结拜干姐妹呢？1962年她听说上面要学校停止建设，拟撤销苏州丝绸学院，便请郑辟疆牵头，她与其他几名教师联名上书教育部、纺工部，建议从国家经济建设对丝绸人才之需要着想，继续保留丝绸工学院，怎能说成企图篡夺学校领导权呢？更让她不能理解和气馁的是，明明是组织上安排她不当省丝绸工业局副局长，回学院担任副院长的，怎么算作开夫妻老婆店呢？想到这些，费达生的内心十分痛苦，承受着巨大的精神压力。

有天中午，费达生听说学院要开大会，在家吃过中饭，就急匆匆赶去学校。刚走进校门，两个红卫兵小将迎上来，不由分说，一边一个架住她的胳膊，朝大礼堂押去。瘦小的费达生身不由己，任凭他们在水泥路面上拖着前行。当她被拖进会场时，只见会标上写着"向国民党残渣余孽总攻誓师大会"。礼堂里密密麻麻坐满了人，前面30多个"牛鬼蛇神"按八字形站了两排。有个人拿着一个牌子往她脖颈里一套，把她推到这两排人的中间位置。她惊魂未定，想抬头看看左右都是些谁，突然一双有力的手从她脖子后面一按："迟到了，你还不老实！"她只好乖乖地弯着腰低下头，老老实实地站着。高音喇叭震耳欲聋，口号声此起彼伏。她竟一句也听不清会场里的人在喊着什么，讲着什么。

大约一个多小时批斗结束了，红卫兵小将们又架着一个个"牛鬼蛇神"冒雨在校园里游行。正在行进中，忽然路边冲出两个人，一把扭住她的胳膊，强按下她的头，用剪刀"咔嚓、咔嚓"乱剪起来，三下两下给她剪了个阴阳头。游行一圈以后，红卫兵小将们就把他们关进学校内的"牛棚"，一间关男的，一间关女的。从此，费达生失去了自由，不得回家，白天在学校劳动，晚上在屋子里学材料、写检查，还时不时地被拉出去审问或批斗。

后来，郑辟疆年老中风，住院治病稍有好转，回家后个人生活不能自理，这才让费达生走出"牛棚"，回到家中。造反派还是不肯放过他们。一天上午，屋外的口号声、吵闹声惊醒了卧病在床的郑辟疆。造反派气势汹汹地冲到房间来搜查，翻箱倒柜，角角落落都搜遍了，也没找到费达生和宋美龄在一起合拍的照片，就强迫费达生面墙而立，进行审问，还不时举起小木棍在她头上敲。郑辟疆实在看不下去，就强忍着从床上爬起来，上前护着费达生。这下惹怒了造反派，他们围着郑辟疆吼道："老奸巨猾，原来是装病在家！""老实交代你们的罪行！"就这样折腾了几个小时，家里翻得乱七八糟，书报、衣服丢了一地，最后造反派一无所获，悻悻而去。

两位老知识分子就这样忍辱负重、胆战心惊地生活着。让费达生有所安慰的是，她总算可以在家照顾老伴，还有就是她过去的一些学生和同事，包括省丝绸工业局和省丝绸公司的人，还保持着一些联系，时不时地上门或电话沟通和询问蚕丝生产方面的问题。她些微感到自己活着还有一点点价值。

一天下午，费达生刚刚送走省丝绸公司的一位副经理，又有人来敲门。一开门，她怔住了，两位农民模样的人站在面前，她上下打量了一番，好像面熟又不知是谁。

"费院长，看不出来了吧，我们是开弦弓村来的呀。"林同生笑着站在门口。

一听是开弦弓村来的，费达生立即反应过来了："你是？你是同生伯吧？"

"是啊，是啊。"林同生高兴极了，"我老成这个样子，你还能认得出来啊！"

"认得，认得。"费达生立即把门打开，"快进来，真没想到你们过来。"

周明芝向费达生点了点头，一手提着一只母鸡，一手提着一袋山芋进了门。

林同生向费达生介绍道："他是咱开弦弓大队的大队长。"

"我叫周明芝。"周明芝说，"费院长，上次你和费先生、郑校长来我村搞调研座谈，我也是在场的。这一晃，10年就过去了。"

"是啊，是啊，你们坐。"费达生非常热情地请他们坐下，"我去叫郑先生出来。"

"我出来了，什么贵客啊？"郑辟疆从卧室颤颤巍巍地走出来。

"真是贵客哩！"费达生上前扶着郑辟疆坐到客厅沙发上，"你还记得吧，是开弦弓村的同生伯，还有，这位是村里的大队长。"

林同生和周明芝站起来，亲切地向郑辟疆问好。

"贵客，贵客！"郑辟疆拍拍身旁的沙发说，"你们先坐下来，吃点茶。"

费达生沏好茶，也坐了下来。

多少年来，这屋子没有这样热闹与欢乐了。

一番寒暄后，林同生忍不住地问："你们现在怎么样啊？我听大弓说，你们被那帮小年轻整得吃了不少苦头，我们不放心过来看看。"

费达生连忙扯开话头说："今天你们来高兴，不提那些事。我只想听听开弦弓村现在怎么个情况了。"

林同生难过地说："当年我们这帮人，病的病，走的走，陈杏荪老校长前两年也走了，就剩我这老骨头还在撑着。不过，现在都是年轻人的天下了。"

"陈校长真了不起，一生为着村里着想，为村民办了那么多实事。"费达生伤感道，"也没能去送他一程。"

"村里人都念着他的好。"林同生说，"好在现在年轻的村干部也是想方设法为大家办事。"

周明芝接着说："我们村里情况还好，造反派们闹归闹、斗归斗，也不敢过分乱来，大家低头不见抬头见，不会真的把我们这大队、生产队干部怎么样，再说了，不管什么革命，在农村还是要种地，还是要吃饭。所以生产还是基本正常的。村民们穷虽穷，饭还是有吃的。"

"那就好，那就好！"郑辟疆问，"那蚕桑还在搞吗？"

周明芝说："桑地都还在，面积略为少掉了一些。村里有些社员家里还在养蚕，但养的比以前少多了，缫丝都不搞了，所以在蚕桑上的收入是很有限的，赚不了多少钱。"

"说到这蚕桑，你们来得正巧，我刚刚得到一个信息。"费达生一下子兴奋起来，"这是个好机会！"

郑辟疆笑了："你啊，一说到蚕桑就兴奋成这样子，你以为还是以前啊。"

"以前是回不去了，但真的可以一试。"费达生说，"刚才省丝绸公司狄副经理来说，国家外贸出口急需大量优质蚕丝，已经给江苏下达了指标，每年要完成50万吨。他们来找我帮忙出出主意，在苏州地区组织蚕丝生产。"

郑辟疆问："你的意思是让开弦弓村再办缫丝厂？"

"是啊。"费达生说，"这是国家需要，名正言顺。开弦弓村有原料，有生产基础，加上省里对生丝外贸企业有扶持优惠政策，在设备和资金上都会有支持，完全可以在村里重建缫丝厂。"

"那太好了！"林同生拍手叫好。

"世上还真有这样的巧事、好事啊？"周明芝还是不敢相信。

"无巧不成书嘛！"郑辟疆也高兴得忘记了病痛，一个劲地说，"趁热打铁，越快越好。"

周明芝告诉费达生："我们这次来，原来就有一个想法，把你俩接到开弦弓村去避避风头，住一阵子，这下更希望你俩抓紧去了。"

费达生说:"现在我们肯定去不了,但可以帮助村里与各方面联系,协调有关办厂事宜。"

周明芝表示他们立即赶回去,着手做办厂的准备工作。而费达生、郑辟疆决不同意他俩当天就走,硬是把他俩留在家里住上一宿。那天晚上,四个人在一起吃了晚饭,还喝了点酒,无话不谈。

当然,他们更多的是在回顾与回味——他们似乎又回到了过去的岁月。

第 **35** 章

喜从天降

△山重水复疑无路，柳暗花明又一村。一个偶然的机会，往往会带来重大的转机。须知，抓住机会比遇上机会更要紧。

"文化大革命"还在如火如荼地进行着。

周明芝不动声色，一方面组织开展轰轰烈烈的"农业学大寨"运动，大搞粮食生产和农田水利建设，一方面悄悄地与几个大队干部筹划办丝厂的事。他们从大队的蚕种场里腾出了六间厂房，还从历年积累的资金中划出了三万多元钱作为办厂的启动经费。

周明芝思来想去，还得向公社汇报一下办厂的事，一来争取公社的同意，二来也想得到物力和财力上的一些支持。他先去找林大弓商量。大弓听了情况，很是高兴，也很赞同，但他刚刚结合到班子之中，担任公社革委会副主任，分管文教卫，在农副业方面说不上话。他给周明芝出主意说，这件事情重大，还是要直接找公社书记田海宽去汇报。

田书记很忙，周明芝到公社找了他几次才找到。那天，在田书记办公室，周明芝向他汇报说："最近去了苏州蚕丝工学院一趟，顺便看望了一下郑辟疆院长和费达生副院长，从他们那里得到了一个消息。"

　　田书记是前不久从外地调来的，对当地的情况不太熟悉，所以也就不知道郑辟疆、费达生与开弦弓村的渊源，故而不解地问："你怎么会去看他们？"

　　周明芝说："他俩过去与我们村交往很多，曾经帮我们村办过缫丝厂，在当时是全国第一个村办缫丝厂。"

　　"好像听说过。"田书记又问，"你刚才说得到了一个消息，什么消息？"

　　周明芝说："费达生曾经当过省蚕丝工业局的副局长，在省里有许多关系，最近她听说，国家给江苏下达了生丝外贸出口的指标，她说她可以帮我们村弄到指标，建议开弦弓村重建缫丝厂。"

　　"原来是这样啊。"田书记当头一棒，"我明确告诉你，这是不可能也是不允许的！"

　　周明芝没想到田书记会不问青红皂白立即否决，追问道："为什么呢？这是一个很好的机会啊，一般人是弄不到这个指标的呀！"

　　田书记严肃道："你也太没有头脑了吧，现在正在进行'文化大革命'，大批资本主义和修正主义，割资本主义尾巴，你却要在村里办工厂、搞副业，这不是搞资本主义复辟吗？我如果同意你们这样去做，不是明目张胆地支持你们走资本主义道路吗？"

　　"你听我说清楚嘛。"周明芝解释道："外贸出口是国家的需要。我们办厂生产的生丝是国家收购的，不是拿到市场上去卖的。"

　　"你别与我说这些道理。"田书记不耐烦了，"国家需要便会由国家下达指标给国营工厂生产，不需要你们村里来搞。你们的任务是'农业学大寨'，大搞粮食生产，实现亩产翻番。不要想着去走歪门邪道。"

虽然周明芝听着这话心里很不舒服，但他还是忍耐道："我们怎会去走歪门邪道呢？也是按着正规渠道去做，拿国家的计划指标去做。再说了，开弦弓大队的'农业学大寨'不是不抓，而是抓得很好，粮食产量也是全公社最高的。这你应该是知道的。"

"正是因为我知道，所以才不会答应你们去办厂。"田书记口气略为缓和地说，"老周，你们大队要坚持'以粮为纲'，发展粮食生产的大好形势，争取成为'农业学大寨'的先进典型，千万不要想着走老路，走老路是走不通的。"

周明芝恳求道："我们办厂决不会影响到粮食生产的，这点请你放心，我可以向你保证！"

"不行！"田书记恼火了，"怎么与你说不通呢？我再告诉你，你们就死了这条心吧。我们是红色公社，不允许给我们公社抹黑！"

"还有，"田书记训斥道，"你们以后不要与姓郑姓费的多联系，他们既是反动的学术权威，又是走资本主义的当权派。你们不能请他们帮什么忙，更不能沆瀣一气，必须与他们划清阶级界线！"说着，田书记就站起来离开了办公室。

田海宽书记的一盆冷水，把周明芝泼得全身凉飕飕的。依他的性子，今天是会大发脾气的，但现在他不会也不敢，人家是上面派来的当红书记，胳膊扭不过大腿，发脾气有什么用呢，反而可能把事情弄得更糟。再说了，村里办厂也不是个气候，不是想办就能办的，至于能不能办好，自己心里也是没有什么底的，就算了吧。周明芝十分沮丧地回到村里。

"大队长，你去哪儿啦？"大队叶会计从后面追过来，急吼吼地说，"有人在找你呢。"

开弦弓村民在河
里捕鱼

　　"谁啊?"周明芝没有好气地说,"我这不是回来了吗?"

　　叶会计说:"他们说是南京过来的,找你有事。现在他们在大队部里等你。"

　　听说是南京过来的,周明芝三步并做两步走,很快赶到了大队部。只见来了三个人,两男一女。那个女同志站了起来,很有礼貌地说:"你是周书记吧? 我们是从南京过来的,省丝绸公司的。"

　　周明芝又惊又喜,他立即明白他们的来意,但有意没问,只是热情地招呼她坐下,并让叶会计给客人倒茶。

　　那位女同志急着说明来意:"我们是公司领导派过来的,也可以说是费达生局长,她原先是我们的局长,是她介绍我们过来找你的,商量你们村办丝厂的事。"

　　"哦,哦,哦。"周明芝一时不知说什么是好。

　　"你不知道这件事吗?"那位女同志又说,"就是在你们村里办一个缫丝厂,专门生产外贸出口的生丝。"

　　周明芝吞吞吐吐地说:"知道,知道是知道的。"

"那你们准备得怎么样了啊？"那女同志快人快语，急着问情况。

周明芝只好直说："准备是做了一些，但现在碰到点问题。"

那女同志不以为意道："问题肯定会有啊，没关系的，我这次来就是来了解一下情况，尽快帮助你们把厂办起来。"

"这还不是一般的问题。"周明芝照实说了，"我刚去公社请示了，田书记明确表示不能办。"

"喔，这个呀，"女同志笑了起来，"这事用不着公社同意的。现在国家急需外贸出口，省里要我们公司直接设点办厂，我们定了就可以办的。"

"真的啊？"周明芝差点从座位上跳了起来，"我正在为这事犯愁呢，看来我是江边上卖水，多此一举。"他接着又说："只要不用公社批，我们村里就能把厂子办起来。我们已经开始在准备了。"

女同志说："那就好，我们今天就是想听听你们做了哪些准备，还有哪些问题。"

周明芝尽量往好的方面说："我们开弦弓村是有名的蚕桑基地，有的是蚕茧，产量高，质量好，历史上生产的生丝在国内外也是闻名的。"

"这些我们都是知道的。"女同志说，"关键是你们村里现在有没有厂房，有没有熟练的工人？"

"有！"周明芝得意道，"我们准备了6间房子作厂房，还可以想办法增加几间。工人嘛，我们村有的是青年人，有的在外当过工人，我们还可以组织培训。"

"好！"女同志肯定道，"有这两条就好办了，可以尽快上马！"

"上马？"叶会计疑惑地问，"那资金呢？设备呢？"

女同志说:"这就用不着你们操心啦,费局长与我们说了,村里一下子是拿不出钱来的,设备就更没办法在半年之内弄到,这些都由我们公司先来调度。"

真是喜从天降!周明芝和叶会计绝对没有想到有如此好事,他们一时都有点不敢相信。

来人中的一位男同志提醒说,我们要去看看厂房。于是,大家离开大队部,到离得不远的蚕种场察看厂房。看完之后,又回到大队部,具体商量筹办工厂的事,明确了双方的分工。临别前,那位女同志交代说:"把厂办起来相对容易,难度在于生产和管理,为了确保厂里生产的生丝达到出口的要求,建议你们把费局长请过来做指导,那你们就有把握了,我们也可放心。"

周明芝明知现在费达生的处境,不一定能请得过来,但他对他们拍着胸脯说:"没问题,我们一定能把她请到开弦弓村来!"

第 *36* 章

巧施绝招

△以毒攻毒，是没有办法的办法。但有时候，不失为一种最直接、最有效的办法，甚至是一种绝招。只要解决问题，只要有善的结果，就要用尽一切办法。

　　仅用 3 个多月的时间，丝厂的各项筹备工作，包括 18 台立式缫丝机和其他设备的安装，都顺利地完成了。现在离正式开工投产只有 2 个月的时间了。

　　这段时间，周明芝一直在脑子里盘算：怎样才能把费达生请过来呢？

　　他终于想出了一个绝招。这天，他把村里那位曾经批斗过他又暗中向他认错的造反派请到了大队部。这个造反派就是沈早生，现在算是村里造反派组织的负责人，但他见到周明芝还是敬畏三分。在开弦弓村，不管外面的政治风暴刮得多么激烈，但到这里就弱了许多。在村里，还是长辈们说了算，干部们说了算，造反派最多也就跟着外面的形势搞搞形式、折腾一下。周明芝向沈早生秘密交代了一件事，他二话没说，表示一定办好。

　　第二天一早，村里 30 多名青年人在南村的桥头集合，个个头戴草绿色军帽，臂袖上套着红卫兵袖章，分别登上两条 5 吨的水泥船，前往苏州丝绸工学院，周明芝随船而去。

在苏州丝绸工业学院造反派组织总部，沈早生拿着开弦弓大队革委会的介绍信，正在与学校的一位造反派头头交涉："我们是吴江县开弦弓村的红卫兵，村革委会让我们过来把资产阶级分子费达生押到村里去批斗。"

学校造反派头目感到莫名其妙，打量了一下，不屑地说："费达生是我们学校的走资派，与你们搭什么界啊？"

"那你就不知道了，她与我们村里的关系可大了。"沈早生说，"从解放前到解放后，她一直在我们村里办丝厂，搞资本主义，在我们那边影响太大了，现在我们决定把她带到村里去批斗，揭穿她的真面目，彻底肃清她的流毒！"

"那不行！"学校造反派头目骄横道，"她归我们管制，不能离开学校半步！"

沈早生也强硬起来："她既是你们学校的当权派，也是我们村里的走资派。我们非得把她揪回去批斗不可！"

"她正在接受批斗，用不着你们揪去批斗。"学校造反派头目坚持不同意。

"我们村里的红卫兵已经在大礼堂门口等着了。"沈早生高声道："你们有革命的权利，我们也有革命的权利。革命派要联合起来。你们要支持我们的革命行动！"

"哼！"学校造反派头目怒目而视，"你们还想抢人啊？"

沈早生硬气道："不是抢人，而是揪斗，反正不管你们同意不同意，我们都要把她带到村里去批斗。不获全胜，决不收兵！"

站在沈早生后面的造反派个个摩拳擦掌，高呼道："不获全胜，决不收兵！"

这一喊，惊动了正在开会的其他几个造反派头目，他们过来问清缘由后，其中一位毫不犹豫地说："放人，应该让他们揪到开弦弓村，结合她在当地犯下的滔天罪行进行批判！"

批斗大会一结束，费达生就被候在礼堂门口的沈早生他们接走了。

费达生不知发生了什么事，心里慌得很。当她被带到离学校较远的河边时，眼前的一幕让她惊呆了：郑辟疆和周明芝已在船上等她了。

原来，这一切都是周明芝精心策划的。他让村里的造反派到学校去抢人，自己则到郑辟疆家里接人。等费达生上了船，进了临时搭起的舱篷内，郑辟疆正经八百地对费达生说："周书记带着人来把我俩揪回开弦弓村批斗呢！"

费达生顿时明白过来了，大喜过望，会心地鞣然而笑，笑得是那么开心！

船上所有的人都笑起来了。笑声中，两条水泥船离开河岸，一前

开弦弓村西清河桥

一后向着开弦弓村的方向驶去。

一路上，周明芝向郑辟疆和费达生详细汇报了丝厂筹备的经过，告诉他们还有不到两个月的时间就要开工投产，请他们过去指导。

坐在船上，郑辟疆和费达生似乎又回到当年来开弦弓村推广新品种和新技术的激情岁月。看着小清河两岸的景色，是那么的熟悉，那么的亲切！他们享受着重获自由的喜悦，完全忘记了长时间来遭到的屈辱与伤痛，憧憬着新的事业、新的生活。只要能继续从事他们一生钟爱的蚕桑事业，只要能为农村、为农民做事，他们总是快乐的、幸福的。尤其是开弦弓村，是他俩事业和精神的港湾。

到了开弦弓村，郑辟疆和费达生仿佛又置身于世外桃源之中。虽然这里也有一些大字报和标语，但不多，与学校比起来，清新宁静了许多。他俩的身心一下子放松了。独独让他俩感到有些伤感的是，村子里像陈杏荪这样的老人都不在世了，很少见到熟悉的面孔。只有林同生还健在，也只有他在河边整整守候了一天，迎候着他们的归来。

周明芝为郑辟疆和费达生在生活上做了周密的安排。在大队部腾出两间房间，收拾得像小招待所一样，让他俩一间做卧室，一间做办公室。隔壁是赤脚医生的诊疗室，可以随时过来照料他们的生活和健康。周明芝还让林同生、周阿芝老夫妻俩经常过来陪护年老有病的郑先生。而郑先生到这里住了三天后，身体与精神都好了许多，还能在别人的搀扶下到工厂车间里去察看。

对于在很短时间内筹建起来的缫丝车间，费达生甚为满意，她与周明芝书记开玩笑说："比我们当年创办的合作丝厂不知要先进多少了。不过，虽然设备先进了，但原理还是一样的，性质上也差不多，都具有集体合作的性质，所以，现在大队办的丝厂与过去村里办的丝厂，还是一脉相承的。"费达生的这番话是有深意的，实际上是在提示周明芝，要把工厂办成农民自己的工厂，为村民们谋福祉。

在这一点上，周明芝与费达生的想法完全是一致的。在他的思想深处还是农民的心态，他有点像当年的陈杏荪，一心要发展村里的蚕桑业，一心想让村民的生活过得去，过得好一些。虽然他作为大队长只能执行"以粮为纲"的政策，只能高喊"农业学大寨"的口号，但他心里知道，在开弦弓村光靠种粮是远远不够的，还得靠蚕桑，靠办厂。因此，这次他瞅准这个千载难逢的好机会，一定要把大队的丝厂办起来，而且办好！

每次大队部开会研究丝厂筹办工作，都邀请费达生参加。费达生也是全心全意、开诚布公地提出自己的意见和建议。她认为，这次大队办厂与以前村里办厂最大的不同，是有了大型国有企业作为靠山，主要体现在设备和销路上，这是绝好的机遇和不可比拟的优势。但是，也有更大的挑战、更大的难度，主要体现在管理与质量上，这与过去是不能同日而语的。现在要直接面对国有企业，直接面对国际市场。这对于刚刚办起来的村级小厂是有考验的。因此，她提出建议，大队要因地制宜，扬长避短，重点抓好两条，一是抓好原材料，就是

开弦弓村的农事
景象

从种桑养蚕开始抓，把好桑叶关，养蚕关，用最好的桑叶，养最好的蚕，用最好的蚕，结最好的茧。有了最好的蚕茧，就能产出最好的生丝。这是开弦弓村的最大优势，可以把这些环节都抓在自己的手上，确保原材料的质量。二是抓好管理人员和工人队伍的建设。这是开弦弓村目前的短板，甚至可以说是一张白纸。过去合作丝厂的工人都老了，而且她们的技术也不适合现在的设备。现在有些年轻的工人，都不在村里，到外面工作去了。怎么办？费达生又提了两条，一是把村里在外的管理人员和工人请一部分回来，能留的把他们留住，不能留的让他们利用节假日回来帮忙和指导。二是在村里找工人，搞培训。还可以把过去合作丝厂的老工人集中起来，她们毕竟有些技术和经验，可以让她们做一些辅助性的工作，发挥传帮带的作用。

费达生的意见得到了周明芝的高度认可与重视。很快，一项项工作紧张有序地开展起来：郑辟疆亲自编写培训教材，费达生组织管理人员和工人进行培训，周明芝到苏州和南京聘请人员。其他大队干部都明确分工，负责原材料的生产、收购、评级等。

筹备工作一点点推进，开工时间一点点逼近。

第 **37** 章

二次创业

△一句温暖的话语，像是冬天的一缕阳光，驱散那凛冽的寒风；像是久旱后的一场春雨，滋润着龟裂的心田；像是大海中的一座灯塔，给人以方向、希望与力量。

开弦弓村的缫丝厂如期开工投产了！

没有开工仪式，没有锣鼓鞭炮，一切都是低调而悄悄地进行。然而，再低调也按捺不住大家兴奋的心情，再悄悄地进行也要传出机器运转的声音。

听着这"咔嚓嚓，咔嚓嚓"的机器声，看着这缫丝车里吐出的一缕缕长长的、雪白的生丝，郑辟疆、费达生的心里是甜蜜的，在场所有的人都异常高兴。这在当时来说，简直就是在社会主义土壤里开出的一朵奇葩！

在开工座谈会上，林大弓代表公社前来祝贺。田海宽书记虽然没有到场，但自从接到市县革委会关于同意省丝绸总公司与开弦弓村联办缫丝厂的通知后，他就不再阻止周明芝办厂了。这次他还特地派林大弓过来参加座谈会，以表支持。

为了办厂而承受种种压力、经历种种困难的周明芝，终于松了一口气。他在发言中，对省市县乡的支持表示感谢，特别感谢省丝绸进出口公司给开弦弓村重新办厂的难得机会，并在资金、设备、销售上给予的扶持。他说："这是开弦弓村第二次办缫丝厂。两次办厂，离不开两个关键性人物，就是郑辟疆校长和费达生院长。没有他俩的帮助，就没有开弦弓村蚕桑业的兴旺，就没有开弦弓

村民利用废蚕丝捻丝线

村的缫丝厂，就没有开弦弓村在国内外的名气。所以要特别感谢他们两位。他们是咱们全村贫下中农的贴心人！"

听到最后的这句话，费达生眼泪唰地一下就出来了。她难以控制自己的心情。在学校，她是走资派，是资本家的代理人，是宋美龄的干姊妹、国民党的小爪牙，而在开弦弓村，干部群众把她当作贴心人。

这是多么贴心的称呼和话语啊！她不图名不谋利，图的就是祖国的蚕桑事业，谋的就是农民的实际利益。只要能为蚕桑事业和农民办点实事，她就心满意足了。所以，她即兴说道："要说感谢，首先是我与郑校长要感谢开弦弓村。是开弦弓村给了我们推广蚕桑新品种、新技术的实验基地，给了我们创办中国第一个村级合作丝厂的机会，给了我们至今还能为我国蚕桑事业服务的条件和可能。我们为此感到由衷的欣慰与庆幸。在这里，我要特别感谢各级的支持，尤其是省丝绸

进出口公司，在我离开省里工作之后，还与我保持着联系，还给我面子，为开弦弓村兴办缫丝厂开绿灯，开小灶，给予特殊的政策和特殊的支持，这样才能把开弦弓村的缫丝厂办起来。现在，我与郑校长只有一个愿望，就是把今天这个厂，作为我们40年前在开弦弓村办的、后被日本人毁掉的那个合作丝厂的延续，把它办好，并越办越好，为国家的蚕桑事业和外贸出口多做贡献，同时也以此带动开弦弓大队经济的发展，让老百姓增加收入，提高生活水平。"

省丝绸进出口总公司代表鲁英也在会上发了言，对与开弦弓大队联办缫丝厂并如期投产表示十分满意和热烈祝贺，同时要求缫丝厂抓好质量管理，确保生产出来的生丝达到和超过外贸出口的标准与要求。她也表示，下一步会加大对缫丝厂在资金、技术、销售、价格上的支持力度，确保缫丝厂在现有的生产规模上继续有所发展，并有更多的经济收入。最后她提议厂名就叫"开弦弓缫丝厂"，并加挂"江苏省蚕丝出口基地"的牌子，她还希望开弦弓缫丝厂生产出来的生丝要确定一个名称，以利于对外销售。

对此，费达生表示赞同，她说，过去合作丝厂生产的生丝叫"蜜蜂牌"，当时在国内外市场上如同历史上的"辑里丝"一样，是响当当的名字和品牌，为了保持一定的延续性，也为了尽快得到国际市场的认可，建议把这个新厂生产的生丝叫作"新蜜蜂牌"。

大家一致赞同费达生的提议。

从此，开弦弓缫丝厂的"新蜜蜂"开始飞舞起来了！

郑辟疆、费达生又要再一次离开开弦弓村了。虽然他俩离开学校两个多月，学校方面从未催问过，也没来找过什么麻烦，但他们心里总不是那么踏实，一直躲在外面也不是个事情。再说，郑辟疆年老多病，长期在外也不便治疗，故而他俩看到工厂已经顺利投产并正常生产，就决定回苏州、回学校。周明芝一再挽留他们，但也理解他们的心情，只好派了船，亲自送他俩回去。

暮春时节，百花凋谢。船离岸时，又有许多人来相送。此时此刻，郑辟疆与费达生的心情特别复杂。他们是欣慰的，在暮年之际，他们还能携手重回他俩曾经奋斗过的地方，不仅回来了，而且又发挥了余热，帮助村里第二次建厂，了却了长期萦绕在心中的一个愿望。他们也是失落的，这次离开，以后还能再回来吗？即使有机会回来，还能两个人携手而来吗？他们是迷茫的，这次回去，学校会追究吗？造反派们还会像以前那样无休止地批斗他们吗？他们还有机会从事他们一生钟爱的蚕桑教育、科研和实业吗？

带着极其复杂的心情，他们离开了开弦弓村。郑辟疆的心中一阵酸楚，一阵怦动，情绪一落千丈，一路上一言不发。费达生看出了郑先生的心事，不时地宽慰道："明年春上，我们再来开弦弓村！"

第 **38** 章

蚕老丝尽

△尽管生活让你有哭泣的理由，你也要有欢笑的容颜。面对挫折，面对荣辱，面对苦难，只有泰然处之，方能雨过天晴，看见彩虹。

一回到苏州家中，郑辟疆的老毛病又犯了。费达生请医生上门为他治疗，几天后才有所好转。全亏家里的老保姆感念他俩以往对她的好，与丈夫黄扬一起搬到郑辟疆家里来住，白天夜里轮流陪护着他。

等郑辟疆的病情稍微稳定后，费达生就到学校去看看情况。

见到费达生，这位学校造反派负责人，现任学院革委会副主任才记起了她，便拉下脸责问道："怎么这么长时间没有来学校，你跑到哪里去了？"

费达生听了又好笑又生气："不是你们把我借到开弦弓村去接受批斗的吗？"

"嗯。"这位造反派负责人似乎记了起来，"批斗了这么长时间？"

"他们不让我回来。"费达生边说边思考着如何回答，平生第一次对人说起了谎话，"他们有时批斗我，有时让我进行劳动改造。"

"劳动改造？"造反派负责人表示怀疑道，"你还能下地里干农活？"

"不是的，"费达生只好如实说来，"我是在村上的厂里帮忙的。"

"村子还有工厂？"造反派负责人更不相信了，"什么工厂？生产什么的？"

费达生答："是缫丝厂，生产出口的蚕丝。"

"撒什么谎啊？"造反派负责人恼火了，"村的工厂还能生产出口产品？现在能搞什么出口吗？你要老实交代，不要遮遮掩掩的，你在那边究竟干了些啥？"

"你怎么不相信呢？"费达生急了，"他们的确做的出口产品，你们可以去调查了解嘛。"

造反派负责人武断道："如果现在村里还办什么工厂，那就是公然对抗'以粮为纲'的方针；如果他们现在还搞什么出口产品，就是明目张胆地走资本主义道路；如果你去帮他们村里办厂，搞什么出口产品，那就是支持和参与走资本主义道路，罪加一等！"

见那造反派负责人如此蛮横，费达生不敢回敬，只能解释说："现在国家急需外贸出口产品，换回外汇进行社会主义建设。开弦弓村是历史上的蚕桑基地，有生产高质量生丝的基础，所以省里就给了这个村出口生产指标，要求他们组织生产。要不，市里、县里和乡里怎么会让他们办厂呢？再说，我也不敢欺骗组织啊。"

这番话堵住了那位造反派负责人的嘴，但他还是说道："我们不能光听你这么说，要去调查。从今天起，不许你离开学校，继续接受审查，老实交代自己的罪行！"

费达生再一次失去了人身自由。没过多久，她又被学校安排到离家很远的太滆红星农场去劳动。这一去，就不知道何时能回来，她实在放心不下重病缠身的丈夫，只得反复叮嘱保姆和她的丈夫黄扬好好照顾郑校长，有什么事及时通知她回来。

在农场，费达生是来接受劳动改造的"臭老九"。她在厨房做过饭洗过菜，在托儿所照看过小孩，在猪圈当过饲养员，还当过通信员，每天用小扁担挑两个篮子到小镇上去取信件、报纸，还要捎带给其他人买香烟、牙膏、草纸等日常用品。后来，农场领导发现这个臭老九特别勤快，做事又细心，就分配她到农场图书馆工作。这是她求之不得的，她想，这下她又有机会接触到那些蚕桑资料和书籍了，可以边管理图书，边做点研究。

她愉快地来到图书馆，但她看到的哪里是图书馆啊！两间长期没有打扫过的房子，里面堆满了一些蒙着厚厚灰尘的书籍、杂志和报纸，几只铁皮书架横七竖八地摆放着，房间外的过道里堆放着一袋袋水泥和一些杂物。费达生请来农场里的几个年轻人，帮她一起清理过道和房间，把书架搬放到合适的位置。然后，她就自己一个人整理书籍和报纸杂志，整天待在房子里，一本本地翻看、登记、填写卡片。白天时间不够用，晚上再加班，每天填写200张卡片才下班休息。就这样整整忙了半个月，把这个几乎废弃了的图书馆又开张起来，给农场里喜欢读书的人提供了一个难得的学习场所，受到大家的欢迎和好评，费达生也从中得到些许安慰。然而，这些小小的安慰并不能让她的心平静下来，她思念和担心远在家里的体弱多病的丈夫，不知他是否安好。

在保姆和黄扬的悉心照料下，郑辟疆的病情一度有所好转。他知道去农场见费达生是不可能的，就想去苏州看望一下费达生的父亲费璞安。他俩是故交，在年轻时都怀有"教育救国""实业救国"的理想，还曾长期在一起工作过。但"文革"开始后，他们就未曾见过面。因为费家被抄家，费孝通又在北京遭到各种严酷的批斗，老人家一气之下中了风，卧床不起。费达生一直把这事瞒着郑先生，不让他去看望自己的父亲，免得两位老人太过悲痛，影响身体。有一天，郑辟疆硬是要黄扬陪同他进城去，黄扬拗不过他，只得陪同前往。到了苏州，郑辟疆让黄扬留在观前街等他，自己独自去了费家。他看到一向健康乐观的费璞安重病躺在床上，便上前询问病情，但费璞安说话已经非常吃力，口齿不清地问："达，达生她怎么没来？"

郑辟疆怕他担心，就说："她，她在家里有事，让我来看望你。"

"你就别，别，别再瞒我了。"费璞安又断断续续地反复问，"达生她，她是不是，又，又被拉去批斗了？她，她怎，怎能，受，受得了啊……"

郑辟疆无言以对，他不肯说出费达生被弄到农场去劳动改造的事，免得费璞安更加担心，但他又忍不住内心的担心，顿时老泪纵横。

费璞安从被子里伸出手来，握住郑辟疆的手，再也不说什么了。

两位老人静静地坐了一个多钟头。费璞安的老伴要留郑辟疆在家吃饭，他摇了摇头，怅然若失地离开了。

他回到观前街时，脸色难看，嘴也歪斜，咿咿呀呀竟说不出话来。黄扬赶紧扶着他坐公交车回家，发现他病情愈发加重，右手、右脚不能动，口不能言，小便出血，就立即把他送浒墅关人民医院医治，几天下来不见好转，又转到苏州市第一人民医院救治。半个月后，他已能下床走动，小便出血也止住了，就出院回到家里休养。然而，他的病情并没有得到根本好转，常常昏睡不醒。

就在这段时间，黄扬却在工厂里遇到了问题。他一向勤勤恳恳

郑辟疆晚年在办公室

地工作，重活累活抢着干，群众对他的反映很好。可是，有人把他与郑辟疆的关系当作问题提出来，说他阶级立场不坚定。组织上找他谈话，要他与郑辟疆划清界限，五天以内从郑家搬出来，否则不能参加组织生活，甚至要开除党籍。黄扬夫妇长期受到郑辟疆和费达生的关照和资助，而如今郑先生重病卧床，费达生又在外地接受改造，他怎么能从郑先生的身边离开呢？他顶住压力，仍然住在郑家，与妻子轮流服侍郑先生。一天凌晨，郑辟疆按往常的情况本应醒来了，但这天他一直昏迷不醒，黄扬夫妇反复呼唤，他再也没有苏醒过来。

郑辟疆悄悄地辞别了人世。得到噩耗的费达生赶到家中，看到的是丈夫冰凉的尸体。她悲痛欲绝、万分内疚，她没能陪伴自己敬爱的丈夫走完人生最后的路程。

办完丧事，费达生整理郑先生的遗物时，在床头的笔记本里，发现了他写的一首诗：

> 生存到止境，好比灯油尽。
>
> 油尽灯自灭，永别无需惜。

遗体付火化，灰烬一扫光。

寿丧是喜事，大家都欢欣。

一生无贡献，未尽人民责。

徒餐二百石，无以报农人。

　　默默地读着丈夫留下的诗句，费达生愈发悲痛，几乎失去了自己的精神支柱。他是她的丈夫，更是她事业上和思想上的导师！

第 *39* 章

强行划转

△又是一次意想不到的挫折。面对挫折，如何去承受，如何去选择，如何去破解，这是对一个人智慧与意志的考验。

郑辟疆去世不久，费璞安也走了。费达生送走了丈夫和父亲后，又回到了农场，继续在图书馆工作。她思念着离去的丈夫和父亲，也思念着远在外地的几位兄弟，尤其挂念在北京的小弟费孝通，他被打成了右派，料想在"文革"中的处境更加艰难，他能挺得住吗？

在思念亲人的同时，费达生还牵挂着开弦弓村的缫丝厂，这是她事业和精神上的唯一寄托了。

自从费达生被送往农场后，周明芝就无法与她联系上。这两年，周明芝兼任缫丝厂厂长，他带领厂里的管理人员和工人苦干加巧干，生丝的产量和质量稳步提升，新蜜蜂牌生丝成为省丝绸进出口总公司对外贸易的拳头产品。开弦弓村也因此成为"农业学大寨、工业学大庆"的双典型和抓革命促生产的红样板，各级领导和干部群众纷纷前来参观访问。

一直对开弦弓村缫丝厂怀有偏见的公社书记田海宽，虽然由于上面的要求表示过支持，但实际上没有给予丝厂任何实质性的帮助，而且从未来过厂里。有一次，省革委会一位姓黄的副主任在市县有关领导的陪同下，前往开弦弓村参观缫丝厂，田海宽只得出面接待并一起到厂里参观。

黄副主任几次向田海宽询问情况，他都答不上来。参观时，黄副主任便随口说了一句："这工厂不归公社里管吗？"

这下田海宽回答上了："这是村办的企业，归省里直接管。"

"不会吧？"黄副主任表示怀疑，但也没有再向田海宽问些什么。

接下来，周明芝向黄副主任详细地介绍了工厂的生产、技术、经营等方面的情况，重点汇报了抓革命促生产的做法和成绩，表示要高举"农业学大寨、工业学大庆"的旗帜，夺取全村农副业生产的双丰收、双胜利。这位黄副主任听了非常满意，充分肯定了开弦弓村的成功经验和雄心壮志，认为开弦弓村缫丝厂是"文化大革命"的产物与成果。他还特地对田海宽说："你们公社要高度重视这个厂，把它紧紧地抓在手上，巩固和发展这个革命生产双胜利的先进典型。"

听黄副主任这么说，田海宽心想，现在既然这个小厂那么吃香、那么红火，倒不如把它收到公社里来管，这样既贯彻了上级领导要公社直接抓在手上的要求，又能增加公社的财政收入，还能成为公社里的典型和成绩，何不顺水推舟呢？他立即向黄副主任表态说："我们很快就会贯彻落实领导的意见和要求。"

送走黄副主任，田海宽留了下来，找周明芝单独谈话。他说："你刚才也听到领导的要求了吧？"

"听到了。"周明芝说，"感谢各级领导的肯定与重视，也感谢田书记你对咱们工厂的支持。"

田海宽一改过去强硬口气，谦虚道："我过去对这个厂重视和支持都不够，看来以后不得不重视了。"

　　周明芝并没有听出田海宽话中有话，还是诚恳道："那就更要感谢田书记了。说实话，工厂初期的困难已经过去了，现在都已走上正轨，发展势头很好。我们不会让书记你操更多的心，我们一定毫不松懈地抓下去，把工厂越办越好。"

　　田海宽听了这话心里并不舒服，严肃起来问："听你这话的意思，是不是不需要公社来重视和管理啊？"

　　"不是，不是。"周明芝一听田书记的话音不对，连忙说，"我们当然希望公社多重视、多管理了。"

　　"那就好。"田海宽亮底了，"今天参观了你们这个厂，又听了领导的要求，我觉得这个厂应该由公社来管。"

　　"公社来管？"周明芝警觉起来，"公社怎么个管法？"

　　"公社来管就是公社来办。"田海宽补充说，"工厂是搬不走的，还是放在村里，但人力物力财力都收到公社来管，作为公社的一个企业。"

　　"这不行，这绝对不行！"周明芝没有想到田书记会有这个想法，连忙道，"这是我们大队办的，大队投资的，再说也是与省丝绸进出口总公司联办的。"

　　"这个我是知道的。"田海宽明确地说，"至于怎么划归公社，怎么结算，怎么与省公司沟通，我再作具体考虑，回去以后还要由革委会来讨论决定。但我认为，这样做有利于企业的发展，符合'一大二公'的要求，在政治上是有意义的。再说，也可以让你集中精力抓好大队的工作，抓好粮食生产和副业生产。"

　　"我是决不会同意的！"周明芝吼了起来，"全大队都是不会同意的，社员们也是不会答应的！"

田海宽站了起来，毫不留情道："你别这么激动，个人服从组织，小局服从大局。等公社革委会作出了决定，你周明芝必须服从！这是革命的纪律，革命的需要！"他说完扬长而去。

周明芝张口结舌，脑子里一片空白。

田海宽造反起家，在市县又有后台，所以他在公社说一不二，就连造反派组织的头头们也惧他三分。他回到公社，立即召开革委会会议，研究开弦弓缫丝厂划归公社管理的问题，他拿着鸡毛当令箭，居高临下道："这既是贯彻省革委会黄副主任的明确要求，也是为了防止开弦弓缫丝厂搞独立王国、走资本主义道路的重要举措，必须克服各种阻力，迅速实施到位。"他的提议得到革委会成员的一致同意。不知是因为林大弓对开弦弓村熟悉，还是为了考验林大弓，田海宽点名由林大弓具体负责划转事宜。

林大弓的内心是不同意将开弦弓缫丝厂划归公社的，但在会上不得不表示同意，会后他就立即回开弦弓村找周明芝商量。周明芝对此事非常抵触与气愤，表示坚决不同意划转。林大弓对他说："硬是抵制是抵制不了的，还是要有个理由，想个办法。"

周明芝觉得大弓说得有道理，冷静下来想了想说："现在唯一的办法，就是我去做做省公司的工作，让他们出面阻止这件事。"林大弓认为这是一个办法，让周明芝速去速回，把工作做在前面。

周明芝立即启程赴南京，但两天后就垂头丧气地回来了。他告诉林大弓，自己找到了省丝绸公司的鲁英，她说公司已接到了公社田书记的电话，电话里田书记转达了省革委会黄副主任在开弦弓缫丝厂视察时的讲话要求，提出了将开弦弓缫丝厂划归公社管理的意见。对此，公司做了研究，必须按照黄副主任的要求办，并尊重公社革委会的意见，不便出面阻止这件事。林大弓听了周明芝说的情况，觉得此事已经难以挽回，他能做的就是尽可能拖延些时间，看看情况再说。

可是，田海宽紧紧盯着这件事，看到林大弓迟迟没有动静，就把林大弓找到自己办公室说："开弦弓缫丝厂划转的事，你就别管了，我直接来抓。"

田海宽又把周明芝叫到公社来谈话，告诉他公社革委会已作出决定，并征得省丝绸进出口公司的同意，立即进行开弦弓缫丝厂的划转工作。

周明芝知道此事木已成舟，无法改变，就向田海宽请求道："田书记，请你高抬贵手，把工厂还是留给大队，我们可以把厂里每年获得的利润上交一部分给公社。"

"那不行。"田海宽唱起高调，"这不是钱的问题。划转工作是革命的需要，是从政治上考虑的。"

周明芝又来气了："这厂是我们开弦弓大队办起来的，可不能说划转就划转，说拿走就拿走吧？"

"划转不是拿走。"田海宽说，"我上次就与你说过了，工厂划归公社以后，厂址还放在开弦弓，不搬走。现在我还可以退一步，工厂的厂名不变，还叫开弦弓缫丝厂。产品的名称也不变，还叫新蜜蜂牌。"

"可这厂是我们大队自己投资的。"周明芝强调说，"这关系到社员的切身利益！"

"这我也考虑到了。"田海宽显得很大度的样子说，"工厂的利润不是部分上交公社，而是部分下拨大队。这是工厂的性质问题，也是划转的原则问题，这是不能讨价还价的。当然，每年下拨给大队多少，是可以讨论的，我会考虑让大队和社员还能从工厂得到一定的实际利益。"

周明芝实在无话可说，也不想再说些什么了。见周明芝不说话，田海宽的口气也缓和下来："老周，考虑到这厂是你们办起来的，以后厂还在开弦弓村，所以在工厂划转后，管理班子和工人队伍基本不变，公社派一个人过去当工厂的书记，把人力、物力和财力统管起来。你可以继续留在厂里抓生产和销售。但大队书记的位置就要让出来。也可以让你在书记和厂长上做个选择，当书记就不当厂长，当厂长就不当书记，这个你自己定，我给你三天的时间，考虑好后告诉我。"

周明芝什么也没说，转身就走。回来后权衡再三，他选择留任厂长。

公社党委决定，由革委会副主任迟建良兼任缫丝厂书记。说是兼任，实际是坐镇厂里主持工作，大抓阶级斗争和政治学习，对生产却放手不管。周明芝继续埋头工作，艰难地维持着厂里的生产。

第 **40** 章

平地惊雷

△命运，一是命，为先天所赋的本性；二是运，
为人生各阶段的穷通变化。命与运组合在一起，
是一个人在时空转换中的特定现象。

　　身在农场的费达生，并没有把图书馆当作避风港和自己的归宿，她时刻关心着国内形势的变化，盼望有朝一日能重返学校，重回开弦弓村，为国家的桑丝事业服务。但是，路漫漫其修远兮，不见尽头。

　　她在图书馆日复一日地工作着，身体与精神都越来越差。有一天她在整理图书时，忽然觉得眼前的一切都模糊起来，书籍封面上的小字看不见了，大字也成了一团黑影。她以为眼睛里飞进了灰尘，用手轻轻地揉了揉，依然什么也看不清，而且越来越模糊，几步之外的人脸也看不清了。在同事的帮助下，她到苏州市第一人民医院去就诊。眼科医生诊断后告诉她，眼睛患有黄斑病，视神经出现萎缩，玻璃体开始病变，非常严重，应立即停止工作，最好到大医院去抓紧治疗。

费达生老年时

　　回到农场，她给弟弟费孝通写了一封信，把自己的病情与他说了，请他在北京联系个医院，她请假去动个手术。但信寄出后石沉大海，迟迟不见回复，她就只能这样等着，拖着。

　　那年初，深受人民爱戴的周恩来总理，因病逝世，引起全国人民的巨大悲痛。但是，江青集团却压制人民群众的悼念活动，加紧开展"批邓、反击右倾翻案风"运动，激起了人民的极大愤慨。北京从 3 月底开始，百万人民群众自发地汇集到天安门广场，张贴传单，朗诵新词，发表演说……

　　1976 年 9 月 9 日，毛泽东主席逝世，中国人民沉浸在巨大的哀痛之中。

　　费达生也同大家一样感到万分悲痛。尽管长期以来经受了那么多的委屈、侮辱和苦难，但她总是认为自己是从旧社会过来的人，需要进行思想改造，始终对共产党、毛主席、周总理怀有浓厚的感情和崇敬之意。周总理、毛主席的相继逝世，使她对祖国的未来更为忧虑。于是，她以治眼疾为由，向学校、农场分别请了假，准备到北京去，既看病又看望弟弟孝通，当然，也想去看看形势。

　　听说费达生要去北京，黄扬夫妇俩都不放心，劝阻说："你老人家一个人，这么远的路，北方天又冷了，怎么能去呢？还是我们送你去吧！"

　　费达生何尝不想他们陪同过去呢？但要增加那么多的路费和食宿费，她实在舍不得，便说："我觉得自己还行，你们尽管放心就是了。"

　　黄扬夫妇看费达生执意要去，只好替她买好票，送她上了火车，并与她原来的学生、如今任中国纺织品进出口总公司工程师的项志生联系，请他帮忙接站和安排。

　　到了北京，她被项志生接到家里住了下来。面对自己的学生，费达生也就不客气了，托他帮忙办两件事，一是设法与费孝通联系上，二是找个看病的医院。说来也巧，项志生打电话到中央民族学院的老同学那里打听费孝通的联系方式，那位同学说费孝通刚从五七干校回到学校，有事他可以转告。

　　得知消息的费孝通马上赶来了。姐弟相见，喜极而泣。他俩既欢喜又心酸。十多年不见，彼此都老了，那缕缕白发道道皱纹，包含了他们经受的多少磨难与艰辛啊！谈话中，费达生才知道她寄给弟弟的信，到了中央民族学院就再没人帮着转到五七干校，所以，她的病情和家中的变故，费孝通全然不知。

　　姐弟俩都不愿意多提那些令人伤心的往事。费孝通对开弦弓村的情况极为关注。费达生告诉他，前几年遇上一个特殊的机会，开弦弓村重建了缫丝厂，还成了省里的外贸出口基地。对此，费孝通颇感兴趣，表示有机会一定要回开弦弓村去看看。但面对当前的形势和各自的处境，他们都知道一时难以成行，不免黯然神伤。

　　他们正说着，项志生的夫人回来了，告诉费达生，已请朋友帮忙，为她办好了到友谊医院的手续，马上就可以入院。入院后，费达生顺利地进行了眼科手术。这期间，费孝通和项志生夫妇经常来探望她，给她送来营养品，陪她一起聊天。手术一周后，项志生夫妇就来接她出院了。

　　那天中午，他们从友谊医院出来，坐上无轨电车。车开到前门大街时，遇到一支支游行队伍，有工人、学生、解放军和机关干部，人山人海，人们举着横幅，挥着旗子，呼着口号。汽车在行进时不时被游行队伍挡住，停在道路中间。车上的人纷纷议论着，但都不知道究竟发生了什么事。

他们回到家中刚坐下，费孝通兴冲冲地跑来，喜形于色道："告诉你们一个特大喜讯：四人帮被粉碎了！"

"四人帮？四人帮是谁？"费达生脑子一时转不过来，问，"什么粉碎了？"

"就是江青、张春桥、姚文元、王洪文他们四个人！"费孝通抑制不住内心的喜悦，打着手势道，"粉碎嘛，就是中央把他们一个一个地抓了起来。这四个人把中国搅乱了，把我们害惨了！"

坐在一旁的项志生喜不自胜："谢天谢地，这些不得人心的家伙，总算倒台了，国家有希望了！"

费达生这才明白过来，国家弄成这个样子，原来是这帮人在捣鬼。现在这帮人倒台了，她心里的一块石头落了地，踏实了许多。

费孝通高兴地说："这样好了，我们这些知识分子再也不会被改造、被批斗了，可以安下心来做我们的工作和学问了。"

"这也是我梦寐以求的。"费达生说，"我虽然年龄大了，但还是想再做几年蚕桑教育工作，再回到开弦弓村去做点实事。"说完，她又问费孝通，"那你可以回开弦弓村去看看了吧？"

"要去的，要去的。"费孝通激动地说，"我不仅要回去，还要做更多的研究、写更多的文章！"

"费教授，如果你去开弦弓村，一定要把我叫上。"项志生开玩笑道，"过去我是你姐的学生，以后我就跟着你，做你的博士生。"

几个人开怀大笑起来。笑声中，费孝通从袋里摸出一张纸条说："我刚才过来时，游行队伍里有人塞给我一张传单，上面是一首词，我读给你们听一下。"

> 跃马横枪，怒瞪眼，眦眦尽裂。
>
> 仰天啸，膺填义愤，一腔热血。
>
> 四载无功焉树李，十年有难何为国！
>
> 小阳春，平地一声雷，妖魔绝。
>
> 过来事，永不更。
>
> 国蒙难，民分裂。
>
> 愿唐僧，莫念紧箍儿诀。
>
> 归燕衔泥须合力，山河重振靠团结。
>
> 盼小平，挥手指康庄，坚如铁！
>
> ……

北京之行，费达生眼睛亮了，心里也亮了。她带着喜讯回到了家乡。

下 部

百年梦圆

第*41*章

又绿江南

△个人的命运与国家的命运紧密相连。国运维艰，
个人寸步难行；国运兴隆，个人前景光明。时来
运转，中国人必将走上国强民富的康庄大道。

公元 1977 年，历史在这里划出一条重重的红线，中国从这里翻开崭新的一页。漫长的冬天终于过去。春天来了，春天真的来了！自那时起，960 万平方公里的土地上，响起了阵阵春雷。

粉碎"四人帮"后，费孝通不断听到一个又一个令人欢欣鼓舞的好消息：

1977 年 7 月，中共十届三中全会召开，决定恢复邓小平的领导职务；8 月，中国共产党第十一次全国代表大会在北京召开，正式宣布"文化大革命"结束；

1977 年 11 月，全国恢复高考，约有 570 万青年参加高考，其中 27.3 万人被录取；

1978 年 2 月至 3 月，全国政协五届一次会议在北京举行，会议选举邓小平为全国政协主席；3 月 18 日至 31 日，全国科学大会在北京隆重举行，邓小平在大会开幕式上讲话，深刻阐述四个现代化关键是科学技术的现代化，科学技术是生产力，绝大多数知识分子是工人

阶级的一部分；其间，中共中央和国务院先后召开了农业、计划、铁路、基建、工业、财贸、煤炭、电力、运输、粮食等一系列经济会议，部署工农业生产重点工作，使国民经济明显复苏并呈现较快的发展态势。

让费孝通特别激动的是，他被邀请参加了全国政协五届一次会议和全国科学大会，与许多民主党派、无党派人士一样，恢复了参政议政的政治活动。他在大组、小组会上多次发言，表达自己的喜悦之情和积极投身祖国四个现代化建设的决心，也提出了一些建设性的意见和建议。他由衷地感觉到自己又一次获得了新生。

与弟弟费孝通一样，费达生也获得了新生。粉碎"四人帮"后，她被任命为苏州丝绸工学院顾问，并担任苏州市政协副主席、苏州市妇联副主任等职务，还被推举为中国纺织工程学会名誉理事、江苏省蚕桑学会名誉理事。

更让费达生感到欣慰的是，党和人民没有忘记郑辟疆，省市党政机关、学术团体联合举行了郑辟疆先生追悼大会。讣告一发出，唁电、挽联从全国各地雪片般地飞来。许多人把对郑先生的崇敬和郑先生的生前事迹写成诗文寄到会议筹备组，有人在唁电中称颂郑辟疆校长为中国蚕丝界的圣人。遗憾的是，筹备处费了很大的工夫，也没有查找到郑辟疆骨灰盒的下落。在新制的骨灰盒里，费达生放进了郑先生的一副眼镜和一本写得满满的笔记本。郑先生生前常摆在桌上的两颗玻璃球，她把一颗放进他的骨灰盒，另一颗留给自己作纪念。对费达生来说，最好的纪念就是继承郑先生的事业，像他那样去工作、去奋斗。

费达生与同仁在
苏州丝绸工学院
校门前合影

　　追悼大会一结束，费达生就把前来参加追悼会的开弦弓缫丝厂厂
长周明芝留下来，两人作了长时间的交谈。又是 10 年过去了。这 10
年里，费达生总是丢不开开弦弓村，但近在咫尺，却无法前往，连消
息也被阻隔。周明芝向她详细介绍了开弦弓村这 10 年来的情况，着
重讲了开弦弓缫丝厂经历的风风雨雨、起起落落，他告诉她，工厂早
就划归公社所有，一直勉强地维持着生产，半死不活，村里从中获利
很少，村民们仍然主要依靠种粮的收入维持着艰难的生活。

　　费达生听后说，开弦弓缫丝厂还能活下来，已经是很不容易了，
这也算是在动乱时期创造的一个奇迹，现在要设法把它救活，把这个
厂办好。她向周明芝表示，自己已经恢复工作了，可以给缫丝厂一些
帮助与支持。同时她希望，开弦弓村还是要抓好农副业，尤其要把传
统的桑丝产业发展起来，增加村民的收入，改善目前的生活状况，在
条件成熟的时候，村里再办丝厂，进行第三次创业。

　　周明芝热情邀请费达生早日去开弦弓村看看。费达生欣然答应
道，待到来年春暖花开时，就去开弦弓村！

　　毋须待来年，就在这年底，祖国的春天提前到来！

　　迷惘中孕育着希望，希望中交织着迷惘。焦灼的中国大地，急盼着一场复苏的春雨。1978 年 12 月 18 日至 22 日，中共中央召开了十一届三中全会。在这次全会之前，召开了中央工作会议，邓小平在会上发表了《解放思想，实事求是，团结一致向前看》的重要讲话，对"文化大革命"以来党和国家的历史和现实进行了深刻的反思，提出了党和国家工作重点转移的重要主题，这实际上成了十一届三中全会的主题报告。三中全会确定把全党工作重点转移到社会主义现代化建设上来，明确提出，现在就应当适应国内外形势的发展，及时地、果断地结束全国范围的大规模的群众运动，把全党工作的着重点和全国人民的注意力转移到社会主义现代化建设上来。

　　贫穷不是社会主义。邓小平指出，我们干革命几十年，搞社会主义三十多年，截至 1978 年，工人的月平均工资只有四五十元，农村的大多数地区仍处于贫困状态。我们要坚持社会主义，要建设对资本主义具有优越性的社会主义，首先必须摆脱贫穷。

　　因此，三中全会特别重视农业问题，从解决广大农村的贫困问题着手。经过充分讨论，否定了原来起草的继续贯彻"左"的一套的文件草案，重新起草了一个新的决定草案，并经会议通过。这个决定从中国农村实际情况出发，强调为了调动几亿农民的社会主义积极性，必须在经济上充分关心他们的物质利益，在政治上切实保障他们的民主权利。具体措施主要是：恢复和扩大社队的自主权，解决多种经营的方针问题；允许实行各种形式的联产计酬责任制；恢复自留地、家庭副业，开放集市贸易，对个体经济予以扶助。全会还对粮食、棉花、油料等农副产品价格，逐步做相应的提高。

　　党的十一届三中全会的召开，标志着中国共产党从根本上冲破了长期以来"左"的错误的严重束缚，在思想上、政治上和组织上重新确立了马克思主义的正确路线，拉开了中国改革开放和社会主义现代化建设的大幕。

经济体制改革首先在农村开始。农村改革的突破口，是推行以包产到户、包干到户为主要形式的家庭联产承包责任制。这一改革于1978 年末 1979 年初先在安徽、四川、云南、广东、江苏等地方试行。1978 年 10 月 4 日至 21 日，中央召开农村工作会议，充分肯定了以包产到户、包干到户为特征的家庭联产承包责任制。1982 年 1 月 1日，中共中央批转《全国农村工作会议纪要》，正式为包产到户、包干到户正名，全国农村改革如星火燎原，迅猛地在广袤的农村大地上开展起来。有诗云：

> 无边光景一时新，
> 万紫千红又是春。
> 春天犹如刚刚落地的娃娃，
> 因长期虔诚的企盼和祈祷而美丽起来。
> 激情冲散了沉默，
> 新潮撞击着顽石。
> 又一次农村包围城市，
> 好一个联产承包责任制。
> 中国改革的序幕从此拉开了！
> 忽然间，东方映出了鱼肚白，
> 刹那间，鸟儿叫醒了早春的清晨。
> 所有的沉思，

所有的默契，

所有的已知与未知，

所有的彷徨与勇气，

终于凝聚在一个个鲜红的手印之中。

几个普通农民，

一张普通合约，

一份联产承包的责任状，

改变了他们的命运，

不，改变了八亿中国农民的命运。

在充满希望的田野上，

在明媚的春光里，

世代受穷的人们又做起了

那个永不泯灭的梦——

"民亦劳止，汔可小康。"

第 **42** 章
农村改革

△红雾初开上晓霞，共惊风色变年华。风，徐徐
吹拂惺忪的大地；雨，轻轻发出柔和的话语。小
河盎然漾起了涟漪，田野绽出莹莹的新绿。

改革的春风吹拂着祖国的大地，也吹到了太湖之滨的开弦弓村。

历史上，开弦弓村以小清河为界，分为南村与北村。改革开放之
初，沿袭人民公社时期的建制，南村为红卫大队，北村为立新大队。
两个大队的规模基本相等，红卫大队有 10 个生产队，299 户，1 202
人，耕田 2 456 亩；立新大队有 9 个生产队，292 户，1 102 人，耕田
2 647 亩。两个大队的粮食总产量、经济水平和村民生活水平也都旗
鼓相当。

当时，开弦弓村的两个大队都属庙港公社。按照县里的部署要
求，庙港公社在红心大队第 4 生产队率先实行分组联产责任制。时任
红卫大队书记周明芝和立新大队书记谈雪荣，分别带着各生产队队长
和组长到红心大队第 4 生产队去参观学习，看到了这个生产队的农民
积极性高涨，农副业生产的实际成效非常明显。回来后，两个大队立
即行动起来，红卫大队在 6 队、立新大队在 2 队搞联产承包责任制试
点。在试点的基础上，联产承包责任制很快在全村推开。

与其他地方的农村改革相比，开弦弓村的改革既有共性，也有个性，他们不是一步到位，而是分了三步走：

第一步，把原生产队分成几个小组，开展季节性的生产承包责任制。具体的做法是，对夏收夏种和秋收秋种等大忙季节的农活，实行"定工分、定田亩、定质量"的承包制，这样既减少了浪工，又使成熟的粮食得到及时收割和入库，并提前完成播种任务，使农忙时间比往年缩短了 4 至 5 天。农忙结束后，小组就解散，待农忙再重新组织。

第二步，将各个生产队按人数分成 2 个或 3 个生产小组，把生产队的田地、河塘和拥有的脱粮机、船只等大型农具，以及仓库、公场、蚕具都平分到组，分开组织生产劳动，年终仍以原生产队为核算单位，根据收成与成本在一本账上进行核算与分工，这样就使组与组之间有了竞争性，进而提高了工效、产量和分配水平。

第三步，公开推行家庭联产承包责任制。农田按人头划分，土地在原则上继续归集体所有，由农户承包经营。在土地上，实行"三田制"，即口粮田，按家庭人口来划分，每人半亩；责任田，按劳力划分，每个劳动力 1 亩左右；饲料田，按农户平均养猪数来划分，1 头猪约 0.1 亩。同时，调整了各户家前屋后的自留地。在农具上，采取队里补贴一部分，农户自己出一点，平均每个生产队新买农船 10 条以上，平均 2 至 3 户能分到一条农船。小农具、蚕具也分到户，不够的各户自己添置。拖拉机、水泵等，一家一户难以解决，仍有集体指定专门人员管理使用。在分配上，实行大包干，农户在完成规定交纳的国家征购任务（农业税）、集体的"两金一费"（公积金、公益金、管理费）后，自主支配收获的农副产品，自主安排家庭经济收益。

开弦弓村办公室的满墙奖状

开弦弓村民的家

　　而当时的大队、生产队并没有一分了之，而是继续做好农业生产的必要管理和服务。开弦弓老乡长姚佰生的儿子姚富坤，1952 年出生，1968 年初中毕业，从 1975 年开始长期担任大队农技员。他看到村里实行联产承包责任制后，村民的生产积极性大大提高，粮食产量也在年年增长，但投入的精力多、时间长、投入产出的效益不是太高。于是，他就根据掌握的知识和信息，潜心研究免耕法，还到公社农科站的试验田里学习考察。在弄懂弄通了免耕法的具体技术和做法后，他先在自己家里的田地里使用免耕法，取得了成功。有了经验，姚富坤就去找红卫大队老书记周明芝，介绍自己研制的免耕法。

　　周明芝一听免耕法三个字，直摇头，嗤笑道："这是懒人想出的懒办法。我们农民世世代代种田，都是先耕翻土地，再下种，而且要精耕细作，甚至要深耕密植，从来没有听说种田不耕田的。"

　　"改革就要创新嘛。"姚富坤向周明芝书记细说免耕法的种种好处。其实，周明芝对此一听就懂。

　　免耕法是指水稻收割后，不经耕翻，直接播种小麦或油菜。这样

江村稻田

做的最大好处是抢季节。俗话说，人误地一时，地误人一年。四季周而复始，搞农业生产先要善于适应农时。江南农村传统的种植制度，普遍使用稻麦两熟制，水稻收割后，先要耕翻土地，再把土块耙细，做成土垄，才能播种小麦，费时费工，劳动强度大。使用免耕法，稻子一收，直接播种麦子，既省工、省时，而且播种时间比传统耕翻提前一星期左右，抢到了农时，可以使小麦在寒冬到来之前，幼苗得到充分的生长和发棵分蘖，使麦苗粗壮，有利于开春后拔节、抽穗和灌浆，提高产量。免耕法的另一个好处是，水稻收割后，土地不用耕翻，土壤原有的毛细管系统不受破坏，地下水分容易送达地表，利于小麦发芽和生根。而且，土壤组织紧密，容易保持水分和减少肥料流失，并使麦苗扎根牢固，增强抗寒能力。对油菜的生长来说，免耕法与小麦免耕一样，也具有抢季节、利生长的优点，特别有利于提高油菜的抗寒能力。因为耕翻地土壤间隙大、扎根松，遇到零度以下的寒冷天气，由地面土壤中的水分形成霜吊冰，把菜根拔起，而按免耕法种的油菜，风吹不到根部，就不会受霜吊冰的冻害。

姚富坤说得头头是道，还拉着周明芝到他家的田里去看。这下周明芝被打动了，但又觉得，现在实行了家庭联产承包责任制，种田是各家各户的事，至于怎么种田，得由农户自己来作主。

姚富坤与周明芝是从小要好的老朋友，所以说话也就无所顾忌，他激将道，人家搞了联产承包责任制，你应该在农业革新上跟上。这样改革加革新，农业生产就会有更大的发展，更大的收益。

周明芝被说服了，便问："那就一试，可农户们会愿意吗？"

"只要你发个话，大队里向社员们号召一下。"姚富坤表示，"我可以为大家搞讲座、做示范，不仅向大家宣传免耕法的好处，还要教他们在免耕以后播种和后期管理的方法，确保免耕法取得良好效果。"

"既然你这样热心，又充满信心，那我就支持你搞。"周明芝又表示，"不但要支持，还要拿出实际措施，在三年之内，对实施免耕法的农户由大队给予一定的奖励。"他在表这个态的时候，心里又萌发了一个新的想法，但没有立即说出来。

经过姚富坤的反复宣传动员，第一年就有几十个农户实行了免耕法，并取得了令人欣喜的结果：免耕田的小麦，平均每亩产量达到750斤，比翻耕田多收150斤；免耕田的油菜也明显增产，比翻耕田的产量高出50多斤。

见到实效，村民们对免耕法信服了。第二年，两个大队的农户纷纷使用免耕法，全村再获农业大丰收。

有人笑称：联产承包责任制让"懒人"变"勤快"，免耕法让"勤快人"变成"偷懒人"。这显然是笑话而已。那些一贯辛劳勤快的农民怎么会去偷懒呢？

第 *43* 章
龟兔赛跑

△忽然间，东方映出了鱼肚白。刹那间，鸟儿叫醒了早春的清晨。按捺不住的期待，积聚已久的愿望，顿时爆发出无穷的力量。

年富力强的周明芝在农村改革中焕发出精神与活力，他天天一早起来，在村头地头转着圈子。虽然已经实行了联产承包责任制，农业生产不要像以前那样去抓了，但这地还是这地，这庄稼还是这庄稼，这村子还是这村子，他还是大队党支部书记。看着这熟悉的田地，他的心情也像晨风吹起的层层麦浪一样，滚动着，起伏着。

自从那次与费达生谈话后，他的脑海里时常回响起她的那句嘱咐：村里还是要办个工厂。但这两年忙于搞家庭联产承包制的改革，办厂的事就暂时被搁置了起来。现在，联产承包责任制改革已经完成，又推广施行了免耕法，一方面村民生产积极性大大增强，另一方面农业生产所需的劳动时间大大减少，这一增一减，为办厂和发展副业生产创造了极好的机会。对，要抓紧把村里的工厂建起来！

想到办厂，他的心里又有些隐隐作痛。想起十多年前得到费达生的帮助，在"文革"这么艰难的时局中办了开弦弓缫丝厂，红红火火几年之后，竟被公社书记一句话就收走了，历史上最早办厂的开弦弓村又成了无厂村，而之后其他地区的社队企业却发展起来了。就拿同属苏州地区管辖的无锡县来说吧，这几年社队工业迅猛发展，一跃成为华夏第一县。想到这些，周明芝有一种强烈的紧迫感。他知道，埋怨没有用，等待没有用，只有奋起直追，进行第三次创业，才能振兴开弦弓村。

于是，他快步离开了地头，忘记了回家吃早饭，直奔大队部，立即召集大队部的干部开了一个简短的会议，确定了一件事：明天由他和大队长谭汉文带队，到无锡县学习考察发展社队企业的做法与经验。

一只农用机动船，横穿碧波荡漾的太湖，直抵对岸。

周明芝、谭汉文一行人直接来到无锡县安镇公社。社队企业办的王主任接待了他们，并领着他们参观了几个社队企业，然后在公社会议室里向他们详细介绍了有关情况。他说，安镇公社原来是远近闻名的困难社、落后社，粮食生产曾经是全县倒数第二名。一个重要原因是，只抓粮食生产，没有工业，副业也很少。这里横着一座胶山，有丰富的石灰石资源，却没有去动它。实行联产承包责任制以后，粮食产量虽然逐步上升，但由于没有发展工副业，想建造排灌设施没有钱，想搞些农业机械没有钱，有条通往外村的芙蓉桥石板塌了，因为没有钱也修不起来。

接着，王主任自豪地说，如今，我们这个穷社翻过身来了。你们刚才经过的芙蓉桥已经修好了。去年一年全社还造了8座新桥。农机站、农科队、种子场以及农田基本建设都搞起来了，大片山地得到了治理。三年来，农田基本建设的数量超过了过去二十几年的总和。粮食、蚕桑等农副业迅速发展，去年大灾之年还给国家上交了粮食一千多万斤。这么大变化是怎么来的？就是因为解放思想，打开思路，因地制宜地发展社队工业。我们向横在我们面前的这座胶山发起了进军，开采石灰，办水泥厂、水泥制品厂，生产石英砂等，围绕着胶山大做文章，工业越办门路越多，路子越宽，公社办，大队也办，同时又大力发展副业，穷社穷队就逐步转化为富社富队，这前后不过三年的时间。

王主任越说越来劲，从他们公社讲到无锡县，还讲到全省的情况，一本社队企业的发展账了然于胸，他说，这几年社队企业的发展结果，使无锡县农村三级经济的比例发生了重大变化。1970年，公社和大队两级经济只占百分之二十二，这几年上升为百分之七十左右。集体经济壮大了，就有力量去帮助穷困的生产队发展生产。去年，无锡全县社队两级支持穷队的资金达900多万元，主要用于建设社队企业，武装和改造农业。在过去单一生产经营粮食的情况下，要做到既增产又增收，是一件使社队干部苦恼、头疼的事情。如今办起了社队企业，务工社员实行劳动在厂、分配在队的制度，日益增多的转队工资投入了分配。去年无锡县社员的分配收入中，亦工亦农的转队工资占百分之五十以上，社员收入普遍增加。不少农副工业办得兴旺的社队，一个强劳力的收入，已相当于城市三级和四级工的收入水平。社员

70年代无锡航拍图

钱多了，存款也增加了，大队和生产队办起了集体福利事业。过去，无锡县每年都有一批农民外流京沪沿线。如今劳力外流现象已经基本绝迹，兴旺的集体经济像一块巨大的磁石吸引了他们。他们在自己的家乡踏上了一条致富的康庄大道。

虽然王主任讲得很详细、很有激情，但周明芝总觉得有一点不满足，便说："王主任，你讲得太好了，谢谢你。可我还想请你透露一点真经给我们，让我带回去派上用场。"

"看来你们是来真学的。"王主任笑道，"有些人来参观也就看看热闹而已，而你们要的是真经，要能够管用，看在我们两个公社都处太湖之滨，一衣带水，隔湖相望，我就跟你们说点实话。办社队企业，主要是跑两头，一头是原材料。社队工业生产所需的能源、原辅材料等物资供应，除少数从手工业生产合作社转化而来的社队企业，以及一些农机修造厂，能从国家计划物资部门采购到部分钢铁、煤炭、木材等统配物资外，大部分原材料要靠自找门路、自行采购，这就得到处去跑，到处去找。另一头就是销售。社队工业生产的产品，除少部分可由国营商业部门、供销合作社包销、经销、代销以外，绝大多数产品都要自寻出路、自产自销，我们管这叫跑供销。从某种程度上说，社队企业是跑出来的，饱尝了酸、甜、苦、辣各种滋味。如果一定要说真经的话，这就是我们总结的几千几万精神：跑遍千山万水，走进千厂万店，说了千言万语，运载千船万船，吃尽千辛万苦。"

获得了真经，周明芝一行坐不住了。他们离开了安镇公社，连夜坐船返回。

春夜的太湖，皓月当空，波光粼粼。清风迎面吹来，船上每个人都思绪万千。大家沉默着。他们在思考，在畅想。回到村里，已是深夜 12 点多钟。周明芝问大家困不困？都说不困。问大家愿意不愿意现在就去开会讨论？都说愿意。

大队部会议室里亮起了灯光。大家毫无倦意，还没坐下来便纷纷议论开来。

等大家坐定，周明芝说："今天我们连夜开会。即使不开会，我回去睡不着，你们也肯定睡不着。为什么睡不着？因为今天的参观对我们触动太大了！说实话，论办厂的历史，无论是安镇公社还是无锡县，都比我们开弦弓村晚多了；论农副业生产和办厂的条件，他们也不能与我们相比，差得也太多了。而现在呢？他们不仅跑到我们的前面去了，而且把我们远远地甩在了后面。现在开弦弓村真成了桃花源，不说是与世隔绝，也起码是坐井观天。对于无锡县的社队工业，我们早有耳闻，但没有引起我们足够的注意和重视，总以为我们这里的农副业生产要比他们强得多。今天去参观，真是不看不知道，一看吓一跳，我们落后太多了。所以，我们今天要讨论的，不是要不要办厂的问题，而是何时办、怎么办的问题。"

"没得说的，立即办，马上办！"谭汉文说，"今天参观了安镇公社的社队企业，我当时就想起了小时候听到的龟兔赛跑的故事，我们成了那只兔子，长长地睡了一觉，醒来时，人家那只乌龟跑到我们的前面去了。"

许多人笑了起来，而周明芝笑不出来，沉重地说："我们是守着金摊子过穷日子。虽然联产承包责任制实行后，粮食产量上去了，但光靠粮食是富不了的，甚至还是苦日子、紧日子。我们开弦弓村有过办厂致富的成功经验，今天看的安镇公社更是如此。所以，我同意汉文的意见，立即办，马上办。其实，两年前，费达生院长就与我谈过，村里还是要办个工厂，要进行第三次创业。当然，现在办厂，与过去也不完全一样。今天参观安镇公社对我触动大，启发也大。不仅解决了要不要办厂的问题，而且为怎样办好厂提供了经验。我把他们的真经概括成这样三条：首先要解放思想，拓宽思路，不能束手束脚，要敢想敢干，敢作敢为，还要有抢先争先的意识。同时要因地制宜，靠山吃山，靠水吃水，他们把胶山的资源、太湖的资源充分地利用起来了。还有一条，也是最重要的一条，就是这几千几万的精神。要说真经，这就是他们的真经。要说差距，这就是我们与他们的差距。我建议今天重点围绕这一点来讨论。"

　　大家争先恐后地发言，热烈地讨论着。那一夜，开弦弓大队部里的灯光彻夜通明。

第 **44** 章

三次创业

△ 听呵，春风在召唤；看呵，春天在领跑。希望在彼岸，梦想在彼岸。向着创业之路前行，向着小康目标进发！

箭在弦上，不得不发。但是，这次开弦弓之箭射向何方？

对于要不要办厂，大家众口一词，没有任何异议。而对于办什么厂，有了不同意见。有人主张还是办缫丝厂，驾轻就熟，原材料当地就能解决。有人认为不能再办缫丝厂，现在办缫丝厂的太多，开弦弓缫丝厂长期不景气，一直在走下坡路。也有人提议另起炉灶，办钢厂或塑料厂，前景好、规模大、利润高，闯出一条新路来。

各种意见莫衷一是，难以统一。周明芝没有急于决策，而是写信给费达生，征询她的意见，并与谭汉文商量，让他去摸摸市场行情，听听各方面的意见。

谭汉文觉得盛泽镇企业多，又有几个熟人。他的熟人，就是"文革"期间，从盛泽中学到开弦弓村来插队的知青，他们都已回去参加了工作。谭汉文到盛泽镇找到他们，当年的几位知青都来为他出主意。有一位知青叫沈金妹，她说她父亲是镇丝织厂的厂长，可以一起去问问他。那位厂长听了谭汉文的来意后，爽快地说："缫丝厂就不要办了，要办厂就办丝织厂，现在丝织品的市场大、效益好，而且技术和设备可以帮助联系解决。"

回来后，谭汉文把这个情况向周明芝作了汇报。周明芝高兴地说，真是英雄所见略同，费达生回信也建议建丝织厂，因为当地有缫丝厂，能为丝织厂提供原材料，而丝织厂与缫丝厂相比，生产的是中间产品，比生丝的用处和市场要大得多。

办丝织厂的方案提交到大队委讨论，大家一致同意。会上，周明芝提议由谭汉文负责筹建丝织厂。谭汉文当即表态一定不负重托，要尽快把丝织厂建起来。当然，他也知道办厂不是件容易的事，会有许多困难和问题。

当时，还没有引进的无梭织机，各地的丝织厂普遍采用 K611 织机。这种织机的最大优点是价格不是太高，既能织低档大宗化纤织品，又能织高档真丝绸品种。但当时这种织机供应十分紧张，市场上买不到，都要计划分配。谭汉文又去找沈金妹，请她父亲出面帮助联

K611 织机

系，后联系上了华生纺机厂有这种织机，但要有县计划委给的计划。而县计委那边回答说今年计划已经下达，无法解决。走投无路之际，周明芝只能给费达生写信请求帮忙。在费达生出面协调后，县计委挤出了 6 台丝织机的计划，下了调拨单到华生纺

机厂提货，但在提货时才得知，光有调拨单还不行，需要用 3 吨钢材来调换。

钢材也是十分奇缺的物资，又到哪里去弄钢材呢？谭汉文想到了一个办法，收购废铁换钢材。于是，他就带着几个村民，摇着水泥船到苏州城里去收购废铁。他们去工厂，跑工地，少则几十斤，多则几百斤，一点点地收购，常常吃闭门羹，有时还遭到白眼与驱赶，但他们忍气吞声，像讨饭一样一处一处地寻找废铁。一天下来，一般能收购到上千斤。为了节约钱，他们不住宾馆，不上铺子，就在船上自己做饭，到晚上就裹着自带的被子和衣而睡。每次遇到刮风下雨，他们五六个人就只能挤在船头的船舱里，坐等至天明。就这样，经过两个多月的奔波，用收购来的废铁换回了 3 吨钢材。

谭汉文他们带着调拨单、现金和 3 吨钢材到华生纺机厂提取纺织机，但问题又来了，前不久纺机价格调整，从原来的 2 500 多元一台上调到 3 000 多元一台，这样，原先准备好的钱不够了，缺了几千元。在当时，几千元也不是一个小数字，带来的 15 000 元还是从各生产队的公积金中拼凑起来的。他们再三与厂方商量，能不能先赊账，等工厂开工后再来还账。好说歹说，厂家就是不同意。

真是一钱逼死英雄汉。谭汉文这位性格倔强的庄稼汉只好含着眼泪赶回开弦弓村。而大队的账上也拿不出这笔钱。周明芝发狠道，砸锅卖铁也要凑足这笔钱！但是发狠也没有用，大队拿不出什么东西可以换回钱来。走投无路下，周明芝、谭汉文和大队会计一起，挨家挨户做工作，向社员借，5 元、10 元、20 元……这样一笔笔的小钱，凑满了 3 420 元，才算把 6 台丝织机买了回来，安装在由大会堂改造而成的临时厂房内。

开弦弓丝织厂新车间排列整齐的丝织机

　　丝织机的操作、维修以及生产管理，与缫丝机完全不一样，难度大得多，村里没有这样的工人。大队决定派选出来的 9 个青年人到盛泽镇去学习培训。当时全县丝织业主要集中在盛泽的"四新"厂，即新生、新华、新联、新民四家大厂，但这些厂都不把村里办的小丝厂放在眼里，不肯接受开弦弓村派来的人驻厂学习培训。周明芝设法找到县经委的一位主任，由他出面联系，才解决了培训问题。这 9 个青年人非常争气，仅用 3 个月的时间就熟悉掌握了各种技术，回来后由他们为工厂第一批招收的工人进行培训，保证了工厂如期开工。为了保证工厂生产的正常进行，周明芝召开大队部会议，正式决定由谭汉文担任厂长，具体负责丝织厂的工作，选配原 16 队队长倪进兴专门抓工厂生产与销售。

　　在农村改革的热潮中，开弦弓村的第三次创业一举成功：开工半年后，就赚了 7 万元。之后再增加 6 台丝织机，利润超过了 10 万元。

　　南村办厂赚到了钱，这让时任北村书记的谈雪荣睡不着觉了。南村与北村同属于开弦弓村，但自从分为红卫、立新两个大队后，相互之间总是你盯着我，我追着你，暗暗使劲搞竞争，而竞争的结果往往难分伯仲，不分上下，而现在南村抢先走出了一步，北村岂甘落伍。一向要强的谈雪荣心想，你们南村去华夏第一县无锡取经，我们北村与你们来个南辕北辙，直接去中国第一村——华西村。

华西村位于长江之左，所属江阴县，是远近闻名的"农业学大寨"的先进典型。谈雪荣一行到达华西村的当天下午，参观了村容村貌，又看了村里的农业，感到在农业上比开弦弓村好不了多少。那么他们建那么多的瓦房，修那么好的村道，钱是从哪里来的呢？

黄昏后，村子里静了下来，谈雪荣他们听到有异样的声音，循着声音，找到了一座拉着厚厚窗帘的房屋，四周围着竹篱笆，原来里面是不给外人参观的村办工厂。为什么不让外人参观呢？因为华西一直以"农业学大寨"和粮食高产而著称，不对外宣传工业和副业。但在第二天吴仁宝书记向参观人群的介绍中，谈雪荣他们还是听到了真经。

吴仁宝在介绍时顺口溜一套一套的。他这样描绘华西的面貌："远看像园林，近看像公园，细看是农民的乐园。"讲到现在农民的

80年代的华西村

生活时，他介绍说，"吃粮不用挑，吃水不用吊，煮饭不用草，通讯不用跑。"他最后总结的经验是："亦城亦乡，不土不洋，亦农亦工，还要经商。"

了解到华西村的致富秘诀后，谈雪荣他们决心再办工业。但是，大队里一缺资金二缺人才，他不敢贸然行动，就找脑子机灵的队会计王建民来商量。商量来商量去，没有什么新的路子，也只能办丝织厂，还只能找费达生。他们想，费达生是南村的，也是北村的。只有找到费达生，才能把厂办起来。于是，他俩来到苏州丝绸工学院找到费达生。当费达生得知北村也要办丝织厂，便笑道："南村北村都是开弦弓村，我是一手托两家，一碗水端平，这个忙我也是要帮的。"

在费达生的帮助下，以苏州丝绸工学院的名义，北村在苏州市的大厂买到了 12 台铁木丝织机，并由大厂帮助培训工人。北村没有大礼堂，就在大队部腾出几间旧房子做车间，因陋就简地开工了。开工后很快原材料供应不上。费达生知道后，又帮助立新丝织厂解决了半吨人造丝，开始生产特丽纶和头巾纱。后来她又帮助厂里添置了 6 台 K611 铁织机，使工厂达到了一定的生产规模，实现了当年获利。

不到两年的时间，南村与北村都走上了社队工业的发展之路。

第 **45** 章

再次崛起

△合久必分，分久必合。分是改革，合也是改革。分，有利有弊，合，有利有弊，主要是看利大于弊，还是弊大于利。

计划赶不上变化。改革开放的年代，随时都在发生着各种深刻的变化。

就在南村与北村你争我赶，各自计划大力发展社队工业的时候，行政区划发生改变，红卫大队与立新大队合并成开弦弓大队。周明芝调乡里任社队工业办主任，沈春荣接任合并的开弦弓大队书记，谈雪荣任大队长，谭汉文任经济合作社社长。

沈春荣又名沈云奎，是离开弦弓村不远的荷花湾村人，初中文化，年轻时参加苏州地区社会主义教育队工作，后被派到开弦弓村工作。

新官上任三把火。沈春荣的第一把火，就是把南村与北村的丝织厂合并起来。

在大队干部会议上，沈春荣提出，历史上开弦弓就是一个村、一个厂，现在既然两个大队合了，两个厂自然也就要合并起来。有人不同意他的意见，认为村是村，厂是厂。工厂是企业法人，独立核

开弦弓丝织厂的
立织车间

算，没有必要合起来。

沈春荣与大家谈了自己的发展思路："虽然是两个厂，但厂里的设备和生产的产品都是同一类型的，合起来以后，可以节约生产和管理成本，扩大生产规模，提高经济效益，有百利而无一害。"

而红卫丝织厂的人提出，他们厂办得早，管理好，产品优，效益高，积累的资金也多，与立新丝织厂合并，对于他们来说，既不合理也不合算。

立新丝织厂则不服气了，你们办得早有什么了不起的，我们厂势头好，后劲足，并不想占别人家的便宜！

双方势均力敌，各不相让。而两个厂的创办人谭汉文和谈雪荣，虽然都已担任合并后的大队领导，但对各自的工厂都有感情与偏袒，内心都不同意合并，但又不便公开反对，只好都沉默无语，不发表意见。

第一次讨论就碰了壁。沈春荣当然不会就此罢休，他拿定主意要坚决推进此事。于是，他亲自出马，到苏州请费达生来村帮助做工作。

费达生二话没说，就跟着沈春荣来到了开弦弓村。没有调查就没有发言权。她先是到两个丝织厂去察看，详细了解设备、生产、经营和管理情况，还把两个厂的账册拿出来做了分析。在充分调查研究的基础上，费达生邀请大队干部和工厂领导召开座谈会。她请大家发言，可大家都不肯先讲。沈春荣开口说："费院长，你是我们开弦弓村的'老娘舅'，这次你又亲自到两个厂做了调研，还是请你先讲吧！"

见大家都看着她，她就只好讲了："无论是南村北村，无论是这厂那厂，我都有感情，以前开弦弓村一分为二，分成两个大队，办了两个工厂。对于我来说，一手托两家，手心手背都是肉，我都帮助支持过。现在两个大队合并了，合成一个开弦弓大队，这个多好啊，从一分为二到合二为一，还历史上的本来面貌，开弦弓村又成了一个整体。一家人不说两家话，我就直话直说了。"

说到这里，费达生停顿了一下，改口道："还是先听听大队的集体意见吧。"

"费院长，还是你先讲吧。"沈春荣诚恳地道，"不瞒你说，现在大队里还没有明确的意见，我们都拿不定主意，请你来就是让你给我们把一把脉，定个准星。"

"那就恭敬不如从命。"费达生说，"我谈点看法，供你们参考。你们村，应该说是你们大队，办了两个厂，在这么短短的两年之内就开工生产，获得了利润，见到了成效，这已经是很不容易了。但说实话，就目前的情况来看，无论是生产能力、管理水平，还是盈利情况，非但不能与国营大厂相比，甚至与我们当时在村里办的缫丝厂相比，也是达不到的。这样开办下去，肯定是缺乏竞争力和发展前景的。我知道你们有人主张把两个厂合起来，但意见得不到统一，甚至有人坚决反对。这里面各有角度、各有理由。而我比较超脱，正所谓旁观者清。依我看，还是合起来为好。我的这个意见，并不是仅仅因为两个厂设备和产品相近，也不是只考虑到合起来以后可以节约生产和管理成本，而更多的是考虑到发展前景的问题。一个大队两个厂，而且是同类型的两个小厂，同质化的内部较劲，不如拧成一股绳，握成一个拳头，统一向外拓展，到市场上去与国营厂、社队厂竞争，这样才能有长久的生存和更大的发展。"

"讲得对！"谭汉文站起来，"费院长，我们南村厂听你的。"

"我们北村厂也听费院长的！"谈雪荣也随即站起来表态。

费达生招招手请两位坐下，继续道："两个厂合不合，最终还是要由你们大队来讨论确定。如果要合起来的话，决不能一合了之，而是要做好深入细致的工作。除了资产清理外，两个厂的销售渠道和管理经验都要好好梳理总结一下，带到新厂来。这是善后工作。主要是

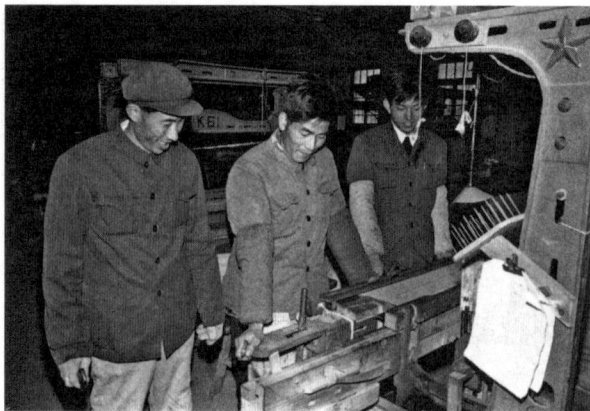

开弦弓丝织厂的保全工

要做好合并后的瞻前工作，也就是要理清合并后新厂的发展思路和重点工作。我这里提两条，一是人才问题，这是最为重要的，也是你们两个厂最为薄弱的地方，缺技术人才和管理人才，两个厂合起来，人是多了，但人才就更缺了。我建议学学无锡等地的做法，聘请'星期天工程师'。我们这里离苏州、上海不远，这是有利条件。第二当然是厂房和设备问题，现在太简陋、太落后了，必须改造和更新。这就涉及资金和财务问题了。我不知道两个大队合起来后，现在大队的财务情况如何？应该比原来要好些了吧，起码是财务相对集中了，要充分利用现有的实力，同时多渠道筹资，借两厂合并之机，在各方面有大的改观和提高。总之，要做到一加一大于二，切实办好社队企业，努力推进农村改革，重振江村经济，致富当地百姓。"

费达生极有见地又充满激情的讲话赢得了大家的热烈掌声。沈春荣边鼓掌边站起来，紧握拳头道：

"费院长一锤定音，我们就按照费院长讲的思路办，捏紧拳头干，拧成一股绳往前冲！"

两厂合并、建设新厂的战役迅速在开弦弓打响了。

大队决定在村的西头、小清河的北岸，即在与公社缫丝厂隔河相对的土地上建设新厂房。为了节约资金，大队党支部发动党员和村民无偿到工地劳动，搬运石头、石灰、砖瓦等。请本村村民徐雪其负责建造厂房。他是泥瓦匠，造过农房，但没建过厂房，大队就派他到盛泽去参观，回来后依葫芦画瓢，土法上马，自行设计，自行施工，用很少的资金，建造了 1 100 平方米的崭新厂房。

技术力量严重不足，就按费达生所说的，走出去找关系、聘人才。沈春荣找到苏州工商联的一位同乡，利用费孝通的名气和家乡的情谊，请他出面与苏州光明丝织厂联系，聘来有经验的老师傅吴国宪到开弦弓村传授技术，解决生产中的技术难题；村里又派十多位年轻人到苏州有名的国有大企业光明丝织厂学习，掌握机修技术；又派出几十名女青年到盛泽新联丝织厂培训，学挡车工。通过技术引进和学习培训，在老厂的基础上，新厂的技术和管理水平提高了一大步。

在建造新丝织厂的过程中，开弦弓村坚持艰苦创业的原则。新建厂总投资 100 多万元，一部分是大队积累的资金，一部分是银行贷款。由于资金有限，采购的设备主要还是旧织机，平均每台只要 2 000 元，而新织机的市场价已上升到 5 000 元，2 台新的可买 5 台旧的。在费达生等人的指导下，他们对旧织机进行技术改造和调试，更换一些零件，在使用功能上不比新设备差。

不到三个月的时间，新厂房建好了，新购置的设备全部到货并改造调试到位，出去培训的人员也都陆续回来了。工人们一面安装新织机，一方面把两家老厂的旧织机迁过来，共有丝织机 54 台，辅助设备有捻丝车 11 台，整经机 2 台，落丝车 2 台，纡子车 96 锭，翻丝车

开弦弓丝织厂大食堂

1台。一个规模扩大、面貌一新的开弦弓丝织厂落成于小清河之岸，与原来的缫丝厂隔河相望。

新厂开工后，很快进入正常的生产阶段，并把发展方向转向产品的销售和新品种的开发上。厂里从上海、苏州聘请了一批"星期天工程师"，不断试制新设备，开发新产品，自行开发出织锦缎和提花产品等系列新品种，提高了产品的技术含量，进而使产品的价格、销售量和利润率大大攀升。

他们没有因此满足，而是紧盯市场，抓住新的发展机会。吴江县在丝绸重镇盛泽创办东方丝绸市场，开弦弓丝织厂作为庙港乡的骨干企业，投资7 000元在东方丝绸市场开设自己的销售门市部，借助丝绸专业市场，迅速掌握市场信息，拓展产品的销售渠道，与用户建立了直销关系，产品销往苏州、上海、南京、连云港等地，还成了城市大企业的重要客户，如为上海制伞总厂提供大宗涂层尼丝纺和特丽纶等产品，不仅使厂里的产品销路好、效益好，而且形成了开弦弓丝织厂的品牌效应和业界的影响力。

开弦弓村的"草根工业"再次崛起！

第 46 章
焕发生机

△春雨洗净长空，春风染绿大地。打破思想的枷锁，解开陈旧观念的死扣。逢山开路，遇水搭桥，必要时，干脆摸着石头过河。过河就好！

农村改革打破了种种束缚，打开了人们的视野与思路。思路一宽，路子就宽。开弦弓村的干部群众终于可以放开手脚大干一场了！

在大队丝织厂走上正轨的同时，沈春荣的眼睛又瞄向了农村的副业发展。他认为，村里的工业主要是壮大集体经济，而每家每户的致富还要依靠副业。副业的发展同样具有巨大的潜力。毋庸置疑，开弦弓村的主要传统副业就是种桑养蚕。

开弦弓村桑园

在"农业学大寨"的年代里，开弦弓村的两个大队与其他社队一样，开展"挑高填低，格田成方"的行动，并提出了"稻田方格化，道路渠系化，桑地园林化"的口号，曾投入强劳动力 1 000 余人，挑平大小地墩 30 余个，填平港口湾、西湾、一段湾、联三潭等大小港潭浜 7 个，从北到南，新开一条长达 500 余米的新水渠，新建大小进出水渠道 28 条，搬运土方共达 24 万余立方。在这同时，先是红卫大队利用平整土地，把原来自然形成的不规则形状的田地划成规整的长方形田块，而划出来的边角田，明面上不种粮食，暗地里种上桑树，用来搞蚕桑副业。立新大队也采用同样的方法，在平整土地中，悄悄地把边角田改成了桑地。两个大队合起来，新增桑地达 150 亩，形成了"百亩大桑园"，蔚为壮观。

但是，纸包不住火。这件事后来被庙港公社书记发现了，他生气地说，你们胆子真大，竟在粮田里种桑树！他命令村里把桑树垦掉，重新种粮食，大队书记的周明芝性格耿直，坚持不垦。他义正词严道，社员辛辛苦苦利用边角地，种了这片桑树，怎么舍得垦掉？要么把我撤职，不然我不好向社员交代。有一天，公社书记亲自赶到开弦弓村来，要周明芝召开社员大会，发动大家去把桑树挖掉。周明芝不肯让步，对公社书记说，我主持会议，你去动员。这时公社书记发火了，重重地拍了桌子，周明芝不甘示弱，也拍着桌子说，我们绝不可能把自己种下的桑树挖掉一棵！最后，各让一步，由红卫大队到太湖边围垦 120 亩滩涂，作为弥补粮田减少的措施。这样，百亩大桑园被保了下来。

前人栽树，后人乘凉。改革开放后，丝绸出口迅速回升，蚕茧价格上涨，这百亩大桑园的经济效益越来越好。开弦弓大队抓住政策放松的有利时机，进一步扩大田改桑，又增加桑地 100 多亩，既发展了传统的蚕桑副业，又为新建的丝织厂提供了丰富优质的原材料，使集体和村民从中获利更多。

村里集体珍珠蚌养殖

　　群众的积极性和创造性一旦激发出来，发财致富的门路就越来越多、越来越广。俗话说，靠山吃山，靠水吃水。开弦弓村靠近太湖，没有山却有水，清澈的太湖水通过河道流入村区内的东庄荡、西庄荡和周围河网。由于开弦弓村水域广、水质好，养殖的虾、蟹、鱼类等水产品，味道鲜美，可与野生的相媲美，发展淡水养殖具有得天独厚的条件。这一时期，开弦弓村先有少数村民掌握了池塘养蟹技术，并摸索出虾蟹混养、鱼蟹套养的成功经验，取得了可观的经济收入。村民纷纷效仿，开池养蟹的面积逐年增加。年初，每亩池塘放蟹苗1 000只，约16斤，秋冬收成蟹每亩80至100斤，可获净利3 360到4 360元。在小蟹期，每亩放养虾苗25至30斤，收春虾70至80斤，获利900至1 000元。虾收获后，进入中蟹期，放养小鳜鱼30尾，每亩也可获利600至700元。扣除各种成本，实际每亩平均养殖净收益2 860至4 060元。每户平均养殖在20至30亩，年收入可达5万至7.5万元，是种植水稻的7倍左右。

　　田改桑和粮改渔，使开弦弓村的副业生产如火如荼地发展起来，

社员们出工下地

村民的收入有了很大的提高，口袋里开始有钱了。

有了钱，村民们首先想到的是造房子。几年前，村里几乎看不到新房子，多数人家几代人挤在老房子里。想造新房子，手里没有一点余钱，建筑材料既缺又贵，要砌屋造房真是比登天还难。农村改革后，政策宽松了，村民手中有钱了，建筑材料也好买了，所以村里翻修房屋、建造新房子的越来越多。短短几年，村里的土草房不见了，取而代之的是一座座崭新的砖瓦房。

村民有钱造房子，集体有钱修道路。原本村里的道路几乎都是泥巴路，晴天尘土飞扬，雨天泥泞路滑。这几年，大队和生产队都拿出资金修桥铺路，把窄道变宽，把泥巴路变石板路，还新建了几座水泥桥，村民们的生产和生活方便多了。

第 **47** 章

所见所闻

△中国看世界，世界看中国。开弦弓的一切，都在改变之中。一度沉寂的村庄，又恢复了它的生机，再次赢得外界的关注。

1981 年 9 月，美国科学促进会常务董事、人类学教授南希·冈萨勒斯，应中国科协邀请，访问开弦弓村。她是中国改革开放后最早一批访问中国的外国学者之一。在访问开弦弓村之前，她已访问了家庭联产承包责任制的首创地区——安徽省凤阳县小岗村。

20 日上午，南希·冈萨勒斯坐船到达开弦弓南村，河岸上站满了热情欢迎她的村民。大队支部书记沈春荣在岸边迎接她，并全程陪同她进行访问。一到大队部，还没有坐下来，她就好奇地观看贴在墙上的各种图表，开始了解开弦弓村的基本情况。下午，她先后参观了开弦弓丝织厂、第五生产队、庙港公社缫丝厂、粮饲加工厂、商店，访问了村民徐火泉和周永坤家庭，晚上还召开了村民座谈会。

南希·冈萨勒斯到开弦弓村调研

　　21 日上午，冈萨勒斯去第 3 生产队参观蘑菇种植场。过东清河桥，在生产队晒谷场上观看村民在附近田里开挖泥炭，并到村民徐德昌家观看用泥炭烧饭的情况，顺便参观他儿子徐雪坤的新房，询问新娘嫁妆、结婚仪式和小夫妻日后计划生育的打算等等。之后，她又到村民徐伯兴家，极有兴趣地了解专业承包养虾捉虾的情况，还给捉虾工具拍了照。接着又参观了村里的制糖厂，再到其他村民家中访问，并在村民钱锦和家中用午餐。下午，她马不停蹄地参观了村里的蚕房、生产队的养猪场和农田防洪闸。回住所的路上，她又顺访了几个农户。晚上，她顾不上休息，继续阅读村里的有关材料。

　　接下来的两天，访问日程排得更满。22 日上午，她参观了村中心小学和初中班，听取校长辛培林、教师周仁虎介绍村里的教育和办学情况，观看学生课前眼保健操和课间广播体操。接着又访问了当年费孝通访问并拍照留念的姚玉山家。在他家中，姚玉山向她讲述解放前后尤其农村改革后，全家生产生活上的变化，并热情邀请她留下来一起用午餐，让妻子以当地接待贵客的习俗，用甜菜、糖烧芋艿和自制的薰青豆招待客人。下午，冈萨勒斯访问庙港公社管理委员会主任周正华家，并与在场的中老年妇女座谈。座谈结束后，她提出再去一次徐德昌家，与他们一家人补拍了一张全家福。最后一天，她上午参观访问了村医疗站，下午和晚上分别召开了村干座谈会和计划生育座谈会。

　　冈萨勒斯在开弦弓村的 4 天访问，节奏快，密度大，还特别接地气。先后进行了多次调查活动，其中包括走访 8 个村民家庭，参观 15 个单位，召开 5 场座谈会，直接接触村民 300 余人。她一看二听三问，非常深入仔细。访谈时，她听了第 8 生产队关于三业分开、分

20 世纪 80 年代
开弦弓村景

组承包、联产计酬的情况后，非常感兴趣，便问："这个办法很好，不知是谁想出来的？"

沈春荣在一旁介绍说："不是哪一个人想出来的，而是村民们在摸索中不断建立和完善起来的。这里有三个主要因素，一是党的十一届三中全会后政策放宽了，思想解放了；二是我们从外地，包括你参观访问的小岗村学到的先进经验；三是本地群众的聪明才智发挥出来的创造力。"

冈萨勒斯听了十分赞同，认为讲得好，立即在笔记本上记了下来。在这次访问中，冈萨勒斯特别关注费孝通和费达生在开弦弓村的工作和调研情况，特地到费孝通访问过的家庭去走访，请村民回忆当年费达生办厂的经过和费孝通访问时的场景。在村民座谈会上，应她的要求，特别邀请了在费孝通著作《江村经济》和《重访江村》照片中出现的村民姚金奎、赵成汉、蒋金娥、周富林、周海珍、周荣泉等参加座谈，畅谈他们的切身感受。

冈萨勒斯在几天的访问中，始终抱着极大的兴趣和热情，开弦弓的干部和村民对这位友好知性的外国女学者也给予了热情的欢迎和真诚朴实的款待，使她亲眼看到了解放后特别是改革开放以后中国农村和中国农民的真实面貌。她发现开弦弓村农民不仅做到了温饱，还有余钱盖房子，感到十分惊讶。她说，我到过中东、拉美、埃及，很多地方的人缺乏营养，饥饿，婴儿死亡率很高。在拉美不到 4 岁的儿童，有一半会因饿因病夭折。与他们相比，你们的生活已经算是富裕了。她还深有感触地说，在西方到处高喊自由，说共产主义没有自由。我来中国之前，对此也有怀疑。如果连人民的基本生活都保证不了，讲自由还有什么意义呢？但到了中国，看到人民是开朗的、乐观的，并不像西方说的没有自由。

短暂的 4 天访问就要结束了。冈萨勒斯对送行的干部群众说："你们的村子并不算偏僻，全世界都知道开弦弓村。这里的干部年轻、能干、有知识、有献身精神，有这样的干部队伍，你们的事业就一定能够兴旺。你们对我很客气，谢谢你们。物质条件的好坏是次要的，关键在于人民之间的感情。我回去后，要把在开弦弓村看到的情

村里老人家在冬日
聚坐饮茶晒太阳

况写出来，宣传出去，让国外更加了解开弦弓村，这样才对得起你们。如果有幸再来中国，我还要到开弦弓村来。

村民们自发地到河边来欢送冈萨勒斯。村民周志浩的老母亲代表村民送给她四件礼物：五颗蚕茧、一盒熏青豆、两幅新旧村貌图和一件手工缝制的大襟上衣。她当场认这位老母亲为干娘，并高兴地表示，要把蚕茧带给她的学生们看，把熏青豆命名为"开弦弓豆"，把两幅村貌图装框挂在家里永远保存。她对大襟上衣喜爱有加，当即穿在身上与村民们拍了照，并一直穿到了苏州。

第 *48* 章
三访江村

△亲情与乡情相牵，真心与真情相融。真挚的情感激发出生命的活力。而爱国之情是最深沉、最浓烈的情感。它是一切情感的催化剂和融合剂。

本来，费孝通是要陪同冈萨勒斯访问开弦弓村的，但因病没能成行。当然，费孝通也并不是单单为了陪同，他三访江村还有一个很重要的原因。

1980 年，费孝通接到英国皇家人类学会通知，要他在下一年的冬季来伦敦接受国际人类学最高学术荣誉——赫胥黎纪念章。1981年 6 月，他又接到在英国留学时的老师雷蒙德·弗恩爵士的来信，建议他在领奖时讲讲对开弦弓村 1938 年以来所发生的变化的看法。所以，他必须尽早到开弦弓村访问，为去伦敦接受英国皇家人类学会颁发赫胥黎纪念章作演讲稿的准备。

当得知冈萨勒斯访问开弦弓村取得圆满成功的消息后，费孝通再访江村的心情就更为迫切了。他的病刚刚痊愈，就开始筹划三访江村。

他选择了一个特别的日子——1981 年 10 月 1 日。

他从 1936 年初访江村，到 1957 年重访江村，隔了 21 年。从重

费孝通三访江村

访江村到三访江村，又隔了 23 年。这 40 多年，从国家的命运，到开弦弓村的命运，再到自己个人的命运，发生了何等巨大的变化啊！

这次访问计划确定后，费孝通首先想到了姐姐费达生。他和她的命运与开弦弓村的命运紧紧相连。前两次的访问，都是费达生同行的，这次当然还是要她一起参加。当他打电话给姐姐费达生时，还没等他发出邀请，费达生就说，我也是要去的，为你当向导，做解说员！费孝通高兴道："好！你当向导！"

费达生讲的"向导"是谦辞，而费孝通讲的"向导"是心里话。他一直把她当作自己人生和事业的向导，不管自己职务有多高，成就有多大，她永远是自己最崇敬的姐姐和导师。

国庆节当天，费孝通携姐姐费达生和中国社科院社会学研究所的吴承毅、王康、林友苏等几位同志赴开弦弓村访问。他们坐在迎接他们的小轮船上，从震泽至开弦弓村，12 华里路花了一个小时。费孝通在船上对大家说："看着这熟悉的小清河，清清的河水让我陶醉，一点也不感觉时间长，真是看不够家乡的水啊!"

"我也是这样的感觉。"费达生深情道，"我只要见到这条小清河，一切烦恼就抛到脑后去了，一下子清静、快乐起来。"

费孝通话锋一转道："从感情上讲是这样的，但就交通来说，还是不够方便。"他对坐在一旁的庙港乡党委书记徐胜祥说："改革开放后，各地的发展一日千里，我们不能再是那种山中方一日，世上已千年的状态，要让开弦弓村打开来，解决交通不便的问题。别的地方的发展经验是，若要富先修路。交通不便，经济发展不起来。"徐书记当即表示了要修筑公路的愿望。

来到开弦弓村，费孝通和费达生又一次沉浸在乡亲们的深情之中。一到大队部，他们看到村里的大会堂变成了机声隆隆的丝织厂，厂里年轻的女工熟练地操作着丝织机。站在大队部办公楼的阳台上，他们极目远眺，向南看去是枝条繁密的百亩大桑田，再往北看，是几百亩金黄色的丰收在望的稻田。

费孝通看到家乡改革开放后的喜人景色，心情特别激动。在大队部会议室坐定后，他主动叫工作人员帮他拿来宣纸和毛笔，写下两首古诗赠给村里。一首是："锄禾日当午，汗滴禾下土。谁知盘中餐，粒粒皆辛苦。"另一首是："少小离家老大回，乡音无改鬓毛衰，儿童相见不相识，笑问客从何处来。"写完，费孝通对身旁的人开玩笑说，情人眼里出西施，我真担心自己对开弦弓村的感情太深，影响到实地调查过程中的科学性。陪同他的乡村干部说，不会的，我们会让你看到最真实的江村。

没错，在接下来的访问中，他看到了一个真实的江村。这个江村，与他首访和重访时的江村，完全不可同日而语。而这个变化，是一个艰难而曲折的过程：

从 1958 年开始，开弦弓村也像中国农村的许多地方一样，建立了人民公社。"大跃进"时期，生产上提出的高指标超出了实际的生产能力。经济上的平调政策，挫伤了农民的生产积极性，农业生产受到挫折，粮食减产，农民收入减少。1960 年全国因浮夸风而陷入困难时期，像江村这样历史上一向富庶的地方，也出现了人口外流谋生，甚至饿死人的情况。

1962 年到 1966 年，是江村经济恢复和发展的时期。这个时期，村里粮食增产，蚕桑发展，传统副业又搞了起来。人均年收入在1966 年达到 119 元。

而 1966 年到 1976 年处于全国性的动乱时期，江村经济陷入停顿和萎缩的状态。当时强调"以粮为纲"，集体副业和家庭副业都受到了限制，粮食平均产量大为下降，不到动乱前的一半，全村人均收入水平一直徘徊不前，实际生活水平呈下降趋势。为增加收入，乡村干部和乡亲们在政策限制的情况下，冒着风险悄悄地发展工副业，并在费达生帮助下于 1968 年重建了村里的缫丝厂。虽然后来被公社收走了，但这个厂还办在村里，成为开弦弓工业发展之根，深深地扎在江村的土壤里。

如今，开弦弓村又新建了属于自己的规模更大的丝织厂，还相继建起了粮饲加工厂、制糖厂、豆腐坊等村办企业。

了解到这些情况后，费孝通为之欢欣鼓舞，他对姐姐费达生说："野火烧不尽，春风吹又生。你们种下的村办企业之根，几经风雨，几番起落，现在又'达生'了！"

费达生也一语双关道："我也'达生'了。我现在才真正理解了

村里的集体豆腐坊

生命的意义。能为乡亲们做点事，是我人生中最为幸福的一件事。"

两位饱经风霜的老知识分子无意间的对话，使在场所有人为之动容。他们不仅是这样说的，更是这样去做的。他们为这片土地，为这里的乡亲们能过上好日子，倾注了自己大量的精力与心血。

费孝通一行的访问，也与冈萨勒斯一样，历时 4 天。他们重点视察了村办厂。在开弦弓丝织厂，费孝通自豪地告诉乡里的人，开弦弓村缫丝厂生产的生白丝，20 世纪 30 年代在国际上就有名气了。他还嘱咐厂里的管理人员，乡村工业一定要讲究质量。他们还走访了学校、商店和农户，向干部群众详细询问了农业、多种经营、乡村工业、土地、人口、文化、教育、经济收入、家庭结构和生活方面的情况。费孝通还特地去冈萨勒斯去过的徐德昌家，看了他儿子徐雪坤的新房，还饶有兴致地在新房里拍了照。

访问的最后一天，费孝通在丝织厂的会议室里主持了一场乡村干部和群众代表的座谈会。公社党委书记徐胜祥汇报了全乡的情况之后，大队书记沈春荣发言，他首先表达了开弦弓村干部群众对费孝通、费达生的由衷感谢，接着用"七个改"概括了改革开放以来开弦弓村的变化：

——农改制。开弦弓村是吴江县最早推行联产承包责任制的大队之一，而且是从村的实际出发，分三步进行，调动了集体和个人的两个积极性。

——耕改法。在推行联产承包责任制的同时，实行农艺革新，实施免耕法。如果说，联产承包责任制是勤办法，那么，免耕法就是懒办法。这一勤一懒，提高了劳动生产力，节约了劳动时间，这样可以让村民腾出时间和精力来发展工副业。

——田改桑。过去是"以粮为纲，全面砍光"。现在政策放宽了，只要保证粮食总产量不减少，可以拿出部分农田改成桑田，恢复和发展传统蚕丝业，大队、生产队和社员的收入都增加了。

——粮改渔。这是这几年才发展起来的。开弦弓村靠着太湖，在村的范围内有着许多河道和池塘，过去只有少数几户靠捕鱼捉虾为生，收入微薄，生活清苦。现在在圩田里开挖人工池塘，养鱼、养虾、养蟹，经济效益是种粮的七倍，家家户户靠这笔收入让钱袋子鼓了起来。

——厂改大。原来开弦弓村是两个大队办了两个丝织厂，大队合并后，两个厂也合并了，规模大了，有了新厂房，还增添了一些新设备，产品产量和质量都有很大提高，成为乡里的骨干企业。

——屋改新。手中有粮，心中不慌；手中有钱，砌屋造房。就这几年，全村几乎每家每户都翻修了原来的住房，有近三分之一的人家盖了新房，还有三分之一的人家正在准备盖新房。过去的土房子、草房子基本上不见了，可以说是旧貌变新颜。

——路改道。家庭有钱盖房子，集体有钱先修路。这几年把村里的土路改成了石子路，把主要的道路浇成了水泥路，还修了九座新桥。当然，村里对外的路还是水路，没有公路，这是村民盼望已久的事，我们正在努力。

费孝通插话道："我这次过来的路上，就与徐书记说了，开弦弓村要建陆路、公路，我还会继续向市、省里帮你们呼吁。"

沈春荣高兴地说："那我先代表开弦弓村民谢谢您！"

"不用谢，一来还没有眉目，二来为了我们以后常来方便嘛！"费孝通的话把大家逗乐了，接着纷纷发言，讲情况，摆数据，谈经验。费孝通边听边问，不时做着记录。

听完大家的发言，费孝通请姐姐费达生说几句，费达生说："我不说了，你代表我说吧。"

费孝通含笑道："我代表不了你。但我知道，你想说的就是我要说的；我要说的就是你想说的。那就我说了。"接着，他在笔记本上划了几道杠，然后不紧不慢地讲了起来：

"刚才，听了大家的发言，了解到许多新情况，很受启发。尤其是沈书记讲了七个改，总结得好，从中可以看到开弦弓村改革开放后的巨大变化。这里我还要加两个变，一个是村变貌，一个是人变样。前一个讲的是村容村貌，房屋改善了，道路整修了，村里的卫生状况也好多了；后一个讲的是人的精神面貌，以前两次我来村里，村民们非常热情，脸上也带着笑容，但这次回来看到干部群众有一种幸福感、自豪感，有一种使不完的精神力量。我觉得这两个变是沈书记讲的七个改的结果，是农村改革带来的最明显的变化。

20 世纪 80 年代的开弦弓村景象

开弦弓村民依靠水路进出村里

　　"现在我可以告诉大家，23 年前我第二次来江村，是带着热情来，带着忧虑走的，我当时看到，村里的工业没有了，副业被砍掉了，粮食也没有搞上去，村民们生活非常艰难，我为此向各级政府和领导反映了当时的实际情况，提出了在农村发展工副业的意见和建议，但后来遭到了批判。这次回来，看到联产承包责任制使农业生产得到恢复和发展，粮食产量提高了，同时工副业也发展起来，比我想象的还要发展得快，发展得好，我欣喜地发现了一个宏大的事实的苗头——乡村工业的发展使农村集体经济结构发生了重大变化，在这个进程中，农民的生活水平也得到了相应的改善与提高。

　　"我在 20 多年前提出的东方小康的概念，就是不饥不寒，还有钱花。而现在终于在开弦弓村基本实现了！这主要是通过发展农、工、副业实现的。我了解到，农民通过挣工资而增加的收入远远高于从农业里增加的收入。今年村里农民的人均收入已接近 300 元。收入的增加直接表现在他们生活的改善上。这次访问中特别引起我兴趣的是，农村中居住更新的过程一般是通过青年一代结婚的机会而进行的。我特地参观了一家新房，当场估计了一下全部家具和衣服的总值大约 2 000 多元。如果容许我做一个估计，这 3 年来开弦弓村农民收入的增加，其中相当大的一部分是通过结婚的过程而消费在家庭生活和物质更新上的。而这个更新过程又是从进入结婚年龄这一代开始的。就在我们参观的新房隔间是老一代的卧室。在这间卧室里我看到的是我幼时所熟悉的我祖母房间里的陈设，我祖母是太平天国时嫁到我家的。我直觉地感到过去农村生活里生活物质基础更新率是那么的缓慢。要是没有改革开放，农村的面貌以及农民的住房、用具、衣服不可能在这么短时间内发生如此大的变化。"

费孝通滔滔不绝地说着，费达生轻轻提示他出发的时间到了。费孝通意犹未尽地说："这次回来看到的、听到的与上次回来的情况完全不一样，我兴奋得有说不完的话，但时间不容许我再说下去了。好在今天说不完的话，我可以在一个月后到英国伦敦的国际会议上去说。"

说到这里，费孝通站了起来，信心满怀地对大家说："我要把一个崭新的江村报告给世界！"

第 *49* 章
精彩演讲

△用什么去演讲？用什么去告诉世界？用文字、用口才，但更要用事实、用热情。有根据的事实令人信服，有温度的演讲打动人心。

1981 年 11 月 18 日晚。英国伦敦政治经济学院报告大厅。

71 岁的中国社会人类学家费孝通在这里接受英国皇家人类学会颁发的 1981 年度赫胥黎奖章，成为第一位接受这项荣誉的中国学者。

英国皇家学会是英国最高科学学术机构，也是世界上历史最为悠久的科学学会，它所下属的包括人类学会等学会，其宗旨是认可、促进和支持科学的发展，并鼓励科学的发展和使用，造福人类。英国皇家人类学会于 1900 年设立了赫胥黎纪念奖章。赫胥黎是英国著名的博物学家，是第一个提出人类起源问题的学者。赫胥黎纪念奖章是英国皇家人类学会为纪念这位人类学家而专门设置的，是国际人类学界的最高学术荣誉。

在庄重的授奖仪式上，会场内升起了中国的国旗，首先由中国驻英大使讲话，接着，英国皇家人类学会会长致辞并亲自给费孝通颁发奖章。

在热烈的掌声中，费孝通满怀深情地说："从青年时代迈进这门学科，我就已经向往的荣誉，经过了半个世纪坎坷的道路，到了垂暮之年，忽然落到自己身上的时候，'欣慰愧报'可能是形容此时内心感受最恰当的词语。去年英国皇家人类学会通知我，要在今年冬季到伦敦来接受赫胥黎纪念奖章是完全出乎我意料的。古人云，'人贵有自知之明'。以我学术上的成就来说，我绝不敢妄想和从这个世纪开始时起接受这奖章的任何一位著名学者相提并论。但是我一想到这个光荣榜上开始列入中国人的姓名时，我感到衷心喜悦。这个开始表明了英国皇家人类学会的学者们怎样重视这门学科，今后的发展将有赖于全世界各国、各民族的学者们的共同努力。"

在作了简短的答词后，费孝通发表了题为《三访江村》的讲演，向与会者报告了一个崭新的中国江村——开弦弓村：

"开弦弓村处于苏杭之间，太湖之滨。古语有言'上有天堂，下有苏杭'，指出了在经济上这是中国的一个富饶地区。不仅因土地肥沃，水源充足，农产较高，而且以农产品为原料的副业和手工业也较为发达。这个特点已有很长的历史，一直维持至今，按 1979 年全国抽样调查了 70 万个生产大队，该年个人平均年收入不到 100 元，而开弦弓村所在的苏州地区 1980 年个人平均年收入已超过 250 元。这个地区在经济上占先的地位是明显的。开弦弓村在苏州地区却处于中级，个人平均年收入是 300 元。略高于这个地区的平均数。我们抓这个在全国居上游、上游中又居中级的农村进行解剖，就可以和比它好的和比它坏的农村相比较，从而看到当前中国农村经济正在怎样变化，要致富上升应采取什么道路。

"回想起我自己对中国农村问题的认识，《江村经济》确是一个重要的起点。在这本书里我注意到中国农村里农业、家庭副业、乡村工业的关系。我的姊姊用了她一生的岁月想通过改进农村里的副业和工业，来帮助农民提高他们的生活。1938年我从伦敦回国，在抗日战争时期，在中国云南省的内地农村进行社会调查，使我进一步看到在一个人口众多、土地有限的国家里，要进一步提高农民的生活水平，重点应当放在发展乡村工业上。我在《乡土中国》（*Earthbound China*）一书里明确地提出了这个见解。1957年我重访江村，看到当时农业上有了发展，我感到高兴，但是为那种忽视副业和没有恢复乡村工业的情况而忧心忡忡。现在，历史的事实已经证明我当时的忧虑并不是没有根据的。

"我在这个讲演开始说明开弦弓村在全国的地位时，已经说过1980年这个农村个人全年平均收入已接近300元，位于全国的前列，大约是全国平均水平的3倍，所以它在中国可以称作属于富裕的一类。但是，开弦弓村达到这个水平还只有3年。3年前，1978年个人平均收入还只有114元。为什么在这几年里这个村子的农民会这样富裕了起来呢？

"开弦弓村农民收入的增加主要是由于1979年以来贯彻了党的三中全会决定的政策，改变了农村经济的结构。那就是纠正了片面地发展粮食生产，而落实了多种经济的方针，大力发展多种多样的副业，不仅包括已纳入集体经济的养蚕业，而且扩大了各种家庭副业。我在20世纪30年代见到的养羊和50年代见到的养兔，现已成了家家户户经营的副业，并且已是家庭收入的重要部分。以养兔为例，养一只长毛兔，每年可以出售兔毛10元以上。而很多人家养5—6只甚至10只以上。全社一共养兔10万只，一年总收入超过100万元。各种家庭副业合在一起，个人平均收入1980年为120—150元，占个人平均总收入的一半。

　　"开弦弓村有一家，共 3 口人，1980 年出售肉猪 9 头，养羊 2 只，养兔 8 只，加上卖给集体的肥料和自留地所种的能出售的油菜籽等，一年得到 1 087 元，他们从集体劳动工分（包括农业和集体副业）收入 660 元，每人平均收入是 582.3 元。这一家在开弦弓村还并不是突出富裕的人家，另一家，共 5 个人，其中 4 个劳动力，1980 年收入 2 429 元，人均 485.8 元。这家全年日常生活费用是 960 元，储蓄 1 469 元，预备添盖房屋。

　　"开弦弓村的老乡一致同意，吃和穿，也即温饱，已经不成问题。现在主要的问题是住，也即房屋和家具。该村干部提供给我们关于住房的数字从 1948 年到 1980 年每人平均只增加 0.04 间，每间约 20 平方米，所以每人平均增加不到 1 平方米，全村增建一共不到 100 间。我参观了一个生产队，10 多家，挤在 3 个大门内，在 30 年代这里只住 3 家人。建筑房屋的困难，比如土地少，建筑材料不容易买得到等，我不在这里多说。要说的是这个村子的老乡手边有钱能想到建筑房屋，还是近几年来的事。造一间房要 1 000 元，一家至少要三间。在 1978 年前有多少农民的积蓄能达到 3 000 多元呢？而这几年来，情况变了，农民现金收入多了，一年上千元的储蓄已经不稀奇。这些钱怎样花呢？绝大多数的农民的答案是居住更新。

　　"这次访问中特别引起我兴趣的是农村居住更新的过程一般是通过青年一代结婚的机会进行的。新婚夫妇需要单独的卧室。在房屋紧张的情况下，不是延期结婚，就得把老房间分隔。在开弦弓村老一代中确有一生娶不起老婆的人。这几年农民具备了盖新房屋的经济条件时，凡是有儿子要结婚的就急于要扩建住所。过去一年中，靠河边大约有 250 户人家的几个生产队一共建造了 50 间新房子，几乎全是扩建旧宅的性质。至于穿着，已经超过了保温的要求，对于年轻人来说，时行的式样成了主要的考虑。手表对他们计时的用处可能还不及装饰的功能；上一代的手镯已让位给上海牌的手表了。

"但是当我向老乡们指出了他们正在进行生活基础的物质更新时，却接触到了一个当前的实际问题。这几年农村经济从复苏到繁荣提出了许多新的问题，其中之一就是用普通的话来说，农民手上的钱怎样花法？从全国来看，每年流入农村的货币达到几百亿元。用什么商品去满足农民的需要呢？因此我们有必要去调查研究农民需要什么，怎样可以去指导他们的正当消费，这里社会主义制度可以发挥它的优越性。

"就在我们参观新房的后一天，在一个和本村干部的座谈会上，大家提出了许多问题：怎样有计划地进行农民生活资料更新？怎样通过民主讨论的方式制定各种房屋的结构和布局？怎样根据本村农民的财力，分期分批地按大家同意的规划来有步骤地更新全村的面貌？人民自己的政府才能根据人民的需要来发动集体的智慧和力量来为人民群众办事。在这件事上，大家要我们人类学者帮助他们进行系统的社会学调查。我本

开弦弓村 20 世纪 80 年代新人的婚房

人是心甘情愿做这种能直接满足人民需要的人类学工作的。

"最后，我想讲一讲中国农村中集体经济的发展前景。自从 1936 年中国农村建立集体经济以来，它一直是农村经济的主要部分，至今还是这样。1955 年正当葛迪斯教授去开弦弓村调查时，合作化运动已进入高级社阶段，提高了集体经济的地位。1958 年成立人民公社，农村中的个体经济已微不足道。直到 1978 年开弦弓村和中国的其他农村一样，农民的收入几乎全部依赖集体分配所得，按个人在集体经济中所贡献的劳动折合成工分计算。但是，一度在平均主义的'左'倾思想支配下，农民所得的工分并不能正确反映他所付出的劳动，所以引起了违背社会主义按劳取酬的分配原则的所谓'吃大锅饭'的偏向。在这个时期，作为个体经济的家庭副业受到极大的限制，甚至遭到禁止。1978 年才改变了这种抑制农民积极性的错误政策，恢复和发展了农民的家庭副业，因而使农民的收入有了显著的增加。

"但是这种承认农民个体经济的作用并不是否定了或削弱了农村的集体经济。相反，农民生活的改善，生产积极性的提高，同时也促进了集体经济的发展。中国的农业和乡村工业主要是属于集体经济的部分，它们的性质一直没有改变。1981 年起所实行的责任制也只是在集体经济的基础上根据各地生产技术和群众的觉悟水平，改善经营方式和贯彻按劳分配的原则罢了，并不是经济制度性质的改变。

"农村经济结构另一方面的变化是农村集体经济部分本身的结构变化，主要表现在农业比重下降，副业有所增加和工业激增。开弦弓村自从抗日战争时期起，合作丝厂被毁，桑田被破坏之后，蚕丝业就一蹶不振。一直到 1966 年才恢复了集体养蚕的副业，使该村每人年平均收入突破百元大关。但是农业和副业的比例还是悬殊，1966 年是 87.8：11.9。

"1968 年开弦弓村开始重建缫丝厂，但是设备和技术由于条件太差，还赶不上抗战前的合作丝厂。1975 年乡村工业受到重视后才扩充设备和技术。1978 年以后逐步发展，现在已成为一个有 200 多工人的小型现代工厂，而且，在出丝率上正在赶上日本的先进水平。1979 年开弦弓村开办了两个豆腐坊和一个丝织厂。乡村工业的发展使这个农村的集体经济结构发生了重大变化。以该村南部的那个大队来说，1979 年农业收入占 50%，副业收入占 23%，工业收入占 27%；1980 年农业占 41%，副业占 19%，工业占 40%。这个结构变化是农、副、工三方面都在增产中发生的。由于发展了乡村工业，这个农村的农民 1980 年每人平均集体分配达到 150 元，比 1978 年前增加约 1/3。苏州地区农村中集体经济结构 1980 年是农业占 19.6%，副业占 13.2%，工业占 67.2%，所以开弦弓村在这地区乡村工业发展上还是比较落后的。

"在开弦弓村所见到的农村经济结构的变化在中国并不是个别的特殊现象。即使不能说中国几十万个村庄都已发生这样的变化，但是可以说这是中国农村的共同趋势。据了解，到 1979 年年底为止，全国已有 98% 的人民公社办起了集体企业，包括粮食生产之外的种植业、养殖业和工业。单以社队工业计算，估计产值已占全国工业总产值的 9.3%。

"我觉得特别兴奋的是在这里看到了我几十年前所想象的目标已在现实中出现，而且为今后中国经济的特点显露了苗头。在人口这样众多的国家，多种多样的企业不应当都集中在少数都市里，而应当尽可能地分散到广大的农村里去，我称之为'工业下乡'。工业下乡同样可以在经济结构中增加工业的比重，但是在人口分布上却不致过分集中，甚至可以不产生大量完全脱离农业生产的劳动者。在这个意义上，为具体实现工农结合，或消除工农差距的社会开辟了道路。"

……

费孝通的讲演获得了与会学者的高度赞赏，他们以长时间起立鼓掌的方式向这位获奖者和他的成功演讲表示诚挚的敬意。

然而，就在费孝通演讲结束准备走下演讲台时，一位西方学者站立起来，很不礼貌地说："费先生，我有一个问题要问你。"

今天的议程并没有安排提问环节，这让费孝通有些意外，但他还是回到了演讲台，礼貌地等着这位学者的提问。

"我注意到了你现在的身份。"这位学者并没有立即提出问题，而是说，"你已经不是半个世纪前，或者说二三十年前的你了，据我所知，你现在在中国有着很高的职位和地位。这种职位和地位显然会影响到你的观察力，我甚至怀疑你是否受到党派和政府的左右，进而削弱了你报告事实的准确性和可靠性。所以，我的问题是，你所报告的一个崭新的江村，还是《江村经济》中那个真实的江村吗？"

面对这位学者的挑衅性提问，费孝通镇定自若地说："谢谢这位先生的提问。请允许在回答你的问题前先做一点说明。无论我现在担任什么社会职务，我还是一位学者，而且这永远是我的第一身份，半个世纪以来，我从未停止过我的学术研究工作，坚持用自己的观察、认知和研究来从事人类学的学术工作。现在我再来回答这位先生的提问，我重复一下他的问题，他问，你报告的一个崭新的江村，还是《江村经济》中那个江村吗？那我肯定地回答你，不是！"

话音刚落，会场上的人先是有些惊讶，后又交头接耳地讨论开来。

费孝通停顿一下后说:"请各位安静一下,听我继续回答。我今天所报告的江村,已不是《江村经济》中那个落后的江村,而是一个变化了的江村,一个崭新的江村,一个真实的江村!"

顿时,全场响起又一阵热烈的掌声。那位学者也尴尬地鼓起掌。

费孝通继续友好地说:"这里,我再明确地向你表示,我的报告完全是通过我最近实地调查获得的第一手材料。当然,今天是学术报告,我所讲的并不是那么具体而生动,甚至我也担心因自己的情感而讲了过头话。好在今天在场的冈萨勒斯教授在我三访江村之前,也去了开弦弓村,而且大会安排她也有演讲。她会用她在农民家亲自吃过的伙食来说出他们的水平。她会告诉你们所尝到的令她称赞不已的饭菜并不是特地为她的访问而准备的。她常常在人家家里谈话到了吃饭的时候,主人按当地的习惯一定要留客共餐,那就可以吃到日常的饭菜了。我还听说她带来了在开弦弓村所摄的相片与大家分享。中国有句俗话,耳听为虚,眼见为实。我希望大家在这些相片中去感受一个真实的江村。如果还不满足的话,我欢迎在座各位有机会去中国访问,亲眼看看这个富有新意和人情味的江南村庄。借此机会,我感谢皇家人类学会同仁们对中国农民的关切,并给我机会就我自己所看到的事实,叙述他们怎样在三十年里建成安定、繁荣的社会主义农村。开弦弓村的父老乡亲们知道我要来伦敦作这次演讲,特地叮嘱我,把他们对你们的问候亲自带给你们。谨祝我们两国人民的友谊不断增长。"

在热烈的掌声中,费孝通走下讲台,冈萨勒斯走上讲台,她将用自己实地考察的切身感受,图文并茂地向大家展示,一个外国学者眼中的中国江村——一个真实的、崭新的开弦弓村!

第 **50** 章
路在脚下

△你有一个苹果，我有一个苹果，交换以后还是
两个苹果。你有一份喜悦，我有一份喜悦，分享
之后就是十个、二十个甚至更多的喜悦。分享的
喜悦与喜悦的分享，是更多更大的喜悦。

费孝通在国际上获奖的消息很快传到了开弦弓村。

此时的世界已经可以称得上地球村了，消息传播之快已今非昔
比。近半个世纪前，费孝通发表《江村经济》时，开弦弓村相当闭
塞，若干年后都不知道自己居住的村庄已闻名于世，更不知道开弦弓
村还有一个更响亮的名字叫江村。而如今，费孝通在遥远的伦敦获奖
的第二天，他们就从不同的渠道知晓了这一令人自豪、令人振奋的
消息。

尽管他们对伦敦皇家人类学会颁发的赫胥黎纪念奖章并不了解，
甚至连名字也不一定说得上来；尽管他们也不知道费孝通在领奖时说
了些什么话，作了怎样的演讲，但他们知道费孝通在国际上获得了大
奖，而且这次获奖与他们村子有关，他们也知道费孝通在演讲时肯定
会把他们的村庄——开弦弓村（江村）隆重推出。

他们为此兴奋，为此自豪，纷纷奔走相告。这些天，村里所有的
话题几乎都集中在费孝通的获奖上。他们由衷地感谢费达生等把新品

村民在田里干活

种、新技术、新设备、新工厂带到了开弦弓，使村里的蚕丝业得以传承和发展，使村民从中获利，改善生活；他们由衷地感谢费孝通把一个名不见经传的偏僻小村庄带到了国际舞台上，名闻于天下。当然，他们更期待费孝通早日再访江村，让他们真切地看一看、摸一摸这枚与开弦弓村有关的高级奖章，与他们分享欢乐与荣光。

村民们的这一愿望，由费达生代为转达给了获奖回到北京的费孝通。

我要去的，我尽快就回去！费孝通一口答应。然而，由于公务繁忙实在脱不开身，三个月之后才抽出时间开始了他的江村回访。这次，他又约姐姐费达生一同前往。

1982年元月，费孝通在吴江县县长于孟达的陪同下，与费达生一起回到开弦弓村。

没有英雄凯旋般的欢迎仪式，有的是乡情亲情，有的是欢声笑语。大队会议室里张灯结彩，披红挂绿。墙壁上挂着红色的会标：庆祝费孝通教授荣获赫胥黎纪念奖章茶话会。长条桌上第一次铺上了崭新的蓝色桌布，桌子上放满了糖果、瓜子和茶水。

费孝通四访江村

　　大队书记沈春荣为这次茶话会做了精心的安排，选了村里老中青三代村民代表参加会议。前来参加茶话会的干部群众都穿着新衣服，如同过年一般。

　　看着这些热情且面熟的村民，费孝通甚为感动。他知道村民们的心思，会议还没正式开始，他就从包里取出那枚赫胥黎纪念奖章，让在场的人传递着看。大家小心翼翼地捧着这枚奖章反复端详，爱不释手。

　　当奖章传递到87岁的老太太周阿芝的手上时，她激动得热泪盈眶："我这辈子也没有看到过这么贵重的东西。"她又问身边的人，"这一定值很多钱吧？"

　　这话一出，引得大家都笑了起来。费孝通也笑了，他说："这奖章倒不值很多钱，但对于我来说，可是无价之宝啊！"大家都频频点头。茶话会在轻松欢乐的气氛中开始了。

　　于孟达县长首先讲话，他代表县里向费孝通表示祝贺："费教授在国际上获得如此重要的大奖，既是他的光荣，也是我们大家的光荣，他为家乡争了光，赢得了荣誉。"

费孝通接着说："于县长的话，也表达了我的心声。这枚奖章，是颁给我的，也是颁给开弦弓村全体村民的。我这里还要特别感谢我的姐姐费达生和姐夫郑辟疆先生，是他们来到开弦弓村带领村民发展蚕丝事业，办工厂致富村民，又是姐姐建议我到开弦弓村做调查，从此我与江村结下了一生的情缘，也因此获得学术上的成就和国际上的声誉。所以，我这次回来，既是与大家分享喜悦，也是来感谢大家的。"

"还有一个人不能忘记。"费达生回忆说，"当时我们能到开弦弓来，其中有一个人起了重要作用，就是开弦弓村小学校长陈杏荪先生，是他几次三番动员我们来的，而且他一直为村里的事情而奔走，呕心沥血，服务了一生。"

"是啊。"费孝通说，"我多次到开弦弓村来调查，他总是热心地接待和安排，我是感激不尽的。还有林同生一家人，还有村里许许多多的人，我不能一一报出他们的名字，但我都要深表谢意。"

"要说感激，还是我们开弦弓村人要感激你们姐弟俩和郑辟疆校

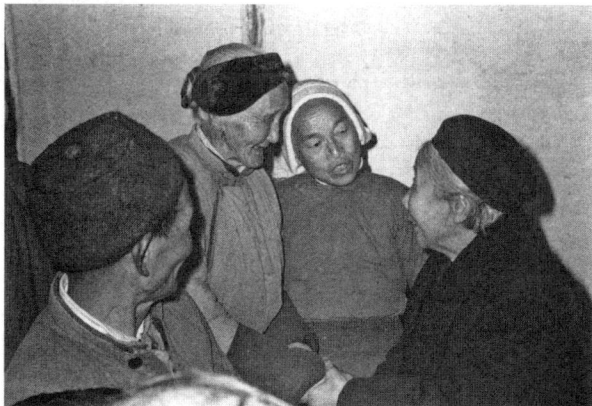

费达生（右一）回到开弦弓村，老姐妹们都来看她

长，是你们为我们村做了许许多多的事情。"沈春荣书记说："直到现在，你俩都年逾古稀，还经常到我们村里来指导，为我们办实事。"

费孝通接着沈书记的话说："要说办实事，主要是我姐姐她们，我是动嘴不动手，没能为村里做什么实事。但今天我要告诉大家一件事，我这次取道南京，拜访了江苏省的领导，在谈话中，我专门向他们提出，开弦弓村至今只有水路没有公路，建议省里支持。省领导当即表态了，要为开弦弓村修建公路。"

这一消息给大家带来了惊喜，茶话会的气氛更加热烈了。

这次回开弦弓村，除了与村民分享获奖喜悦外，费孝通总是不会忘了搞调查。他在村里召开座谈会，县乡村三级都有代表来参加，就社队工业在农村经济中的地位、作用和收益分配等问题进行座谈。座谈中，社队干部和企业代表发言时，都按当地习惯称社队工业为"乡村工业"。费孝通听后说："乡村工业的叫法好，这个名字早就有了。野火烧不尽，春风吹又生！乡村工业的生命力是强大的，是农民自己需要的，是有基础的。"

访问期间，费孝通再次参观了开弦弓丝织厂，并为厂里新大楼奠基铲了第一锹土。然后，他在厂部即兴挥毫，写下了白居易《忆江南》一诗：

> 江南好，
> 风景旧曾谙。
> 日出江花红胜火，
> 春来江水绿如蓝。

能不忆江南？

写毕，他深情地说："人老啦，越来越思念家乡了。以后还是要争取多回来呀！"

第 *51* 章

康庄大道

△要致富先修路。这是一条小小的公路，而对于这个长期封闭的水乡村庄来说，就是一条康庄大道——致富路、小康路、幸福路。

费孝通回到北京后，在中共中央、国务院举行的春节团拜会上，以《我国农民已经闯出了新路子》为题，做了发言。他用调查得来的大量事实，畅谈党的十一届三中全会以来家乡农村迅速发展的新形势。他热情赞颂道，从农村联产承包责任制，到如雨后春笋般发展起来的社队工业——农民称之为乡村工业，都是农民在党的政策指引下进行的自我、自发的创造，闯出了一条新路子。这是一条农村发展、农民致富的路，一条实现小康生活的路，一条通往幸福社会的路。

费孝通的发言得到了中央领导同志的肯定，并对他说，经济社会的发展要更上一层楼，社会调查也要更上一层楼，党和政府的方针政策引领更要更上一层楼。

带着"更上一层楼"的想法，费孝通在 1982 年 10 月，与中国社科院社会学研究所的同志一起，第五次访问江村，深入了解工业结构、劳动力配置、文化教育、农民生活等情况。调查中，费孝通针对

开弦弓丝织厂的部
分青年女工合影

费孝通五访江村

农村社办企业、集体经济和家庭副业的问题说："村里有东西卖出
来，农民手里有钞票，可以到市场上去买需要的用品。所以，吃饱、
穿暖、有钱花是农民生活改善和农村经济繁荣的具体内容，也是我过
去讲的东方小康。"费孝通还在村民蒋云娥家里牵磨，到打谷场上与
村民交谈收成情况，希望乡亲们努力建设好社会主义新农村。

趁着费孝通的这次访问，县里还做了一个特别的安排，请费孝通
参加开弦弓村通往县城公路的开工典礼。

村民修筑路基

村民挑土垫高路基修公路

开工典礼现场人山人海，锣鼓震天，又是一个激动人心的时刻。

费孝通应邀在典礼仪式上讲话，他说："你们请我讲我就讲，不请我讲我也要讲。我无法用语言来形容我现在的心情，只能说，我现在心情与一年前在伦敦领奖时一样的激动，甚至有过之而无不及。因为现在要修的这条公路，虽然不是一条很大的公路，但这条路对于开弦弓来说，是开天辟地、史无前例的大事情。千百年来，开弦弓村与外界的通道，主要就是河道和水路，出行多不方便，也直接影响到农工副三业的发展。而今天开工的这条公路，将改变这一状况，甚至改变开弦弓村的历史，打开了开弦弓村的一条崭新通道。开弦弓村被真正打开了。今年初，我在中央召开的春节团拜会上的发言中说，我国农民已经闯出了新路子。我讲的新路子是改革开放的探索之路，是一条无形之路。而今天我们在这里建的是一条有形之路。这条路在别的地方也许算不了什么，但对于开弦弓村来说，有着特别的作用、特别的意义。要致富先修路。敢问路在何方？路在脚下。相信这条公路的建成，将成为开弦弓村更为宽阔的致富路、小康路、幸福路！"

四个月后，这条全长 12.3 公里的乡村公路建成通车。

这条公路，结束了开弦弓村的一段历史，也开启了开弦弓村新的篇章。

第 **52** 章

小康构想

△ 伟大的构想造就伟大的事业。而每个伟大的构想都不是空想出来的，而是从探索中、实践中、经验教训中，以及深入思考中逐步形成的。

　　开弦弓村开通的一条小小的公路，连通着整个国家发展的康庄大道。

　　1982 年 9 月，中国共产党第十二次全国代表大会在北京召开，邓小平在开幕词里正式提出了建设有中国特色社会主义的科学命题。大会部署了中国共产党在新的历史时期的总任务，提出了建设小康社会的目标，即从 1981 年到 20 世纪末的 20 年，中国经济建设总的奋斗目标是：在不断提高经济效益的前提下，力争使全国工农业的总产值翻两番，即由 1980 年的 7 100 亿元增加到 2000 年的 28 000 亿元左右，使人民的生活总体上达到小康水平。

　　党的十二大召开后不久，1983 年春节前夕，小平同志踏上江苏大地，来到苏州地区开展调查研究。

　　这是中国东部的发达地区，改革开放的前沿地带，也是有中国特色社会主义现代化建设的一片热土。

　　2 月 6 日下午，邓小平抵达苏州。第二天听取汇报时，邓小平就问，到2000年，江苏能不能实现翻两番？江苏的同志回答，从江苏经济发展的历史看，自1977年至1982年6年间，全省工农业总产值就翻了一番。照这样的增长速度，就全省而言，用不了20年时间，就有把握实现翻两番。邓小平又问苏州的同志，苏州有没有信心，有没有可能？当时，苏州的经济发展水平已位于江苏省前列，1978年工农业总产值为65.59亿元，国民生产总值为31.9亿元。到1981年底，工农业总产值增加到104.88亿元，国民生产总值增加到47.61亿元，人均接近800美元。四年间，苏州的工农业总产值和国民生产总值分别以12.65%和10.5%的年均速度递增。按照这样的速度，苏州大约用15年的时间，到1995年就能实现"翻两番"的目标。因此，江苏的同志告诉邓小平，像苏州这样的地方，我们准备提前5年实现中央提出的奋斗目标。

此前，苏州方面为邓小平提供了16份典型材料，从各个方面介绍苏州实行联产承包、发展社队工业、促进经济增长、改善人民生活的情况。看了听了这些汇报后，邓小平接着问，人均800美元，达到这样的水平，社会上是一个什么面貌？发展前景是什么样子？苏州的同志告诉他，若达到这样的水平，下面这些问题就可以解决了：第一，人民的吃穿用问题解决了，基本生活有了保障；第二，住房问题解决了，人均达到20平方米，因为土地不足，向空中发展，小城镇和农村盖二三层楼房的已经不少；第三，就业问题解决了，城镇基本上没有待业劳动者了；第四，人不再外流了，农村的人总想往大城市跑的情况已经改变；第五，中小学教育普及了，教育、文化、体育等其他公共事业有能力自己安排了；第六，人们的精神面貌变化了，犯罪行为大大减少。

新旧交替中的民宅

　　听到这里，小平同志由衷地赞叹道，这几条就了不起呀！他欣然宣布：这样发展下去，到本世纪末翻两番的目标一定能够实现，这样就是实现了小康社会的初步目标。

　　苏州之行，给小平同志留下了十分深刻的印象，尤其是苏南地区广大干部群众改革开放的实践经验和现代建设的丰硕成果，使小平同志用更加宽广的视野去观察和思考中国的发展道路和战略目标，丰富了他的小康社会的宏大构想。

　　邓小平的小康社会思想，凝聚着他对江苏经济社会发展实践探索的理论思考，也有力地指引江苏人民走出一条具有江苏特色的小康建设之路。作为发达地区和改革开放前沿的江苏，在小康建设之路上，乡村企业的异军突起，无疑是最为壮丽的篇章之一。

　　改革开放之初，江苏抓住机遇，突破各种条条框框，保护社队企业的合法权益，使之得到迅速成长。1982 年，苏州地区部分县借鉴农业联产承包责任制的经验，在社队工业中进行了经营承包责任制的试点，使企业的经济效益大幅提高。1983 年，江苏省委、省政府根据中央 1 号文件精神，对社队企业推行多种形式经营承包责任制的工作作了部署。1984 年江苏省委、省政府又批转了《关于贯彻中央 4 号文件，开创江苏乡镇企业新局面的报告》。1985 年 6 月，省政府在苏州地区召开全省乡镇企业工作会议，提出"量力而行，尽力而为"的方针，实行"一包三改"，即承包经营责任制，改干部委任制为聘用制，改录用制为合同制，改固定工资制为浮动工资制；做到"三上一高"，即上质量、上技术、上管理和提高经济效益；推动"五轮齐转"，即乡、村、组、联户、个体同时发展。中央和省一系列发展乡镇企业政策措施的贯彻落实，使江苏乡镇企业出现长达五年的高速增长期。1984 到 1988 年，全省乡镇工业产值年增长率分别为 44.76%、66.88%、28.98%、38.45% 和 42.43%。1988 年下半年，中共中央提出治理经济环境、整顿经济秩序和全面深化改革的方针。在宏观经济紧缩的情况下，江苏对乡镇企业采取稳定、调整、健康发展的方针，使全省乡镇企业走上新的发展阶段。1990 年，江苏共有乡镇企业 1 058 369 家，从业人员 896.17 万人，总产值达到 1 447.16 亿元，是 1984 年的 5.61 倍，年均增长 33.30%。

村里动工修建新厂房

与全省一样，开弦弓村的村办企业迎来了黄金时期，经济发展和各项事业驶入了快车道。像滚雪球一样，工厂越办越大。办厂之初，开弦弓村为了凑足6台织机的2万元钱，动用生产队的公积金，不足部分还得一家一户地向社员借，花了九牛二虎之力，才把6台织机买回来。20世纪80年代工业发展起来后，开弦弓村把工业赚到的钱，大部分继续用于投资办业，每年新上一二十台织机，有力地推动了工业经济的快速发展。

随着村办企业的发展，工业逐渐成为村里的主导产业，为农村剩余劳动力找到了出路，农民的经济收入也主要来源于工业。丝织厂上第一期时，村里坚持1户1工，纯农户、困难户优先。上二期时，增加到1户2工。至80年代末，全村转移劳动力420多人，年轻人都进了厂，平均每户有2人进厂。这就大大提高了每家每户的工资性收入。

工业上赚了钱，不仅增加了村民的家庭收入，也壮大了集体经济的实力，就有力量以工补农，稳定村里的农副业生产。村里拿出钱来对种粮户养殖户进行补贴。为了发展蚕桑，要平整土地，村里又按土方给予相应补贴，这项工作很快就推动起来。村里还从工业利润中抽出钱来，添置了联合收割机一台、中型拖拉机一台，以及一批插秧机等农机，开弦弓因此成为全县农业现代化的试点村。

集体经济壮大后，村里的公共事业也就办了起来。大队盖了五楼五层的办公大楼，这在当时是罕见的。办公楼里不光用来办公，更多的房间用作活动室、阅览室和医务室。村里新建了农贸市场，重建了开弦弓小学。小学的总造价达48万元，建有三层教学楼一座，平房九间，整修了操场、跑道，增加了绿化和配套设施，成为全县最好最美的村办小学。

开弦弓村在小康之路上又大大迈进了一步。

第 **53** 章

千辛万苦

△路是人走出来的，人又在路上永远地走下去。一路上，有坦途，也有险阻，更有曲折。在创业的路上更是困难重重、危机四伏。唯有精神力量能激励人奋勇前行。

20 世纪 80 年代是一个活力迸发的时代。我国改革开放和经济建设驶上快车道。我们党及时吹响了加快社会主义现代化步伐、推进小康社会建设的集结号。

1982 年召开的党的十二大，首次提出到 20 世纪末，全国工农业总产值翻两番，使人民的生活总体上达到小康水平。

1987 年召开的党的十三大，正式提出了"三步走"发展战略。第一步，实现国民生产总值比 1980 年翻一番，解决人民的温饱问题。第二步，到 20 世纪末，使国民生产总值再增长一倍，人民生活达到小康水平。第三步，到下个世纪中叶，人均国民生产总值达到中等发达国家水平，人民生活比较富裕，基本实现现代化。

我国发展的宏伟蓝图，极大地鼓舞了全国人民加快改革开放和现代化建设的热情和干劲。作为一名老知识分子，费孝通也是深受鼓舞。年轻时立下的"富国富民"志向此时更为强烈。他对照小平同志提出的小康社会构想和党中央提出的小康目标以及时间表、路线图，进行了深入而系统的思考。

费孝通认识到，无论是"民亦劳止，汔可小康"的传统小康，还是自己提出的"不饥不寒，还有钱花"的东方小康，那都是低水平的小康，即使是低水平的小康，千百年来在中国也只是局部地、短暂地实现，而只有在改革开放的今天，只有中国共产党提出的小康，才是真正的小康，才是人民所向往所追求的小康。他暗下决心，要跟上时代前进的步伐，更新自己的小康理念，并为党和国家提出的小康目标贡献余热。

老牛明知夕阳晚，不待扬鞭自奋蹄。年已古稀的费孝通焕发出生命和学术的新活力，在小康之路的研究与实践上开始了新的跋涉。他观察的视野和调查的区域不断拓展，但仍以开弦弓村为最重要的调查基地，在 20 世纪 80 年代的十年里，他十访江村，就小康建设、小城镇问题、以工建农、三业协调发展、创业精神等进行调研。继 1981 年、1982 年三次访问江村后，他又结合党的十二大、十三大精神，对开弦弓进行了多次访问。

1983 年 5 月 2 日，费孝通与中国社科院社会学研究所、江苏省委政研室和江苏省社科院组成联合调查组，在开弦弓村召开大队干部座谈会，探讨村办工业的发展与小康建设的关系。在开弦弓及吴江县的调查之后，费孝通在南京参加了"江苏省小城镇研

费孝通六访江村

费孝通八访江村

究讨论会"，并在会上作了长篇发言，提出了我国小康社会建设中的一个重大问题——"小城镇、大问题"。

1983年10月3日，费孝通访问开弦弓丝织厂和庙港缫丝厂，并邀请在庙港与乡、村办企业开展横向联营的苏州光明丝织厂、苏州益民化工厂的负责人，专题座谈加强城乡工业合作的问题。费孝通在座谈时多次强调说，城乡合作，大厂小厂合作，是乡村工业发展的一个法宝，也是通过发展乡村工业实现农村小康的必由之路。

1984年10月，费孝通访问开弦弓丝织厂和江村罐头食品冷饮厂，看望村里多年相识的老朋友，询问生产、生活情况。其间，他还向县机关干部和全县乡镇长做学术报告，向家乡人民汇报调查成果。他在报告中特别讲到："我早年在开弦弓调查时，逐步形成了我的东方小康思想，即'不饥不寒，还有钱花'，这在当时已经比中国传统小康思想发展了一步，但现在党中央提出了建设小康社会的宏伟目标，对照这个目标，我讲的那个东方小康，那简直就是'土丘见泰山，木匠见鲁班'，完全是低水平的。现在，我们要按照中央提出的小康目标和小康标准，克服'小富即安'的思想，增强市场经济意识，加快小城镇建设和乡村经济发展，早日达到小康生活水平。"

1985 年 7 月，费孝通在吴江县考察乡镇工业期间，赶到开弦弓邀请土改时的村干部和现任村干部，先后召开了两个座谈会，详细询问农民生活和经济负担情况，反复算账，与小康生活标准作比较。之后，他又为县机关和乡镇干部做学术报告，畅谈调查心得。

他十分赞赏乡镇工业兴起时，干部群众那种"千山万水、千言万语、千方百计、千辛万苦"的艰苦创业精神。他指出，发展速度要建立在坚实的效益基础上，乡村企业应当像蝌蚪变青蛙那样，去掉自己的尾巴，加强科学管理，逐步向现代企业发展。他在报告中充分肯定了吴江县以工补农、以工建农的做法。

他特别指出，乡村工业脱胎于农业，乡村工业发展了就应反哺农业，使农村经济协调发展。他把乡村工业喻为草根工业，草根深深地扎在泥土之中，一有条件就发芽，就蓬蓬勃勃地生长。而生长

西清河桥和公路桥并行

起来结出硕果的乡村企业，一方面要反哺农业，一方面要反哺农民，减少他们的负担，增加他们的收入，帮助农民过上真正的小康生活。

第 *54* 章

退思而进

△路遥知马力，坎坷出文章。一篇好文章，一篇
大文章，是用心、用情，甚至用毕生的追求与奋
斗写出来的。

1985 年 10 月，费孝通相隔两个多月再次访问开弦弓，为纪念江村调查 50 周年做准备。访问中，他看到村里新建的楼房十分高兴。他在与老村长周富林全家一起座谈时说："我在距首次江村调查半个世纪的今天，终于看到了'楼上楼下，电灯电话'，看到了小康社会的雏形。"在这次调查中，费孝通还有一个意外的惊喜：在家乡档案馆里，看到了自己遗失而一直在寻找的重访江村的调查材料，档案保存完好。

1986 年 5 月，费孝通与应邀前来的日本东京大学教授中根千枝、美国康奈尔大学教授巴乃特访问开弦弓。他与客人一起听取村干部的情况汇报，参观村办工厂，又一起走访农户家庭，听取村民生活情况的介绍，到重访江村时的老房东周文昌家做客，并在周家共进午餐。

用餐时，费孝通对中根千枝等客人说，中国改革开放之初的 1979 年 12 月，日本首相大平正芳来中国访问，小平先生接见了他，并作了长时间的谈话。谈话中，小平同志说，我们要实现四个现代

化，是中国式的四个现代化。我们四个现代化的概念，不是你们那样的现代化的概念，而是"小康之家"。到 20 世纪末，中国的四个现代化即使达到了某种目标，我们的国民生产总值人均水平也是很低的。要达到第三世界中比较富裕一点的国家水平，比如国民生产总值人均一千美元，也得付出很大的努力。就算达到那样的水平，同西方相比，也还是落后的，所以，中国到那时也还是一个小康的状态。也就是在这次与大平正芳的谈话中，邓小平第一次提出了著名的小康社会目标。现在你们来开弦弓村参观访问，正好在农户家体验一下中国农村小康之家的初步状态和水平。

中根千枝和巴乃特都说这里已经是很好的生活了，他们有点不想离开这个小康之家了。

就在这年年底，费孝通《江村经济——中国农民的生活》中文版，由江苏人民出版社出版。他在出版发布会上高兴地说："本书英文原本于 1939 年在伦敦初版，越 47 年后有中译本与国人相见，了却了我的一桩心愿。"他还即兴抒怀作诗一首：

> 愧赧对旧作，无心论短长。路遥知马力，坎坷出文章。
>
> 毁誉在人口，浮沉意自扬。涓滴乡土水，汇归大海洋。
>
> 岁月春水逝，老来羡夕阳。阖卷寻旧梦，江村蚕事忙。

1987 年 5 月，费孝通访问开弦弓村，听取全村经济和庙港乡三业发展情况汇报。他在吴江县机关领导干部会议上，主要以开弦弓村为例，做了关于乡村企业发展问题的报告。他在报告中说，我在开弦弓调查座谈时，大家对乡村工业的发展概括了十大贡献，这就是：乡镇工业是农村劳动力转移的重要场所；是县、乡国民经济的重要支

女工们在车间午餐

柱；是巩固农村基层政权的物质基础；是对外开放和出口创汇的重要
力量；是国家财政收入的重要源泉；是消灭"三大差别"，农村实现
工业化、城市化道路的重要途径；是农村精神文明建设的重要阵地；
是农村转变观念、解放思想、开阔视野的推进器；更是农民致富、农
村小康的火车头。费孝通还针对乡村企业出现的困难，对其发展前景
做了分析和讲解。他提出乡镇工业发展，要搞好技术改造，提高管理
水平和产品质量，搞好产品销售，利用地区性需求时间差，走在市场
前列，使乡村工业健康稳步地发展，真正发挥其小康社会建设的火车
头作用。

是年9月，费孝通在全国政协学习委员会副主任杨继光陪同下访
问开弦弓，北京科教电影制片厂派员随行，拍摄电影。费孝通听取村
里的情况汇报，访问了陈耀祥、徐林宝两家农户。随后，陪同以日本
上智大学社会学教授鹤见和子为团长的日本日中小城镇研究会代表团
一行8人，在开弦弓村和吴江乡镇作考察访问，并在同里镇的退思园
与日本代表团进行学术交流。

费孝通风趣地说，我们今天所处的这个园林是著名的退思园，它

退思园

建于清光绪十一年至十三年，是清朝官员任兰生被罢官返回故里后所建，园名引自《左传》中的"林父之事君也，进思尽忠，退思补过"之意。而我们今天在这里，绝非退思补过，而是"退思而进"，思考发展之计，推进小康之路。

好一个"退思而进"！

第 **55** 章

桑榆未晚

△精神支柱是一种信仰、一种愿望、一种无形的力量。它是克服一切困难的力量源泉，它是不断前行的动力所在。精神支柱不倒，人的青春永驻。

如果用"老骥伏枥、志在千里"的诗句来形容年逾古稀的费孝通，那么，用"莫道桑榆晚，为霞尚满天"来形容费达生，那是最准确、最形象不过的了。

费达生一生与蚕桑打交道，步入老年后，她还是放不下她钟爱的蚕桑事业。改革开放给了她事业上的第二次生命。她一方面投身于学校的教学工作，一方面继续为国家的蚕桑事业而到处奔波。她下农村、跑工厂、作指导、解难题、育人才，依然竭尽全力为学校建设和蚕桑事业努力地工作着，无私地贡献自己的余热。

但是，年龄不饶人。毕竟是八十多岁的人了，她的精力在衰退，还患有多种疾病。有一年寒冬来临，费孝通念及南方室内阴冷无暖气，就邀请姐姐费达生到北京过冬，一起欢度春节。

多少年来，姐弟俩各自忙于事业，聚少离多，即使相聚，也很少有时间促膝长谈。这次真是机会难得，他俩可以坐下来好好地聊聊了。由于志同道合，他们谈话的主题总是离不开蚕桑和农民致富。费

费孝通与费达生

达生总是这样说："无论社会怎么发展，工农业生产怎么进步，蚕丝业是替代不了的，人们总要穿衣吧，总想穿得好吧，再说了，江南这一带最适合种桑养蚕，弄好了，农民从中获利也是不少的。"

"现在蚕丝业不是还在搞吗？"费孝通听姐姐话中有话，便问，"难道现在有什么问题吗？"

费达生不无忧虑地说："如今乡村工业大发展，这是好事。但我感到，在发展过程中，由于蚕丝业不如有的产业赚钱那么快、那么多，所以慢慢的不如过去那样受重视了，我担心会被边缘化。"

"我看你这个担心是没有必要的。"费孝通安慰说："现在市场化程度越来越高，只要市场上需要的东西，就不会被边缘化、被淘汰。"

"这倒也是。"费达生又说出她的另一层担心，"现在蚕丝业本身也有些问题，比如省丝织工业学院被合并掉了，虽然是大学，是本科了，但相对来说就不那么专业化了，招生也有些问题。再就是工厂方面，厂是大多了，设备也先进多了，但在内部管理和科研上跟不上，效益也在下降，这必定会对蚕丝业的发展造成不利的影响。"

"这确实是个问题，必须引起重视。"费孝通说，"这样好不好，你详细谈谈你对蚕桑教育和蚕丝生产的看法，我替你整理成文章，交给有关部门，或者在报刊上发表出来，呼吁一下，可能会产生效果。"

弟弟的话让费达生有些意外，原以为自己老了，没人听她的话了，也就是在弟弟面前唠叨唠叨，随便说说而已，没想到弟弟对她讲的话如此看重，便高兴地问道："你真的赞成我的话？"

费孝通说："你一生从事蚕丝事业，有实践，有研究，你谈的这些看法是有价值的，你说出来是有权威性的，一定会引起有关方面的重视。"

"可是，你那么忙，哪有时间来整理呀？"费达生实在不愿意麻烦弟弟，便说，"我过来已经让你忙多了，不能再占你更多的时间了。"

"你怎么能这样说呢？"费孝通诚恳道，"我一直是非常乐意为你服务的，这也是我应该做的。我俩的目的是一致的，为蚕丝事业服务，为农民的富裕多做些贡献。"

"有你这话我也就踏实了。"于是，费达生侃侃而谈。

费孝通边听边记，不时插问几句，不知不觉中时间很快就过去了，吃饭、休息都要推迟。有时，费孝通要出去开会，就拿来录音机，让姐姐对着录音机继续讲。而费达生很不习惯，面对弟弟讲，可以推心置腹，随时交流，而对着录音机讲，冷冰冰的，讲不出感情来，但考虑到弟弟实在太忙，她就只好对着录音机讲，心里想着弟弟就坐在对面。

费达生正在指导蚕农养蚕技术

费孝通每次开完会就立即赶回家，顾不得做其他事情，反复听录音，到了晚上就独自在房间里整理文章。一个星期后，费孝通就把文章整理出来了：

为了进一步发展我国的蚕丝业，我们从业人员应该建立起桑蚕丝绸的系统观点。

一般所说的蚕丝业实际上包括：植桑、制种、育蚕、烘茧、缫丝、织绸、印染、裁剪、缝纫直到制成人们的直接消费用品等一系列的生产活动。其中一环扣一环，形成一个前后环节相互依存的系统。这个系统总的说来可以区划成农业和工业两部分，又由于各环节的分工专业化，节节都能独自经营，它们之间的生产关系注入了流通的因素，所以又联上了商业。用当前通用的话来说就是农、工、商一条龙。各个环节上的从业者不仅应关心本环节上的事，而且还应当胸中有"一条龙"的看法，就是我说的桑、蚕、丝、绸的系统观点，以避免各自打算，互相扯皮，影响蚕丝业整体和本环节生产事业的发展。

必须指出，蚕丝业各生产环节的分工专业化和独立经营，并没有改变桑、蚕、丝、绸在生产过程上的系统性。蚕丝业的特点在于：从植桑到织绸各节的成品都不是人们直接的消费用品，而是后一生产环节的原料。各节之间又是单线联系，桑叶只供育蚕之用，蚕茧只供缫丝之用，生丝至今绝大部分只供织绸之用。所以，各环节的生产成品除了作为后一生产环节的原料之外，基本上别无他用。织成的绸还得经过加工才能为人们直接消费。因而一环依赖一环，扣得十分紧密。要生产符合市场需求的丝绸加工消费品，必须以节节有适合要求的原料为前提，一直可以牵连到最后一环的植桑。

桑蚕丝绸这一系统中，各环节经济上的相互依存性是很现实的。从植桑说起，经营一块土地的农民总会考虑到，是否值得在他的土地上种桑树。现在吴江县和无锡县农村副业的发展，使一块土地上种花卉和种果树的收入高过了种桑树。如果农民挖了桑树种花卉、果树，就会影响到育蚕的数量，又直接可以影响到织绸原料的供应；倒过来说，如果出口的生丝和真丝绸价格暴跌，也同样会连累到桑叶的价格。所以我说蚕丝业的系统性并不因为各环节的专业化和独立经营而有所改变。

在这种具有高度系统性的蚕丝业中，不论哪一环节，如果不考虑为下一环节提供高质量的成品作原料而各自打算，谋取本身的最大利益，就会贻害全局，到头来害了自己。以蚕茧为例，如果农民只为自己的利益出发，多方设法用增加鲜茧湿度来增加重量以提高收入，结果就会降低丝、绸的质量；同样，缫丝生产如果只求过得了现行检验制度，而不是主动地为织绸、印染着想，提供适合要求的优质原料，又会影响到后道服装等成品的质量。

因此各环节都必须根据后道加工的需要而改进技术，提高质量，密切协作。

但是，怎样才能加强各环节间的协作和促进各环节的技术改进，却还是一个值得研究的问题。过去国家采取补贴政策，在一定程度上稳定了农民的利益，但增加了国家财政负担，即所谓"外贸亏本"，这不是长久之计；其次是阻碍了技术改革，使一些甘心躺在国家身上"吃大锅饭"的人能继续维持旧业，助长了各环节专为自己打算和互相扯皮的风气，所以这不是良策。

要加强蚕丝业各环节间的协作，我认为最根本的一条是要使各环节专业人员建立起桑蚕丝绸的系统观点。要做到心中有全局。首先在行政体制上必须实现农、工、商的统一性，也就是现代企业管理所强调的一条龙的模式。过去各环节在行政上是相互割裂的。管植桑、育蚕的是农业部门；管制丝、织绸的是外贸部门或工业部门。条条之间的矛盾削弱了桑蚕丝绸的系统性，我希望在这次经济体制改革中能纠正过去的弊病。

有了桑蚕丝绸一条龙的经营体制，就要根据全行业的系统观点来领导企业改进技术，增加花色品种，提高产品质量，增产节约，降低成本，以提高在国内外市场上的竞争力，而不是采取压低原料价格，或依靠国家补贴来找出路。

不采取国家补贴，又怎样适应国际市场的压力呢？我认为，首先要把蚕丝业的市场重点逐步从国际转向国内。过去把丝绸业看作外贸领导的工业，我认为这是我国广大人民贫穷的反映。随着人民生活的提高，国内丝绸市场一定会不断扩大；其次是开拓蚕丝业各环节产品的用途。现在丝、绸主要用作衣料原料，这样蚕丝业的出路不免狭小了，在市场竞争上缺乏机动性。若能充分利用蚕丝的特具品质，在科学研究上广泛地寻觅实用的途径，市场对丝绸的需求自会扩大。对蚕丝业前途持悲观态度是没有根据的。

蚕丝业的系统性只看成是农工商一条龙还不够，这条龙还需要有一个龙头，那就是包括提高技术和开拓应用领域的科学和信息，总称之为智力。比如说发现了一项新的利用蚕丝为原料的途径，这项信息就要顺着绸、丝、蚕、桑的系统迅速传下去，使每一环节根据新的要求密切配合，进行新的技术改革，制造出符合新要求的成品，供应后一环节的应用；又顺着桑蚕丝绸的系统节节协作通上来，实现新产品的生产。这样周而复始地经常更新，以维持和提高蚕丝业全局的效益。这才真正是桑蚕丝绸系统观点的实践。

……

文章整理出来后，姐弟俩又反复斟酌推敲，几经修改后才正式定稿。这里凝聚了一个从事蚕丝业 60 余年的老专家的智慧和心血。这

费孝通和费达生与
开弦弓村民座谈

是一个忧国忧民的老知识分子对蚕丝业的改革诤言，也是姐弟俩志同道合、深情厚谊的结晶。

这篇题为《建立桑蚕丝绸的系统观点》的长文，后来在《经济日报》的"周末论文"专栏公开发表，《新华文摘》和许多蚕丝刊物都予以转载，在蚕丝界引起极大反响，对我国蚕丝业在新的历史时期的改革和协调发展起到了很大的推动作用。

在北京过完春节后，费达生就待不住了，便对弟弟说："我今年83岁了，时间越来越不够了，走路也不那么方便了，但我还要与时间赛跑啊！"

与时间赛跑！费达生要用自己有限的时间更多地为蚕丝事业服务与奋斗，真正实现自己早年在《复兴丝业的先声》中提出的"复兴中国蚕丝业，让中国在人类历史上再度放出异彩"的愿望。

晚年的费达生还有一个由来已久的愿望：加入中国共产党，做一名光荣的中国共产党党员。1989年3月，她向党组织递交了自己的入党申请书：

> 我是一个老科技知识分子。自从1922年在日本东京高等蚕丝学校学成回国后，就立志要把自己学到的知识和技术无保留地奉献给祖国。二十年代初期，祖国十分贫穷，科学技术落后，不断遭到世界列强的侵略和蹂躏。我们那个年代的青年人，为了振兴中华，国家富强，民族昌盛，不知进行了多少探索奋斗，走过了漫长坎坷的道路。从二十年代初期，我就把一切精力都倾注在中国蚕丝业的改良和发展上，并在开弦弓村进行了长期的实践与探索。祖国的强盛、人民的幸福是我奋斗的目标。

　　我参加工作至今已 65 年了。在横跨半个多世纪的风风雨
雨的历史长河中，实践最强有力地证明：要使祖国富强，人民
幸福，只有靠中国共产党的领导才能实现。这是我一个 85 岁
老人发自心底的肺腑之言。过去靠中国共产党的领导推翻了三
座大山，建立了新中国；现在进入改革开放，实现四个现代化
的新的历史时期，更要靠共产党的领导，才能把我们国家建设
得好，让我国的人民真正走上小康之路，过上幸福的生活。正
因这样，我要加入中国共产党。我早就在思想上要求入党了，
但一直觉得做得还不够。现在我要求在组织上入党，促使我在
有生之年，再为党、国家和人民多做一些事，多做一点贡献！

　　经学院办公室党支部大会讨论，全体党员一致同意接收费达生加
入中国共产党。举行入党仪式的那一天，支部里的党员都来了，学院
领导来了，胡咏絮、郑蓉镜、原茵、彭钦年等老同事、老姐妹也来
了。早已退休的林大开、林大弓也应邀参加。学院党委书记曹鄂告诉
费达生，学院党委已批准支部大会的决议，从今天起你就是中国共产
党的预备党员了。

　　费达生握着曹书记的手说："我年纪大了，写字不方便了，所以
入党申请书写得太简单了，我还有许多话要说呢。"

　　"你的申请书写得好！"曹书记对她说，"你一直在用行动写入党申
请书。还有，你前不久发表的那篇《建立桑蚕丝绸的系统观点》，也可
以说是一份最好的入党申请书，表达了你对党和人民的一片忠心。"

　　费达生连连点头，满脸笑容。她终于实现了自己的夙愿。

第 **56** 章

再遇挫折

△春天里也有风雨，机遇中并存挑战。小康之路从来不是一条笔直顺畅的坦途。面对风雨，迎接挑战，才能转危为机。办法总比困难多，阳光总在风雨后。

在进入 20 世纪 90 年代之后，改革开放开启的小康之路和现代化建设进程面临着新的挑战与考验。国内外政治、经济形势发生深刻变化。在国际上西方对中国实施所谓的经济制裁，而国内在经济高速发展之后暴露出诸多问题，经济秩序存在一定程度的紊乱现象，严重影响到中国经济的健康稳定发展。

这一经济形势也对开弦弓村造成了较大程度的冲击。

20 世纪 80 年代是开弦弓村经济社会尤其是村办工业发展的兴盛阶段。村办企业由一家发展为多家，各厂机声阵阵，产销两旺，年利润平均每年都在百万以上，还不算村民们从工厂里获得的工资性收入和配套性收入。

而从 80 年代末到 90 年代初，乡村企业发生逆转，出现严重衰退。最为典型的例子是开弦弓缫丝厂。这是 1967 年由开弦弓村与邻近大队合股联合创办的股份制村办企业。相对于 1929 年费达生他们帮助开弦弓村办的老丝厂，村民们乐意称之为新丝厂。新丝厂既是村

庙港缫丝公司的
缫丝车间

办集体企业，又具有股份制性质，是开弦弓人民在特殊年代的艰难探
索和伟大创举，曾经风光一时，后被当时的公社划走。在改革开放
后，这个缫丝厂进入了新的发展时期，产值和利润连续增长，而工厂
把每年取得的利润大部分用于技术改造，提高产品质量，开发新的产
品，扩大生产规模，全厂固定资产总额超过 100 万元，职工 508 人，
立缫车 120 台，年产白厂丝 78.01 吨，工业产值 338.24 万元，年利
润 56.69 万元。1986 年，缫丝厂在费达生的关心下，在苏州丝绸工
学院教师杨志超教授的指导下，成品率达到 98.5%，品级提高至 4A
级，被省丝绸公司评为优质产品。在缫丝单项评比中，位居全省 100
多家丝厂之首。这一时期，该厂淘汰了办厂初期的全部土设备，增添
了先进的自动缫丝机，建造了宽敞的新厂房和办公大楼，成为全市知
名的乡村骨干企业。

　　但随着市场上茧丝绸行情疲软，产品滞销，开弦弓缫丝厂的效益
一路下滑，此时，虽然工厂的规模仍然很大，但负债也很多，难以为
继。在这样的情况下，不得不以零资产转让给私营业主。缫丝厂转制

后，生产经营下滑的状况并没有得到扭转。丝价下跌，工资、能源等生产成本不断提高，经济效益继续负增长。企业主被迫放弃厂里的缫丝业务，竟做起了茧丝绸的期货交易。瞎猫碰到死耗子。这一年，并不精于期货交易的企业主，竟在期货市场上旗开得胜，赚了近两千万元，一夜实现了暴富，企业起死回生。尝到甜头的企业主并没有见好就收，而是一发不可收拾，把赚得的两千万元，从别的地方融资而来的 1 000 万元，全部投入期货市场。然而，期货市场瞬息万变，没过几天，期货交易的丝绸价格大幅下跌，缫丝厂的账面利润迅速消失。硬挺了几个月，期货行情仍不见好转，厂里交进市场的保证金全部赔光，而且已负债累累，无力继续筹措资金，不得不认赔出局。从此，缫丝厂元气大伤，终于倒闭了。

其他村办企业也步入了困境。江村酿造厂，固定资产 23.23 万元，年生产 38 度醉蟹酒 240 吨，因经营不善负债 126 万元；开弦弓化学品厂，原来主要是用村丝织厂的上百万利润投资建起来的，后因产品无销路，建成不久便倒闭，固定资产成为一堆废铁。

更令人痛心的是开弦弓丝织厂。这是建立于改革开放之初的村骨干企业，经过多年的发展，主要设备有丝织机 149 台，捻丝机 59 台，大卷装 16 台，整经车 4 台，发电机 2 组等，全厂固定资产为 317.4 万元，年生产化纤布能力已达到 55 万米。然而，由于生产的产品销不出去，长期积压在仓库，不出几年的时间，工厂就陷入资不抵债的境地，负债额高达 396.8 万元。这个有着 20 年不平凡发展经历的村办企业，黯然停产。

村办企业的衰落，使开弦弓村的村级经济遭到重创，总负债达 960 万元，而且完全失去了偿还债务的能力。银行为了尽量减少坏

1994 年 10 月 31 日上午，费孝通从吴江市乘汽车直达开弦弓村

账，把村里的集体资产都作为抵押物，收归银行。谁也不曾想到，农副工各业都走在全市前列的样板村、先进村，竟在很短的时间里衰落了。

开弦弓村在小康之路的探索中遭受了前所未有的严重挫折。

在这期间，费孝通先后多次访问开弦弓，与干部群众进行座谈，听取他们的意见。老支书沈春荣、谈雪荣、谭汉文、周明芝和村干部姚富坤等，如实向费孝通反映情况，对村办企业中出现的问题进行了比较翔实的分析，认为情况是明摆着的，客观原因是存在的，而内部存在的问题还是主要原因：

——进入 20 世纪 90 年代，市场竞争日益激烈，卖方市场转向买方市场，工业产品滞销，企业利润降低，乡村集体企业原有的市场优势逐步消失，而企业没有及时作出调整，反而为了完成上级下达的偏离实际的生产指标，继续盲目生产，造成大量产品积压，而部分销出去的产品不能及时回款，应收款不断增加，拖累了企业。

——这里显露出了体制性的弊端。村办企业名为集体所有，产值高低、经营好坏关系到县、乡、村各级干部的政绩，因此，每年下达生产指标，都要层层加码，只能增不能减。企业发展规划或项目开发，都由上级作主，不看市场看上头。厂里听村里的，村里听乡里的，乡里还要听县里的。各级干部为了向上一级显示自己的政绩，层层向企业压指标、压任务，而不管产品积压，不怕贷款增加，甚至不讲企业的经济效益。

——这直接导致了村级决策的失误。为了追求产值，时任村领导明知市场已经开始疲软，企业资金短缺，却不进行充分的论证，决意要创办化学品工厂，盲目投入上百万元，不但把丝织厂积累的利润全部用完，而且还向银行贷款，造成了巨大的风险和隐患。

——企业内部管理跟不上，出现了不同程度的混乱状况。企业的规章制度一套又一套，大多数是从大厂抄来的。这些规章制度不从本企业实际出发，不是为了解决问题，而是贴在墙上，成了聋人的耳朵——摆设，是专门给参观的人看的，而对干部职工不起实际作用。厂不大，机构齐全，管理人员成堆。有人无事做，有事无人做。在利益分配上吃"大锅饭"，做好做坏一个样，管理上出了问题，厂长也难以处理。村里为了把一碗水端平，招工时强调一户一工，让家家户户都能增加收入。村里还把招工当作照顾困难户的手段，招进的有些工人，不是文化偏低，就是年龄偏大，降低了职工队伍的综合素质，直接影响了企业的发展。

——当然，企业负担过重也是企业衰落的一个原因。村干部工资和村里的公共开支，都由村办企业承担，此外还有很多的上交项目。以开弦弓丝织厂为例，每年上交50万元利润外，还要上交建农金、教育附加费、管理费等6项，总计达150万，而且还在逐年增加。沉重的包袱把企业压得喘不过气来。

……

听了大家的情况分析，费孝通感到非常惋惜，他说，开弦弓村办企业出现的问题和困境，原因的确是多方面的，有外部的，也有内部的。外部的问题，我帮你们反映，帮你们呼吁；内部的问题，你们自己要重视，要总结，要找到问题的症结所在。在我看来，体制问题是重点，是关键。村办企业是靠体制、机制发展起来的。体制好、机制活，是村办企业的优势所在。而现在村办企业的体制和机制出现了不同程度的老化，原有的体制、机制优势失去了。失去了优势，弱势也就显现出来了，这就不可避免地会出现衰退、衰落。所以，要很好地总结经验教训。现在一些企业垮掉了，留下的只是深刻的教训。教训也是一笔财富，要利用好这笔财富。改革中出现的问题还是要用改革的办法来解决。希望村里在改革中寻找新路，在哪里跌下去，就从哪里爬起来，重振江村经济，确保开弦弓村在小康之路上不掉队，走到前面去。

新任村党支部书记王建民表示，开弦弓村一定要在总结经验教训的基础上，在衰落中奋起，在衰退中前进，在深化改革中杀出一条新路来。

第 **57** 章
泽及桑梓

△绿色的大地迎来快乐的霞光,清澈的河水浇灌永久的热望。晨风掀动桑梓美丽的春装,时空唤回人们彩色的梦想。

开弦弓村办企业的衰退情况,在江苏并非个例。

20 世纪 90 年代初,国内外市场风云变幻,而全省乡村集体企业在经历高速发展之后,产权不明晰、政企不分的弊端日益显露出来,引发了企业机制退化、活力衰退、投资项目失误增加、企业亏损面扩大、负债率及两项资金占有居高不下等等问题。全省乡村企业普遍处在发展的十字路口。

东方风来。在此关键时刻,传来了邓小平赴南方视察的消息。

1992 年 1 月 17 日,农历腊月十三。一列火车从北京出发,向着南方奔驰。列车上,中国改革开放的总设计师研究世界局势,思考中国未来,运筹大计方略。这次视察,历时一个多月,邓小平先后视察了广东、深圳、珠海、上海等地,并发表谈话,深刻地分析国际国内形势,科学总结中共十一届三中全会以来党的基本实践和基本经验,提出了衡量改革开放的“三个有利于”标准,即是否有利于发展社会主义社会的生产力,是否有利于增强社会主义国家的综合国力,是否有利于提高人民的生活水平。小平同志在谈话中反复强调，改革开放的胆子要大一些，要敢于试验，要抓住时机，发展自己。

2月20日，小平同志在视察途中经过江苏。下午三点整，专列缓缓驶入南京站，停靠站台。只见小平同志身着雪花呢大衣，系咖啡色围巾，稳步走下车厢，与江苏省委书记沈达人、省长陈焕友一一握手。简单寒暄之后，便在沈书记、陈省长的陪同下，一边沿月台散步，一边进行交流。沈书记、陈省长分别向小平同志简单汇报了江苏经济发展的情况。当汇报到上年国民生产总值增长6.3%时，小平同志说，不快嘛，江苏条件比较好，应该比全国平均速度快一点！如果江苏和其他发展比较好的地方不比全国平均数高一点，那全国和其他地方就更不行了。说到这里，小平同志加重语气说，现在就怕丧失时机，要抓住时机上，发展得快一些。

邓小平南方谈话，极大地促进了广大干部和群众的思想解放，有力地鼓舞了全党和全国各族人民的精神和干劲，为中国改革开放注入了新的生机和活力。

江苏要比全国发展得更快一些。小平同志的谆谆嘱托更是激发起江苏干部群众的极大热情，在10万平方公里的土地上，掀起了又一轮改革开放和经济发展的热潮。

江苏制定乡镇企业"一化三带动"（深化改革，科技带动、规模经济带动、外向型经济带动）发展战略，乘势而上，迅速发展。苏南及沿江地区利用浦东开发开放的机遇，兴办了一批上技术上规模的项目。同时加速市场化、国际化进程，全省乡镇企业外贸出口交货额连跨500亿元和1 000亿元大关。到20世纪90年代末，江苏乡镇企业完成出口产品交货值1 076.70亿元，是1990年（123.93亿元，当年价）的 8.69 倍，年均增长 24.14%。利用外资成为乡镇企业增加投入的重要来源。1992—1995 年，共计兴办三资企业 8 377 个，历年外商累计投资 58.88 亿美元。至 2000 年底，乡镇企业与外商合作合资企业中，外商累计投资额为 49.44 亿美元；乡镇企业在境外投资企业 115 家，累计投资额 5.47 亿元。

从 1993 年起，江苏各地把明晰产权、明确权责、政企分开作为深化改革的主攻方向，大中型骨干企业以建立现代企业制度为重点，中小企业以股份制、股份合作制、拍卖、租赁等多种形式进行产权重组。至 1997 年底，全省 9.3 万家左右的乡村集体工业企业，85% 实行了不同形式的改革。"九五"期间，省委、省政府提出了"围绕两加快（发展、提高），立足两转变（经济体制和增长方式）"，扬长补短，再造乡镇企业的发展优势的指导思想。1996 年，全省乡镇企业以建立现代企业制度为目标，采取改组、联合、兼并、股份合作、租赁、拍卖、承包经营等多种形式，加快搞活中小企业的步伐。

1997 年党的十五大召开后，省委、省政府在苏州市专门召开全省乡镇企业改革工作会议，有力地推动改革在广度和深度上都取得重要进展。至 2000 年，全省乡镇企业实行各种不同形式改革的有 84 100 家左右，占应改企业的 93.2%，其中进行产权制度改革和所有制调整的企业占 85%。全省乡镇企业资本金总额为 1646 亿元，其中：乡村集体资本金为 419 亿元，占 25.5%；个人资本金 684 亿元，占 41.6%；外商资本金 293 亿元，占 17.8%；法人资本金为 250 亿元，占 15.1%。产权制度改革使全省乡镇企业干部职工的生产积极性空前高涨，企业内在动力和活力大大增强，企业内部制度建设得到有效改善，这是"九五"期间全省乡镇企业发展由低向高、由差向好出现新变化的主要原因。

20 世纪 90 年代，江苏乡镇企业单位数和从业人员数没有多大变化，但乡镇企业实现的总产值却大幅度增加。2000 年，乡镇企业总产值达到 11 388.48 亿元，是 1999 年的 7.87 倍，年均增长 22.91%，其中 1995 年乡镇企业总产值是 1990 年的 6.14 倍，年均增长 43.77%。

在改革和发展的新一轮热潮中，开弦弓村的干部群众振作精神，挺起胸膛，坚定地迈出了发展个体家庭工业的步伐。

最早迈出这一步的是村民周玉官。他 1962 年生。1978 年 7 月，他在庙港中学高中毕业后，开始寻找就业之路，先后在学校代过课，在镇办化工厂当过技术员和副厂长，在村办丝织厂当过供销员。

有一天，周玉官的父亲对他说，现在上面的政策是鼓励办个体企业，你年纪正轻，何不用你学到的知识和掌握的经验，自己出来创业呢？父亲的话对他触动很大，加之自己多年来在乡村企业工作时看到的种种弊端和衰落景象，便下决心办个体企业。没有启动资金，他就

村民的家庭工厂

在庙港街上摆起修理收音机的摊位。后来他发现市场上的电风扇供不应求，就从嘉兴买回零件在家组装，然后把电扇拿到市场上卖，人们排队购买，1个月卖出130多台，赚了4 000多元。这在当时算是一笔不小的收入，可以说是他挖到的第一桶金。

有了这小小的资本，周玉官就与另外三位朋友合资创办了庙港电子元件厂，共投资1万元左右，添置了4台钻床，1台脚踏剪板机，一台15吨冲床，自制剪板机、抛光机、烘箱各1台，在自己家里的40多平方米的后屋里，因陋就简地开始生产电子线路板。几年后更名为吴江永泰电子有限公司，自任总经理。当时，原材料十分紧张，周玉官经常与同事一起骑着自行车，去邻近的浙江嘉兴厂家买回边角料，用作线路板的钢壳板。他还请了几位亲戚和邻居做工人，再到国营大厂找关系，接订单，小打小闹地生产着。但是，一年下来，一算账大吃一惊，除去人工开销，亏了几千元。

年轻的周玉官面对失败，不知所措。而他的父亲不但没有责怪儿子，反而拿出全部的积蓄交给儿子，鼓励他要战胜暂时的困难，把工厂继续办下去。这使周玉官坚定了办厂的信心。当时，个体私营企业申请银行的贷款是非常困难的。周玉官只能向亲戚朋友借钱，常常是拆了东墙补西墙，勉强维持着厂里的生产。他深知，产品质量是企业的生命，为此，他反复钻研工艺技术，一面认真学习线路板技术工艺的书籍，一面向大厂的技术人员请教，在反复实践中摸到了生产的关键技术。

生产技术过关了，产品质量提高了，销路自然也就打开了，企业的盈利也逐年增加。周玉官经过多年的跌打滚爬，一家农舍兼厂房的小工厂，从手工操作到机械化操作，从简单产品到复杂产品，一步一

永泰电子有限公司的车间

步地成长发展起来。后来又与上海等地多家企业接上业务关系，拿到了电视天线线路板等业务订单，年产值连续翻番，从几十万到上百万，再到上千万，利润也逐年增长，上交国家税收 200 多万元，为村里解决了部分剩余劳动力的就业，周玉官一家也走上了发展致富之路，在开弦弓村最早建起了别墅式楼房。

先富带后富。在周玉官的示范效应作用下，开弦弓村的个体私营企业迅速发展起来。短短几年里，全村以原来的蚕丝业为基础，不断调整产品结构，形成了以家庭羊毛衫编织、化纤织造为主体的家庭工业和股份制企业的工业群体。全村开办家庭羊毛衫厂 63 家，拥有横机 365 台；丝织企业 8 家，拥有喷水织机 400 台。产羊毛衫 500 万件，产值约 8 000 万元。至此，开弦弓村村民真正成了经济发展的主人，成为小康之路上的成功探索者。

江村由衰再盛，让费孝通极为欣慰，他在以后的多次访问中，看到乡村发展和农民富裕的新路子、新希望，特别是得知村民收入成倍增长，十分高兴和赞赏，他说，农民自己走出来的路，才是真正的小康之路。他还即兴挥毫题词：

审时度势，

倡行新制。

功不自居，

泽及桑梓。

当21世纪迎来第一缕阳光，中国大地已经发生了巨大的变化，中国特色社会主义伟大事业如春江放舟。在迈向21世纪的征途上，全党全国人民经过共同努力，完成了国民经济和社会发展的第九个五年计划，实现了现代化建设三步走战略的第一步、第二步目标。到2000年底，初步建立起社会主义市场经济体制，人民生活总体上达到小康水平。但中国仍然处于社会主义初级阶段，达到的还是低水平、不全面、发展很不平衡的小康水平。

进入新的世纪，中国迎来了大有作为的重要战略机遇期。2002年11月，中国共产党第十六次全国代表大会在北京召开。大会从经济、政治、文化等方面勾画了宏伟蓝图，明确提出了全面建设小康社会的奋斗目标，即在21世纪前20年，全面建设惠及十几亿人口的更

费孝通二十六访江村

高水平的小康社会，使经济更加发展、民主更加健全、科教更加进步、文化更加繁荣、社会更加和谐，人民生活更加殷实。

党的十六大，开启了我国全面建设小康社会的新征程。就在这一年，费孝通第二十六次到访江村。吴江市委书记到吴江宾馆看望费孝通和费达生。随后在市老领导于孟达的陪同下，两位心系江村的老人，再次踏上开弦弓的土地。

秋日的开弦弓，河水清清，田野金黄，一派丰收喜人的景象。费达生、费孝通手挽着手，与随行的干部群众一起，看工厂，进学校，转村头，访农家，感叹江村巨变，领略小康景象。

他们看到，弯曲泥泞的村道消失了，全村 6.1 公里村道全部浇上了柏油。

他们看到，村里家家户户用上了液化气，轻巧的燃气灶代替了砖砌的有烟囱的柴火灶。

他们看到，几乎家家户户住上了楼房，还有许多农户盖了别墅式新楼房。全村只有 3 户村民还保留着砖木结构的老房子，作为历史的见证。

他们了解到，全村有彩电 1 422 台，户均 1.8 台，有 520 户装上有线电视，拥有电话和手机 1 486 只，互联网上网用户 201 户。交通运输已由水路为主转变为陆路为主。建成贯通南北的震庙公路。全村有小轿车 71 辆，货用汽车 25 辆，摩托车 777 辆，电瓶车 410 辆，拖拉机 8 辆。

他们了解到，村里有 2 个卫生室，3 名民办医生，2 个老年活动室。基本医疗保险参保人数为 2 775 人，基本养老保险参保人数为 1 589 人，享受最低生活保障人数为 65 人。有幼儿园 3 个班，88 名学生。小学5个班，13名教师，163个学生。全村有大学生135人，硕士研究生5人，博士生3人。

他们了解到，全村开办家庭羊毛衫作坊63家，拥有横机365台，年产羊毛衫近500万件，产值约8 000万元。私营企业14家，从业人员690人，营业收入14 348万元，其中丝织厂8家，拥有喷水织机近400台。全村农民人均年收入超过万元，达到11 118元，比改革开放之初的1978年增长90倍。

……

在村里召开的座谈会上，费孝通无限感慨地说，开弦弓村在20世纪二三十年代至今的70多年的社会变迁中，可谓是开弓没有回头箭，村民们冲破传统经济思维的束缚，几度风雨，几经曲折，勇敢地探索农村的小康之路。1929年创办缫丝厂，1967年再次恢复缫丝厂，20世纪80年代发展集体工业，90年代兴办家庭企业，基本完成了由农业社会向工业社会转化的历史进程，并向信息社会继续迈进。尽管道路艰难而曲折，但村民发展农副工的热情和发家致富的决心和信心一直没有改变。特别是在改革开放以来的近30年里，开弦弓终于摆脱了贫困与饥饿，先后实现了温饱与富裕，由传统落后的农业村，建设成为了农副工三业协调发展的社会主义新型村庄，我们孜孜以求的小康社会图景已经在开弦弓村呈现出来了！

座谈后，费孝通、费达生坚持要去走访村里的老人邱记珍和重访江村时的老房东周文昌，同他们促膝谈心，一起回顾江村发展和家庭变化。当得知周文昌大儿子是开弦弓小学一名优秀教师时，费孝通要他把班级的学生带来，他对小朋友们说，你们是祖国的花朵，未来的希望！你们要热爱祖国，热爱家乡，努力学习，做一名现代化建设的有用人才。

离开村子前，费达生和费孝通还来到了村里的百亩大桑园。秋天的桑园别有一番景象，桑叶开始泛黄，有些叶子上呈现出暗红色。姐弟俩走在桑园里，流连忘返。一阵秋风吹来，几片桑叶落下。

费孝通弯下身子小心翼翼地捡起一片桑叶，递给姐姐说：

> 落红不是无情物，
> 化作春泥更护花。

费达生把桑叶放在手掌上，说道，我也诗情画意一回：

> 落叶不是无情物，
> 化作春泥更护桑。

两位老人会心地笑了。

费孝通抬头望着一望无际的桑园，深情地说，我们与蚕桑结下了一生的情缘。下次访问，再来欣赏这里的美景吧！

可是，谁也不会想到，这次访问江村后，费孝通、费达生就没有能够再访江村。他们在耄耋之年，虽然不能再访江村，但一直心系江村。

村干部通过多种方式与费孝通、费达生保持着联系，经常派人去探望和汇报工作。村里人有事还会请求他们帮忙或指教。

一天，费孝通收到了一封来自开弦弓村的信，信中写道："也许您不认识我。我是江村一名农家子弟，是您姐姐的学生。我小时候家境贫寒，看到邮递员下乡骑自行车就羡慕得不得了，现在我已能开着奔驰行驶在家乡的公路上。我用十几年辛勤劳动积累，在江村办起了工厂。您一直关心江村的建设，关心江村农民企业的成长，希望您能给我的工厂题写厂名。"

写信人叫饶贵龙，1964 年生，开弦弓村人，1983 年盛泽中学毕业后，成为开弦弓村的委培生，进入苏州丝绸工学院丝织专业学习。所谓委培生，就是上学后由农村户口转城镇户口，毕业后回村里安排工作，户口仍留在城镇。开弦弓村的委培生，还与费孝通有关。他每次回江村访问，最为关心的一件事就是村办企业的发展，而村办企业的发展关键在于人才。为此，他向吴江县的领导提出了加快培养人才的建议，并与时任苏州丝绸工学院副院长的姐姐费达生一起，共同促成了由丝绸工学院为吴江乡村丝织企业定向培养专业人才的协议。饶贵龙就是其中的一个。

1986 年 7 月，饶贵龙学习期满，从苏州丝绸工学院丝织专业毕业，满腔热情地回到自己的村子里，被安排到开弦弓丝织厂生产科工作。但几年下来，饶贵龙感到自己的知识与才干得不到充分发挥，就离开了村丝织厂，投奔到盛泽工艺织造厂工作。在那里，他干得非常出色，积累了丰富的生产、工作经验。1999 年下半年，他所在的盛泽工艺织造厂进行改制，饶贵龙就与另外三人一起承包了一个喷水织机车间。他在承包中一展身手，车间经营效益比承包前翻了几番。在这短短的三年中，饶贵龙一人分得 300 万元，第一次尝到了责权利相统一的甜头。于是，他萌生了回开弦弓村自主创业的念头。

他的创业计划得到了镇村领导的欢迎和支持。2002 年，饶贵龙回村投资办厂，先后投资 200 万元，征用土地 13 亩，建造厂房2 730平方米，辅助用房 1 000 平方米，仓库及办公用房 1 000 平方米，创办了纺织品有限公司。之后又投资 800 万元，通过外贸公司

从日本进口 24 台世界驰名的丰田双泵、双喷高精度织机，以及 28
套配套设备，共投资达 1 000 万元，使工厂高标准、高起点投入
运行。

为了明确办厂的理念和提高工厂的知名度，饶贵龙想到请费老
题写厂名。他把信送到邮局，用特快专递寄到全国人大，想不到半
个月后信被退了回来。后来，他又托摄影家张祖道将信面呈费老。
信是送出去了，但他不敢奢望老人家会给他这个名不见经传的小厂
题字。

有一天，他突然接到一个电话，让他去吴江宾馆面见费老。在费
老的房间里，饶贵龙详细汇报了他的创业经历和办厂过程。费老听后
说，你是村里自己培养的大学生，当然要为村里多作贡献。说着便从
抽屉里将预先写好的题字拿了出来，展开来给饶贵龙看，并说，我为
你题四个字：求是纺织。饶贵龙接过题字，连连称好与道谢。费孝通
又叮嘱说，为村里办厂是件好事，但办了要办好。我为什么给你题这
个厂名呢？就是希望你们新一代的江村企业家在办厂过程中不断探求
真知，发扬求是精神和务实作风，把工厂办好，为村民谋利益，让开
弦弓村在小康之路上一直走在前头。

这是费孝通对新一代企业家的期望，也是对江村的美好祝愿。

在费老的鼓励与指点下，饶贵龙以求是务实的精神办厂，不断开
发出新的时装面料，每天生产各种面料近万米，求是牌面料成为知名
品牌和畅销产品，为开弦弓村提供了近百个的就业岗位，每年为国家
贡献 50 万元左右的税收。

像求是纺织这样的私营企业，在开弦弓村一批又一批创办和发展
起来。

2005 年 4 月 24 日，我国著名社会学家费孝通在京与世长辞。江村父老乡亲获悉这一噩耗后，自发组织吊唁活动。27 日，开弦弓村委会派姚富坤前往北京参加吊唁。29 日，吴江县乡村三级有关领导前往北京参加遗体告别仪式。

同年 8 月 12 日，我国著名蚕丝专家费达生不幸逝世，享年 103 岁。获此噩耗，江村上下沉浸在无比的悲痛之中。村党总支书记周永林、村主任王建明前往苏州浒墅关参加悼念和遗体告别仪式。

两位老人走了，但是，他们在开弦弓村开创的事业，进行的小康实践与理论探索，永远地写在这片土地上。他们的美好愿望已经在美丽大地上开花结果！

第 **58** 章
强富美高

△ *新的时代，新的梦想。美好向往，美丽蓝图。开启改革开放新征程，加快全面小康新步伐。实干兴邦，再创辉煌。*

沧海桑田。中国特色社会主义进入了新时代。

2012 年 11 月，中国共产党第十八次全国代表大会在北京召开。大会明确提出了"两个一百年"奋斗目标：即在 2021 年中国共产党成立一百年时全面建成小康社会；在 2049 年中华人民共和国成立一百年时，建成富强民主文明和谐美丽的社会主义现代化国家。

"人民对美好生活的向往，就是我们的奋斗目标。"习近平总书记的这一话语，道出了中国共产党人的初心与使命，也说出了全国人民的心声。

党的十八大后，习近平同志率中共中央政治局的同志在国家博物馆参观"复兴之路"展览时，首先提出中国梦。他指出，实现中华民族伟大复兴，是中华民族近代以来最伟大的梦想。实现中华民族伟大复兴的中国梦，就是要实现国家富强、民族振兴、人民幸福。中国梦归根到底是人民的梦。

2014 年 12 月 14 日，习近平同志来江苏考察，在城乡调查研究后作了重要讲话，对江苏经济社会发展和小康社会建设表示充分肯定，对江苏未来发展提出了殷切希望：

——认真落实中央各项政策部署，积极适应经济发展新常态，紧紧围绕率先全面建成小康社会、率先基本实现现代化的光荣使命，协调推进全面建成小康社会、全面深化改革、全面推进依法治国、全面从严治党，努力建设经济强、百姓富、环境美、社会文明程度高的新江苏。

——把经济发展抓好，关键还是转方式、调结构，推动产业结构加快由中低端向中高端迈进。

——发达地区在农业现代化方面一定要带好头、领好向，把工业化、信息化、城镇化、农业现代化同步发展真正落到实处。

——民生工作要一件事情接着一件事情办，一年接着一年干，一任接着一任做。

2017 年 10 月 18 日，党的十九大在北京胜利召开，习近平同志向全党全国人民发出新的进军号召：不忘初心，牢记使命，高举中国特色社会主义伟大旗帜，决胜全面建成小康社会，夺取新时代中国特色社会主义伟大胜利，为实现中华民族伟大复兴的中国梦不懈奋斗。

决胜全面建成小康社会，江苏又站到了新的发展起点。根据党的十九大精神，围绕深入贯彻落实习近平同志对江苏的重要指示精神，江苏全面小康指标体系由原来的四大类 18 项 25 个指标扩展到五大类 22 项 36 个指标，开启了高水平全面建成小康社会的新征程。

宏伟的蓝图融入百姓的梦想，美好的憧憬化作实干的动力。在

10万平方千米的江苏大地上奏响了"强富美高"建设的雄浑乐章，努力把总书记擘画的美好蓝图变成生动的现实图景。

古有"吴头越尾"之称的苏州市吴江区七都镇，在贯彻党的十九大精神、建设"强富美高"新乡村的进程中，首先把目光投向了江村。如何让闻名于世界的江村在新时代迈上新台阶、打造成小康建设的新样本？镇党委经过反复研究，认为最为关键的是配备好村级班子，选好"领头雁"。经过广泛推选、多次比选，镇党委决定让80后的年轻干部沈斌到江村任村党委书记。

沈斌，1982年生于吴江七都镇。2001年就读于南京邮电大学，2004年大学毕后回到家乡自主创业，把学到的知识用到生于斯长于斯的一片热土上，立志在农村干出一番事业。一年后，他从众多人选中脱颖而出，被苏州市选为第一批"村官"，到七都镇吴越村任村主任助理兼村会计，一干就是5年多，由于工作表现好，于2011年调到镇里任劳动和社会保障所副所长，成为事业单位的一名干部。干了近两年的时间，镇党委又决定下派他到七都镇燦烂村任党总支书记，他大胆开展工作，积极发展村级经济，使该村面貌大大改变，获得村民一致好评。在那里干了整整三年，由于工作需要，他被调任七都镇经济发展办公室副主任，热情高涨地投入到全镇的经济工作之中。

2017年10月的一天，沈斌接到通知，镇党委肖军书记找他谈话。来到书记办公室，他还没有坐下，肖书记就对他说："沈斌，又

沈斌

要给你一个新的任务。"

"新的招商项目吗？"沈斌高兴道，"我手上的两个项目刚刚完成，正在找新的项目呢。"

"不是项目上的事。"肖书记让沈斌坐下，说，"要你再回到村里去工作。"

沈斌颇感突然，略有一丝不快："肖书记，我曾经两次到村里工作，加起来有近 10 个年头了。"

"这我知道，你已经在两个村和镇里两部门工作过。"肖书记说，"正因为你的这些工作经历，镇党委决定让你再回到村里工作。"

沈斌急切地问："还是到灿烂村去吗？"

"不是。"肖书记告诉他，"这次让你到更为重要的一个村去。"

沈斌猜测道："是开弦弓村吗？"

"既是也不是。说是开弦弓村当然没错，但它更是闻名于世界的中国江村。"肖书记接着说，"多年来江村发展得不错，已进入小康村的行列，但是，我们要按照党的十九大精神和习总书记的新要求，建设强富美高新江村，把它打造成高质量小康的新样本。这个任务就交给你了。"

"这担子太重了。"沈斌又补充道，"既然党委相信我，我就试试吧。"

"不是试试，而是考试，你必须拿出最好的答卷。"肖书记鼓励他说，"江村基础较好，加上你的工作经验和干事创业的热情，江村建设一定会有新的起色。"

这次谈话后，沈斌很快办完工作交接，第三天就来到了江村，他

费孝通江村纪念馆

与村班子成员见面后，就独自到费孝通江村纪念馆参观。

费孝通江村纪念馆坐落在开弦弓村南村的中心，位于苏震桃公路西侧。整个建筑坐北朝南，既有粉墙黛瓦、亭台楼阁的水乡特色，又具有简洁明亮、宏阔流畅的现代气息，充分表达和彰显人文理念，俯视是一个"人"字形，临水而建，有亲水平台走廊，体现出费老脚踏实地、躬身实践的工作作风和他对江村难以割舍的深厚情怀。

纪念馆分设江村文化馆和费孝通纪念馆。在江村文化馆，沈斌了解到江村的千年历史与百年变迁，当年郑辟疆、陈杏荪、费达生等人在村里的艰难创业历程给他留下了深刻印象。费孝通纪念馆内，以费老社会调查的大量珍贵图片和调研学术成果为主线，记录了费老二十六次造访江村的每一个足迹，展示费老用毕生精力在社会进步、农村发展等方面所取得的巨大学术成果。沈斌认真地观看，细细地体察，在费老亲笔书写的"志在富民"四个大字前驻足良久，深受教益。

在接下来的三个月时间里，沈斌把重点放在调查研究、了解民情上。他转遍田间地头，走访村里的老干部、老农户，到村里的企业了解情况，多次召开村民座谈会，还与青年人倾心交谈，听取他们的意见和建议。经过一段时间的调查研究，沈斌比较全面地掌握了开弦弓村的情况，摸清了家底，既看到了发展的基础与优势，更找到了差距和问题：开弦弓村因"江村"而闻名，然而与其他乡村在发展基础上并无二致，在村办企业改制时，集体资产转制给个体，村级经济空壳化，一度处于苏州市经济薄弱村行列；全村家庭作坊式的针织、毛纺等产业，随着目前环保、安全等方面的管理从严趋紧，此类产业面临着转型、淘汰的现实选择；无论是产业发展、环境建设，还是人文资源的开发运作，缺乏社会资本的介入与支撑；传统农副业尤其是桑蚕业已经边缘化，成为弱势产业，经济效益递减，长期陷入困境；村里没有土地指标，失去了进一步发展的空间与后劲。

针对眼前存在的这些问题，沈斌几次召集村班子成员进行讨论，商量有效的解决办法，还专门到外地学习考察，学习先进村庄的做法与经验。在此基础上，沈斌头脑里的工作思路逐步清晰起来，他提出，强富美高的新江村必须实现"五个更加"，即：村级经济更加壮大，生态环境更加优美，社会治理更加完善，村风民风更加纯正，村民生活更加幸福。

新官上任三把火。沈斌迎难而上，从解决制约江村发展的几件难事入手，带领村班子集体和全村党员干部开始行动了。

首先进行土地流转工作。农村联产承包责任制实行之后，农村土地使用权都在村里的各家各户，有效地促进了农业生产，但随着经济社会的发展，开始出现了一些问题，主要是土地分散经营效益不高，村级经济发展因缺少土地指标而受到严重制约。江村在这方面的问题尤为明显，迫切需要进行土地流转。为此，沈斌组织村班子成员学习领会中央和国务院印发的《关于引导农村土地经营权有序流转发展农业适度规模经营的意见》，并向全体村民传达这一文件的精神。与此同时，制定出台了开弦弓村土地使用权流转的办法，通过有偿转让经营权，鼓励村民将承包的土地转让给村里统一规模经营。这一做法得到了大部分村民的拥护和支持，但也有少数村民主要是水产养殖户表示异议，他们担心进行土地流转后会影响到自身的经济利益。为此，村里多次召开村民小组长会议、村民代表会议和党员干部会议，宣传相关政策，解析流转办法，讲明利弊得失。沈斌还到重点农户家中听取意见，进行动员。接着，村里分层次展开工作：对积极进行土地流转的农户予以奖励；对污染企业、污染养殖户强行流转；对一时想不通的农户反复做思想工作，并予以合理的经济补偿。经过艰苦细致的工作，开弦弓村的土地流转工作取得了积极的进展，第一批土地流转 400 亩，为村里进行规模化经营、发展产业经济创造了条件。

　　初战告捷，沈斌又组织打响了第二仗，整顿村容村貌。这是一场硬仗。长期以来，开弦弓村经济发展了，村民有钱了，对房屋的需求也更多样了。比如车库、小作坊、仓库等，都是通过私搭乱建的违章建筑来解决，严重影响了村容村貌，也由此产生了邻里矛盾、安全隐患等弊端，但这一问题长期得不到有效解决。沈斌决心啃下这块硬骨头，却遭到了许多村民的强烈抵制，有顶着不拆的，有到村部上访的，有向上级写信告状的。面对这一情况，沈斌不妥协、不退缩，认准了的事就坚持去做。他召开村班子会议研究对策，制定了三项措施：要么不拆，要拆全拆，维护公平，干部带头；做好村民思想工作，解决村民的合理诉求与实际问题；开设红黑榜，将主动拆除违章建筑的村民上红榜，抵制拆除的村民上黑榜，在村里的公众号上公布于众，让村民评议与监督。这三项措施实行后，迅速收到效果，全村200 多户人家拆除了违章建筑，拆除面积近 2 万平方米，村容村貌大为改善，广大村民拍手称好。

如果说拆除违章建筑是"破"，那么，推进新时代乡村文明实践就是"立"。开弦弓村在全面建成小康社会的过程中，始终把重点放在"立"字上，深入做好村民思想工作，有力推进党的建设和精神文明建设。沈斌书记亲自担任开弦弓村新时代文明实践站站长，负责新时代文明实践站的全面工作，站点配备村委干部专门负责具体工作，做到日常活动有计划，活动组织有保障，充分调动各方力量积极参与文明实践工作。村党委半年召开一次专题会议，研究新时代文明实践工作，讨论制定工作方案，将站点工作纳入村干部绩效考核，推广"十必联"工作法，充分发挥基层党组织和党员带头作用，进一步提升凝聚力和战斗力。

村党委还以"党建＋农村人居环境整治工作"为切入点，党员干部带头参与美丽庭院、特色田园、垃圾分类等主题活动，推进村级经济发展，促进乡风文明建设，引导村民树立主人翁意识，切实美化村庄环境，提升村民生活幸福指数，建立和谐融洽的党群关系。开弦弓村党委提出了支部建在网格上的理念，做到党员网格化、网格责任化、责任精细化，推动农村工作基础再夯实、优势再拓展、责任再强化、质量再提升。

与此同时，村里启动了江村集市、香青菜基地、精品水产园区的规划与建设，把建设强富美高新江村落实到具体项目之中。

不到一年的时间，在沈斌书记的带领下，开弦弓村的乡村治理初见成效，向着强富美高新江村建设目标迈出了可喜的一步。

第 **59** 章
时代样本

△所谓经验，既有先进性又有科学性，既有代表性又有普遍性。总结推广先进经验，是长期得到运用且行之有效的工作方法。

中国全面小康，重在振兴乡村。

习近平同志在党的十九大报告中指出，农业农村农民问题是关系国计民生的根本问题，必须始终把解决好"三农"问题作为全党工作的重中之重，实施乡村振兴战略。

2018 年 1 月 2 日，2018 年中央一号文件《中共中央国务院关于实施乡村振兴战略的意见》发布，要求各地区各部门结合实际认真贯彻落实。

一场实施乡村振兴的伟大战役在全国迅速打响。

贯彻落实好党的十九大精神，实现乡村振兴开好局、起好步，需要深入调研、统筹谋划。国家农业农村部开展了百乡万户调查活动，组织机关干部开展驻村调研，全面摸清我国乡村发展的实际情况。

2018 年清明节刚过，农业部部长韩长赋亲自带队来到开弦弓村进行调研。他对当地干部群众说，之所以选择你们村作为这次调研活动的第一站，既是因为费孝通先生 80 年前在这里搞社会调查并写出了著名的《江村经济》一书，同时也是因为江村的小康之路在全国具有一定的代表性，是研究与实施乡村振兴战略很好的一个样本。

在江村，韩长赋部长参观了江村历史文化陈列馆和费孝通纪念馆，召开了座谈会，走街串巷访谈农户。他边参观边听取市区领导和沈斌书记的介绍与汇报，他还专门到费孝通当年调查时的老房东周小芳家喝茶交流，又到陈杏荪老宅的住户陈月生家与村民座谈，还安排随访的江德胜副司长留在村里进行深入的调查研究。

韩部长在调研中说，当前，中国之乡村，从内地到沿海，从城郊到农区，从山区到平原，都在发生着巨大而深刻的变化。农业生产正从传统向现代转型，农村社会从封闭向开放转变，城乡关系从割裂向融合转化，每年有超过 1 000 万农村居民市民化、1 000 万农村人口脱贫，农村即将消除贫困、全面小康。可以说，中国乡村正面临千年未有之变局。江村也在微观层面，反映着这个时代变局。乡村的巨变，既源于党领导农民坚持不懈的奋斗，也源于外部环境变化的推动，是内因与外因、主观与客观等多种因素相互作用的结果。

韩长赋在调研中还深有感触地说，今天的江村，与《江村经济》所描绘的情景相比，发生了翻天覆地的变化：人们生活小康，家家住

江村文化弄堂

上楼房、通上自来水、装上抽水马桶、使上热水器、用上液化气，宽带、数字电视全覆盖，村道全部水泥硬化，90%的家庭购买了小汽车，村里充满生机活力，全然不是费老笔下木讷的村民形象。可以说，江村村民虽然还住在农村，保留着一些传统文化，但过的是城里人的生活。对比江村80年来的变迁，变是绝对的，不变是相对的，统一于乡村发展历史进程中。

经过深入的调研，韩长赋部长亲自撰写了调研报告，对江村近一个世纪的变迁和经验进行了全面而具体的总结——

生产方式发生巨大变化，但家庭经营传统仍然在延续。80年前，江村80%农户养蚕，主要是男耕女织，男的种植稻桑，女的养蚕缫丝。在蚕丝专家费达生等的帮助下，村里成立生丝合作社，办起了生丝厂。新中国成立后，村办生丝厂合并归属人民公社，成为社办企业。改革开放后，丝织厂等村办企业兴起，上世纪90年代中期因经营不善破产。进入新世纪，村里个体、私营工商业蓬勃发展，基本形成了以丝织、针织为主体的家庭工业，全村70%以上的劳动力从事二三产业。2017年，全村农民人均收入32 432元，村集体收入265万元。江村男耕女织、农工相辅的传统农耕生产格局已经被打破，基本实现了由农业村向工商业村的跨越，但传统仍在继承和延续。从过去的养蚕缫丝到现在的针织衫、窗帘布等纺织品生产，产业优化升级，链条纵向延伸，但江村以纺织业为主业的传统没有变。村民蒋伟芳一家三代从事纺织行业，爷爷奶奶民国时期在费达生创办的生丝厂做工，父亲母亲在公社办的丝织厂上班，蒋伟芳现在是村里最大私营纺织厂的生产厂长，他们一家是江村上百年纺织传统的亲历者和见证者。从家家户户男耕女织到遍地开花的家庭作坊、"夫妻店"，以家庭为基本单元的生产组织形式没有变。目前，村里有近60户从事针织衫生产的家庭作坊，有的代工，有的自产自销。村民姚玉坤利用自家农房办起了针织衫加工作坊，他自己负责生产管理，儿子和女儿女婿搞电商销售，去年10月到现在就卖了20万件。电商发展使家庭作坊有了更多生存空间。

　　土地制度发生深刻变革，但处理好农民与土地的关系仍然是时代命题。清末和民国时期实行封建土地私有制，江村的土地被分为田底、田面两层，约有三分之二的土地被地主占有，90%的家庭只能去承租土地或者成为佃户。1951年，江村进行了土地改革。人民公社时期，土地集体所有、集体经营。改革开放后，江村实行家庭联产承包责任制。上世纪90年代以来，承包户通过村民小组将土地逐步流转给30多个农户发展水产养殖业。从私有私营到公有公营再到公有私营，江村的土地制度发生了根本性变革，但农民重土惜地的观念没有改变，无论是费老描述的"地是活的家产，钱是会用光的，可地是用不完的"，还是现在村民认为的"家里可以没门，手里不能没田"，都是这一观念的生动体现。也正因此，80年来，围绕处理好农民与土地关系的实践和探索始终没有停止。我在江村历史文化陈列馆看到，清代同治、光绪时期的清田方单和民国时期的执业田单上，就已明确界定土地的四至，面积精确到分厘。土改结束后按户颁发的《土地房产所有证》上，面积精确到厘毫。今天开展的承包地确权登记颁证，也是利用现代测绘技术给农民确权颁铁证，在此基础上推动土地所有权、承包权、经营权分置。与清末和民国时期田底（所有权）、田面（经营权）两权分离相比，现在的"三权"分置不仅优化了土地资源配置，提高了效率，更防止了土地兼并，保障了公平。村民陈月生说，自己常年在外做木匠，家里 5 亩承包地以每亩 1 000 元的价格全流转出去了。座谈会上，大家表示拥护中央的 30 年延包政策，希望现有土地承包关系保持稳定，这样农户能获得稳定收益，养殖户也能安心搞生产。

人口数量和结构发生较大调整，但人与人之间的社会关系仍然维持着传统的"差序格局"。1935 年，江村有 359 户 1 458 人。随着经济社会发展和人们生活水平变化，村内人口经历了由高出生、低死亡、高自然增长向低出生、低死亡、低自然增长转变。目前，江村有 420 户 1 680 人（不包括后来合并的村），较 80 年前分别增长了 17% 和 15.2%；60 岁以上人口占比 32.4%，增长了近 26 个百分点。80 年前，村里只有 10 家外来户，主要从事理发、银匠等特殊职业；现在，来江村的外地人主要是打工就业，最高曾达 1 000 多人。尽管人口数量和结构都发生了很大变化，但社会人际关系仍然像费老所描述的那样，维持着以亲缘、血缘和地缘为中心的差序格局，每一户都可通过亲属、血缘关系的扩展，在村内延伸出一个庞大的社会关系网络。我在村民周小芳家看到一张五世同堂的照片，她的外婆、母亲、女儿和外孙女生活在本村的不同家庭，这种以亲缘和血缘关系为脉络联结起来的关系网络，在江村很普遍。江村至今仍保留着妇女开茶会的习俗，关系较好的邻里之间轮流举办茶会，吃茶话事、交流见闻，建立起一个个相对稳定的社交圈子。外来人则始终游离于外，现

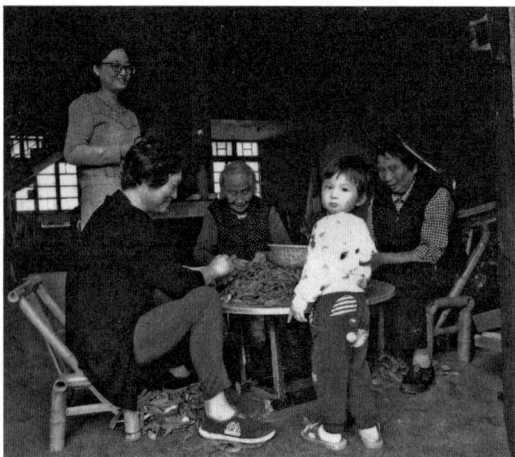

五世同堂

在的打工者与当年的手艺人一样，仍不能落户江村，与本地人的关系仍然泾渭分明。这其中的主要原因是，外来户不能获得耕地和宅基地。

生活方式发生了重大变化，但传统家庭观念仍然根深蒂固。80 年前，费老描述下的江村，人畜混住，人们每天为温饱奔波操劳，生活没有保障，甚至有以溺女婴或流产来控制人口的传统。今天的江村俨然已经是一个城镇小社区，村民白天去工厂上班，晚上回到村里生活居住，男女平等的观念深入人心。可以说，江村的生活方式已经与城里人没有多大不同，但婚姻、财产等家庭观念与传统仍没有断代。两头挂花幡、招女婿等传统婚姻习俗延续至今。由于现在大多家庭都是独生子女，这类婚姻模式越来越普遍。全村现有 139 个家庭采取两头挂花幡的婚姻模式，招女婿 190 人。我走访的两户人家都是独女户，结婚后新婚夫妻在男女双方家里都有住房，来回走动。在家庭财产处置方面，家长仍是绝对的权威，子女只有结婚后与父母分家，才能获得独立的经济地位。同样在自家的作坊里工作，村民姚玉坤给女儿女婿按月发工资，儿子因未婚而没有核算工资。也正因此，江村的家庭结构大体保持稳定，1935年江村户均4人，2016年户均3.98人，都是小规模家庭。

乡村治理体制机制发生根本转变，但自治和德治仍是重要基础。早在1929年，江村实行地方自治，由当地有名望的乡绅担任村长。1935年，江村实行乡镇保甲长纵横连保连坐。新中国成立后废除保甲制，建立行政村。人民公社时期，实行三级所有、队为基础、政社合一的人民公社管理体制。改革开放后，由生产大队改为行政村，实行村党组织领导下的村民自治。80年来，江村治理体制机制不断变化和调整，但自治和德治在稳定乡村社会秩序方面发挥着不可替代的重要作用。88岁的周梅生讲，邻里有矛盾纠纷，解放前靠宗族势力，现在是找村委会，只有大的经济民事纠纷，才走司法渠道。走访的几个村民小组，涉及承包地调整、集体收益分配等重大事项，村民都会集体讨论、民主决策，很少有纠纷和矛盾。江村的老干部、老党员、老教师等有资望的群体，通过村务监督委员会、村民民主理财小组等各类议事监督机构，广泛参与到村庄治理中来。村民周新根曾任生产队会计和乡镇企业领导，在村里很有威信，退休后被村民选为小组长。在江村，尊老爱幼、勤劳致富等传统美德得到大力弘扬，传统礼治、德治秩序焕发出持久的生命力，为健全和完善自治、法治、德治相结合的现代乡村治理体系进行了有益的探索。

韩长赋部长在调查报告中还对乡村振兴提出了建议与要求。他指

江村鸟瞰

出，乡村全面振兴将是一个长期的历史过程，我们要充分尊重乡村发展演进规律，科学把握变与不变的关系，推进乡村振兴健康有序开展。要坚持循序渐进，保持足够的历史耐心；要坚持城乡融合，推动城乡发展一体化；要坚持尊重农民，调动农民积极性、主动性、创造性；要坚持统筹规划，一张蓝图干到底。

韩长赋部长的调研活动把江村作为中国小康建设的一个典型样本，既总结了江村的发展历程与经验，也向江村传递了中央振兴乡村的最新精神。

沈斌书记向前来调研的韩部长一行表示，开弦弓村将积极围绕中央提出的乡村振兴战略总要求，不断探索有效路径，结合江村实际，打造最新最美的乡村振兴特色样本。

第 **60** 章
新的启航

△只有进行时，没有完成时，小康理想在升华，小康实践在深化。中国江村正开启新的壮丽征程。

　　"望中不着一山遮，四顾平田接水涯。柳树行中分港汊，竹林多处聚人家。"这是宋代词人杨万里笔下的开弦弓村，一幅江南水乡的风情画卷。

　　数千年之变，还看今朝。

　　如今，人们走进开弦弓村村口，跨入写着"中国江村"的巨大村门，看到的是美丽乡村的崭新景象，感受到的是江村百姓的幸福生活。

江村村口

小康不小康，关键看老乡。大量的数据和全村的概况也许是对小康的综合考量，而村民对生活的直接感受，更能说明小康生活的真实状况。

被誉为"农民教授"的村民姚富坤已年近古稀，他曾20多次接待并陪同费孝通访问江村，对江村几十年来的发展变化了如指掌。在他看来，江村还是那个江村，千百年来一直依偎在像一张弯弓的小清河西侧，可不同的是，这里的村貌变了，生活变了，人也变了，处处可见令人欣喜的新景象，幸福像小清河一样在全村荡漾，更洋溢在老百姓的脸上。他介绍说："村民的幸福源于解放后特别是改革开放以来的经济发展，村民的收入提高了。1978年村里人均年收入114元，改革开放两年后的1980年达到300元，翻一番还转个弯。到2019年，江村村民人均可支配收入达到35 800元，不知翻了多少倍！而我家的人均收入还大大高于这数字，享受着高水平的小康生活。"

村民周小芳的家，是一个不小的院落，院内有一幢修缮一新的三层小楼。她在楼里辟出了7间房屋作为民宿对外经营，申请到了全村第一张民宿营业执照，并加入江村民宿联盟中。她是怎么想到办民宿

被称为"农民教授"的姚富坤

的呢？周小芳说："我这一辈子都在村里，年轻的时候在村办厂里上班，做梦也没想到50多岁了会开民宿。这与费老还有关系。1957年，费老二访江村的时候，在我家里住了20多天。1981年费老三访江村的时候，村里派我和另外几位小姑娘接待过费老，还留下了珍贵的照片。1986年我结婚那天，费老还专门到我新房里坐了一会儿，问起彩礼和嫁妆的情况。因为跟费老的这种关系，也因为这几年开办民宿之风吹进了村里，我就想起用费老的名气办有特色的民宿。我家的民宿，是江南传统的木质屋梁顶，床上是缎面蚕丝被，还有干湿分离的卫生间和无线网络，更有两间特殊的房间，一间铺着老地板，摆着红木柜、樟木箱等老物件，里面还有费老曾经坐过的藤椅；另一间则恢复了我当年婚房的样子，里面有费老到访时喝茶的小方桌、老式电风扇等。各地来的客人尤其是很多专家学者特别喜欢住这两个房间，他们说住在这里既有温馨舒适的感觉，又能追寻费老的足迹，感受费老的思想。借助费老的名气，我的民宿生意自然好做多了，收入也越来越高，现在的日子过得非常富足、非常幸福。"

年轻人的致富门道就更多更新了。90后的村民姚凌超脑子灵活，他发现如今年轻人都活跃在互联网上，于是，他就将自家生产的一款女装针织镂空衫放在网上销售，一下子成了爆款，当年就有十几万元的销售额。从那以后，全家人都参与到网店销售的产业链中来，去年一年的销售额近700万元。他接单后，分给邻居做，做一件卖一件，周边20多户村民成了他的供货商，有效解决了原来村民收入不稳定的状况。在他的带动下，全村现有10多家网店，80余户针织衫从业者的年均收入逾20万元。姚凌超自豪地说，电商平台让我们一起赚钱，大家都过上了更好的日子、更开心的生活。

　　80 岁高龄的复旦大学老教授刘豪兴，是费老的第一代学生，从 1982 年元旦第一次到江村参加社会调查起，38 年常驻在江村，按照费老对他的要求，研究好农村问题，真正走进农民的生活。现在他正在与人合作做这样一件事：用村民口述史的方式，记录江村百年变迁史，再现江村小康之路的历史轨迹和生动故事。

　　江村故事，连接着过去与未来。

　　江苏与苏州是当年印证过邓小平"小康构想"的梦想之地、希望之地。进入新时代，习近平总书记为江苏勾画了"强富美高"的崭新蓝图，并深切期望苏州"为中国特色社会主义道路创造一些经验"。在全面建设小康社会的进程中，江村一直得到各级领导的特别关注与重视。省市领导来江村考察调研时都反复强调，费孝通笔下的江村，是苏州的，也是中国的，更是世界的，要在小康建设中达到高水平小康，在振兴乡村中实现高质量振兴，把江村这块金字招牌擦得更亮。

　　江村的振兴得到了各级政府的重视与支持。吴江区为加快推进"中国·江村"乡村振兴示范区建设，提升开弦弓村综合发展水平，专门成立了开弦弓村重点项目建设指挥部，予以各方面的支持与保障。

　　七都镇更是把江村振兴作为全镇工作的重中之重，组织有关方面为开弦弓村做规划，还从上海请来有乡村开发运营经验的设计师为江村搞策划。据七都镇镇长王炜介绍，前不久，由"青浦—吴江—嘉善"组成的长三角生态绿色一体化示范区正式揭牌。沪苏浙三省市共同规划的示范区将建成"外依湖荡圩田，内沿河道生长，枕河而居，沿河而市"的城镇聚落。为此，镇里将以开弦弓村为核心范围，以长漾河绿道为轴线，包括丰民村吴越战、开弦弓村荷花湾及东、西藏荡水域，总规划面积约9平方千米，做好水上文章。同时围绕"中国·江村"品牌及费老二十六访江村故事，聚焦研学基地、乡村旅游，重点对庙港缫丝厂、田园纺织厂进行规划改造，推进企业整治和腾退工作，为振兴江村、发展生态友好型新经济腾出发展空间。

2020年，21世纪20年代的第一年，中国全面小康的决胜之年。在新的起点上，小康理想在升华，小康实践在深化。

开弦弓村根据党中央新的战略部署，深入实施乡村振兴战略，按照产业兴旺、生态宜居、乡风文明、治理有效、生活富裕的总要求，推进美丽乡村和特色田园建设，努力实现开弦弓村新的六大目标：

——生态优。优化村庄内的植物绿化、田园菜地；对村内外的水体环境进行生态化治理；对裸露和废弃场地进行复绿；对硬化驳岸进行生态化处理。

——村庄美。增加公共服务设施；完善市政基础设施，改善环卫设施；美化建筑立面，提升村容村貌。

——产业特。借助现代农业科技和市场资源，延伸农业产业链，

江村新景

促进农业与文化的融合发展；结合蚕桑文化，发展桑基鱼塘循环农业。

——农民富。完善产业链，促进村民以入股形式参与创收环节，增加村民收入；吸引年轻人返乡在村就业。利用租赁的农用地，以"合作社＋村民＋企业"的组织模式，实现规模化、专业化、技术化的特色产业发展；利用村内闲置房与废弃土地资源，发展民宿、农家乐，带动集体经济增长。

——村风好。进一步完善村民自治制度，加强江村文化资源的挖掘与利用；开展好村民、好家庭评比，全面提高村民综合素质；组织开展群众喜闻乐见的各类文化体育活动。

小康之路，开弦弓村创造新业绩；

乡村振兴，开弦弓村打造新样板。

2020 年最新消息：开弦弓村被命名为江苏省"美丽家园"省级示范点！

示范点就是新起点。对此沈斌有着新的思考、新的打算。他说，如今村里的年轻人大多在苏州和吴江工作。乡村振兴，重中之重是要壮大乡村产业，促进农民增收，吸引年轻人回乡创业。他透露，村里正在做乡村振兴的总体规划。今年先腾退 100 亩散乱污企业用地，将之恢复为蚕桑稻田，作为乡村自然景观，与田园综合体产业相融合，大力发展乡村文化旅游，供研究者和旅游者实地参观体验。沈斌表示，开弦弓村有江南水乡的特色，有百年小康的探索，有费氏姐弟的金字招牌，还有费孝通纪念馆、费达生纺织纪念馆、江南农耕文化馆，每年全世界来村调研专家上千人，来村参观游客几十万，这些资源，是其他村庄无法比拟的，在乡村振兴中完全可以大有作为。更重要的是，费孝通、费达生他们播下的强国富民、志在富民的种子已在开弦弓村的土地上生根发芽，必将在中国江村结出更加丰硕的成果。

是啊！中国江村——一部创业史，一条致富路，一首田园诗，一座里程碑。

凡是过去，皆为序章。一幅更加美好的小康社会图景在中国江村的土地上展开、延伸……

参考文献

1.《江村变迁》，朱云云、姚富坤著，上海人民出版社，2010 年。

2.《开弦弓村志》，开弦弓村志编纂委员会编，方志出版社，2017 年。

3.《江村七十年》，谢舜方、曹雪娟主编，南京师范大学出版社，2010 年。

4.《江村经济》，费孝通著，北京大学出版社，2012 年。

5.《费孝通和姐姐费达生》，余广彤著，中央文献出版社，2008 年。

6.《费孝通评传》，徐平等著，民族出版社，2009 年。

7.《蚕魂》，余广彤著，苏州大学出版社，1988 年。

8.《郑辟疆教育思想与实践研究》，朱跃著，苏州大学出版社，2013 年。

后　记

　　我的第三部"三部曲"——《世纪江村——小康之路三部曲》
即将付印了。每次完成一个长篇作品，总要写个后记，而后记不外乎
写这样三点：

　　一是创作动机。千年变局，百年梦圆。显而易见，我是为今年中
国实现全面小康这个历史大事件而写这本书的。这是主题创作，但不
是奉命之作。如同前两部"三部曲"（"故宫三部曲""大桥三部
曲"）一样，是我自主确定的主题与题材，尽管这本书被列为中宣部
"2020年主题出版重点出版物选题"。我创作长篇纪实文学作品，喜
欢写既有现实意义又有历史纵深感，既宏大开阔又以小见大，既有重
要人物又有生动故事，既与江苏有关又不局限于江苏的题材。开弦弓
村的小康发展历程正符合我这样的选题要求。

　　二是创作过程。这个过程也是"三部曲"：收集资料、调研采
访、写作修改。我在去年完成"大桥三部曲"的创作之后，就开始
酝酿准备写这本书。去年底到苏州吴江区收集资料和召开座谈会，接

着就到开弦弓村进行采访，先后"五访江村"。写作期间，恰逢发生新冠疫情，什么地方也去不了，什么事情也做不了，只得闭门在家，埋头写作，用了100多天的时间完成了初稿。这100天，与以往的创作一样，每天早晨5点钟起床，每天写3 000字左右，连续作战，从不间断。每次记者采访我，总会问我怎么会有时间来进行创作。这里我再说一下，时间是挤出来的，时间也是坚持出来的。越忙的人越有时间，越闲的人越没有时间。人的成功与否，很大程度在于时间的把控与运用。

三是感恩感谢。每当完成创作，我最感恩于我书中写到的那些人物，是他们创造的历史、留下的故事、形成的思想，为我提供了创作的源泉，他们是本书真正的创作者。当然，我还要感谢为我创作与出版提供帮助的人，有协助收集资料的，有安排和接受采访的，有提出意见与建议的，有打印校对的，有封面设计的，有审读修改的，有编辑摄影的，有宣传报道的，等等。本来我是要把这些人的名字一一列

出，但我吸取以往的教训，以免挂一漏万，也就不在这里写出他们的
尊姓大名，而在心里记住他们，并真诚地感谢他们。

章剑华
2020 年 9 月